천성래 대하소설

正本 **국경의 아침**

천성래 대하소설

正本 **국경의 아침**

⑥

제3부 피바람 소리

지우출판

차 례

제38장 공방독침空房獨寢 _ 007

제39장 수상한 날들 _ 073

제40장 마지막 잠자리 _ 097

제41장 염소타령 _ 135

제42장 장물贓物 _ 181

제43장 수난시대受難時代 _ 237

제38장 공방독침(空房獨寢)

1

정숙의 가족은 퇴마루_{뒷마루}에 앉아 집안의 고통스러운 상황에 힘겨워하고 있었다. 배를 곯은 탓도 아니며 갈증이 솟아나는 탓도 아니었다. 늘 자상함으로 가정을 지켜주던 나그네의 모습이 담장 너머로 떠난 집안에는 애꿎은 시간만이 무심하게 흘러가고 있었다. 세대주 없는 집안의 공허함은 공동묘지로 떠난 덕순 동무의 자리처럼 적막산寂寞山: 적막강산이었다. 정숙은 나그네가 없는 방에서 공방독침空房獨寢의 날들을 눈물로써 이어가고 있었다. 천 리나 되는 먼 길이 가로막는 것도 아닌데 나그네를 생각하면 넘지 못할 높은 벽이 눈앞을 가로막고 있는 느낌이 들었던 것이다.

― 오마니 阿姑:시어머니, 나물죽 한 공기라도~

― 염念 없으니 보채지 마라.

― 이러다 오마니까지 상세喪世가 나겠지 않나 말이오.

정숙은 아고를 지극정성으로 모시는 일이 명호 동무에게 최선을 다하는 일이라고 생각했다.

― 죽는 게 뭐 대단한 일이라고 그러누~ 공화국에서 장사장례 따라나선 제군祭君들의 행렬이 어디 한두 군데 뿐이더냐?

― 오마니두 참~ 봄이 아버지 감옥에 붙들려 생사를 모르니 하는 소리지요. 오마니가 강건해야 봄이 아버지 살아 나온단 말이지요.

정숙은 여전히 명호 동무가 살아나올 것이라고 믿고 싶었다.

― 흐웅, 감히 언놈의 동무가 우리 아들애 목숨 줄을 끊어낸다 말이니? 허어 턱도 없는 소리지~

― 오마닌 공화국 보위부가 어드런 데라는 걸 몰라서 그러오? 보위부 놈들이 옭아맨 차코올가미를 감히 누가 건너뛴다 말입네까? 공화국 인민들 머리에 들씌워진 죄목은 죄 거게서 만들어진답니다.

태산이 동무를 떠올리니 목소리마저 앙칼지게 들렸다.

― 목에 칼이 들어와도 없는 죄를 입에 물고 들어와선 아니 된단 말이지~ 사내가 강단지자면 칼끝에 무너져선 아니 된단 말이라~

― 강단진 사내야 그저 고문밖에 더 당하겠시오? 애 봄이야 느이 참이 오라버니는 어데 갔나? 동실 동무네 간 거 아니나?

― 동실인 그저 어떻게 지내고 있대나? 어미 아비 죄 공동묘지에 누웠으니 천애고아가 동실이구나 에이 쯧 쯧~

동실이를 생각하면 정숙은 마냥 가슴이 무너졌다.

― 오마니阿姑:시어머니, 날씨가 찬데 어서 방에 들어가시지요. 봄이 넌 후딱 동실네 가서 다들 서둘러 오라 일러다오. 간부 집 혼인날 냄새배급을 받았더니 속이 울렁울렁한 게 그저~ 에구 노랑진기름진 음식이야 씻고 보자도 없지만 때식끼니은 거르지 말아야 하지 않나...

― 예, 오마니~

봄이는 헐레벌떡 좁은 골목을 내달리고 있었다. 덕순 동무가 떠난 동실의 집은 고요한 분위기에 절어 쓸쓸해 보였다. 봄이의 치마저고리가 일으킨 바람의 자락이 고요하며 적막한 공기를 흩드리고 있었다. 동실이는 퇴마루에 앉아 하염없이 허공을 올려다보고 있었다.

― 참이 오라버니는 어데 있나? 동실 오라반~

― 어 봄이 왔구나. 참이 동무 여게서 일찍 나갔는데 집에 아직 안 들어온 모양이지?

봄이를 보니 동실의 표정이 밝아졌다.

– 참이 오라반 집에 없는데~ 가자 우리 집에~ 때식은 거르지 말아야지~ 동실 오라반 우리 집에 함께 가자.

– 봄이야. 내 그냥 니팝이밥에 고깃국 준대도 싫다~

– 니팝에 고깃국 누가 주기나 하나? 노랑진 음식 찌꺼기도 없는데~ 동실 오라반, 어째 눈이 퉁 퉁 부었네. 혼자 울었나?

봄이의 물음에 동실이 힘없이 고개를 끄덕거렸다. 봄이는 동실이 물끄러미 앉아있는 퇴마루 곁에 다가가 희희대며 앉았다. 찬바람이 일면서 저녁의 기운이 먼 산을 누르고 내려와 빠른 속도로 마당을 점령하고 있었다.

– 아이돌 춤이나 한번 춰보라.

– 이제 춤 따위 싫다 봄이야~

봄이는 동실이가 땅바닥에 머리를 박고 춤을 추는 모습이 가장 멋있었다.

– 머리통 안 간지럽나? 땅바닥에 머릴 박고 돌려대고 싶어 안달을 하는 줄 알았는데~

– 일 없다~

동실은 어머니가 떠난 후에 아무런 희망이 없었다.

– 아까 무슨 생각하고 있었나?

– 내 무슨 생각 했지? 오마니 죽고 머릿속이 텅 비었는데~

– 동실 오빠~ 에이 아랫동네 애들처럼 부르려니 간지럽다. 동실 동무, 뒤뒤한애매한 소문 들었나?

봄이는 혼자서 동실이를 은근히 연모하고 있었다.

– 뒤뒤한 소문?

– 공화국 에미네녀자들이 아무 데서나 팔짱 끼고 활보를 한다는데~

이렇게 말하는 봄이의 얼굴이 살짝 붉어졌다.

- 에이 정말이나?

- 동실 동무, 우리 당진짜 동무하자.

동실은 갑자기 몸이 얼어붙은 느낌이었다. 당 동무라는 말은 공화국에서 노골적으로 사귀어보자는 말이라는 것을 알고 있기 때문이었다.

- 보, 봄이야~

봄이가 불쑥 퇴마루에서 몸을 일으켰다. 치마저고리 속에 감추어진 봄이의 몸에서 풋풋한 녀자 냄새가 나는 듯했다. 봄이의 이목구비는 어머니를 닮은 덕에 수려해 보였고, 저고리 속의 젖가슴은 제법 부풀어 올라 탐스럽게 볼록해서 흡사 숙성한 녀자의 모습을 연상하게 했다. 옷깃에 이어져 몸을 감싸는 듯 섶에 매달린 옷고름이 풀리면 봄이의 젖집유방이 풋풋한 향기를 풍기며 튀어나올 것만 같았다.

- 동실 동무~ 서나사내 아니나?

봄이는 사내라는 말을 입에 담기 거북했던 듯 평안도 사투리를 썼다.

- 내 어찌 서나 아니겠나? 하지만 우리가 당 동무하는 걸 력사 생코한테 들키면~

동실 역시 평안도 사투리로 받으며 대꾸했다.

- 보위부 감옥에 있는 아버지가 무슨 수로 살아오나?

- 봄이야, 걸 말이라7~ 력사 생코 불피코 살아 나오실 거다. 나두 보위부 감옥에서 이케 돌아오지 않았니~

동실은 담임이 꼭 살아오실 것이라고 믿고 있었다.

- 그거야 면탈免脫을 했으니 나온 거구 상세가 나서 동실 오라반 오마니가 도운 거 아니나? 울 아버진 그저 몸속에 남쪽 피가 흐른 죄로 풀려나기 어렵다는데~ 에이 요새 재미난 게 없어 사지판죽을 지경에 들

어온 거 같다니까는~

― 재미난 일이 뭐가 있나? 공화국에서 누가 재미나게 사는 사람 있다더나? 죄 하루하루 살아가는 게 죽을 맛이지~

동실의 주변 어디를 둘러봐도 재미난 구석이라곤 없었다.

― 현송월이 요년만 그저 살맛이 나겠구나~

봄이가 말은 이렇게 하면서도 현송월 동무가 부러워서 죽겠다는 표정이었다.

― 끄윽~ 현송월이란 녀자애 소문 들었는데 중앙당 5과 차출조한테 뽑혔다지 않나? 현송월이가 얼굴은 제일 예쁘다더라. 한데 갸들그들은 기쁨조 만드는 못된 집단이라는데?

동실의 말에 입술을 실룩거리면서 봄이가 끼어들었다.

― 에이~ 알아보니까니 이번 선발은 중앙당 5과가 아니라 급히 만들어진 김정은 별동대의 특별 선물이라더라. 생각할수록 현송월 동무가 부럽다~

― 기쁨조 가는 게 봄이 너는 좋나? 너의 순결한 몸을 아무 사내한테나 내맡기는 게 좋나?

조선공화국의 학생들 사이에서도 기쁨조의 정체는 아주 부정적이었다.

― 거게 가면 내 순결이 덮다어지러지다 이 말이나?

― 그래~ 봄이 네가 연분하지 않는 사내놈한테 몸을 내맡겨야 한다 이런 말이지~

― 하하하~ 현송월이 팔짜 하나도 안 부럽네. 현송월이 에미나 그저 하는 짓이 얄밉더니만 아니 그저 야싸하게난처하게 생겼다이야. 하하하~

봄이 생각에 기쁨조가 정말 그런 것이라면 현송월 동무가 하나도 부럽지 않을 것 같았다.

― 봄이야 그렇게 좋나?

― 응 좋다, 현송월이 에미나 생각하니 그저 고소하다.

동실 동무의 말을 들으니 봄이의 가슴에 맺힌 응어리가 확 뚫린 느낌이었다.

― 봄이 너 나한테 당 동무 하자는 말 정말이나?

― 응~ 서나들만 의리 찾는 줄 아나? 동실 오라반은~

순간 봄이의 시선이 동실에게 파고들었다.

― 아, 아니~ 나도 다른 동무들처럼 학교 졸업하고 군대 가기 전에 연애 한번 해보고 싶다. 내 동무들도 다 나처럼 생각한다니까~

동실의 동무들만 하더라도 군대 가기 전에 연애 한번 하고 가는 것이 소원이라고 입버릇처럼 말하곤 했다.

― 흐응, 연애하면 되지. 지금 당장 하자~

― 어 어 보, 봄이야~

지금 당장 연애 하자는 봄이의 말에 동실의 입이 얼어붙었다. 퇴마루에 어둠이 일시에 짙어지는 듯하더니 담벼락 너머에는 사람의 형체를 알아보기 힘들 정도로 어둠은 깊어지고 있었다. 봄이가 대담하게 동실의 어깨에 손을 얹자 동실은 떨리는 손가락으로 헐렁하게 매어진 봄이의 저고리 고름을 풀어 내렸다.

조선공화국의 연애풍속은 김정은 체제 이후 많이 달라지고 있었다. 남의 눈치를 살피며 조심스레 몰래 숨어서 하던 사랑의 행위도 이제 당당해지고 있었다. 김정일 시대에만 해도 청춘남녀들의 연애는 자본주의 산물이라 규정하고 있었다. 그러니 당연히 통제와 단속이 청춘들의 연애를 틀어쥐는 기제가 되었다.

하지만 김정은 시대에는 이런 기조가 변화하기 시작했다. 사회주의를 좀먹는 불순물 정도로 취급하며 적발 시에 비판 혹은 사상개조의 대상이 되었지만 이제 그런 시각은 구시대의 유물처럼 되어가는 모습이었다. 팔짱 끼고 거리를 활보하는 청춘남녀들의 행동은 사생활 복잡한 동무라는 낙인이 아니라 자부심의 표시처럼 청년들 사이에 유행하기 시작했다. 김정은이 이설주와 팔짱을 끼고 인민들 앞에 나타나자 공화국 청춘남녀들은 열광했다. 그런 분위기이다 보니 조선공화국에서도 연애는 더 이상 사회주의 불순물이 아니라 사회주의의 꽃으로 인식되기 시작했던 것이다.

2

정숙은 아고阿姑: 시어머니 앞으로 밥상을 밀어 놓고 서둘러 집을 나왔다. 바람이 제법 차갑게 볼을 스치었다. 저녁 바람이 뜻밖에 일어나더니 골목에서 세력을 키운 모양이었다. 흐응, 저녁바람에 곱새가 쏘다닌다 하더니 심부름 나간 애가 함흥차사로구나. 정숙은 속말을 뿌리며 동실네로 향했다. 길이 멀어 길동무 삼아 터벅터벅 걸어오는 길도 아닐 테고 ~ 길동무가 좋아야 먼 길도 가깝게 느껴질 텐데~ 엎어지면 코 닿을 데를 어찌 이리 깜깜무소식이란 말인가. 참이 동실은 그렇다 치고 덕순 동무 없는 동실네 집에 봄이를 혼자 보낸 게 공연히 마음에 걸렸다.

한걸음에 동실네 집 앞 공터에 내달았다. 덕순 동무의 마지막 모습이 눈앞에 아스름했다. 담벽에 매달린 황색 조등弔燈이 정숙의 머릿속에 달처럼 떠올랐다. 삼삼오오 둘러앉은 회장군들의 모습도 정숙의 머릿속에 새겨져 있었다. 덕순 동무의 넋은 결코 집주변을 떠나지 않을 것이었다. 매정하게 훌쩍 떠날 덕순 동무가 아니라고 정숙은 생각하고 있었다. 이렇게 바람이 흔들흔들 불어대는 것도 모두 덕순 동무의 혼령이 투정을 부리며 세이웃들과 남은 정을 떼는 중이라고 생각했다.

– 흐응, 매정하게 세이웃 버리고 떠날 덕순 동무 아니지~

어둠이 두껍게 덮인 덕순 동무의 집 앞 공터에서 정숙은 한참이나 생각에 잠겨 있었다. 그런데 동실네 집에선 불빛이라고는 한줄기도 새어 나오지 않았다. 정숙은 마치 육신을 빠져나온 덕순의 넋살넋이 머뭇거리고 있는 듯한 덕순네 마당으로 천천히 걸어 들어갔다. 깊은 어둠에 녹아 있는 밤공기는 덕순의 차가운 입김처럼 마당 가운데 풀풀 날리었다.

조바심 섞인 발걸음을 한 발짝 떼던 순간 정숙은 소스라치게 놀랐다. 분명히 퇴마루 너머 방 안에서 이상한 소리가 새어나왔다. 정숙은 귓전에 스치듯이 안쪽에서 들려오는 소리에 귀를 모았다. 그런데 그녀의 귓전에 들려오는 지금 이런 소리는 사람의 소리 가운데도 귀에 담기 민망한 소리였던 것이다. 남녀가 기꺼움에 겨워 흐드러지듯 내는 소리~

– 아이 에그나~

정숙은 저도 모르게 작은 소리로 탄식을 하며 그 자리에 주저앉았다. 순간 명호 동무와 말골(馬谷)에서 처음 한 몸이 되었을 때의 일이 주마등처럼 스쳐갔다. 초병처럼 소나무들이 어둠속에 지켜보는 가운데 명호 동무의 단단한 남성을 자신의 뜨거운 몸으로 받아들였던 순간의 기억이 번개처럼 머리 꼭뒤를 지르고 올라왔다.

그때의 일이 겨우 대학생 시절의 일인데~ 아아 봄이의 나이 이제 겨우 몇이란 말인가. 고등중학 학생의 철없는 나이가 아닌가 말이다. 세상에 태어나서 가장 사랑하던 사람을 어둠속에서 품었던 날, 몸을 섞어 하나가 되는 의식이야말로 어떤 세력도 침범할 수 없는 견고한 두 사람 앞의 방패막이라 생각했던 기억이 어제 같았다.

아아 아아!~ 아앙 아앙!~

흐어 흐어!~ 흐어 흐어!~

귀에 담기조차 거북한 방탕한 소리가 분명했다. 저 소리의 주인은 봄이와 동실이 분명할 것이었다. 정숙은 집히듯 불쑥 닥쳐오는 예감에 진저리를 쳤다. 밤이어서 드러나지 않았지만 정숙의 얼굴은 홍당무처럼 붉게 물들었을 것이었다. 봄이 그저 어린 애가 아니었을 테지~ 봄이가 동실이 쳐다보는 눈빛이 이상하다 했던 적이 하루 이틀 일이 아니었지~ 동실이가 아랫동네 아이돌 춤을 출 때 딸애가 넋을 놓고 동실을 바라보던 눈빛에서 명호 동무와의 사이에 어릴 적에 나누었던 눈빛의 교감을 떠올렸을 것이다.

정숙은 자신의 처지가 난처해서 걸음을 안쪽으로 더 이상 떼지 못했다. 천천히 등을 돌려 동실네를 빠져나왔다. 명호 동무와 연애하던 시절 뛰던 가슴보다 몇 배는 더 가슴이 콩닥거리고 있었다. 공화국에서 어느 부모가 이런 경우를 당할 때 내놓고 보란 듯이 자식에게 수모를 주겠는가 말이다. 등을 보이고 돌아 나선 것에 정숙은 앞으로 후회하지 않아도 될 만큼 올바른 선택이 되리라고 생각했다.

동실네 간줄 알았던 참이는 어디에 갔던 것일까? 퇴마루에 놓인 밥상을 정숙은 치우지 못했다. 사람이 아무리 궁색한 처지에 놓여도 살아갈 방편은 솟는 모양이었다. 어미로서 난처한 지경에 놓였어도 딸애의 책責을 잡지 않은 것은 다시 생각해도 잘한 일만 같았다. 궁구막취窮仇莫取라 하지 않았는가. 궁색한 처지에 빠진 사람을 쳐서 빼앗지 말라는 것은 사람이 사는 세상의 이치인 까닭이었다.

그러나 정숙은 어미로서 딸애의 장래를 걱정하지 않을 수가 없었다.

공화국에서 녀자의 운명이란 어느 집안에 터를 잡아야 튼튼한 뿌리를 내리게 되는지 모를 그녀가 아니었다. 동실의 처지를 생각하면 궁색하기 이를 데가 없는 몸이 아닌가 말이다. 어찌 일이 이렇게 흘러간다는 말인가. 정숙은 딸애의 처지가 자신의 처지를 닮아가는 것만 같아 못내 아쉬운 마음만 일었다.

하지만 일이 이렇게 된 이상 마냥 타산만 앞세울 입장도 아니었다. 봄에 깐 병아리 가을에 세어보라는 속담이 생각났다. 사람의 운명이란 누구도 장담할 수가 없는 법이었다. 인생살이란 스스로가 어떻게 처신하는지에 달려 있다. 기백이 동무와 명호 동무를 봐도 어긋나는 관계는 아니고 덕순 동무와의 관계를 봐도 어느 한쪽이 기울지는 않는다. 그럼 됐다.

아니, 기울기를 따진다면야 응당 봄이 쪽이 아닐까. 반쪽 핏줄은 력사의 줄기처럼 끊임없이 자식의 몸에 이어져가는 것이 아닌가. 더군다나 정치사상범이 되어 보위부 감옥에 갇힌 아비의 여식이 아닌가. 더군다나 기백이 동무는 죽음 직전에 비록 임시 당증이지만 당증을 목에 매달지 않았던가 말이다. 턱없이 기우는 쪽은 봄이로구나.

그런데도 정숙에게는 동실의 처지가 마음에 걸렸다. 이게 공화국 아니 세상 어미들의 상식일 것이다. 그래, 세상이 달라졌으니 남녀 연애라는 것도 달라져야지~ 봄이나 동실이나 마냥 어린애들은 아닐 것이다. 제들이 좋아 장차 짝씨가 되어 공화국에서 의지하고 살 수만 있다면 되는 일이 아닌가 말이다.

봄이와 동실의 운명은 어쩌면 태생부터 짝이 되라는 운명인지 모른다. 세이웃이 되어 살아오면서 한뉘 호상 보고 살아왔고, 너를 보나 나를 보나 속까지 들여다보고 살아온 세월이 아니었던가 말이다. 그러니 아무리 상하경중上下輕重을 따져보아도 운명이라면 운명인 것이었다. 덕순이 동무가 눈감기 전에 어미 노릇을 하려는지 마지막에 그저 봄이를 살뜰하게 눈길에 담았던 모습도 의미 없었던 것은 아닌 것이었다. 아들애를 봄이한테 부탁하겠다는 어미로서의 간절한 몸짓이었음을 이제는 알 것만 같았다.

밤이 이슥한데도 봄이는 돌아오지 않고 있었다. 정숙은 안절부절 못해 대문 밖에 나와 골목길을 몇 번이고 오가곤 했다. 옆집 황구黃狗도 이제 정숙의 걸음소리에 익숙한 듯 짖어대지 않았다. 달은 서편으로 기울어져 이미 빛을 잃은 듯했고 골목 입구에서 동실네 쪽을 바라보았으나 사람의 기척은 느껴지지 않았다.

공화국에서 세대주란 집안의 기둥임을 정숙은 더 확실히 느끼고 있었다. 나그네 없는 집은 스치는 바람에도 마른 가슴처럼 애가 탔다. 명호 동무가 도 보위부로 이송되었다는 말에 정숙은 저도 모르게 도리질을 했었다. 도 보위부의 악랄함에 대해 짐작은 했지만 기업소 동무들의 입담을 듣고 입이 바싹 타들어 가고 있었다.

태산이 동무의 영전榮轉도 마음에 위로가 되지는 않았다. 오히려 태산이 동무의 지위가 올라갈수록 고달파지는 사람은 명호 동무일 것이라는 것을 알기 때문이었다. 태산의 성격을 누구보다 정숙이 잘 알고 있기에 명호 동무가 보위부 감옥에서 무사히 풀려나올 수 있다는 기대는 하지 못하고 있었다. 어떻든지 명호 동무를 한번은 만나야지~ 태산의 음모를 후연히煦煦 들여다보고 있는 정숙으로선 온몸에 소름이 돋지 않을 수가 없었다.

명호 동무를 생각할 때 문득문득 청년 시절의 감회에 젖는 정숙이었다. 말골[馬谷]의 기억은 여전히 정숙의 몸을 달떠 오르게 했다. 명호 동무의 몸짓을 생각하면 아직도 설레이어 마치 무쇠솥 안의 물이 끓듯 몸이 뜨거워지곤 했다. 시부모 모시고 애들을 낳고 살면서도 은근스럽게 눈빛을 주고받을 때는 가슴이 두근거릴 정도로 설레었다. 공화국에서 비록 애옥살이 살림에 겨우 풀칠하고 사는 나날들이었지만 명호 동무와 같은 이불을 덮고 살내 맡으며 살아온 날들이 정숙에게는 미치도록 그리운 날들이었다. 공화국 살이가 팍팍해서 복^행복하다는 표정을 지을 수는 없지만 명호 동무와 함께 있는 날들에는 그 어떤 시련이라도 견뎌 내리라고 생각하고 있었다.

봄이가 뱃속에 들어설 무렵, 죽은 덕순 동무가 어무집^{친정}에서 가져온 귀한 세밥^{조밥}을 정숙에게 들이밀면서 농을 했던 적이 있었다. 사내들의 절구질 얘기 끝에 기백이 동무가 자꾸 요상한 짓거리를 한다며 흉담도 아닌 것을 입에 달고 나왔었다. 밤에 잠자리에서 자꾸만 자기 몸을 뒤집어 놓고 치댄다는 덤거친 말을 쏟는 덕순 동무의 얼굴에 함박웃음 꽃이 피었었다. 그날 밤이었던가~

정숙 동무가 은근히 덕순 동무 얘길 잠자리에서 명호 동무에게 들려주었다. 살다 살다 남우세스런 절구질 얘길 듣겠다면서도 절도를 지키던 명호 동무가 얼마 지나지 않아 가족이 없는 틈을 타서 그런 짓을 했다. 호호, 아이 에그나 망측해라. 방향을 이리저리 바꾸는 센 바람, 그래 새쓰게 바람질을 지칠 대로 해내며 혹독한 가난^{설움}의 회포를 풀었었다. 정숙은 아직도 그날의 기억을 가슴속에 간직하고 있었다. 생각할수록 그날의 기억은 부부끼리 살면서 느꼈던 이상야릇한 감미로움이었다. 아아, 명호 동무가 감옥에서 걸어 나와 그런 시간을 다시 한번 갖게 된다면 이제는 죽어도 여한이 없겠다는 꿈만 같은 생각이 꼭뒤를 지르고 있었다.

봄이와 동실이 공화국에서 어떤 운명으로 살아가게 될지 생각하다 별의별 이상한 생각까지 하게 되었다. 독거미 때려잡겠다며 동실이 동무들이 압록강 려관에 있을 때인가 텅 빈 듯 허전한 덕순네에 봄이를 데리고 들렀었다. 그런데 봄이를 바라보는 덕순 동무의 태도는 분명 다른 때와는 달랐다. 마치 장차 며늘아기를 매만지듯 봄이 볼을 만지면서 불쌍한 동실이와 눈 흘기지 말고 사이좋게 지내라는 등 당부를 늘어놓았었다.

죽어나갈 것을 미리 알아차리기라도 한 듯 봄이 옷소매를 잡고 마지막 작별을 하는 듯이 눈물까지 흘렸다. 살아오면서 신세를 졌던 내력을 읊고 사람 좋은 력사 선생 운운하며 감옥에 있는 명호 동무를 걱정까지 했다. 감옥에 있으면 살아 있어도 살아 있는 것이 아니라면서 날래 꺼내와야지 하며 푸념도 하고 동실이 아버지 만나면 봄이네 덕분에 잘 살았다고 밤새 이바구질을 하겠다는 말도 덧붙였다. 죽음을 목전에 두었던 덕순 동무의 예감이 이런 가슴 저린 얘기들을 하도록 했을 터이었다.

달이 서편으로 기울어 어둠의 그림자가 여명에 쫓기어 사라질 때까지 정숙은 골목의 끝에서 서성이며 안절부절 못하고 있었다. 동실네 집 앞 공터까지 조바심 섞어 걸어갔다가 혼자 캄캄한 어둠 속에서 손사래질을 하고 다시 돌아서기를 반복했다. 아닌 척 아닌 보살시치미을 피워도 봄이의 짓거리를 내내 마음속에서 비울 수가 없었다. 흐응, 자식은 부모 따라 간다고 하지 않았는가? 누구를 탓하고 누구를 나무란다는 말인가.

골목 저쪽 입구에서 사람의 기척이 났다. 정숙은 간이 타들 듯 긴장하며 목을 빼고 기척소리에 집중했다. 도란거리는 사람 소리가 들리자 정숙은 대문 안으로 몸을 들여 담벼락 아래에서 몸을 한껏 구부리고 숨어 있었다. 세상이 아무리 달라졌다고 해도 세이웃들 귀와 눈은 막아야 하지 않겠는가, 정숙은 가슴을 졸이며 생각에 잠겨 있었다.

– 동실 오르바니오라버니~

– 봄이야 그저 무슨 말이든 하라.

정숙은 대문 밖의 소리들을 숨소리 하나 놓치지 않고 들으려는 기세로 담벼락 아래 몸을 웅크리고 있었다. 딸애의 입에서 낯간지러운 사투리가 흘러나오자 정숙은 온몸을 부르르 떨고 있었다. 아이 에그나 망측해라. 동실이 더러 오라버니라니~ 친 오빠에게 불러야 하는 호칭을 동실에게 사투리로 부르는 딸애의 모습을 보니 정숙의 마음이 심란하기 그지없었다. 세상이 어떻게 이렇게나 제멋대로 변했단 말인가. 공화국에서 친족이 아닌 사내한테 오라버니라고 부르는 것은 자본주의 반동행위처럼 여겨왔던 것이었다.

– 다과점에 가고 싶다 오르바니~

– 봄이야 내 다과점 데려다 주지~

아이쿠 철딱서니 없는 것들, 지금 아비가 감옥에 갇혀 하루 앞을 장담하기 어려운 판국에 하는 말이라니, 정숙은 배꼽 깊은 데서 솟아나려던 한숨을 내리눌렀다.

– 영화관에도 가자.

– 단체관람을 해도 괜찮지?

그런 중에도 동실의 넉살은 기백이 동무와는 다르다는 생각이 들었다.

– 오르바니 얼굴만 쳐다보면 되지~

딸애의 철부지한 말들이 멈추지 않고 도간도간 들려왔다.

– 가자, 영화관에도~

명호 동무를 만나던 시절 자신도 저랬을까, 정숙은 이런 궁색한 판에 간날을 생각하게 되다니 자기 스스로를 알 수가 없다는 생각이 들었다.

– 평양에 살면 얼마나 좋을까~ 대동강에서 동실 오라버니도 만나고 문수 물놀이장에서 물놀이도 하고 봄엔 모란봉에 올라 꽃구경도 하고~

– 보름달이 휘영청 뜨면 대동강 유보도에서 봄일 만나는 건데 에이 평양 사는 애들은 그저 혼인 전에 죽이갔구나야~날 잡아 우리도 평양에 한번 가자~

– 흐응 그럴까? 대동강 유보도 네 번째 팔각등 아래서 만나는 거야.

– 좋습 아주 그냥 좋습에~ 팔각등 아래 돌 의자에서 만나는 거지~

– 호호호~ 나중에 우리가 직장세대 되면 그저 저녁학습 끝나는 대로 어디든지 은밀히 만나는 거야 동실 오르바니~

– 난 아주 여게 골목도 좋아~ 봄이 있는 덴 어드메든지 다 좋아~

아이 에그나 망측한 것들. 정숙은 이내 윗몸을 일으켜 담벼락 너머로 시선을 주었다. 동실과 봄이는 대문 근처 어둑한 골목에서 두 손을 마주 잡고 속삭이고 있었다. 정숙은 속이 끓어올라 재게 등을 돌려 방으로 들어와서 누워버렸다. 딸애의 은밀한 사생활을 엿보는 어미가 되고 싶지 않음이었다.

그래, 공화국 주민들이 압박받고 제대로 숨도 쉬지 못하는데 애들에게도 이런 은밀한 시간도 필요할 것이다. 고통의 시간이 넘념이 지나가면서 차차 공화국 주민으로 세뇌되어 나갈 것이리라. 정숙은 생각할수록 애들의 내일날에 먹구름이 끼고 있다는 생각을 하면서 깜박 잠이 들었다.

새벽녘에 잠에서 깨어나 보니 밖에서 줄뛰기줄넘기 하는 소리가 들렸다. 봄이가 이마에 땀을 흘리며 열심히 줄뛰기를 하고 있었다. 아고시어머니는 저쪽 담벼락에 기대서서 먼산바라기를 하고 있었다. 간밤에 참이는 집에 들어오지 않았다. 정숙은 봄이와 눈을 마주칠 수가 없어 딴 데를 바라보며 담벼락 쪽으로 걸어갔다.

- 아비 소식은 없더냐?

- 랭기가 쨍한데 어찌 안에 들어가시지 않구~

나그네 없는 집마당에 들어서는 것이 이렇게 힘들줄을 상상하지 못했다.

- 그저 아비가 살았는지 죽었는지 모르는 판에~ 에구 어미 가슴은 시퍼퉁한데 저 철딱서니 없는 거 저거 줄뛰기 하는 거 보라~

- 오늘은 내 몸이 부서져도 무슨 수를 써대야 할 거니 념려 마오.

정숙은 입술을 깨물며 마음을 다지고 있었다.

- 봄이 하내비할아버지 따라 훌쩍 갔음 이런 일 겪지 않았을 터인데~ 에구 명줄이 길어도 걱정이로구나야~

- 그런 말씀 마세요. 랭기나 뒤집어쓰지 말구 어서 들어가세요.

정숙의 성화에 아고는 한참 만에 방으로 들어갔다. 정숙은 아고처럼 담벼락에 기대서서 먼산바라기를 하고 있었다. 죽은 덕순 동무 생각에 기백이 동무 생각에 생사 알 길 없는 가족들 생각에 머리가 쥐불 난 것처럼 어지러웠다. 마치 명호 동무마저 져 마전동 공동묘지에 누워있기라도 한 듯 하염없이 명호 동무를 떠올리고 있었다.

태산이 동무의 농간에 명호 동무의 앞길이 이렇게 형편없이 내팽개쳐진 것이리라. 태산의 지위가 제아무리 하늘을 찌른다 해도 명호 동무에게 어떤 도움도 베풀어지지 않을 것이다. 태산이 동무의 성품을 알기에 장차 명호 동무에게 일어날 일들을 생각하며 몸서리를 치고 있었다. 공화국 보위부 감옥에다 정치범수용소에 명호 동무의 장래는 불을 들여다보는 듯 이제 뻔한 형국이었다.

한 인간으로 치자면 꿈도 없고 희망도 사라진 처지, 주민들은 비참한 신세를 한탄하며 쑥섬 신세가 되었다고들 하지만 명호 동무에게는 말뿐이 아니라 실제로 쑥섬 신세가 되어버린 것이었다. 쑥섬 신세의 나그네를 두고 어떤 아낙네가 공화국에서 복한 생활을 누리며 살 수 있다는 말인가. 나그네는 감옥에 갇혀 있고 아낙네는 마음의 감옥에 갇혀 불행하게 살아갈 수밖에 없는 현실이었다.

정숙을 향한 태산이 동무의 회유는 헛물켜는 허수아비의 짓거리나 매한가지일 것이라고 정숙은 장담했다. 나그네를 눕혀놓고 어느 누가 몸을 놀려 화냥질을 한다는 말인가. 참이의 핏줄을 물려주었다고 하더라도 정숙에게는 태산이 동무가 외간 사내밖에 되지 않았다. 정숙은 여태 그런 자신의 입장에는 변함이 없이 확고하다고 생각하고 있었다. 정숙은 어리석은 녀자가 아니었다.

태산이 동무가 정숙을 취하려고 한다는 것을 모르지 않았다. 권력의 꼭대기에 자기를 올려주어도 금은보화를 자기 앞에 쌓아놓아도 어림없는 일이라고 생각했다. 불을 즐기는 자는 불에 타 죽으리라. 명호 동무와 태산이 동무를 생각할 때 정숙에게 가장 먼저 떠오르는 말은 싸움을 좋아하는 자는 싸움 끝에 망한다는 생각이었다. 정숙은 이제 자신의 처지가 어떻게 전개될 것인가를 짐작할 수 있었다. 명호 동무와는 이제 어느 한순간도 함께 마주하지 못할지도 모른다는 아주 불길한 생각에 빠져들었다.

— 오마니, 무슨 생각을 그렇게 골몰히 하십니까?

줄뛰기를 하다말고 봄이가 넉살좋게 뒤에서 정숙의 몸을 끌어안으면서 말했다.

– 네 아버지 생각하지 누구 생각 하겠나?

– 아버지는 이제 어찌 되시는 겁니까?

이렇게 묻는 딸애를 보면 여전히 철이 없어 보였다.

– 공화국 놈들이 하는 짓을 어미가 무슨 수로 알 수가 있겠니? 한데 참이는 어디에서 무얼 하고 있기에 바깥 잠까지 자고~

– 동실 오라버니 집에서 일찍 나갔다는데~ 키 쪼그만 만룡이 동무 집에 갔을지 모른다고 동실 오라버니가 귀띔 하드만요.

동실의 이름을 입에 올리며 봄이의 얼굴이 붉어졌다.

– 봄이야, 너 동실이더러 어찌 슝하게 오라버니 오라버니 하나? 어잉?

– 오마니, 마음에 든 이웃집 남자 동무한테 오라버니 오라버니 하는 거 이제 공화국에서 흉잡히는 말 아니에요.

봄이는 열린 생각으로 서슴없이 말했다.

– 철딱서니 없는 것~ 그래 오밤중에 골목에서 동실이 놈하구 오도 방정을 떨었구나? 으이 철딱서니 없는 것들~

정숙은 먼산바라기를 하다 자신도 모르게 봄이를 힐책하고는 등을 돌리고 돌아섰다. 봄이 문제까지 겹쳐 마음이 심란해지는데 아들애까지 집을 나가 들어오지 않으니 몸도 마음도 어디에 의지할 수가 없었다. 정숙의 말에 머쓱해진 봄이의 표정을 보니 공연히 말을 아낄 길 하다가도 버럭 화가 다시 치솟았다.

– 녀자라면 응당 몸을 소중히 다뤄야 하지 않나? 동실이가 다 뭐이니? 참이 오라버니 없음 그저 후딱 나와야지~

딸애한테 이런 말까지 하지 말아야지 하면서도 견딜 수가 없었다. 딸애한테 화풀이를 하고 있지만 실상 자신을 향해 꾸짖어대는 것이리

라. 피가 펄펄 끓어오르는 젊은 남녀들의 성정을 감히 누가 잠재울 수가 있다는 말인가. 삼수갑산에 가더라도 연애질을 하고 보는 것은 공화국 젊은 애들도 하나의 인간이기 때문일 것이다. 하지만 봄이의 방탕한 처사를 목격하고 정숙의 머릿속에 빙빙 맴도는 말이 있었다.

— 오마니, 저 아랫동네에선 나나이 어린 녀학생이 애도 낳아서 기른답니다.

— 아이 에그나~ 걸 말이라구 하나? 건 저 아랫동네 얘기구 이것아 여긴 조선인민공화국이란 말이야. 봄이 네가 동실이 그저 불쌍하게 여겨서 맘이 동한 줄 모르겠다만 이제 동실이 만나는 거 아니 된다. 조신한 처녀가 되어야 좋은 혼인 자리도 넘볼 수 있는 거 아니니?

정숙은 자식 가진 부모는 누구나 그렇게 생각할 것이라고 믿었다.

— 오마니, 내 동실 오라버니하구 이 다음에 혼인할 거에요.

— 아니 그저 알아듣게 얘길 하는 데두~ 봄이 너 사람들한테 길래 해방처녀 소릴 듣고 싶다 이런 말이니?

차마 생각조차 털어내려고 발버둥을 쳤던 말이 터져 나오고 말았다. 차마 딸애 앞에서 해방처녀 소리는 하지 말아야 했던 것이다. 정숙의 머릿속에 가둬두었던 말이 튀어 나오자 봄이마저 사뭇 놀라는 눈치였다. 공화국에서 가장 흉한 것이 해방처녀_{남자관계 복잡한 미혼모}가 아니던가 말이다.

명호 동무와 연애하던 시절, 학교로 찾아온 명호 동무 입에서 정숙을 향해 해방처녀라는 말이 튀어나왔을 때 정숙이 가장 먼저 취한 행동은 명호 동무의 뺨을 올려치는 일이었다. 정숙은 당시의 상황을 여태 잊지 않고 또렷이 기억하고 있었다. 해방처녀라는 말이 공화국 녀성에게 얼마나 치욕적인 말임을 알기에 명호 동무 역시 정숙의 뺨 세례를 달게 받았었다.

그런 중에도 명호 동무의 떨리는 손길이 정숙의 빗장뼈를 거쳐 어깨 돌기를 움켜쥐었었다. 싫지 않은 사내 동무의 손길을 부러 내칠 때 사다듬이^{몽둥이찜질} 당할 짓을 해서 미안하다며 쩔쩔매던 명호 동무가 아니었던가. 해방처녀에 대한 얘기는 명호 동무와의 사이에서만 오갔던 것은 아니었다.

그리 오래된 일도 아닌 악몽 같은 기억이 정숙의 가슴께에 뭉턱 걸려 있었다. 보위부 차마당에서 얼떨결에 마주친 홍용희 동무로부터 해방처녀라는 말을 들었을 때는 차마 죽지 못할 치욕스러움을 느꼈던 것이다. 정숙은 자신의 지금 처지를 생각하니 장차 어른이 되어갈 딸애의 처지를 훤히 들여다보는 것만 같아 몸이 파르르 떨렸다.

— 오마니 어찌 내게 해방처녀라는 말을 합니까?

봄이 또래 아이들도 이런 말이 얼마나 여자에게 수치스런 얘기라는 것을 모를 리가 없었다.

— 그래 봄이야~ 어미가 말이 헛 나왔구나. 하지만 오직 공불 열심히 해야 할 때인데 딴 짓을 하니 그렇잖나? 공화국에선 그저 남녀 연애라는 것도 지도층에 대한 충성도를 높이는데 목표를 두어야 한다 이런 말이지~

— 10호 담당 선전원답게 열혈 충성분자 그저 나 됐습니다. 오마니, 하지만 나는 동실 오라버니 아니 동실 동무한테 장차 손오공 신부가 되고 싶단 말입니다.

듣도 보도 못한 말이 봄이의 입에서 튀어나왔다.

— 아니 여적~ 손오공 신부는 또 뭐이다니?

— 손전화도 해주고 오토바이도 사주고 공부도 지원해주고 싶단 말

이에요.

제법 진지한 딸애의 말에 정숙은 한숨만 나올 뿐이었다.

─ 에그 철딱서니 없는 것∼ 감히 그게 어데라구∼

─ 내 동무들은 벌써부터 현대가재미 타령을 하고 있단 말이에요.

정숙은 무장 덤벼들 듯 뿜어내는 봄이의 대꾸에 말할 엄두가 나지
않았다. 세대가 사뭇 바뀌니 환경이란 것도 사뭇 바뀌는 모양이었다.
정숙은 한참 입을 벌린 채로 말을 잇지 못하다가 겨우 한숨을 내쉬며
말을 이었다.

─ 현대가재미라니 어찌 흉악한 말들이 공화국 인민들 사이에 떠돌
아다닌다니 응?

─ 현금도 지니고 대학도 다니고 가풍도 있고 빼어난 재간에다 미모
좋은 녀성이 될 거란 말이지요.

정숙은 봄이한테 더는 대꾸하지 못했다. 명호 동무와 연애를 할 때
5장 6기에 열대메기를 외치던 때가 있었다. 살아보니 세상이란 것이
그렇게 만만치 않음을 알았지만 피가 끓는 시절이야 하늘의 별도 따다
줄 허세로 가득한 시절임을 누가 부인할 수 있겠는가. 그러고 보니 이
제 봄이 탓을 하려는 명분마저 없어졌다.

철없는 애들이 혼인을 서둘러 하다 보니 공화국 이혼율이 늘어나고
있다고 했다. 가부장 문화는 꼬리를 잘리지 않으려고 버티고 있는데
사회주의 공화국에 물밀 듯 몰려드는 자본주의식 시장화는 주민들의
생활양식까지 빠른 속도로 바꾸어대고 있는 모양이었다. 오직 사회주
의 건설을 위해 청춘시절의 열정을 쏟던 생활방식은 이제 바뀌고 있었
다. 자유연애나 조기결혼 같은 반사회주의 행위도 이제 퇴폐적이라는
죄목으로 매도당하지 않은 시대가 되어버렸는지도 모른다.

－ 가재미^{가자미}눈이라는 말은 들어 보았나?

정숙은 봄이에게 무슨 말을 해야 할지 얼른 떠오르지 않아 생트집을 잡으려고 공연히 화난 말을 내뱉었다.

－ 가재미눈이야 잔뜩 화가 나서 흘겨보는 눈이지요.

－ 남이 가재미를 외든 현대가재미를 외든 봄이 네가 새겨들을 거는 없다는 말이야~ 가재미는 애당초 나쁜 종자란 말이지. 공화국 인민들이 화가 나서 죄 옆으로 흘겨본다면 누가 좋아 하겠니? 어미 말이 맞지?

정숙은 지금 자신이 무슨 말을 하고 있는지 생각할수록 횡설수설하고 있다는 느낌이 들었다. 봄이가 정작 가재미눈처럼 정숙을 곁눈질로 흘겨보고 있었다.

바로 이때, 참이가 대문을 열고 들어오고 있었다. 참이는 혼자가 아니라 만룡이 동무와 함께였다. 참이 뒤에 따라 들어오는 키가 아주 작은 만룡이와 마주쳤을 때 정숙은 눈빛이 흔들릴 정도로 크게 당황했다. 봄이 역시 갑작스럽게 들이닥친 참이와 만룡이 동무를 보며 적이 당황한 눈치였다.

－ 참아, 너 어데서 바깥 잠을 자고 오는 거니?

－ 오라반, 이 쪼그만 동무네 집에서 자고 오는 거야, 엉?

정숙처럼 봄이 역시 목을 빼어 늘이고 만룡을 바라보았다. 정숙은 이내 동실네 집에서 얼떨결에 들은 간날^{지난날}의 기억이 떠올라 만룡이와 눈빛을 마주치지 않으려고 부러 딴 데를 바라보았다. 만룡의 입에서 난데없이 터져 나왔던 말을 생각조차 하기 싫었다. 그때 만룡은 나그네와 이별수가 있다는 턱도 없는 말을 시부렁거렸었다.

－ 참이 어머니, 별일 없지요?

만룡이 정숙을 향해 허리를 숙이며 인사를 했다. 그저 인사법도 세상 환경 따라 간다더니 공화국 주민들은 혹독한 가난을 겪고 나서 아침에 만나면 '밥은 먹었느냐'는 게 인사였다. 길거리에서 아는 이웃을 만나면 '어디 아픈 데는 없는가' 하고 안부를 물었다. 주민들의 사상을 한창 틀어잡을 때는 자고 나면 이웃이 없어지는 바람에 '밤새 무사했느냐'는 인사말마저 유행했던 것이다.

－ 그래~ 네들은 밥은 먹고 다니나?

－ 산에서 기도하고 내려오는 중이예요.

만룡이 대신 참이가 대답했다. 만룡은 도릿도릿 정숙을 쳐다보았다.

－ 아니 네들이 밤새 무슨 기도를 했단 말이니?

－ 간절히 기도를 하면 백두대감의 뜻이 가슴속에 들릴 듯 말 듯 전해진단 말입니다.

만룡이가 불쑥 끼어들었다.

－ 키 쪼그만 오라버니가 웃기네. 간번에도 이상한 말을 하더니~

－ 봄인 어서 안으로 들어가거라.

－ 예 오마니~

－ 참이 너는 어서 동실을 데리고 오너라.

정숙의 머릿속이 갑자기 얽힌 실타래처럼 혼란스러웠다.

－ 동실 동무를요?

－ 끼니는 때워야 할 거 아니냐?

－ 예, 어머니. 만룡이 동무야 동실이 데리러 함께 가자.

－ 어 그래~ 한데 참이 어머니?

만룡이가 참이와 함께 나가려다 말고 정숙을 향해 말했다. 정숙은 순간 가슴이 뜨끔한 나머지 피꺽질_{딸꾹질}이 올라왔다. 정숙의 머릿속에는 실은 만룡이에게 들었던 기분 나쁜 말들이 윙윙거리고 있었던 것이다. 정숙이 한참 허리를 숙이고 나서 피꺽질이 멈추자 말했다.

- 만룡이라 했더냐?

- 예, 참이 어머니.

- 나한테 무슨 말을 하려 하지? 내 오늘은 아무 소리도 듣고 싶지 않은데~

정숙이 궁여지책으로 만룡에게 말했다.

- 가슴에 뜨거운 기운이 느껴지는 바람에~

만룡의 대꾸에 정숙은 공연히 가슴이 두근대기 시작했다.

- 너 속이 활끈 달아오른들 어쩐들 난 아뭇소리 듣기 싫다니까는~

- 뜨거운 기운이 느껴지지 않음 좋은 뜻도 개탕^{허탕}밖에 되지 않아서 말이지요. 뜨거운 기운을 받아야 효험이 있다니까요.

만룡은 무장 알아들을 수 없는 말을 지껄였다.

- 오냐. 네 사정이야 그렇다만 그저 학생이면 학생답게 공불 해야지 개탕이니 뭐니 허공에 메아리만 하겠니? 네 가슴에서 화통을 뿜어댄다 해도 당장은 나한테 아뭇소리 하지 말거라.

- 예 참이 어머니~

만룡이 입술을 삐죽거리며 대답했다. 참이 등이 대문 밖으로 나가는 것을 보고 정숙은 재게 방으로 들어와 벽에 걸린 거울을 들여다보았다. 낯바닥이 굼실굼실 벌레가 기어 다니는 깃처럼 기렵고 붉게 상기되어 있었다. 정숙은 손바닥을 펴서 양쪽 볼에 가져다 대고 달아오른 뺨을 식혔다. 숨이 어찌나 가쁘던지 마치 뒤에서 바라보면 양쪽 어깨가 크게 흔들려서 용을 쓰는 것처럼 보였을 것이다.

'흐응, 내 아칙부터 흉한 소릴 들을 팔자는 되기 싫은데 괘씸한 녀석~'

정숙은 속으로 만룡을 향해 말뿌리를 단단히 세웠다.

'아니 근데 참이 이 녀석은 어찌 저런 이상한 동무와 하낭함께 어울려 다니는가~ 동실 동무 여 놔두고 거꺼정거기 까지 쏘다닐 필료 어데 있는가 말이야~ 아이구나 백두대감 커녕커녕 백두산 애기동자 소리도 과분하겠구마는~'

정숙은 흉벽가슴에 고여 있는 말을 꺼내 혼잣말로 지지벌거렸다. 강냉이와 쌀알이 투박하게 섞인 밥에 볶은 채소를 버무렸다. 배급으로 받은 밀가루를 물에 개어 밥과 채소에 날쌍하게 발라 달걀까지 입혀 튀겨내니 그럴싸한 남새튀기밥이 만들어졌다. 한쪽 솥에는 달걀부침에다 홍당무를 볶아 노릇노릇 닭알쌈밥을 정성스럽게 구워냈다.

부엌방을 분주히 드나들며 정숙이 생전에 가장 정성 들였을 법한 밥상을 차렸다. 문득 퇴마루에 밥상두리 앉아 도란거리며 비록 거칠은 밥을 먹으면서도 기뻤던 날들이 떠올랐다. 하지만 이제 처지가 달라졌다. 밥상두리에 오순도순 앉는다 해도 세대주 없는 자리는 정숙에게 서글픔만 가득했다. 눈물로 끼니를 만들어 퇴마루에 밥상을 차리니 눈시울이 벌겋게 젖어들었다.

참이 동무들이 들이닥쳐 오자 아고阿姑를 밥상두리 중심에 앉혔다. 참이 동무들은 밥상에 차려진 남새튀기밥과 닭알쌈밥을 보고 감탄을 하고 있었다.

― 아니 에미야, 오늘이 무슨 시민궐기대회라도 하는 날이다니?

― 아, 아냐요. 어서 많이 드시어요.

대단한 식단도 아니지만 공화국에서 이 정도의 밥상은 귀빠진 날에나 맛볼 수 있는 성찬이었기 때문이다. 정숙은 봄이와 나란히 퇴마루에 앉아 아침 끼니를 때워갔다. 수저 소리가 사그락 사그락 들릴 때 정숙은 숨을 제대로 쉬지 못했다. 명호 동무는 보위부 감옥에서 어떻게 지내고 있을까. 눈물이 자꾸 흘러내려 눈시울이 따가울 정도였다.

정숙이가 아고阿姑는 물론 아이들에게까지 지극정성으로 아침을 대접한 까닭은 밤새 혼자 결의를 다진 때문이었다. 도 보위부를 찾아가 태산이 동무와 결판을 내리라는 각오를 다졌던 것이었다. 오늘 집을 나가서 되돌아오지 못한다면 이게 가족과 함께 하는 마지막 자리가 될 것이라고 생각했다. 정숙은 거친 반찬이지만 반찬을 집어 아고阿姑의 밥수저에 올려주고 또 반찬을 집어 참이와 봄이의 밥수저에 올려주었다. 그리고 또 반찬을 집어 동실의 밥수저에 올려주고 차마 내키지 않았지만 만룡의 밥사발에도 반찬을 집어 올려주었다. 정숙의 행동을 보고 이상하게 여겼는지 참이가 어둔 표정으로 말했다.

- 어머니, 우리들일랑 신경 쓰지 말고 어서 한 입 뜨시잖구요.
- 차린 거는 없다만 네들 많이 먹으라. 내 손이 부끄럽구나 그저~

정숙은 배가 고팠지만 애들 입에 음식 들어가는 모습을 보니 마음이 놓였다.

- 에미야, 네가 음습음식을 앞에 두고 영판 이상하구나~ 밥 수저가 에미 입을 찾아 들어가야지 어찌 엉뚱한 데다 수저질을 하나? 참이 넌 어느 메어디에 간쟀느냐? 아무리 서나사내들이라고 바깥 잠을 자면 쓴쓰나?
- 할머니, 잘못 했습니다.

참이가 난처한 표정을 지으며 할머니를 향해 대납했나. 봄이가 자기 밥주발에서 얼른 한 수저를 떠서 동실이 밥주발에 얹어주며 할머니를 향해 통을 주었다. 할머니는 봄이의 이런 속바른 행동을 눈을 똑바로 뜨고 바라보고 있었다.

- 클마니할머니, 아츰아침 다 잡쉈음 장독대 너머로 가서 크나반할아버지한테 안부나 전하오.

― 버르장머리 없는 에미나~ 공동묘지 묻힌 영감 기침起枕할 시간도 멀었는데~ 야싸난처할 땐 그저 아무 데고 사투릴 지껄이지 아매~ 흐어 나나이 들면 죽어야 하는데~

아고阿姑의 말이 끝나기 바쁘게,

― 클만할머니~

하면서 수저를 뜨다가 말고 만룡이가 아고阿姑를 뚫어지게 쳐다보았다.

― 아주 쪼그만 동무까지 클만 클만 하매 장난질을 하니? 못된 강아지 가마뚝부뚜막에 먼저 올라간다더니 허업~

― 클만, 게 아니굽쇼. 아니 그저 백두대감이 자꾸 여 가슴팍을 치고 올라오는데 뭐라 말을 해야 하나?

― 게 무슨 아니 백두대감은 또 무시기 소리인가 어잉?

정숙은 만룡이를 매섭게 쏘아보고 있었다.

― 클만할머니! 저기 북망北邙 : 무덤이 멀지 않~

― 아이 에그나 망측~

하며 정숙은 만룡이 입술 뚜껑을 잽싸게 덮었다. 그렇잖아도 심란한 터에 엉뚱한 얘기를 쏟아내려는 만룡의 짓거리가 정숙의 눈에 밉살스럽게만 보였다. 오늘 일이 이상하게 풀리지 않고 자꾸 꼬이는 것만 같아 정숙의 표정은 더욱 어두워지고 있었다.

부쩍 계절이 바뀌면서 입맛이 없다던 아고阿姑와 딸애의 푸념에 정숙은 시늉으로 수저질을 했을 뿐이다. 아고阿姑는 만룡이와 티격태격 한바탕 입씨름을 하더니 가장 먼저 밥상두리에서 물러나 여느 날처럼 담벼락에 붙어 먼산바라기를 하고 있었다. 봄이와 동실은 아직 나나이도 어린 것들이 바싹 붙어 앉아 짝자꿍을 놀고 있었다. 봄이와 동실의 은밀한 관계를 알고 있는 사람은 정숙이 뿐일 것이었다.

부엌 설겆이설거지를 마치니 빈 그릇이 개수통에 가득했다. 정숙은 아무리 처지가 궁해도 녀자라는 것을 잊지 않았다. 거울 속에 비친 자신의 모습에는 핏기라곤 찾아볼 수 없었다. 궁색한 처지에도 덕순 동무가 살아있을 적엔 별의별 소리로 사촌 기와집을 지어줄 태세였고, 그럴 적엔 하냥쭉 그네들의 얼굴에는 웃음기가 어른어른 잔즐거리었다.

정숙은 푸석한 얼굴에 살결물스킨로션을 찍어 발랐다. 밤새 잠을 설친 탓에 푸석한 얼굴이 그대로 드러났다. 명호 동무가 보위부 감옥에 갇힌 뒤부터 정숙은 잠을 한 번도 제대로 자지 못했다. 잠약수면제이라도 한번 먹어 보라며 덕순 동무의 성화에 잠약을 한번 먹어 보았지만 끝내 잠을 이루지 못했었다. 공화국 녀성들은 거울 앞에서도 온전히 여자가 되지 못했다.

직장세대맞벌이를 하면서 공장 혹은 기업소 일에 치이고 집안 살림에 치이다 보니 정작 녀성의 본분을 돌아보지 못했다. 마음의 여유를 누릴 틈도 없이 녀성의 기쁨을 탐낼 틈도 없이 일터로 문화 교양 학습장으로 숨 쉴 겨를이 없는 것이었다. 정숙은 앞머리가 가늘어져 푸슬푸슬 날리는 것이 못내 마음에 걸려 덕순 동무가 남겨주었던 덧머리부분가발를 얹어 보고 눈썹먹마스카라으로 눈썹도 그려 보고 부러 거울 앞에서 볼웃음미소을 지어보았다. 그러다가 공연히 불안한 마음이 치고 올라와 덧머리도 걷어내고 눈썹먹 흔적도 지워버렸다. 나그네가 감옥에 있는데 이런 치장이 모두 허망한 일만 같았기 때문이었다.

- 오마니阿妳, 오늘 도 보위부에 다녀올 테니 끼니 거르지 마오.

- 나도 같이 가고 싶다는데~

아고는 마치 어린 아이처럼 투정을 부렸다.

- 아니 되오. 보위부가 물놀이장 손님 받듯 아무나 턱, 턱 받아주지

않는다 말입니다. 내 먼저 가서 처지타령이라도 한 다음 간을 보잔 말입네다.

– 태산이 동무더러 제발 한번 도와 달라고 손을 내밀어 보는 게 방법 아니겠니?

아고의 말에 정숙은 기분이 상했다.

– 기딴 말씀 하지 마시라요. 태산이 동무 생각하면 내 가슴에 천불이 솟는다 말이오.

이때, 불쑥 참이가 끼어들었다.

– 어머니, 저희들도 아버지 면회 한번 해야 하지 않나요? 상철 동무아버지 뜻만 바라보고 있음 어떡합니까?

– 맞는 말이구나. 상철 아버지 고약한 뜻을 어느 누가 알겠나?

정숙은 태산에게 간절히 부탁해 보았지만 헛수고만 했단 사실을 차마 애들한테 꺼내지 못했다.

– 참이 동무, 우덜이 함께 력사 생코셈 면회 신청하자. 내 기도 중에력사 생코가 우덜을 간절히 원하는 기운이 느껴지더라니까는~

만룡이가 작은 몸을 건들건들 흔들면서 끼어들었다. 그런 중에도 정숙은 작은 만룡의 행동거지나 모습이 우스꽝스러워 피식 웃음을 흘렸다. 생긴 모습은 요상하고 볼품이 없어도 하는 짓은 정말 백두대감의행동처럼 의젓한 데가 있고 용기도 있어 보였다. 명호 동무가 가족들보고 싶은 심정이야 당연한 일이겠지만 만룡이에게 그런 얘기를 듣게되니 괜히 과망대열을 기대하는 마음이었다.

3

정숙은 옥수수 가루로 떡을 만들어 그릇에 가득 담아 보자기에 쌌다. 아고阿姑를 제외하고 참이 동무들까지 모두 남하동 도 보위부로 향했다. 명호 동무가 도 보위부로 이송되었다는 청천벽력 같은 소식이 날아든 이후 여러 차례 면회 시도해 보았지만 헛수고였고 아이들을 데리고서는 처음 가는 면회였다. 태산이 동무의 승진 소식과 동시에 날아든 명호 동무에 대한 소식은 그야말로 청천벽력과도 같았다. 하지만 태산이 동무의 지위상승과 동시에 맞닥뜨린 소식이었기에 솔직히 기대하는 면도 있었다. 도 보위부가 아무리 지옥 같은 데라는 소문으로 악명이 높다 하더라도 태산이 동무가 부부장으로 있는 한 불피코 해결책은 있으리라고 실낱같은 기대감을 갖게 되었던 것이다.

하지만 태산이 동무를 찾아가 몇 번 애걸을 해보려 하였지만 태산이 동무를 만나는 것은 하늘에서 별을 따기보다 더 어려운 것 같았고 어쩌다 손전화로 통화를 했지만 냉정히 거절당했다. 태산이 동무로부터 전해들은 것은 야속한 얘기뿐이었다. 첫째, 애당초 정치범으로 분류가 되어 면회 자체가 허용되지 않는다는 것이었다. 그러니 아무리 도 보위부 부부장과 아는 사이라고 해도 번번이 면회신청은 거절되고 말았다. 둘째, 명호 동무가 예심이 끝나 정치범으로 확정되면 자동적으로 리혼離婚이 된다는 점이었다. 도 보위부를 몇 차례 드나들며 태산으로부터 이런 해괴한 정보까지 얻어듣게 되다 보니 정숙은 온몸에 기운이 한꺼번에 달아나버린 느낌이었다.

리혼이 된 이후 가족에게 가해지는 처벌에 대해 묻자 사안에 따라 함께 정치범수용소에 입소할 수도 있고 운이 좋다면 투옥되는 처벌은 면할 수도 있다는 것이었다. 정숙은 그때 열성분자로 살아오면서 받은 메달을 생각했다. 명호 동무 역시 메달을 받은 적이 있지만 이렇게 보위부 감옥에 투옥된 처지이고 보니 메달이 전혀 소용없는 물건이 될지도 모를 일이었다. 하지만 뭐라도 붙잡아야 살아나올 수 있지 않겠는가. 정숙은 메달과 훈장을 정성껏 챙겨 들가방에 넣고 새삼스러울 것도 없이 각오를 다졌다. 오늘은 몸소 죄수가 되더라도 불피코 명호 동무를 만나볼 생각이었다. 그래서 은밀히 죄수가 되기 위해 준비한 것까지 밤새 꾸려 들가방에 밀어 넣었었다. 정숙은 죽을 때 죽더라도 이번에는 꼭 나그네를 만나야 하리라며 양쪽 어금니를 꽉 깨물었다.

도 보위부 정문 수위실에 정숙 일행이 도착했다. 정문 입구에 카키색 군복을 입은 키가 훌쩍한 무장보초는 정숙 일행에게 단숨에 기가 질리게 하였다. 그동안 몇 번이고 면회가 거절되어 이제 작정을 하고 아이들까지 대동하고 나선 길이었다. 혹여 무장보초가 번번이 정문 앞에서 소란을 피우던 죄인의 가족이란 것을 알아챌까 봐 최대한 몸을 은폐했다. 애들한테도 몸을 낮추라고 말을 하는데 만룡이는 그새 장난기가 발동한 탓인지 훌쩍훌쩍 뜀뛰기를 하였다.

아이들을 보위부 높은 담장 너머에 기다리게 해놓고 정숙이 으레 하던 대로 수위실 접수처에 들어섰다. 보위부 담장 안에 늘어선 키 큰 방울나무플라타너스의 빛바랜 잎들이 바람에 우수수 날리고 있었다. 정숙은 문득 날리는 낙엽들처럼 흔적조차 없이 사라지고 싶다는 생각이 들었다. 하지만 그런 생각의 너머에는 끈질기게 생명을 붙잡고 공화국의 한 주민으로서 악착방망이처럼 단단하게 살아내야 한다는 충동이 일었다.

- 아니 된다고 하는데 어찌 또 오셨소?

- 그저 사람 한번 살려 주시라요. 박태산 부부장에 아는 사이라오.

어떻든 보위부에선 태산이 동무를 물고 늘어질 속셈이었다.

- 아니 글쎄 몇 번을 말해야 알아듣나~ 높으신 부부장 동지를 어느 안전이라고 팔아댄단 말이오?

- 내 공화국에서 먹기 힘든 비싼 밥 먹고 빈말 하는 거 아닙네다.

정숙은 당당하게 맞서 응대했다.

- 아니 거 보자니 말하는 본새가 정말~ 먹기 힘든 비싼 밥이라니 동무 보자니 사상이 아주 그저~

- 아, 아냐요. 선생님, 제발 담당관 한번 만나게 해주오. 우리 남편은 죄가 없습네다. 이거 순전히 모함이야요. 남편은 사상 투철한 력사 교원이란 말입네다.

태산이 동무를 팔아도 통하지 않자 곧장 신세한탄이 되어 나왔다.

- 흐응, 거야 취줄 하고 있으니 밝혀질 일 아닌가~ 응당 붙잡아 올 만 하니 붙잡아 왔겠지~ 시 보위부에서 도 보위부로의 이송은 악질 중 악질 정치범이나 가능한 일이란 말이오. 어서 가오.

정숙은 손을 탈탈 털어내고 못내 수위실에서 걸어 나왔다. 담장 아래 웅성거리던 아이들이 정숙을 보자 둥그렇게 에워쌌다. 참이가 먼저 말을 꺼냈다.

- 어머니, 면회 거부당한 겁니까?

- 아버지가 정치범이라서 면회 시켜주지 않는대는구나~

힘이 빠진 탓에 들가방이 정숙의 팔에서 쪼르륵 미끄러져 바닥에 떨어졌다.

- 오마니, 높은 부부장 선생한테 도와 달라 하면 되는 거 아냐요?

봄이가 바닥에 떨어진 들가방을 허리 숙여 집어 들면서 물었다.

- 봄이 넌 가만있으라.

- 참이 오라반, 이럴 때 오라반이 손을 내밀어 봐야지 않나?

봄이가 참이를 흘겼다.

- 아니 봄이 넌 가만있으라 하지 않니~

- 어머니, 내가 한번 사정을 해볼게요.

정숙은 참이가 핏줄 물려준 아버지를 팔아 명호 동무를 면회한다는 것이 내키지 않았지만 지금은 지푸라기 하나라도 잡아야 할 때라는 것을 모르지 않았다.

- 참아, 정말 괜찮겠니?

- 염려 마세요. 내 사정 한번 해볼게요.

참이가 수위실에 들어가서 면회 신청을 했다. 정숙의 일행임을 알고 담당이 고개를 저었다.

- 아니 몇 번을 말해야 알아듣나? 글쎄 정치범은 면회가 일절 아니 된다니까 어찌 자꾸 소란을 피우고 이러니 응, 썩 꺼지라.

- 저 선생님~

참이가 숙부드러운 태도로 말했다.

- 아니 글쎄 선생이고 나발이고 썩 저리 꺼지라는대두~

- 선생님, 실은 도 보위부 부부장 선생이 내 아버집니다. 아들애가 아버지 얼굴이나 한번 보겠다는 것도 아니 된다는 말입니까?

- 에이 거 답답한 학생 동무, 부부장 동질 보러 온 거야 죄인을 면회 온 거야?

이제야 계호원의 태도가 조금 부드러워졌다.

- 미안합니다, 두 분 다 만나보려고~

－ 학생 동무 이름이 뭔가? 내 부부장 선생 방에 연락을 취해볼 테니~

마지못해 떠밀려 도와주는 듯한 계호원의 태도에 참이는 활짝 웃으며 대답했다.

－ 참입니다. 참이~아들애 참이가 아버질 만나러 왔다면 알 거야요.

－ 참이? 흐응 이름도 참~

계호원이 구내교환연락선으로 열심히 연락을 취하고 있었다.

－ 에이 어찌 이리~

참이는 내내 가슴을 졸이며 계호원의 눈치를 살피고 있었다.

－ 에이 참~ 학생 동무, 여 화중음통화 중 소리 들리지? 좀 기다려 보라.

－ 예~

계호원이 한참 뒤에 참을 향해 말했다. 계호원의 표정이 아까보다 어두워졌다.

－ 거 학생 동무 들으라.

－ 예 서, 선생님~

참이는 긴장한 탓에 거의 혀가 달라붙는 느낌이었다. 이런 와중에도 만룡이가 작은 키를 건들거리며 재미난 모습으로 걸어와서 참이 허리에 손을 두르고 계호원을 찬찬히 노려보았다.

－ 부부장 선생 동지하고 내 직접 통화했는데 아들애 맞긴 맞네. 한데 무슨 일인지 학생 동물 그저 돌려보내라 하는데~

－ 예~ 고맙습니다.

－ 나한테 어이 고맙나. 내 학생 동무한테 면목 없다야, 에이 참 무슨 사정이 있겠지. 다음에 오라 학생 동무~

계호원에게 매달려봐야 아무 소용없는 일이라는 것을 알기에 참은 허망한 표정으로 꾸벅 절을 하고 돌아섰다. 어깨를 축 늘어뜨리고 참이가 수위실에서 걸어 나오는 모습을 보고 정숙은 면회가 여의치 않음을 알 수 있었다. 태산이 동무한테 정숙이 몇 번을 부탁했는데도 명호 동무에 대해 아무런 조치를 취하지 않은 것을 보면 참이라도 별수 없을 것이었다.

– 어머니, 정치범은 면회 아니 된답니다.

– 누가 함부로 정치범이라 하더냐? 턱도 없는 소리 마라. 네 아버지 정치범 아니다. 공로 메달까지 받은 조선공화국에 열혈충성분자이니라.

– 부부장 선생 면회도 함께 신청했는데 돌려보내라 하더랍니다.

– 흐어~ 별수 없구나. 네들 아버지 면회 못하면 내래 죄를 짓고서라도 보위부 감방에 걸어 들어가겠다고 맹세했지~

정숙의 결의에 차 있는 말을 듣고 아이들의 표정 역시 심각해졌다. 정숙은 이렇게 아이들까지 데리고 보위부 정문에 와서 면회를 신청하는 데도 태산이 동무가 부러 내친 것만 같아 야속하기 이를 데가 없었다. 정숙은 마지막 아침 식사가 될 줄도 모른다고 생각했던 것이 공연한 일이 아니었다고 생각했다.

– 어머니, 이제 어떡하시려구요?

– 참아, 봄이야, 네들은 어서 돌아가거라. 오마닌 불피코 네 아버지 만나보지 않음 여게서 한 발짝도 움직이지 않을 거이야~

– 어머니, 여기 죽치고 앉아 있다고 뭐가 해결이 됩니까?

참이가 나이답지 않게 가슴을 치면서 말했다.

– 내 돼지바우^{우둔한 사람} 아니다. 네들은 어서 돌아가거라.

– 아주미 아니 됩니다. 오늘은 이만 들어가십쇼.

– 동실아, 너 참이랑 봄이랑 사이좋게 지내어라.

정숙은 괜히 동실을 향해 참이와 봄이에 대한 당부까지 늘어놓았다.

정숙은 일이 이렇게 된 이상 마음의 각오를 다지고 있었다. 정숙은 갑자기 돌멩이를 집어 들어 수위실 창문을 향해 힘껏 던졌다. 하지만 힘이 모자란 탓인지 돌멩이가 창문에 다다르지 못했다. 정숙이 수위실 창문을 향해 돌멩이를 던지는 모습이 다른 사람의 눈에 띄지 않아 다행이었다.

– 오마니까지 감옥에 잡혀 가려고 어찌 이러오?

– 봄이야, 어미가 어떡해야 네 아버질 만날 수 있겠니? 내 공화국 반동이 된다 해도 네 아바지만 만날 수 있다면 이제 여한 없지 않겠나?

정숙이 은밀히 준비한 어깨띠를 들가방에서 꺼내 어깨에 비스듬히 둘렀다. 어깨띠에 적힌 빨간 글씨를 보고 아이들의 입이 벌어졌다.

– 어머니, 아니 됩니다.

– 아주미, 어찌 이러십니까?

참이와 동실이 다급하게 정숙을 막아섰다. 봄이 역시 어깨띠에 적힌 빨간 글씨를 보고 사태가 심상치 않음을 알아챘다. 어깨띠의 흰 천에는 '김정은 독재 타도'라는 빨간 글씨가 또박또박 적혀 있었다. 정숙이 어깨띠를 비스듬히 메고 '김정은 독재 타도' 외치며 상상조차 하지 못할 행동을 하려던 찰라 만룡이가 재깍 어깨띠를 낚아챘다.

– 참이 오마니, 백두대감의 명령이니 용서하십쇼.

– 키 쪼그만 동무는 아무 소리 하지 말기라.

정숙이 만룡에게 퉁을 주자 만룡이 물러서지 않고 정숙을 힘껏 끌어안았다. 만룡이가 어찌나 세게 정숙을 안았던지 정숙은 맘대로 움직일 수가 없었다.

– 참이 오마니, 백두대감이 역정을 내면 우환단지를 만나는 거야요.

– 이렇게 하지 않음 무슨 수로 저 철벽같은 데에 들어갈 수 있겠니 응?

– 아니 동실이 동무, 백두대감이 어찌 자꾸 몸을 간질이지? 에이 이 게 무슨 뜻을 주는 모양인데~ 아 참이 동무 동실이 동무 그저 이케 한 번 뛰어대자야~

만룡이 마치 접신을 하고 있는 의식을 치르듯 펄쩍펄쩍 뛰기 시작했 다. 만룡이 곁에서 동실이 동무도 펄쩍펄쩍 뛰기 시작했고 또한 참이 동무가 뛰는 대열에 합류했다. 봄이 마저 뒤에서 펄쩍펄쩍 뛰는 이상한 모양새가 되고 말았는데 어느 순간 동실이 동무가 평평한 세멘트 바 닥에 종이를 깔고 머리를 박고 빙글빙글 아이돌 춤을 추어대는 것이었 다. 공화국에서 일절 금지하고 있는 남쪽 아이돌 가수들의 춤판이 도 보위부 정문에서 벌어지고 있는 상황이었다.

군복 입은 계호원들은 물론 보위부에 방문한 사람들까지 반동적 춤 판을 목격하게 되었다. 계호원들이 '이런 개 반동 간나들' 혹은 '아니 여기가 어데라구~' 같은 욕설을 연발하며 총알처럼 튀어 나왔다. 그러 나 계호원들이 바싹 다가오는데도 어느 누구도 도망치지 않았고, 정숙 역시 아이들과 같이 몸을 흔들어대고 있었다. 계호원들에게 붙들리는 것을 일행 가운데 누구도 두려워하지 않은 모습이었다.

– 어이 장쾌하구나~

만룡이가 우렁찬 목소리로 탄성을 자아냈다. 계호원들이 허리춤에 매달린 권총집을 덜렁거리며 화닥닥 춤판을 향해 돌진했다.

– 동실이 동무야 지구를 흔들어버리자~

참이가 동실을 향해 몸을 격렬하게 흔들면서 말했다. 동실이가 참이 동무의 말에 더욱 난잡하게 몸을 흔들어대기 시작했다. 계호원들이 호 루라기를 연신 불어댔다. 호루라기를 불면서 달려온 계호원들에게 일 행이 하나둘씩 붙잡히기 시작했다. 정숙이 가장 먼저 붙잡혔고 이어서 봄이가 붙잡혔다. 계호원들은 정숙과 봄이를 제압하여 안쪽으로 데리고 들어갔다. 이어서 참이와 동실이가 격렬하게 저항했으나 결국 계호원들에게 붙잡히고 말았다.

일행이 모두 붙잡혀 계호원들에게 이끌려 안쪽으로 들어갔지만 만룡이는 여전히 장쾌한 모습으로 춤을 추고 있었다. 만룡의 몸짓은 누가 보더라도 범상한 몸짓이 아니었다. 동실 동무처럼 머리를 바닥에 박고 빙글빙글 도는 아이돌 춤도 아니었지만 보는 이에게 신명을 느끼게 하는 춤사위였다. 배우고 익힌 몸동작이 아니라 어떤 기운에 의한 것인지 절로 주체할 수 없어 움직이고 있는 그런 모습이었다. 만룡의 생긴 모습까지 더해 비록 계호원들이라도 이런 춤을 제압하지 못하고 가까이에서 신기하게 지켜보고 있을 따름이었다.

– 어이 남 동지, 이 거 남쪽 반동 춤은 아니지?

계호원 하나가 옆의 동무에게 머리를 갸우뚱거리면서 물어보았다.

– 아랫동네 춤은 아닌데 거 이 놈 아주 생긴 모냥도 그렇고 물건인데~

– 우덜이 이쯤에서 제지해야 하지 않나 남 동지~

– 아니 양 동지 심심한데 좀 더 두고 보자우~

만룡은 계호원들의 말이 귀에 들어오지 않았다. 온몸에 땀으로 범벅이 되고 있다는 것도 잊은 채로 만룡은 펄쩍펄쩍 뛰어대며 몸을 비비 꽈가면서 혼자 놀고 있었다. 만룡의 몸속에서 튀어나온 춤사위는 계호원들의 눈에도 남조선 춤사위가 아니어서 반동행위로 비쳐지지 않았다. 사람들이 만룡이가 신명나게 흔들어대는 몸짓을 보려고 둥그렇게 에워싸고들 있었다. 어느새 보위부 안쪽에서 보위원들마저 창문을 통해 정문에서 펼쳐진 광경을 구경삼아 내다보고 있는 상황이 되고 말았다.

4

태산은 심각한 표정으로 창밖을 바라보고 있었다. 아들애가 면회실에 왔다는 계호원의 연락을 받았지만 냉정하게 잘라버렸다. 정숙 동무의 간절한 요청에도 냉정히 대했던 것은 이제야말로 명호 동무와의 관계를 결딴내야 한다고 생각했기 때문이었다. 이제 모든 준비는 태산이 원하는 대로 끝났고 법과 절차에 따라 집행하면 되는 것이었다. 태산은 계호원의 연락을 받고 복잡한 심사로 창밖을 내다보고 있었는데 공교롭게 수위실 앞 보위부 정문의 모습이 시야에 들어왔던 것이다.

태산이 조선공화국을 위해 보위부에서 일을 하며 터득한 것은 은밀한 프로그람을 완수하려면 자기의 오른팔이 하는 일을 왼팔도 모르게 수행하는 것이었다. 자기의 머리를 자기의 머리로 감쪽같이 속여야 하는 것, 자기 안에 철저히 거짓과 진실이 공존할 수 있으며 경우에 따라 자신마저도 철저히 속여 버리는 대단한 한 수를 투척할 수 있는 철저함을 지니는 것이었다.

태양이 내일은 바다 위로 떠오르지 않을 수도 있다는 믿음을 자기 내부에 주입하면 그대로 그 믿음을 지속할 수 있는 정신자세도 필요했다. 이렇게 철저히 자신부터 다잡지 못하면 공화국에서 그 어떤 프로그람도 성공시킬 수가 없는 것이었다. 이제 보위부 정보원으로서의 통큰 프로그람을 은밀히 수행할 수 있는 토대와 역량까지 준비되었다고 태산은 생각하고 있었다.

태산이 시 보위부에서 반탐처 처장을 뛰어넘어 도 보위부 부부장으로의 고속 승진은 공화국이 베푼 엄청난 혜택이었다. 공화국이 무역을 할 때 상대국에 제공한 가장 유리한 혜택 즉 최혜제도最惠制度를 뛰어넘는 것과도 같은 최고의 선물이었다. 그 배경에는 최룡해 노동당 부위원장이 든든한 토대와 울타리 역할을 하고 있음을 태산은 잘 알고 있었다. 그래서 태산은 최 부위원장을 위해서는 목숨을 내놓아도 아깝지 않을 것이라고 다짐하고 있었다.

－ 부부장 동지, 이 건件은 아무래도 직접 처리해야겠소.

태산이 공화국 보위부에서 일을 하면서 가까운 사이로 지내던 반탐처장 문 대좌는 부하들의 보고를 받고 태산의 방에 다급히 들어섰다. 문 대좌는 태산이 동무가 최룡해 부위원장의 든든한 배경을 업고 부부장으로 승진해 오자 평소와 달리 태산이 앞에서 쩔쩔매는 난처한 입장이 되고 말았다.

－ 문 대좌, 이 거 정말 면목 없게 되었소.

－ 너무 염려 마오, 부부장 동지. 고등중학 력사 교원 건件은 밥을 하든 죽을 쓰든 일체 부부장 동지가 처릴 하오. 반탐 일이야 박 동지가 내보다 훤할 테니 그저~

－ 고맙소, 문 대좌. 아니 문 처장 동지는 어찌 내 가려운 델 한 치 오차도 없이 정확하게 이렇게 긁어주는지 고마울 따름이오.

－ 박 동지, 우덜이 하루 이틀 알아온 사이가 아닌데~ 그저 공화국 보위부에서 박 동지와 함께 손발 맞춰 일을 히게 되니 나도 기쁘오.

－ 그래, 아까 정문 앞에서 소란을 일으킨 동무들은 지금 어찌하고 있소?

태산은 뜻밖에 발생한 난처한 사건 때문에 문 대좌 앞에서 저자세를 취해야 한다는 게 내키지 않았지만 정숙과 아들애 참을 위해서 어찌할 수 없는 노릇이었다.

– 박 동지, 내가 공연히 여게 올라왔겠소? 지금 구류장에 가두고 조사를 벌이고 있는데~ 거 녀성 동무가 자꾸 박 부부장 동질 만나게 해달라 소릴 지른다 하오. 지하 감방에 갇힌 정치범의 안까이아내인데 면회 거부당하자 벌인 소란이라 하는데~

태산의 관자놀이가 파르르 떨렸다. 문 대좌의 입에서 정치범의 아내라는 말이 터져 나왔을 때 태산도 소름이 돋았다. 지금 여기는 도 보위부가 아닌가. 자칫 잘못하다가는 태산이 자신도 통제할 수 없는 선을 넘을 수가 있다는 생각이 들었던 것이다. 태산은 순간 명호 동무의 건件은 불피코 자신이 틀어쥐어야 하리라고 생각했다. 그런데 문 대좌가 몸소 태산에게 직접 처리하라는 말을 하니 고마울 따름이었다.

– 알았소. 내 밝히지 못할 사정이 있으니 그 동무들 선처를 해주오.

– 한데 부부장 동지, 내 긴히 박 동지 방에 들른 까닭은 그 녀성 동무 들가방에서 무지막지한 불법 선전물이 발견되었기 때문이오.

– 아니 불법 선전물이라니? 게 무슨 말이오?

태산의 머리카락이 빳빳이 일어서는 느낌이었다.

– 허 내 참~ 김정은 독재타도, 이런 반동 선전물이 발견 되었단 말이오.

– 아니 뭐요? 지금 그 선전물은 누가 보관하고 있소?

일이 이상한 쪽으로 번지는 느낌에 태산의 가슴이 타들었다.

– 구류장 즉결 담당인 고인식 지도원이 압수하였소. 그 력사 교원 면회를 하려고 아주 그 교원의 안까이아내가 죽기를 각오하고 모인 무리라는 결사당을 이끌고 소란을 피운 모양이오.

– 알았소. 문 대좌, 력사 교원 건은 내 진즉부터 계획했던 프로그라밍이오. 중국 공안과도 긴밀히 협조하여 추진 중에 있는 프로그라밍이

니 내 어떻게 처리하든 모른 척해주오.

문 대좌에게 이렇게 굴욕적인 순간은 아마 없었을 것이다.

- 거 력사 교원의 안까이아내가 벌인 반동 짓거린데 불법 선전물도 문제지만 함께 데리고 온 난쟁이 같은 애 하나가 백두혈통을 대놓고 무시했다 하니 쯧, 쯧~

- 난쟁이 애는 뭐고 백두혈통을 대놓고 무시했다는 말은 또 무어요? 아무래도 내 직접 사건을 추슬러봐야 하겠소. 자 나갑시다.

태산은 여전히 문 대좌에게 고분고분 말하고 있었다.

- 부부장 동지가 직접 사건의 실마리를 풀어낸다면 반탐처에서는 그저 없던 일로 치부할 것이오. 미모 반반한 력사 교원의 안까이아내가 나그네 만나게 해 달라 날뛴다는데 내 사람의 탈을 쓰고 너부러뜨릴 수가 없을 것 같아 직접 사건을 넘긴 것이오.

- 고맙소, 문 대좌. 내 언제든 잊지 않을 것이오.

이렇게 선처를 봐주는 문 대좌에게 정말 언젠가는 한번 도움을 주고 싶었다.

- 어이쿠 부부장 동지, 그저 헛씹은 말이라도 고맙습니다.

- 무슨 그런 서거운섭섭한 말을~ 내 말을 헛씹을 만큼 무례한 사람은 아니오.

- 어이쿠~ 내 이러니 부부장 동질 좋아할 수 밖에~

태산이 직접 구류장에 들어서자 계호원들이 후다닥 달려와서 허리를 숙였다. 태산의 기세가 얼마나 당당한지 계호원들이 쩔쩔매는 모습을 통해 짐작할 수가 있었다. 구류장 즉결 담당 고인식 지도원이 정숙 동무로부터 압수한 불법 선전물을 태산이 앞에 대령했다. 태산이 '김정은 독재타도'라고 쓰인 빨간 글씨를 뚫어지게 바라보았다. 태산의 오른쪽

집게손가락이 정숙 동무가 꼼꼼히 썼을 빨간 글씨를 따라 '김정은 독재타도'라고 따라 썼다. 계호원들과 고인식 지도원이 태산의 이런 태도를 보며 머리를 조아리고 있었다.

고인식 지도원과 계호원들은 태산이의 칼 같은 성미를 들어서 알고 있기에 어찌할 바를 몰랐다. 태산이 불법 선전물을 움켜쥐고 밖으로 나왔다. 태산의 뒤를 고인식 지도원과 계호원 둘이 바람처럼 따르고 있었다. 태산의 발걸음은 지하 감옥에서 죄수가 죽어 나갈 때 죄수의 의복을 태우는 소각장으로 향하고 있었다. 태산이 계호원들을 손짓으로 퇴각시키자 계호원들이 허리를 숙여 예의를 갖춘 다음 퇴각했고 이제 고인식 지도원만이 태산의 뒤를 따르고 있었다.

소각장에 당도한 태산은 지체없이 품속에서 라이터를 꺼내 불을 켰다. 그리고 정숙이 어깨에 둘렀을 반동 선전물에 망설임 없이 불을 붙였다. 찬바람이 불어와 희뿌연 연기를 일시에 저쪽으로 날려 보냈고 연기는 곧 옅어져 흩어졌다. 매캐한 냄새가 태산의 코끝을 일순 자극했고 태산은 들릴 듯 말 듯 신음소리를 내고 있었다. 고인식 지도원이 끼어든 것은 연기와 냄새가 모두 바람에 사라져버린 이후였다.

－ 반동행위 중대 증거물을 어찌 태우시는 겁니까?

－ 으음~

태산은 고인식 지도원의 다그치는 듯한 말에 한 번 흘긋 쳐다보았을 뿐 딱히 대답하지 않았다. 태산의 입에서 절로 가벼운 신음소리가 흘러나왔다.

－ 저 부부장 동지, 없는 선전물을 일부러 만들어내도 시원찮을 판인뎁쇼.

태산은 예민한 부위를 훅 찌르고 들어오는 고인식 지도원의 저항에 아뭇 소리 하지 않고 날카로운 눈빛으로 바라다볼 뿐이었다. 태산의 눈빛이 어찌나 강렬한 탓인지 지도원이 시선을 내리깔았다. 태산이 꽥 소리를 지른 것은 바로 이 순간이었다.

－야 이 새끼야, 너는 어다 대고 따박따박 말대꾸를 하는 거이야?

－어이쿠 부부장 동지~내래 그저 임무를 철저히 하려는 뜻인데 오해하지 마십시오.

지도원이 순간 위험을 느꼈는지 허리를 굽실거렸다.

－이런 불순한 선동 문구를 어찌 당장 치우지 못하는가?

－어이쿠, 부부장 동지 내래 생각이 짧았습네다.

고인식 지도원이 태산의 코앞에서 덜컥 무릎을 꿇었다. 도 보위부에서 태산의 지위가 얼마나 대단한 것인지 보여주는 지도원의 행동이었다. 태산은 착잡한 심정으로 달리기를 하듯 구류장으로 돌아왔다. 고인식 지도원으로부터 정문에서 소란을 피운 자들의 명단과 조사 서류를 건네받았다.

－지도원 동지 들으라.

－예 부부장 동지, 명령만 하십쇼.

－조동실, 배만룡 학생 동무들은 당장 구류장에서 퇴소시키라.

태산은 부하 앞에서 불법 지시인줄 알면서도 어쩔 도리가 없었다.

－하지만 배만룡 학생 동무는 백두혈통을 무시한 죄기 작지 않은뎁쇼?

태산의 말에 꼬리를 무는 지도원을 향해 태산이 또 꽥 소리쳤다.

－임마 몸속에 백두대감이 들어있다고 헛소리하는 뗑한 학생 동무 아니니?

－예에 분부대로 하겠습네다.

지도원의 허리가 깊게 숙여졌다.

― 손이 열 개라도 바쁜 처지에 맹한 애들한테 어째서 힘을 낭비 하느냐 말이야?

― 예, 즉시 조치 취하겠습네다.

태산의 표정이 당장 지도원의 뺨을 한 대 올려부칠 기세로 날카롭게 보였다.

― 나머지 일행은 조용히 내 방으로 데리고 오라.

― 부부장 동지, 어찌~

― 아니 이 간나 새끼가 자꾸 말대꾸를 하나? 이놈들은 내 중국 공안하고 긴밀한 프로그라밍을 추진 중이란 말이야~

태산은 거의 서류철로 지도원의 머리를 한번 후려칠 자세로 버럭 소리를 지른 다음 업무실로 돌아왔다. 창밖을 멍하니 바라보니 공연히 눈시울이 촉촉이 젖어들었다. 찬바람은 어제보다 거칠어졌고 아침에는 풀잎에 차가운 이슬이 맺혔다. 태산이 느끼는 찬 기운은 실제보다 훨씬 더했을 것이다. 거리에서 마주치는 공화국 주민들의 어깨는 한껏 움츠러졌고 표정마저 얼어붙기 시작했다. 세월이 흘러도 공화국 주민들이 겪는 세상고世上苦는 크게 달라진 것이 없기 때문이었다. 도당위원회나 도 보위부, 도 보안국, 도 검찰소 등 공화국 최고의 권력기관들마저 식량배급 사정이 여전히 열악한 실정이었다.

세상영문世上形便은 크게 나아지지 않은 반면 조선공화국에서 운 좋게도 태산의 지위는 높아지는데 그의 마음만은 외려 허탈할 뿐이었다. 정숙과 아들애 참에 대한 생각을 키울수록 자꾸 그의 내부에서 허거픈 허전한 탄식만 터져 나올 뿐이었다. 명호 동무를 세상과 격리시키는 일은 어려운 일이 아니었다. 아니 공화국에서 아예 볼 수 없는 아랫동네에 보내버리는 일도 그가 마음먹기에 달렸다. 태산은 특유의 영특함으로 장차 명호 동무를 어떻게 처리할지 이미 머릿속에 세밀화를 모두 그려놓은 상태였다.

하지만 그가 정작 바라는 것은 정숙과 아들애 참이를 자기의 품안으로 끌어들이는 일이었다. 그러나 사람의 감정이라는 것은 어떤 권력의 힘으로도 섣불리 바꾸기 어려운 것이라는 것을 새삼 깨닫고 있었다. 나그네를 만나보겠다고 저토록 몸소 죄수가 되기를 바라는 정숙 동무를 어떻게 회유할 수 있다는 말인가. 태산은 저도 모르게 한숨을 토해내고 있었다.

태산은 음울한 마음의 소용돌이에 순간 혼란스러워 창가림막을 내려버렸다. 정숙 일행을 고인식 지도원이 데리고 들어온 것은 바로 그때였다. 혼쭐이 달아난 듯 멍한 모습의 정숙 동무를 태산은 제대로 쳐다보지 못했다. 공연히 내려버린 창가림막을 다시 올리고 있었다.

– 지도원 동지는 돌아가라.

– 예. 한데 정문 사건은 어떻게 보고해야 하지요?

태산은 끝까지 물고 늘어지는 지도원을 한번 노려보며 말했다.

– 반탐처장 동지가 모든 것을 내게 일임했으니 염려 말고 돌아가라.

– 문 대좌께서 벌써 다녀가신 게로군요. 네, 알겠습니다.

문 대좌와 지도원 동지 사이는 호형호제하며 돈독했다.

– 취조 서류는 모두 내게 올리라.

– 예, 분부대로 하지요.

고인식 지도원이 돌아간 다음 태산은 한참동안 겸연쩍은 탓에 창가로 걸어가 창밖을 바라보다 다시 마음을 다잡은 듯이 창가림막을 거칠게 닫았다. 정숙 동무에게 무슨 말부터 꺼내야 할지 생각을 가다듬고 있는데 정숙이 불쑥 퉁명스럽게 말을 쏟아냈다.

– 태산이 동무 아, 아니 부부장 선생님~ 세상에 어찌 이럴 수가 있나~

– 정숙 동무, 너무 격식 차리지 마오. 부부장 선생이란 말이 나한테 상처가 된다는 거를 정숙 동무가 알고도 남을 텐데~

– 애들 아버지가 살았는지 죽었는지~

정숙은 말을 제대로 잇지 못했다.

– 설마하니 명호 동무가 죽도록 내 가만 두겠소? 도 보위부 감옥이 아무리 억세더라도 내 통제구역이란 말이지~

– 애들 아버지를 제발 만나게 해주오, 태산이 동무.

– 상철 아버지, 부탁드립니다. 우리 아버질 꺼내주십시오.

– 참아, 공화국 일이란 게 그저 솥뚜껑 뒤집듯 맘대로 되는 것이 아니야. 높은 자리에 앉아있는 나도 윗선의 지시라는 것을 받고 있다는 말이야.

– 태산이 동무 부탁하오. 내 오늘은 꼭 애들 아버지 한번 보도록 도와주오.

정숙은 마치 자신이 씻지 못할 중죄인이라도 된 듯 손을 싹싹 빌었다. 정숙이 손을 싹싹 비는 것을 보고 봄이 마저 덩달아 손을 싹 싹 빌면서 무릎을 꿇었다.

– 높으신 선생님 제발 우리 아버지 살려주십시오.

– 아 나~ 너 참이 동생 봄이로구나. 어서 일어나라. 정숙 동무, 오늘은 이만 돌아가오. 내 보위부 사람들 보는 눈도 있으니 곧 조치를 취하겠소.

– 아니 되오. 내 오늘 아척에 나올 때 애들 아바지 만나지 못하면 살아 돌아오지 않겠다고 시오마니 마지막 아침상 보았단 말이야요.

이 때, 누군가 밖에서 똑, 똑, 똑 문을 두드리는 소리가 들렸다. 분위기가 침울하게 바닥까지 가라앉은 상황에 일제히 출입문 쪽으로 시선을 돌렸다. 문을 열고 들어온 사람은 사건 담당을 했던 고인식 지도원이었다.

– 지도원 동지, 무슨 일인가?

– 아니 이 걸 전해 드려야 할 거 같아서 말입니다. 그럼, 저는 이만 가보겠습네다.

지도원이 건넨 것은 보자기에 싸인 꾸러미였다. 아침에 집을 나오기 전에 정숙이 옥수수 가루로 만든 떡이 보자기속 그릇에 담겨 있었다. 정숙이 보자기 꾸러미를 끌어다 가슴에 안았다. 태산은 정숙의 이런 모습을 보며 가슴의 아픔을 느꼈다. 아무래도 명호 동무와 면회를 하도록 해야 할 상황이었다. 태산의 입장에서도 한 번은 이런 과정이 필요하다고 생각했다. 당장 명호 동무의 꼴이 말이 아닐 텐데~

– 내 오늘 명호 동물 만나게 해줄 테니 여기서 잠깐 기다리라.

– 선생님, 감사합니다.

봄이가 가장 먼저 뛸 듯이 기뻐했고, 참이는 태산을 향해 고개를 숙였다. 정숙은 보자기를 풀어 아침에 만들었던 옥수수 가루 빵을 살펴보고 있었다. 태산은 그들을 자신의 방에 기다리게 해놓고 재빨리 명호 동무 담당을 직접 찾아갔다. 견뎌내기 어렵다는 도 보위부로 이송되었지만 명호 동무는 설상가상으로 독한 지도원에게 배당되었다. 조선공화국을 위해서라면 열혈 충성분자 중에 충성분자이기 때문에 정치범죄자들에게 악랄한 사람으로 정평이 나 있는 사람이었다. 청진 지역 세관 화재 시에 수령의 초상화를 건지려고 불구멍에 뛰어든 사람이었다.

– 어이쿠 아랫사람한테 지시하면 될 걸 부부장 동지께서 어찌 몸소~

– 지도원 동지, 내 긴히 부탁할 일이 있는데~

- 아니 뭐이든 말씀만 하십쇼.

지도원 동지가 몸을 바짝 긴장하면서 허리를 깊게 숙였다.

- 지금 리명호 력사 교원 상태가 어떠한가?

- 꼴이 말이 아니지요. 내 송장 치를까 걱정을 할 판인데 당최 뭘 먹지 않으려 하니 원~

지도원 동지가 혀를 끌끌 찼다.

- 지금 당장 말끔히 씻겨 내 방에 데려올 수 있나? 거동은 어떠한가?

- 그야 살이 까여서_{빠져서} 그렇지 맘씨 좋은 계호원 덕에 며칠 곡기를 밀어 넣었습지요. 말끔히 씻기면 도깨비 형상은 아닙죠.

지도원 동지가 누런 이빨을 드러내고 웃었다.

- 그럼 지도원 동지가 은밀히 내 방으로 데려오라. 죄수복도 깨끗이 갈아입히고 수염도 말끔히 제거하고~ 포박하지 말고 당장~

- 예, 염려 마십쇼.

- 지도원 동지한테 년말 명령표창을 내리도록 할 테니~

명령표창 정도면 지도원 동지의 앞날에도 보탬이 될 것이다.

- 어이쿠 그저 내래 황송할 뿐입죠. 예~

태산의 명령에 명호 동무의 담당 지도원 동지는 마치 로보트_{로봇}처럼 거침없이 대답했다. 그는 실은 명호 동무가 허심탄회하게 교감을 나누고 있는 깡보 선생과는 전혀 성격이 다른 독한 지도원이었던 것이다.

태산은 비상층대_{비상계단}를 통해 자신의 업무실로 돌아오는 내내 심사가 복잡했다. 그의 머릿속에 오래도록 준비한 프로그람을 이제 과감히 수행할 시점에 당도한 것이라고 생각했다. 태산은 오랜 세월 공화국 일꾼으로 일해 오면서 몸에 익은 직감이라는 것이 있었는데 명호 동무를 처리하는 프로그람이 이제 계획한 대로 상황이 무르익은 것이라고 생각했다. 공화국에서 그 어떤 정보원도 반탐에 관한 한 자신의 아이디아를 따라올 자가 없다는 자부심마저 느끼고 있었다.

5

명호는 자신의 몸을 정성껏 씻기는 깡보 선생과 계호원들의 태도에 깜짝 놀라지 않을 수가 없었다. 깡보 선생은 아무 소리도 하지 않고 지하 감옥에서 명호를 꺼내 몸을 씻기고 수염을 깎고 새 옷을 말쑥하게 갈아 입혔다. 머리가 어질어질하고 쓰러질 것만 같은 데도 명호는 정신을 바짝 차리지 않을 수가 없었다. 명호의 머릿속에는 오직 안해아내와 가족에 대한 생각뿐이었다.

－이보 동무, 안까이아내가 꽤나 예쁘던 걸～

깡보 선생의 농 섞인 말에서 명호는 정숙 동무와 면회하게 되는 것을 직감했다. 깡보 선생과는 그새 허물없는 말까지 나눈 사이기에 명호는 정신을 가다듬으며 눈을 찡긋해주었다. 계호원들이 없었다면 '깡보 선생, 남의 안까인 그저 그림에 떡이지요. 너무 부러워하지는 마오.' 하고 농을 던졌을 것이다.

－공화국에서 화미미인 중에 빼어난 화미미인를 데리고 살았더구마는～

깡보 선생의 장난 섞인 말에 명호는 대꾸하지 않았다. 그저 무심하게 살짝 웃어주었을 뿐이었다. 사실 계호원들의 부축을 받으며 한 걸음 한 걸음 떼는 모양이 부끄럽기 짝이 없었다. 이런 꼴로 정숙 동무를 제대로 쳐다보지 못할 것만 같았다.

한데 감방 밖으로 외출을 하는 모양인데 대체 무엇 때문에 포승줄까지 풀어 목욕까지 시켜주는 것이며 어디로 데리고 가려는 것인가, 궁금하다고 깡보 선생한테 당장 물어볼 엄두를 내지 못했다. 어둠 속에 갇혀 있었던 탓에 달려드는 빛의 기운 때문에 눈이 시큼할 정도였다. 눈이 깜박거려져서 관자놀이까지 잡아 당겨지는 느낌이 들었다. 계호원들이 이끄는 대로 몸을 움직일 수밖에 다른 도리가 없었다.

면회를 하기에는 어울리지 않은 넓은 복도를 걸어 승강기를 타고 내렸다. 계호원들에게 몸을 맡긴 채로 이리저리 걷는 내내 명호는 아직도 곁눈질조차 하지 못했다. 여전히 미약한 빛의 기운에도 눈이 시렸고 발바닥의 감각이 느껴지지 않았다. 이윽고 깡보 선생과 계호원이 출입문을 열고 명호를 부축해서 들어간 곳은 태산의 방이었다. 문을 열고 꺾어 들어가자 '참이 아바지' 하는 정숙의 흐느끼는 목소리가 먼저 들렸고 이어서 '아바지' 하며 울음기 섞인 애들의 목소리가 귀를 찔렀다.

깡보 선생과 계호원들이 태산의 지시에 따라 명호를 그곳에 둔 채 돌아갔고 명호는 가족과 뜨거운 만남을 가졌다. 하지만 이것도 잠시 태산은 명호를 안쪽으로 불러들여 가족과 격리했다. 가족과 명호가 격리된 거리는 어떤 말을 해도 들리지 않을 정도의 거리였다. 이것은 태산의 집무실이 상당히 규모가 크고 화려하다는 것을 짐작할 수 있게 했다.

명호는 태산이 동무의 깊은 공간에서 가족과 분리된 채로 태산과 마주 앉았다. 태산이 동무의 손에는 명호에 관해 범죄행위를 샅샅이 조사해 기록한 서류가 들려져 있었다. 도 보위부 부부장으로 승진해 온 태산이 동무의 정복을 입은 모습을 보고 명호는 자신의 모습이 정숙 동무 앞에서 한없이 초라해지는 것을 느끼고 있었다.

— 명호 동무, 내 새삼 동무의 죄목을 읊어대고 싶지 않아~ 한데 여

기 감옥에서조차 수령모독죄를 지었나 그래~

명호는 태산이 동무의 말에 대꾸하지 않았다. 깡보 선생과 허물없이 나누었던 얘기를 가지고 순식간에 제들 입맛에 맞는 죄를 만들어내는 데가 도 보위부 감옥이라는 것을 새삼 느끼고 있었다.

― 태산이 동무, 내 살고 싶은 생각은 없어~ 내 가족들한테 마지막 당불 하려하니 여기서 시간을 넉넉히 달라.

― 내 오랜 벗이니 애들하곤 얘기할 수 있는 짬을 주겠어. 하지만 정숙 동무와 단둘이 얘기하는 거는 아니 된다.

― 태산이 동무, 내 이렇게 부탁한다. 오마닐 직접 만나 큰절을 올리게 해달라. 그리고 조르지는 않을 테니 정숙 동무하고 얘기할 시간을 좀 달라.

― 정히 정숙 동무하고 얘기하고 싶으면 내 있는 데서 하라. 정치범에게 이런 가족 면회라는 거는 공화국 어데서나 일절 없다는 말이야. 내 아무리 보위부 간부라 해도 이런 특혜가 윗선에 노출되면 나까지 좋을 게 없단 말이지~

명호는 결코 정치범이 아니라고 항변하고 싶었지만 아무 소용이 없다는 것을 모르지 않았다. 더는 세상 밖으로 걸어 나갈 수 없는 처지라는 것을 누구보다 잘 알고 있었다. 지금껏 공화국으로부터 받은 메달과 훈장을 아무리 반납한다 해도 소용없는 일이었다. 메달과 훈장이 그저 무용지물인 것은 아버지를 통해 분명히 확인하지 않았던가. 명호는 지그시 어금니를 깨어 물었다.

명호는 가족을 만나게 되니 솔직히 살고 싶다는 생각이 강력하게 되살아났다. 보위부에서 살아나갈 수만 있다면 지푸라기 하나라도 붙잡고 싶은 심정이었다. 태산이 동무 앞에서 '죽여 달라'는 말이나 '살고 싶은 생각은 없다'고 내뱉은 말은 짧은 순간 생각해 보니 괜한 허세였다. 설령 죽음이 닥쳐올지라도 양판배쨩 좋게 체면에 물리는체면치레 일은 하지 않아야 현명할 터이었다. 새삼 가족을 보니 티각티각티격태격하며 음달응달에 살았어도 함께 하는 시간이 복축축복 받는 시간이었음을 애절하게 느끼고 있었다.

— 태산이 동무, 죽여 달라는 말은 내 진심이 아니란 거 알고 있지?

명호의 간절한 말에 태산은 당장 응대하지 않고 은근히 비웃는 표정을 지어 보였다.

— 동무, 나 살고 싶단 말이야~

— 명호 동무 내 말 잘 들으라. 동무가 살 수 있는 방법은 단 한 가지야.

태산이 단호하게 말했다.

— 그게 뭐이니? 무어든~

— 벗을 잘 만나서 것도 가능하다는 걸 명심 하라. 정숙 동무와 참이 얼굴 봐서 내 명호 동무 자유롭게 살 수 있도록 방편을 마련할 테니 내 시키는 대로 하라 그저~

— 그래 태산이 동무 고맙다. 교원질 하면서 내 믿지 못할 속담 딱 하나 있다고 동무한테 말했는데 섣부른 판단이었어야~

명호는 태산의 도움 앞에 지난날에 했던 말이 문득 떠올랐다.

— 처음이 좋으면 끝도 좋다는 말이 동무 말처럼 형편없는 청 도깨비가 될지 믿고 먹는 찰떡이 될지는 아직은 이르잖나~ 명호 동무, 동무가 살 수 있는 방법은 저 아랫동네로 은밀히 넘어가는 거란 말이야.

명호는 태산의 입술 끝에서 튀어나온 말에 순간 온몸이 뻣뻣하게 굳어버렸다. 공화국을 배신하고 탈북脫北을 하라는 데야 어떻게 몸이 무반응 할 수가 있겠는가. 명호는 넋이 빠진 사람처럼 한참동안 태산의 눈을 바라보았다. 문득 몸이 저절로 반응을 했다. 기력이 빠져나간 사람의 몸인 줄 알았는데 어디에 아직도 그런 힘이 남아있었는지 명호는 앉은 채로 상체를 큰 동작으로 흔들었다. 그리고 고개를 마구 휘저어댔다.

태산이 동무가 담배를 하나 꺼내 불을 붙여 명호의 입에 물려주었다. 명호는 굶주린 맹수의 본능처럼 담배를 미친듯이 빨아들였다. 그러는 중에도 명호의 머릿속은 빠르게 움직이고 있었다. 그에게 감옥에서 살아나갈 수 있는 방법이 과연 있을까? 살이 떨리는 죄목을 만들어 들이밀었던 보위부를 생각하면 감옥에서 벗어날 수 있는 방법은 없을 듯했다. 깡보 선생의 말처럼 숫자를 받게 된다면 명호 자신뿐만 아니라 자칫 가족의 신변까지 악영향이 미칠 수가 있을 터이었다.

— 태산이 동무, 그럼 내에 국경을 안전하게 넘도록 정말 도와주겠나?

— 하하하~ 이제 명호 동무 정신이 제대로 돌아왔구나. 진즉 그랬어야지~ 내 탈 없이 압록강 건너도록 도와주고말고~

— 태산이 동무 그저 내래 고맙대는 말밖에~. 내 오마니는 몸을 제대로 움직이기 힘이 드실 텐데 가족과 동행하긴 어렵겠지?

명호는 당장 짐을 꾸려 국경을 넘어야 하는 임무라도 수행할 사람처럼 안절부절못한 탓에 물었던 담배가 바닥에 떨어지자 재빨리 집어 들어 다시 입에 물었다.

— 명호 동무, 뭔가 착각을 하고 있는 모양인데~

— 아니 내래 무슨 착각을 하고 있다는 말이나, 동무?

태산이 동무의 말에 명호의 머리카락이 날카로운 가시처럼 일어서는 느낌이었다.

— 명호 동무 혼자 아랫동네에 내려가는 거야~

- 아니 뭐라 하니 지금? 실없이 내게 롱담_{농담}하지 말라 동무, 내래 못났지만 세대주인데 공화국에 가족을 버려둔 채 어찌 혼자 살겠다고 도망을 친단 말이니?

- 국경을 넘어 아랫동네 내려가는 일이 어데 무슨 나들이 가는 줄 아니? 그저 가족들은 내 보살펴줄 테니 염려 말고 동무나 속히 여겔 뜨라는 말이야.

명호는 정숙 동무는 물론 가족을 버리고 혼자 살겠다고 공화국을 떠나가야 한다는 게 믿어지지 않았다. 공화국을 떠난 후에 남은 가족들이 겪어야 하는 풍파도 감당하기 힘들 터였다. 노친은 고비 늙어 그렇다 하더라도 다른 가족의 어깨에 얹힐 무거운 멍에를 생각하면 결코 가당치 않은 일이었다. 명호는 고개를 내저으며 불쑥 몸을 일으켜 세웠다. 그럼, 한뉘 감옥에서 정치범으로 갇혀 죽을 수밖에 없는 일이라며 태산이 엄포를 놓았다.

- 명호 동무, 내 바쁜 몸이야. 시간이 없어~ 내 벗의 정으로 봐서 살려주겠다는 데도 동무가 싫다면 할 수 없는 일이지. 이왕 여기서 이렇게 만났으니 애들한테 작별 인사나 하라.

명호를 향해 냉정히 말을 하고 태산은 밖으로 나가버렸다. 참이와 봄이가 눈물을 흘리면서 명호와 마주 앉았다. 명호는 뜨거운 눈물만 흘린 채 아무 말도 하지 못했다. 그저 애들을 한참동안 끌어안고 있을 뿐이었다. 수갑을 찼던 탓에 팔회목의 상처가 눈에 띄었다. 봄이는 못 보던 사이에 색시 냄새가 물씬 풍길 정도로 성장했고, 참이 역시 속이 꽉 차보였다. 명호는 정신을 바짝 차리며 입을 열었다. 이게 애들과 마지막이 될지도 모른다는 생각이 들었다.

- 참아, 봄이야, 못난 아바질 용서해 다오.

― 아버지는 공화국의 자랑스러운 력사 교원인데 무슨 죄가 있습니까?

참이가 코멘소리울먹임를 했다.

― 너들, 아바지가 했던 말을 가슴속에 품지 말거라. 공화국에 날조된 역사란 존재하지 않는 법이다. 김정은 원수님은 태양을 몸에 받아 나오신 몸이야. 남쪽 전주에 뿌리를 두었느니 마느니 하는 말은 죄에 잊어버려야 한다.

명호는 아버지한테 들었던 말을 결국 자식한테 다시 하게 되리라는 것을 상상조차 하지 못했다. 하지만 이제 반쪽이란 운명의 수레바퀴를 자식에게 되 물려주어야 하는 시점이 닥친 셈이었다.

― 아버지, 조선혁명박물관 벽화에 숨어 있는 공화국의 역사가 어떻게 날조되었는지 말하지 않아도 우리는 모르지 않습니다. 아버지, 상철이 아버지가 탈북하도록 도와준다면서요. 당장 아랫동네로 내려가자구요.

아들애 참이의 말은 결코 변죽을 울리는 말이 아니었다.

― 이놈의 자식~ 참이 네가 어찌 그런 흉악한 말을 지껄이나? 흐응, 내 반쪽짜리 신분에 그저 공화국에서 력사 교원은 되지 말았어야 하는데~ 어둠에 묻힌 력사의 진실을 꺼내 인민들 가슴속에 활개 치도록 하겠다고 허 참 내 한참 잘못 살아온 인생살이 이렇게 될 줄 알았지~ 너들 그저 오마니 말씀 잘 듣고 기죽지 밀고 살이야 한다~

― 아버지만 결정하시면 나는 당장 따라나서겠습니다. 봄이 너도 아버지와 함께 아랫동네 내려가는 거 괜찮지?

― 아버지, 나는 아랫동네 가는 거는 싫습니다. 힘들어도 내 조국이 좋단 말입니다. 아랫동네가 아무리 살기 좋아도 우리가 거기에 가서 어떻게 삽니까? 나는 남조선 반동들하고 섞여 살기 싫습니다.

- 알았다, 봄이야. 아비도 아랫동네로 내려가는 거는 끔찍이 싫은 사람이야~ 너들 오마니하고 무탈하게 남쪽에 당도한단 보장도 없지 않나? 너들, 쓸데없는 생각은 하지 말거라.

- 난 오마니하고 적이 되더라도 아랫동네 내려갈 생각은 없습니다.

- 알았다, 봄이야~

봄이의 입에서 되바라진 말들이 쏟아져 나왔지만 명호의 생각에도 당연한 말이었다. 남조선이 어디라고 감히 국경을 넘어 아랫동네로 내려간다는 말인가. 아무리 생각해 봐도 맞는 말도 가능한 말도 아니었다. 명호는 아이들을 끌어안은 채로 한참동안 침묵하고 있었다. 애들 앞에서 절대 울음을 보이지 않으려고 했는데 저도 모르게 어깨가 들썩거렸다. 아이들의 가슴에 얼굴을 묻고 한참이나 냄새를 맡았다. 이제 여기에서 헤어지면 다시는 보지 못할 수도 있다고 생각하니 아이들의 몸짓 하나 냄새 하나까지 기억해 두고 싶었다.

태산이 아이들을 끌어내어 데리고 나가자 곧 정숙 동무가 들어왔다. 정숙의 손에는 옥수수 가루로 만든 떡 꾸러미가 들려져 있었다. 명호는 정숙 동무에게 해줄 말들이 너무 많았다. 그녀를 만나면 가장 먼저 해줄 말을 명호는 지하 감방에서 진지하게 생각해 왔던 터였다. 태산이 동무의 파렴치한 짓만은 반드시 정숙에게 귀띔하리라고 수없이 다짐을 했던 것이다. 정숙은 명호의 피접한 모습에 넋이 나간 사람처럼 정신을 놓고 바라볼 뿐이었다. 그녀의 눈자위가 벌겋게 충혈 되어 있었다. 명호 역시 하염없이 눈물이 흘러내린 탓에 눈시울이 쓰라리게 느껴질 뿐이었다.

소중한 시간을 놓쳐서는 아니 되지. 짐승의 짓을 정숙 동무가 모른다면 죽어도 아니 되는 일이지. 명호는 호흡을 가다듬었다. 하지만 명호가 막 입을 달싹이려고 하는데 태산이 동무가 득달같이 들이닥쳤다. 태산은 명호가 정숙 동무와 단둘이 속닥거리도록 빈틈을 주지 않았다. 춘희의 편지가 태산의 손에 들어가지 않았다면 사정은 달라졌을 터이었다. 정숙 동무가 자신의 추잡한 민낯을 알게 되는 것이 태산에게는 치욕이었다.

― 정숙 동무, 내 집안의 세대주로서 이렇게 민망한 꼴을 보여 미안하오.

태산의 존재를 의식하며 춘희 얘기를 꺼내려다 말고 일상적인 말을 꺼냈다.

― 봄이 아바지, 그런 얘기 하지 말아요. 어떻든지 간에 살아 나와야 하지 않소?

― 공화국에서 반쪽짜리 운명은 여기까진가 보오. 더는 항변할 기력이란 것도 없소. 정숙 동무, 그나저나 오마닌 강령하신 지~

― 생때같은 아들애 감옥에 보낸 어미가 어이 맘 편할 날이 있겠시오. 그저 오마니 걱정일랑 말고 이녁 몸 건사나 잘하오.

하고 명호를 향해 말해놓고서 정숙은 몸을 외로 틀어 태산을 향해 말했다.

― 태산이 동무, 옛정으로 봐서 제발 우리 명호 동무 한번 살려주오.

정숙이 태산을 향해 명호 동물 살려 달라고 애설을 했지만 태신은 묵묵히 생각을 가다듬은 연후 대꾸했다.

― 글쎄 내 벗의 정으로 봐서 살려준다 하지 않나? 내 정숙 동무한테도 몇 번 얘기하지 않았니? 명호 동무가 사는 방법은 은밀히 국경을 넘는 길밖에 없단 말이지~ 정숙 동무, 내 말 잘 들으라. 명호 동무가 아랫동네에 내려가는 데 그저 동행할 수 있나?

정숙은 태산이 동무의 뜻이 탈북이라는 데 있음을 모르지 않았다. 옛적 벗이 죽도록 태산이 동무가 내버려두지 않을 것임을 정숙은 믿고 있었다. 그러나 국경을 넘어 남조선에 내려가는 일은 가당치도 않다고 생각했다. 정숙이 아무런 대답을 하지 않자 태산이 동무가 오히려 다그치듯 말을 했다.

－ 정숙이 동무, 어이 대답하지 않니?

－ 그저 죽을망정 공화국을 배신하고 싶지 않습네다. 남조선 자본주의 놈들이 아무리 살기 좋은 세상을 만들어 놓았다 하더라도 거게 가서 또 반쪽짜리 인생사막을 헤쳐나갈 용기는 없다 말입니다.

－ 명호 동무, 지금 정숙이 동무 얘기 들었지?

태산이 매우 의기양양한 표정으로 명호를 향해 말했다. 태산의 의기양양한 말에 명호가 정숙을 향해 심드렁한 투로 말했다.

－ 정숙 동무, 내래 공화국에서 죽는대두 나하고 같이 아랫동네 내려갈 수 없대는 말이니?

－ 우덜이 아랫동네 내려가면 남은 가족의 생사는 어찌 된다 말이오? 본가친정 부모에 식구들조차 생사를 모르는 판에~

－ 그럼 더는 그 얘기 꺼내지 마오. 나 혼자 사라지면 깨끗이 끝나는 일이 아닌가~

명호의 어깨가 심하게 흔들렸다. 명호는 어깨가 흔들릴 정도로 흐느끼고 있었다. 태산이 동무가 담배 하나를 꺼내 불을 붙여 주었지만 명호는 거침없이 담배를 거절했다. 명호의 말끝에 정숙이 대꾸했다.

－ 명호 동무, 어찌 그런 생각을 하오. 이녁이 죽는다고 어찌 끝나는가 말이오. 참이 봄이 한테 아비의 굴레가 덥석 씌워질 판인데~

정숙의 말을 듣고 태산이 너벗하게 끼어들었다. 태산의 목소리는 경쾌했다.

 - 정숙 동무가 모르는 것이 있구마는~ 명호 동무가 재판을 받아 정치범이 확정되면 자동이혼이 된다 이런 말이야. 공화국에서 베풀어주는 강제이혼이란 말이지~ 거야 자동이혼이 되면 당연히 안해아내는 처벌을 받지 않는단 말이야~

 - 태산이 동무, 옛적 벗이기도 하구 참이 길러준 정으로 봐서 명호 동물 제발 살려주오. 우덜이 공화국에 얼마나 충성분자로 살아왔는지 태산이 동무가 더 잘 알지 않소? 메달 훈장 죄 갖다 바칠 테니 제발 한 번 살려 주오. 관절 애들 아바지 죄가 무엇인가 말이오?

 - 내래 아무리 명호 동물 구해보자고 날뛰어도 공화국에 법을 좌지우지할 수는 없는 법이야. 거 명호 동무 지은 죄가 어데 한두 가지이니? 적선죄에 불온서적 은닉죄, 간첩죄, 원수모독죄 뭐 어데 한두 가지냐 말이야. 요는 그저 당장 공개처형을 받아도 마땅한 죄들이란 말이지~ 명호 동무, 시간 없어야. 내에 베풀어 줄 때 아랫동네라도 가서 살라.

 - 태산이 동무, 내래 한번 가면 안해아내와도 애들과도 영원히 리별하는 거 아니나? 더구나 공화국 버리고 아랫동네 내려간 중죄인에 안해와 아이들이 어찌 처벌을 면할 수가 있겠냐 말이야. 내래 그저 죽었으면 죽었지 못 간다~

 - 아니 기껏 강제이혼 돼서 처벌 면할 수 있대누~ 에이 명호 동무 뜻이 정히 그렇다면 어찌할 수 없는 일이 아니니? 여기 도 보위부에서 예심취조이 길어야 여섯 달인데 동문 예심 끝나면 법정에도 가지 않고 여기서 직접 재판을 받는단 말이야. 동무의 목숨이 어찌될지 장담할 수 없다는 거 명심하라. 그럼, 내에 바쁘니 담당 지도원 동지 불러 호송護送하도록 하지~

태산은 망설임 없이 회색 구내교환연락선을 집어 들었다. 이때, 정숙이 화다닥 달려들어 태산의 거친 손을 붙들었다. 태산은 송수화기를 집어 들다말고 멍한 눈으로 정숙을 바라보았다. 정숙의 시선이 애처롭게 태산과 명호 동무를 번갈아 향하면서 호소하고 있었다.

- 봄이 아버지, 살자구요. 목숨만은 붙들자 말입니다. 공화국에서 억울하게 죽을 바엔 그저 저 아랫동네라도 가서 목숨 부지해야 할 거 아닌가 말이에요. 내 따라나서고 싶지만 무슨 수로 같이 국경을 넘는다 말이오~

태산이 정숙의 하소연을 가로막으며 단호히 끼어들었다.

- 나를 원망하지 말라. 이게 다 자업자득이란 말이야. 동무에 반동행위가 백일하白日下 : 분명히에 드러났는데 누굴 원망한다 말이니? 그저 옛적 친구 잘 만나 살아나갈 수 있는 방법을 베푸는 거니 당장 결정하라. 내래 그래야 감쪽같이 국경 넘을 수 있도록 준빌 해도 할 거 아니냔 말이야. 이 태산이라고 뭐 세상이 다 만만한 거는 아니란 걸 명심하라 동무, 어이?

정숙의 울음소리를 들으며 태산의 마음 역시 급해지고 있었다. 명호 동무를 향해 이번에는 태산이 간절한 목소리로 호소했다. 명호는 너무 혼란스러운 나머지 정신이 헷갈리고 갈피를 잡을 수가 없었지만 결정을 내려야 하는 절박한 순간이 왔음을 깨닫고 있었다.

- 태산이 동무 뜻대로 하겠어. 내 동무가 시키는 대로 언제든 떠날 테니 가족들하고 며칠 지낼 수 있도록 호의를 베풀어 달라.

- 조선공화국 법이 맘대로 그렇게 되는 거이 아니야. 하지만 동무가 남조선에 내려갈 의지를 분명히 한다면 최대한 가족과 마무리할 수 있는 기회 만들어 보지~ 정숙 동무도 그리 알고 집에 돌아가 있으라. 명

호 동무 일에 대해 삼이웃들한테 벙어리가 되어야 하는 것쯤 얘기하지 않아도 알 테고~

명호는 태산의 방에서 가족들과 작별을 했다. 참이와 봄이 역시 아버지가 국경을 넘어 아랫동네에 내려가게 하려는 태산의 계획을 알게 되었다. 정숙은 애들과 함께 이게 마지막일지도 모른다는 생각에 태산의 방에서 명호 동무와 한참동안 부둥켜안고 있었다. 태산은 겸연쩍은 탓에 부러 자리를 비켜주었다.

태산이 다시 들어와 얽혀 있는 가족을 명호로부터 떼어냈다. 그리고 구내교환연락선을 집어 들어 죄인을 호송하라 명령했다. 태산이 깊은 한숨을 내쉬면서 정숙을 향해 말했다.

— 정숙이 동무, 어서 애들 데리고 나가라. 여게서 너무 길어지면 괜히 오해를 사지 않겠는가? 내 가족과 마무리 할 기획 만들어 볼 테니어서 돌아가라.

정숙은 옥수수 가루로 만든 떡 그릇을 명호에게 조심스레 건넸다. 나그네 입에 넣어주려고 정성껏 만들어온 옥수수 가루 떡을 경황이 없어 꺼내지 못했는데 헤어지려고 하니 언뜻 생각이 났다. 명호는 태산이 동무의 잘 꾸며진 방에서 가족들과 작별을 하면서 문득 백두장군의 말이 떠올랐다. 울음을 바닥에 떨어뜨리면서 못내 떨어지지 않은 발길을 돌리던 안해와 가족들의 모습을 붉끄러미 바라보는 명호의 눈시울이 퉁퉁 부어 있었다. 명호는 손에 들려준 옥수수로 만든 떡 그릇을 움켜쥐며 꺼이꺼이 울고 있는데 계호원들이 들이닥쳐 명호의 양팔을 붙잡아 호송했다.

태산은 어느새 어두워진 창밖을 바라보았다. 심호흡을 하고 재빨리시 보위부 부과장을 불러들여 지시했다. 탈북 브로커와 중국 공안에 긴밀히 연락을 취해 단동 교회에 은닉하고 있는 춘희를 북송시키도록 명령했다. 그리고 명호 동무를 탈북시키기 위해 기발한 아이디아를 펼치기 시작했다.

여러 가지 지시사항을 부하들에게 은밀히 하달하고 태산은 도 보위부 부장 동지의 방에 들러 남쪽에 침투할 직파간첩 문제를 상의했다. 태산의 머릿속에는 남조선에 터를 잡고 떵떵거리며 살고 있는 반동분자들을 처단하기 위해 누가 들어도 깜짝 놀랄만한 아이디아가 은밀히 자리를 잡고 있었다. 그의 계획대로라면 목표물을 처단하는데 그리 오랜 시간이 필요하지 않을 것이라고 생각하고 있었다.

태산은 세상의 일이 한번 풀리기 시작한 실타래처럼 순조롭게 풀리고 있는 것에 흡족해하면서도 괜히 한쪽에서는 이상한 기운이 솟아올랐다. 명호 동무에 대해 오랜 세월 머릿속에 그려왔던 그림을 그대로 도화지 위에 점을 찍듯이 선명하게 그려낼 수 있는 기회가 당장 눈앞에 닥치자 뭔가 모를 불안함이 엄습했기 때문이었다. 그러나 이런 일로 움츠러들 태산이 아니었다. 일사불란하게 조직했던 김정은 원수를 위한 기쁨조를 이제 당장 현실화하는 단계까지 다다른 것에 대해 자부심이 느껴졌다. 이런저런 공화국 안팎의 문제들이 잠잠해진다면 언제든지 김정은 원수를 위해 장막 뒤에 숨겨놓은 기쁨조의 모습을 활짝 펼쳐 보일 터이었다.

- 부부장 동지, 어서 오오.
- 승 부장 동지, 이제 남조선에 기생하고 있는 태 아무개 공사 놈과 공화국 반동분자들을 처단할 제거조에 틀을 완성했습니다.
- 하하하~ 듣던 대로 그저 박 부부장 동진 하날 지시하면 열을 할

수 있는 우리 공화국 보위부의 자랑찬 일꾼이란 말이오. 그 보다, 박 부부장 동지, 이거 큰일이 났어요.

– 아니 큰일이라니 무슨~

– 저 남조선 괴뢰 놈들이 심상치가 않아요.

– 예에?

– 남쪽 괴뢰 정부가 심상치 않다고 하오.

– 아니 뭐이요? 게 무슨 말입니까? 심상치 않대니~

– 인민들 힘에 괴뢰정부가 쫓겨날 처지가 됐다는 게요.

– 아니 뭐이요?

– 게다가 뭐 지소미아인지 뭔지 남쪽 반동 놈들이 미제 놈들하고 일제 놈들하고 비밀군사협정을 맺었다 하오. 아니 남조선에 치맛바람 이 불 때부터 내 저 물건이 뭔 일 저지를 거라 생각했는데 그래 은밀히 한미일이 기밀정보 협정을 맺었다는 게 영 찝찝하단 말이에요.

– 예~ 당연히 그렇지요. 그 펭한 녀자래 어찌 분수를 모르고 짓까 불어대나 그래~ 남쪽 에미나이가 앞뒤 분간 모르고 덥석 손을 내민 모 양인데 이제 보오. 결국 저들 발목 잡는 지소미아 협정이 되고 말 거니 까는~

태산은 부장의 방에서 들은 말을 되새기며 마음이 착잡했다. 공화국 당국의 사성이 쫓기시 않아 기쁨조를 선보일 기회를 잡을 수가 있음 터인데~ 또한 그렇게 확실히 눈도장을 찍고 나면 명호 동무에 대해 준 비한 아이디어를 수행하는데 한결 수월할 것이라고 생각했다.

저녁 늦은 시간이 되어서야 태산은 사무실에서 나와 차마당으로 향 했다. 명호 동무가 공화국을 떠나게 된다는 생각에 목에 걸린 가시가 빠진 것처럼 시원하면서도 한편으로 공허함이 명치를 밀고 올라오는 느낌이었다.

　태산은 집 앞에 도착해서 하늘에 걸린 초생달을 바라보았다. 담배를 하나 꺼내 무는데 한숨이 흘러나왔다. 날씨가 몰라보게 추워진 탓에 잠바의 옷깃을 여미었다. 이맘때쯤 압록강에는 뽀얀 물안개가 피어오르려나?

　태산은 공연히 옷깃을 재차 여미며 담배를 거칠게 빨아대고 있었다. 공들여 가꾸지 않고서야 어찌 곡식이 잘 되기를 바라겠는가. 태산은 무엇이든 성취하기 위해 최선을 다했다고 생각했다. 문득 부러진 날개로 더는 날 수 없는 가여운 새가 떠올랐다. 그런 새의 모습 뒤로 갑자기 새벽의 찬바람을 헤치며 날갯짓하는 한 마리 기럭기러기의 환영이 보이는 것만 같았다. 손을 뻗으면 닿을 듯한 기럭의 모습이 무척이나 외로워 보였다.

제39장 수상한 날들

1

명진의 머릿속에는 아버지의 마지막 음성이 끈질기게 달라붙어 있었다. 아버지는 작별상봉의 날에 작정을 한 듯 통일에 대해 입을 열었었다. 아버지가 말씀하신 장대한 통일이란 어떤 통일인지 명진은 내내 생각을 가다듬으며 살아왔다. 남북이 하나가 되는 일이 과연 가능한 일인지 명진은 자신을 향해 수없이 되물었다. 아버지가 생각하신 장대한 통일에 대해 명진은 어떤 결론도 내리지 못했다.

남북이 하나로 통일이 되는 것도 중요하지만 그건 섣불리 기대하기 어렵다고 그는 생각했다. 분단 반세기가 훌쩍 지나버렸지만 남북 당사자들 중 어느 쪽도 통일에 대해 적극적인 입장을 취하지 않았다. 남북 당사자들이 등한시 하고 있는 통일에 대한 기대를 다른 나라인들 품고 있을 리가 없을 것이었다. 속절없는 것은 다만 세월뿐이며, 절박한 것은 이산가족뿐이라는 생각이 들었다. 먹고 사는 문제에 급급한 국민들에게 남북통일이라는 말은 절실하게 와닿지 않는 그냥 큰 의미 없이 들리는 흔한 단어에 다름 아니었다 .

이산가족상봉을 통한 부모님의 만남은 인생의 마지막 길목에서 잠깐 만나 회포를 푼 단출한 시간에 지나지 않았다. 이제 부모님은 모두 구천을 떠도는 혼백魂魄이 되고 말았으니 남은 가족에게는 또 다른 하나의 상처로 남아있을 뿐이었다. 북한의 아우를 만나볼 수 있는 날이 온다면 그것이 장대한 통일일지도 모른다고 명진은 생각하고 있었다. 남과 북이 자유롭게 왕래할 수 있는 그런 날이 온다면 이거야말로 아버지가 진정으로 바랐던 장대한 통일이 아니고 뭐겠는가.

명진은 우물가에서 두레박에 물을 가득 퍼 올려 벌컥벌컥 목을 축이고는 머리 위에 들이부었다. 사시사철 가리지 않고 그에게 익숙한 버릇은 우물에서 물을 떠 올려 머리통에 들이붓는 것이었다. 온몸에 불이 달라붙은 듯이 신열이 나면 우물가에 나가 취하는 그의 고약한 버릇이었다. 한겨울에는 몸에 찬물을 끼얹고 나면 십중팔구 감기에 걸렸다. 그래서 겨울에는 감기를 달고 살아온 날들이 많았다.

그는 우물가에 찾아오는 겨울의 추위를 끔찍이 싫어했다. 아버지의 존재를 기억하지 못하는데도 아버지라는 이름만으로 그냥 공포에 떨게 만들었다. 아버지의 생사가 불확실했던 때에도 겨울에는 의례히 통과의례 같은 소란을 피웠던 것 같다. 중앙정보부의 검열은 이상하게 겨울에 집중되는 듯했다. 시도 때도 가리지 않고 들이닥쳐서 다짜고짜 아버지와의 사이에 은밀한 내통을 하지 않았느냐고 캐물었다.

불쑥 쳐들어와서 서랍을 뒤지고 저간의 행동반경에 대해 꼬치꼬치 캐물었다. 특히 해외에 다녀올 때는 그 정도가 매우 심했다. 하지만 아무리 따지고 캐물어 봐야 생사를 모르는 아버지의 존재에 대해 누구한테 들었을 리도 없고 그림자도 보지 못한 탓에 정보원들은 번번이 헛수고를 했다. 아버지라는 존재가 북한에서 살고 있다는 사실에 대해단 명확한 언급도 하지 못하면서 정보부는 끈덕지게 그의 집을 감시했고, 명진은 난데없이 끌려가 지하실에서 혹독한 폭행과 고문까지 받았었다.

강원도 금화지구 전투에서 아버지를 만났었다는 국군포로 김철수 노인을 통해 아버지가 북한에 살아 있을 것이라는 소식을 듣고 우여곡절 끝에 이산가족 상봉을 하게 되었다. 이산가족 상봉을 하게 되기까지 명진의 가족이 정보부로부터 받았던 학대와 수모는 감히 어떤 말로

도 표현하기 어려운 일이었다. 아마 생각하건대 정보부는 이산가족 상봉 이후에도 혹시나 하는 의심을 하며 그의 가족을 감시해왔는지도 모른다.

사실 그가 북쪽의 이복아우와 전화통화를 했던 것은 일종의 모험이었다. 정보부에서 여전히 자신을 감시하고 있을지도 모른다는 염려 속에서도 망설이지 않았다. 아버지의 존재를 확인하고 연락책을 통해 아우와 통화를 하는 순간은 죽음까지 각오한 상태였다. 죽음이 내려다보이는 절벽의 끝에서 아우와 통화를 하던 순간, 명진은 오래 멈춰있던 핏줄이 전류처럼 뜨겁게 연결되어 하나로 흐르는 것을 느꼈었다.

어머니가 유명幽明을 달리하게 되었고 얼마 지나지 않아 아버지의 부음을 듣게 되면서 그의 핏줄이 뜨겁게 흐르는 것을 느꼈다. 핏줄이란 어느 한쪽이 사라진다고 하여 끊어지는 것이 아니라 아무리 흘러간 역사의 뒤안길이라 하더라도 기억하는 자체만으로 오롯이 연결되어있는 것임을 깊이 깨닫게 되었다.

아우와의 통화 이후 얻게 되었던 깨달음은 사람을 매우 담대하게 만들었다. 명진은 엄밀히 말해 보안법을 위반한 남쪽의 죄인이 되는 것이었지만 이제 정보부의 감시 따위는 뇌리 에서 무시해버렸다. 이산가족 상봉 이후 장담할 수는 없는 일이지만 감시를 하려는 정보원의 그림자는 아직 그의 느낌에 들어오지 않았다.

남북의 관계나 주변국의 정세에 남달리 관심을 갖고 살아야 했던 운명의 중심에는 납북된 아버지의 존재가 자리 잡고 있었다. 어렸을 적부터 그의 가족은 사람들로부터 수모를 당하며 살아왔고 정보부에 때때로 끌려가서 고문을 당하며 살아온 삶이였다. 집안의 꽃밭에 빨갛게 피어있는 봉숭아꽃만 보아도 명진은 소름이 돋았다. 봉숭아꽃에 소금을 뿌려 짓찧으면 빨간 봉숭아물이 더욱 선명했다.

빨갱이라는 말을 듣고 손가락질당하면서부터 그는 봉숭아꽃을 보면 닥치는 대로 짓이겨버렸다. 학교의 화단에 피어난 봉숭아꽃을 짓뭉갠 장본인도 바로 명진이었다. 봉숭아꽃뿐만 아니라 빨간색을 보면 그냥 속에서 화가 치솟았다. 민족의 한이 서린 봉숭아꽃이 그에게는 아픈 상처만 자극하는 존재였다. 어른이 되어서도, 한국의 야생화, 한국의 꽃에 대해 체계적으로 도감을 출판해 보자는 편집부의 집요한 건의를 출판업을 목숨처럼 여기면서도 단호히 거절했던 데는 이처럼 빨간색이 주는 거부감이 먼저 가슴을 압박하며 덤벼들었기 때문이었다.

그의 꽃에 대한 생각은 생애를 통틀어 몇 줄의 기억으로 간단히 정리할 수 있었다. 반면에 그에게 생긴 새로운 버릇도 있었다. 흰색, 아니 굳이 백색이 아니라도 항아리만 보면 가슴이 부풀었다. 아버지의 존재가 북한에 생존해 있을 거라는 확신이 들면서부터 백색 호리병에 대해 집착하기 시작했다. 백색 호리병이 아니라 백색 항아리 같은 것만 봐도 심장이 두근거릴 정도였다.

백색 호리병은 그에게 생명의 탄생이며 부활 같은 것이었다. 아버지가 전쟁 중에 몸에 지녔던 백색 호리병에 대해 북쪽의 아우와는 입장이 달랐다. 명진은 북쪽의 아우로부터 장독대에 그 항아리를 방치했던 말을 듣고 적잖이 섭섭했었다. 그렇게 소중한 백색 호리병을 장독대에 방치한 것을 두고 아우한테 역정을 냈었다. 하지만 그 백색 호리병을 장독대에 방치할 수밖에 없었던 아우의 푸념을 듣고 그는 부끄럽기 짝이 없었다. 아버지가 죽고서야 백색 호리병을 유골 분粉을 담은 상자와 함께 보관하고 있다는 말에 명진은 흐느끼지 않을 수가 없었던 것이다.

그저 명진에게 백색 호리병이 아버지의 존재에 대한 그리움의 상징물이었다면 북쪽 아우에게 백색 호리병은 목숨과 당장 직결되는 대상이었다. 목숨을 걸고 지켜내야 했던 자식으로서의 책임을 북쪽 아우가 다했던 셈이다. 이제는 유품으로 존재하고 있지만 아버지의 목숨을 지켜낸 수호신이며 형과 아우가 지켜내야 하는 공통의 대상임에는 틀림없는 것이었다.

장대히 광화문에서 핏줄 상봉을 하는 날을 기대했던 아버지를 생각하며 광화문을 걷고 있는 명진에게 통일이란 거창하고 장대할 것까지는 없는 것이었다. 북쪽의 아우와 광화문에서 만날 수 있는 날이 바로 장대한 통일의 날이 되는 것이라고 생각했다. 아버지의 마지막 음성 역시 광화문이었다.

작별상봉 시에 아버지와 헤어지면서 어머니는 이미 혼절한 상태가 되고 말았다. 명진의 귓전에 남은 아버지의 음성은 형제들이 광화문에서 장대히 만나야 한다는 절대적인 명령 같은 것이었다. 명진에게 있어 아버지가 살아서 마지막으로 들려줬던 음성은 어떤 음성보다 또렷하게 들렸고 웅장함이 느껴지는 소리였던 것이다.

어렸을 적부터 공연히 명진에게 생긴 버릇은 세상의 목소리에 대한 것이었다. 세상의 작은 목소리에도 그는 남달리 주의를 기울였다. 주변에서 일어나고 있는 모든 일들이 그를 향해 목소리를 내는 것처럼 느꼈었다. 그런 소리는 뜻밖에 그에게 압박감으로 다가왔다. 세상이 어지러운 시절에 들었던 소리들은 특히 그를 당혹스럽게 만들었다. 남쪽에서 민심이란 이름으로 외친 소리들이 간혹 그를 위협하는 흉기처럼 작용했다. 데모를 하고 파업을 하며 군중이 부르짖는 소리는 충분히 그를 위협하는 무기가 되었었다. 그런 소리 뒤 끝에 따르는 것이 정보부의 견디기 힘든 검열이었기 때문이었다.

광화문에 저녁이 되면서 촛불을 든 시민들이 몰려들기 시작했다. '박근혜는 물러나라' 는 함성소리가 광화문 밤하늘에 울려 퍼졌다. 촛불의 물결이 장대하게 출렁였다. 추운 날씨에도 촛불을 손에든 사람들이 삼삼오오 광화문으로 모여들었다. 청계광장은 물론 시청 앞, 서울역 앞에도 도로를 가득 메워버렸다. '박근혜 하야'라는 함성은 국민들의 분노에 찬 표출이었다. 시민들의 표정에는 하나 같이 결의에 차 있었고, 민주주의를 향한 열망으로 가득차 있었다.

광화문에서 시작된 촛불집회는 민주주의의 상징이었다. 화염병과 최류탄으로 상징되었던 과격한 시위와 강압적 진압은 이제 과거의 낡은 방식이 되었다. 촛불집회는 성난 군중들의 집회이었지만 과격하지 않았고 나름대로 질서가 유지되었다. 추운 날씨에도 촛불을 들고 모여든 집회는 짓밟힌 민주주의를 수호하려는 하나의 축제와도 같았다. 남녀노소를 불문하고 시민들의 행동에는 엄숙함과 진지함이 배어 있었다.

명진은 촛불집회에 모여든 시민들의 모습을 보면서 설렘과 함께 착잡한 마음도 떨쳐낼 수가 없었다. 민주항쟁 시절 시청과 광화문에서 데모를 하던 때의 생각들이 주마등처럼 뇌리를 스쳐갔다. 그때는 선량한 국민들을 향해 총칼을 휘두른 군사 독재정부에 대한 저항이었다. 그런데 박근혜 정부에선 절대 권력의 비호 아래 은밀한 농단이 비선실세에 의해 자행되고 있었던 것이다.

대학생, 청년, 시민들이 피를 흘려 이룩한 민주주의의 탑이 비선실세와 권력을 탐하는 구시대적인 세력에 의해 심각하게 훼손당한 사건이 발생했다. 대통령의 커튼 뒤에 숨어서 최아무개란 비선실세는 대통령을 조종하고 국민이 부여한 막강한 대통령의 권한을 농단했다. 국민이 대통령의 지위에 부여한 신성한 권력이 한낱 비선실세라 불리는 사람에 의해 유린당했다는 사실에 수백만 명의 시민들이 촛불을 들고 광화문으로 모여들게 되었던 것이다.

국회에서 박근혜 정부에 대해 탄핵소추안을 가결하자 시민들은 승리라도 한 듯 거리로 뛰쳐나왔던 것이다. 비선실세가 무능하고 무책임한 대통령을 뒤에서 조종하여 엄청난 비리를 저질렀다는 것이 매일 언론에 대서특필 되었다.

국민들은 대통령의 무능과 무책임 그리고 비선실세의 비리가 하나씩 밝혀질 때마다 충격에 휩싸였다. 왕조시대에나 일어날 법한 비리가 우리가 사는 현대 역사에서 일어났다는 사실에 국민들은 허탈해 하며 탄식을 터뜨릴 뿐이었다.

명진은 촛불을 든 사람들의 물결에 휩싸여 이리저리 몰려다니다가 밤이 늦어서야 집에 들어왔다. 집에 들어서자마자 아내로부터 뜻밖의 소식을 듣고 그는 머리카락이 빳빳이 일어서는 느낌이었다.

– 여보, 오늘 당신 찾아온 사람이 있었어요.

– 나를 누가 찾아왔다 말이야?

– 대문을 두드려 나가보았더니 사복 입은 사람이~

옛날 정보부한테 당한 고통스런 기억이 아내의 표정에서 읽어졌다.

– 아니 경찰 아니면 다 사복이지~ 가만 점퍼를 입지 않았더냐?

사복이란 말과 점퍼라는 말을 하면서 명진의 입술이 파르르 떨렸다.

– 점펀지 돗반지 내 잘은 모르겠어요. 오늘 날씨가 추워서~ 한데 당신이 지금 어데 있는지 아느냐고 나더러 묻지 않겠어요?

– 거 한동안 잊고 살았는데 웬 사복인가? 무슨 일이냐고 물어보지 않았어? 뭐 명함이라도 받아두지 않았느냐고?

- 왜 아니 그랬겠어요. 물었더니 아니 그저 지나가다 들렀다면서 슬금슬금 골목 저쪽으로 사라지는 모습이 영락 사복들 같더라구요.

- 나라가 들썩이니 사복들이 한번 들를 만도 하겠네. 우린 길래 반쪽 핏줄 가진 몸이니 누구 탓을 하겠나. 에이 세상이 달라졌는데 뭐 사복들이 뜬금없이 설쳐댔을 턱이 있나? 공연히 나라도 시끄러운데 괜한 데다 힘 빼지 말자구~

세상을 살아오면서 겪은 고문과 감시당한 것을 생각하면 모골이 송연하다가도 번번이 에이 세상이 바뀌었는데 뭘 이라고 하면서 스스로 다독였다. 하지만 이번에는 왠지 느낌이 좋지 않았다. 비록 부모님이 모두 돌아가셨다 하더라도 북쪽에는 엄연히 그의 핏줄들이 살아서 존재하고 있지 않은가. 그러나 옛적 군사정부나 독재정부에 비견할 바는 아니라는 데에 안도를 하고 있을 따름이었다.

그런데 밤이 늦어 걸려온 한 통의 전화는 아내가 말한 사복이 그를 감시하고 있었다는 사실을 입증하고 있었다.

- 밤늦게 동 선생이 어쩐 일이에요?

마침 전화를 걸어온 사람은 북쪽의 가족과 연락을 취하도록 도와주었던 탈북민 동 씨였다.

- 이 사장님, 내래 낭패를 당했어요.

- 난데없이 낭패를 당하다니 대체 무슨 말이오?

- 국정원 사내들이 오늘 하루종일 날 미행한 모양입니다.

동 씨의 목소리는 다른 날과 달리 사뭇 떨리는 느낌이었다.

- 아니 국정원 사람들이 동 선생 미행을 해요?

- 예~ 광화문에 나갔더래는데 수상쩍은 사내들이 자꾸 곁에서 얼쩡거리더란 말이에요. 내 남쪽에 내려와서 광화문을 밝힌 촛불의 모습을

보고 그저 장엄한 민주주의의 꽃을 보듯 신기해서리 사진을 박아 국경 지역에 있는 브로커 동무한테 자랑삼아 보냈더래는데~

동씨는 차마 말을 잇지 못했다.

– 국경지역에 있는 동무한테 광화문 촛불 사진을 보낸 건데 뭐가 문제라는 말이오?

– 중국 교포 브로커라면 까놓고 뭐 대단한 잘못이 있겠소. 그 브로커가 신의주 국경 지역에 있었는데 북한 국적을 지닌 북한 사람이라는 게 문제가 됐다 말이지요.

– 일이 그렇게 되었군요. 아니 그래서 어찌 되었다는 말이오?

– 전화길 압수해서 가져갔어요. 내 간첩행위 한 거는 없으니 거야 꿀릴 거는 없지만 이쪽이나 저쪽이나 감시를 당하며 살아야 하는 처지가 심란해서 말이오.

동씨의 말을 듣는 명진의 심정 역시 복잡하지 않을 수가 없었다. 동씨뿐만 아니라 북쪽에서 탈북한 사람들 역시 감시받는 세상을 사는 것은 다르지 않은 모양이었다. 그가 동씨를 위로하듯 공감을 표했다.

– 내 동 선생을 어떻게 위로해야 할지 모르겠소. 그리고 보니 국정원 사람들이 아직도 감시를 하고 있다니~ 광화문에 나갔다가 집에 돌아오니 아내가 내게도 이상한 말을 하더란 말이오.

– 아니 사장님 사모님께서 이상한 말을요?

– 글쎄 사복을 입은 사내가 불쑥 들어와서 내 행방을 물었다 하지 않소. 버릇도 삼 년이면 개한테 주지 못한다더니 딱 맞는 말이에요. 세상은 시끄러운데 할 일이 없으니 괜히 잔입질을 하는 게 아닌지 모르겠다는 말씀이죠.

– 왜 아니 그러겠습니까. 시국이 어지러우니 북남이 그저 신경이 곤

두서는 거야 당연하겠지 말입니다. 한데 박근혜 대통령이 붕괴하겠어요? 아니 내 아직 남쪽을 제대로 이해하지 못해서 하는 말인데 인민의 힘이 아무리 세다 한들 어떻게 대통령을 몰아낼 수 있는가 말이요.

　－ 그야 역사라는 거는 누구도 거스를 수 없는 힘이라는 게 있지요. 아무리 대통령이라도 죄를 지으면 심판을 받는 거는 당연한 일이지 않나~ 이게 바로 민주주의의 대의이고 정의라는 것이에요. 뭐 국민의 대변자인 국회에서 탄핵소추안이 의결된 것뿐이니 아직 장담하긴 일러요. 노무현 대통령 때도 국회에서 이번하고 똑같은 탄핵소추안이 의결되었지만 헌법재판소에서 기각을 했으니까요.

　－ 아니 그럼 국회에서 결정짓는 게 아니고 상급으로 다시 의뢰를 한다는 겁니까?

　－ 예, 그래요. 여기 법은 절차가 그렇게 간단하지 않아요.

　－ 아랫동네란 게 참 살만한 나라는 맞는데 우리 탈북형제들은 하나같이 힘들어들 하니 머~ 한데 이 사장님, 이번에 내 곤혹을 치를 거 같은데 좀 도와나 주시라요.

　－ 물론 서로 합심해서 대처해 나가야지요. 근데 동 선생, 거 뉴슬 봤는지 모르겠는데 요즘 북쪽에서 자꾸 미사일을 쏘아대잖소.

　－ 거야 뭐 김정은이 아버지 할아버지 때부터 쭉 해오던 일이 아닙니까? 북한이 사는 길은 핵을 지녀야 힌다고 그저 유훈遺訓으로 남겼다지 않습니까?

　－ 그러니 이런 곤란한 사단이 날 수밖에요. 미국 놈들이 박근혜 정부에 압력을 넣어서 일본하고 셋이서 군사정보교환을 하자 했는데 그만 박근혜가 탄핵이다 뭐다 코너에 몰리다보니까 그저 아무 생각도 없이 국새國璽 : 대한민국 도장를 눌러버린 모양이에요. 지소미아라나 뭐라나~

– 아랫동네에 내려와 살아도 미 제국주의 놈들이나 일본 쪽발이들은 침략자밖에 되지 않으니 우덜의 주적이 맞지요? 그냥 미 제국주의 놈들이 정보를 교환하자 손을 뻗는 저의야 빤하잖소. 놈들의 손아귀에 넣고 조선을 쥐고 흔들겠단 속셈 아닌가~ 그러니 우리 같은 새터민 탈북자 공식 명칭들이 바라는 통일은 미 제국주의 놈들 때문에 물 건너가는 게 아닌가 싶은 게 영~

새터민 동씨는 북한에서 지니고 살았던 사상의 알맹이를 쉽게 버리지 못했다. 동씨뿐만 아니라 다수의 새터민들 역시 북한에서 형성된 가치관이나 정체성이 쉽게 바뀌지 않았다. 북쪽에서 태어날 때부터 세뇌되어 살아온 이력 때문에 그게 쉽지 않았다. 미국이란 나라에 대해서 반감을 가지고 적으로 간주하는 것은 그들 입장에서 이상할 것이 없었다. 새터민들은 자유를 맘껏 누릴 수 있는 민주주의 체제를 흠모했지만 막상 남한에서 살아보니 쉬운 방식이 아니었다. 무한경쟁을 통해 먹고 살아야 하는 구조는 오랜 시간 사회주의에 적응되어 살아온 탈북자들에게는 적응하기가 쉽지 않은 일이었다.

– 통일이란 게 갈수록 멀어질밖에~ 사이가 좋아도 시원찮을 판에 남북이 마냥 대치하고만 있으니 거기 사는 사람들의 생각도 한없이 멀어질 수밖에 더 있겠는가~ 아 참 동 선생 내 뭐 하나 물어 봅시다.

– 예, 말씀하오.

동 씨 역시 통일 얘기가 나오니 입맛을 쩝, 쩝 다실뿐이었다.

– 거 북쪽 내 아우 연결을 도와준 브로커 선생하고 아직도 연락이 닿고 있소?

– 아니 글쎄 내 그 동무한테 광화문 촛불 사진을 보내주다 낭패가 되게 생겼다 말이지요.

– 아 하필 일이 그렇게 벌어진 거요?

명진은 통화를 하면서도 내심 안심이 되었다. 북쪽의 아우와 다시 연락할 수 있는 길이 여전히 남아있다는 사실 때문이었다.

– 그저 인연을 끊고 살자 하는데도 아랫동네에 내려오고 싶은 북쪽 동무들이 좀 많아야지요. 목숨들을 걸고 내려오려 하는데 외면할 수도 없구~ 그쪽에선 브로커 짓을 해서 또 떡하니 생계를 꾸려가는 모양인지 라~ 이러지도 저러지도 못하다가 그저 낭패를 보게 생겼다 말이지요.

– 쯧 쯧~

– 통화를 되도록 하지 말아야 하는 데도 아니 그쪽에서 덜컥 신호음을 걸어오고~ 통화를 하더라도 말을 삼가야 하는 데 불쑥 불쑥 정치 얘기 같은 예민한 말을 던져오니 그저 국정원 감시에 노출될 수밖에~ 한데 이 사장님이 걸 왜 물으시나요?

– 아, 아닙니다. 내 아내 성화도 있고 해서 그저 북쪽 아우네 가족을 맘속에 삭이려고 하는데도 핏줄이란 게 뭔지 자꾸 마음에 걸려서 말이오.

– 거야 한 핏줄인데 당연한 처사지요. 한동안 손전화 번호 바꾸시네 어쩌네 하지 않았어요? 아우가 자꾸 달러를 달라 한다고~

– 아니 게 무슨~ 내 그저 속이 상해 혼자 지껄였던 소리지요. 북쪽 아우가 언제라도 마음 내킬 때 전화할 수 있도록 내 번호 바꿀 생각 일 절 없어요.

– 아이구 그저 여게 이 사장님 같은 성님 한 분 있었으면 좋았을 걸 ~ 북쪽에서 내려와 사는 우리 새터민들이 다들 사는 게 버겁다고 해 요. 그래 앞 달엔 저기 어딘가 축구 잘하는 나라 옆에 뭐 룩셈부르크 로 이민을 떠난 동무도 있더란 말에요. 이 사장님, 듣고 있어요? 나도

여게 내려와 보니 북쪽에 남은 성님네 가족이 참 그립구만요. 못 할 일 시킨 거도 같아 죄책감도 들고~

— 예, 왜 아니 그러겠습니까?

— 가만, 누가 왔는가 보오. 자꾸 아까부터 누가 문을 두드려대는데 괜히 국정원 사람들 아닌지 겁이 납니다. 그럼, 이 사장님 끊습니다.

동 씨와 통화를 끝내고 명진은 서재에서 밖으로 나왔다. 아내는 벌써 깊은 잠에 빠져들었는지 기척이 없고 괘종시계가 자정을 알리고 있었다. 동 씨의 말이 사실이라면 국정원 사람들이 자정이 되도록 감시를 하며 뒤를 밟아대고 있다는 말이었다. 대체 대한민국이란 나라는 그렇게 호들갑을 떨어야 나라가 안전하게 돌아간다는 말인가. 명진은 공연히 마른기침을 뱉어내며 우물에서 두레박으로 물을 길어 올렸다. 몸에 신열이 날 때마다 물을 머리 꼭대기에 들이붓던 이상한 버릇이 오늘도 나오지 않으면 오히려 이상한 밤이었다.

2

시간은 하루하루 하염없이 흘러가고 있었다. 압록강에서 국경을 넘어 불어온 바람의 기운이 차갑게 볼을 스쳐갔다. 춘희에게는 아무런 의미 없는 시간들이 흘러가고 있었다. 그녀는 교회에서 국수공장까지 날마다 마치 시계추처럼 오고 가고 있을 뿐이었다. 지친 몸과 허기진 마음은 가족의 품으로 가고 싶은 발길을 더욱 끈질기게 재촉하고 있었다.

노예의 몸이 되어가고 있는지도 모른다는 생각에 춘희는 스스로 소스라치게 놀라고는 했다. 뇌가 깨어있는 동안에는 아무리 부정을 해보지만 몸이 먼저 노예임을 기억하는 느낌이었다. 폭력과 채찍을 당하는 데도 자연스럽게 저항하지 못했다. 당장 죽어라고 하더라도 복종해야 한다는 것을 몸이 먼저 인식하고 있는 듯했다. 무조건 따라야 하고 비판이나 저항은 꿈에도 생각할 수 없는 감옥에 갇혀버린 몸과 다를 바 없었다.

밤새 잠을 이루지 못하고 뒤척이다 여우잠 같은 어설픈 잠을 자고 새벽 일찍 깨어나면 소름이 돋았다. 날마다 비슷한 악몽에 시달렸다. 악몽에서 깨어나면서 헛발질을 했다. 허우적거리다 깨어보면 온몸에 땀이 솟아 있었다. 그럴 만도 하지. 국수공장에서 두 번의 성폭행 시도를 당했다. 특수부 군사훈련까지 마친 몸이었기에 웬만한 사내들은 거뜬히 제압할 수 있었다. 춘희를 겁탈하려던 공장장과 중국의 중년 사내는 그녀의 힘에 눌려 팔이 꺾였다.

춘희는 국경을 넘어서까지 몸을 유린당하고 싶지 않았다. 자신의 몸은 오직 자신이 지켜내야 했다. 호시탐탐 그녀를 넘보던 공장장의 체면이 바닥에 떨어졌다. 은근히 그녀의 몸을 탐했던 사내들이 그런 일이 있고서부터 춘희의 곁에서 멀어졌다. 체면이 짓뭉개진 어떤 사내는 몸에 칼을 숨겼다. 춘희는 그 사내의 몸에 은밀히 칼이 숨어있는 것을 알았지만 칼의 공격을 제압하는 훈련을 특수부에서 수없이 했던 그녀였기에 크게 겁내지 않았다. 그러나 날마다 잔뜩 긴장하며 살지 않으면 안 되었다.

그러던 어느 날 아침, 그날 아침에도 밤새 춘희는 악몽에 시달린 탓에 몸이 무거웠다. 동료들이 모두 국수공장과 목재소로 작업을 나가는데 며칠씩 보이지 않던 브로커들이 들이닥쳤다. 공화국 브로커와 중국 교포 브로커를 보자 춘희는 괜히 마음이 설레었다. 교회에서 숙식하고 있는 동료들이 하나같이 브로커들을 보고 싶어 했기 때문이었다. 동료들은 자신들이 남쪽으로 내려가기 위해서는 무엇보다 브로커들이 움직여야 한다는 것을 알고 있었기 때문이었다.

그런데 이날따라 브로커들은 아침 일찍 들이닥쳐서 춘희를 찾았다. 다른 동료들은 작업을 나가도록 하고 춘희만을 찾았기에 춘희는 설레던 마음의 한 자락이 풀썩 꺼져들고 불안한 기운을 느끼게 되었다.

— 춘희 동무, 어서 짐을 모두 챙기오.

— 예, 브로커 선생님, 어찌 나 혼자만 짐을 챙기라는 말입니까?

— 거 꾸물거릴 시간이 없어요. 여기 돌아올 일 없으니 하나도 남김없이 짐을 챙기오.

— 아니 선생님, 어데로 나를 데려가는 겁니까?

— 글쎄, 비밀사항이니 예서 말할 수가 없어요. 어서 짐을 싸서 요 앞 승합차에 타시오.

춘희는 아니 아니한조마조마한 마음으로 조촐한조촐한 짐을 정리했다. 짐을 정리하면서 춘희는 남의 눈에 띄지 않게 허벅지를 더듬어 봤다. 목숨을 지켜줄 최후의 달러는 여전히 그녀의 허벅지에 잘 붙여져 있었다.

마음이 급한 나머지 짐을 싸자마자 장달음줄달음질을 하듯 목사 부부와 만났다. 작별 인사를 하려는 뜻도 있었지만 그녀의 앞날이 어찌될지 분별이 되지 않은 탓에 이동하는 흔적을 이들 부부에게 새겨두려는 마음이 간절했다.

— 춘희 자매님, 혼자만 난데없이 어디로 간다는 말입니까?

목사의 부인 이희순 씨가 당황하는 표정으로 물었다.

— 목사님은 이 춘희가 어디로 가는지 모르지요?

– 브로커 양반들 일을 모르니 그야 알 턱이 없지요.

장 목사의 부인이 근심어린 얼굴로 대답했다. 장동식 목사 역시 어리둥절한 표정이었다. 장동식 목사의 곁에는 항상 부인 이희순 씨가 가까이 있었다.

– 목사님, 브로커 선생님들이 날 북송시키지 않을지 걱정스럽습니다.

– 설마 사람의 탈을 쓰고~

장 목사의 부인이 다가오면서 탄식하듯 말했다.

– 공화국 보위부에서 잡아둔 사냥감이라고 했던 브로커의 말이 마음에 걸린다 말입니다.

춘희의 마음에 맺혀 있는 말은 바로 브로커들의 은밀한 대화에서 들었던 '실적미끼로 잡아둔 사냥감'이라는 말이었다.

– 그건 하나님이 진노할 일이지요. 언젠간 저들의 악행에 응답을 하실 겁니다.

– 목사님, 김 선교사님 소식은 들었나요?

하나님이 어떻게 한다는 목사님의 말이 춘희의 귀에 들어오지 않았다. 간절히 부르짖는 그녀의 가슴에 하나님은 한 번도 뜨거운 기운을 불어넣어 주지 못한 것 같았다. 하나님과 긴밀히 소통하는 방법도 모른 채 맹목적으로 매달린 자신의 모습이 창피할 뿐이었다.

– 보위부에 끌려갔다는 소식 이후 아무런 소식을 듣지 못했어요.

– 예~ 생사여부는 당연히 모르겠지요.

김국기 선교사의 일이 그녀에게는 남의 일 같지 않아 한숨만 터져 나왔다.

– 춘희 자매님, 그저 어데를 가든 하나님은 함께 하신다는 걸 꼭 명심하세요. 하나님은 분명히 기도에 응답하시는 분이니 끊임없이 기도

하는 걸 잊지 마오.

– 예~ 목사님, 사모님, 그간 보살펴 주셔서 고마웠답니다.

춘희는 장동식 목사 부부와 아쉬운 작별을 하였다. 아니 그녀가 마저 작별 인사를 하기도 전에 브로커들은 급한 탓인지 서두르듯 춘희를 잡아끌었다. 승합차에 올라탈 때까지 목사 부부만이 섭섭한 표정으로 힘없이 손을 흔들어주었다. 목사 부부를 향해 마지막으로 손을 흔들어 작별을 하는데 춘희의 눈에서 뜨거운 눈물이 뚝 뚝 떨어졌다.

춘희를 태운 승합차는 골목을 돌아 빠른 속도로 질주하기 시작했다. 처음 교회에 대기하고 있던 동료들을 태우고 작업장을 향하던 때처럼 창문이 가림막으로 모두 가려져 있었다. 때문에 그녀는 승합차가 어디를 향해 달리고 있는지 전혀 알 수가 없었다. 운전석 뒤에도 가림막이 설치되어 있어서 긴장감마저 엄습했다.

춘희는 잔뜩 긴장된 마음으로 승합차가 어디를 향해 가고 있는지 물었지만 돌아오는 대답은 없었다. 주위에서 들려오는 소음으로 보아 차량이 가득한 도로를 달리고 있는 모양이었다. 브로커가 경적을 다급하게 울려대는 것을 보니 급히 서두르고 있다는 것을 알 수 있었다. 갑작스럽게 일어나 펼쳐지고 있는 상황에 처하고 보니 춘희의 마음은 불안하기 그지없었다. 아랫동네에 내려가는 과정이라면 그녀에게 행선지를 속일 이유가 전혀 없는 것이었다.

– 브로커 선생님, 나한테 도리 없이 어찌 이렇게 무례합니까?

– 춘희 처자, 미안하오.

겨우 공화국 브로커를 향해 하소연을 해보았지만 돌아오는 대답은 미안하다는 말이었다.

– 브로커 선생님들이야 우리같이 불쌍한 사람들 도와주는 사람들이

라 알았는데 이제 보니 날강도 같은 사람들이구만이요.

- 응당 아랫동네 내려가도록 도와주는 것이 맞지만 글쎄 춘희 처자 일
인즉 우리네게도 난처한 일이라서 그저 미안하단 말밖에~ 에이 쯧, 쯧~

춘희는 가림막 너머로 들려오는 공화국 브로커의 말이 무슨 뜻인지
이해할 수 있을 것 같았다. 공화국 보위부에서 자신을 가지고 장난을
치고 있는지도 모른다는 생각이 들었다. 그녀의 몸을 유린하고 알 수
없는 임무를 떠맡기는 등의 지난 일들을 돌아보면 지금의 이런 상황은
예정된 것인지도 모른다.

- 브로커 선생님, 어데로 가는지만 귀띔해 주시라요.

- 에이 글쎄~ 곧 당도하니 가 보면 알게요.

브로커의 입을 통해 행선지를 들을 수는 없었다. 하지만 한참 뒤에
승합차가 당도하여 문이 열리고 낯선 중국 공안들에게 인계되면서 춘
희는 중국의 간수소~구치소~ 감옥에 넘겨졌다는 사실을 알게 되었다. 춘
희는 이제 정말 끝장이라는 생각이 들었다. 남쪽으로 데려가기 위해
간수소에 데리고 왔을 턱이 없는 것이었다. 중국 공안에게 그녀를 인
계하고 브로커들은 돌아가 버렸다.

중국 공안들에게 인계되는 순간 춘희는 공화국 보위부의 계략을 속
속들이 깨닫게 되었다. 교회의 옥상에서 브로커들로부터 들었던 말이
사실로 드러났던 것이다. 간수소에는 12명 정도의 탈북자들이 북송을
위해 대기하고 있었다. 춘희는 간수소 대기실에 들어서자마자 계호원
간수들로부터 무차별 구타를 당했다. 계호원들은 남녀를 구분하지 않
고 발가벗겼다. 브래지어도 벗겼고 팬티까지 벗겨냈다. 춘희의 허벅지
에 붙어 있던 달러는 계호원에게 압수당했다.

- 쇠고랑 찬 년들 주제에 귀한 돈을 어데 숨겨 들어오나~

교회 숙소에서 동료들에게 들었던 대로 알몸의 치욕스러움을 춘희 역시 중국 공안에게 똑같이 당하고 있었던 것이다. 춘희는 중국의 간수소에서도 노예처럼 취급받았다. 중국 공안들은 북송을 기다리고 있는 탈북자들에게 죽도록 작업을 시켰다. 북송을 할 수 있는 적절한 인원이 찰 때까지 탈북자들은 그곳에서 중국 공안의 노예가 되어야 하는 운명이었다.

– 공화국에서 왜 압록강을 건넜나?

– 돈을 벌어야 가족을 먹여 살리지요.

춘희는 동료들에게 들었던 말이 있어 돈벌이를 하러 왔다고 둘러댔다. 하지만 중국 공안은 서류를 살펴보면서 머리를 가로저었다.

– 교회 숙소에서 생활을 했는데 하나님을 믿나?

– 하, 하나님이라니 당치않습니다.

춘희는 자신의 내면까지 부정했다.

– 성경책을 읽었는가?

– 성경책이 뭔지 듣도 보도 못했습니다.

계호원이 조사를 해서 서류에 기록된 내용이 결국 북송이 되어 북쪽에 돌아가면 목숨을 위협할 수 있을 것이라고 춘희는 판단했다.

– 한국 사람을 만나 보았는가?

– 남조선 괴뢰 놈들이 어떻게 생겼는지 구경조차 하지 못했소.

남조선 사람들을 만난 적은 없기에 강력하게 고개를 저었다.

– 허벅지 밑에 숨긴 달러는 어디에서 났는가?

계호원의 허를 찌르는 물음에 춘희는 얼른 대답하지 못했다.

– 사실대로 말하지 않으면 북조선에 들어가기도 전에 맞아 죽어~

– 예, 저 국수 공장 공장장한테 받았습니다.

춘희는 빠르게 머리를 굴리며 대답했다.

– 허어~ 동무 얼굴 반반한데 공장장한테 몸을 팔았나?

춘희는 계호원의 조사에 더는 응대하고 싶지 않았다. 그 어떤 말을 해도 중국의 공안들과 소통하기 어렵다는 것을 알아차렸다.

며칠 지나 중국 단동 지역에서 붙잡힌 탈북자들이 여러 명이 들어왔고 20여 명이 되자 일행들은 호송차에 태워져 북송되었다. 중국의 국경 지역에서 붙잡힌 탈북자들은 지린〔吉林〕이나 헤이룽장〔黑龍江〕같은 변방대 감옥에서 대기하다 투먼〔圖們〕집결소로 보내지고 그곳에서 수속을 마치면 남양 보위부에 넘겨진다고 했다. 조선공화국은 중국과의 철저한 계약에 의해 탈북자들을 체계적으로 관리했다. 탈북자들의 수가 늘어나면서 위기의식을 느낀 조선공화국은 중국을 향해 더욱 철저한 수색과 체포 및 북송을 요구했다.

이런 절차에 따라 춘희 역시 중국의 간수소에서 조선공화국 신의주의 한 집결소로 북송 되었다. 이곳 집결소에 도착한 순간 춘희는 중국의 간수소에 비해 이곳은 더욱 무시무시한 지옥임을 곧 깨닫게 되었다. 중국의 간수소에서는 노예라는 생각이 들었지만 신의주 집결소에서는 노예보다 못한 짐승 취급을 받았다. 집결소에 들어갈 때부터 짐승처럼 개구멍을 통과하도록 했다. 임신한 녀자들은 중국 놈들의 씨라며 강제로 뱃속의 아이를 제거당했다. 나이 어린 계호원이 어자의 질속에 손가락을 집어넣어 몸수색을 했다. 아프다고 소리 지르면 더욱 손가락을 깊이 밀어 넣고 휘저어댔다. 녀자라는 사실 자체가 수치였다. 북송된 자들은 그 누구도 자신을 사람이라 생각하지 않았다.

비좁은 방에서 짐승처럼 생활했다. 무릎을 세우고 앉아 잠을 자야 했다. 방에 마련된 소변통에다 생리 현상을 해결했다. 옥수수 가루를 물에 탄 끼니가 지급되었다. 혀가 바싹 타들었지만 물조차 제대로 마실 수가 없었다. 하루에 한 번씩 짐승처럼 작은 하수구를 통과했다. 작업을 마치면 족쇄를 채웠다. 작업장으로 이동하면서도 죄인이란 이름으로 고개를 들 수 없었다. 고개를 쳐든 순간 계호원에게 가혹한 폭행을 당했다. 탈북자들 사이에서 들었던 중국의 변방대는 그나마 천국이란 말이 정말 실감이 났다. 우글대는 짐승들의 소굴이었다.

매일 동도 트기 전인 새벽 다섯 시에 잠에서 깨웠다. 일어나자마자 질통을 멨다. 질통에 새겨진 리춘희라는 이름이 비참했다. 질통을 메고 감시원의 맵찬 호각소리에 맞춰 뛰었다. 작업장에서 걷는 일은 채찍을 부르는 일이었다. 질통에 부지런히 흙을 채워 넣었다. 삼십 킬로그램이 넘는 질통을 메니 어깨가 무너지는 느낌이었다. 질통을 등에 메고 뛰지 못하면 채찍이 덤벼들었다. 눈물이 핑그르 돌았다. 질통의 무게가 주는 압박감보다 채찍이 주는 압박감이 더 무서웠다.

강냉이 가루죽에 염장배추국을 땅바닥에 쪼그리고 앉아 허겁지겁 먹어야 했다. 개머거리開밥만도 못한 강냉이죽으로 허기를 채우고 다시 질통을 어깨에 메고 작업을 했다. 하루 온종일 질통을 메고 달리기를 했다. 몸이 파김치처럼 축 늘어졌다. 인간이란 존재는 어디까지 버티어낼 수 있을까. 한숨조차 토해낼 수 없었다. 차라리 짐승으로 태어났더라면~

해가 지고 어둠이 밀려들었다. 그런데도 작업은 끝나지 않았다. 온몸이 무거운 납덩이를 매달아 놓은 듯이 천근만근이었다. 오후에는 쓰러지는 사람들이 나타났는데 들것에 실려 나가서 끝내 몇 사람은 죽었다는 소식이 들렸다. 사람이 죽어 나가는데도 감시원들은 눈썹 하나 꿈쩍하지 않았다. 저녁 여덟 시가 되도록 달리기를 하며 작업을 했다.

새까만 하늘에 별들만 청승맞게도 초롱초롱 돋아났다.

극심한 노동에 시달리면서도 북송자들은 은밀히 끼리끼리 소통을 했다. 죄질이 나쁜 사람들이 보내진다는 12호 전거리 교화소만은 피하자는 말들이 오고 갔다. 함북 회령에 있다는 12호 전거리 교화소는 수용소 가운데서도 매우 극악한 수용소라고 알려져 있었다. 생계형 탈북자들은 일반 감옥으로 보내지는 반면 남쪽으로 내려가다 붙잡힌 사람들이나 하나님을 믿는 자들처럼 정치범으로 분류되면 정치범 수용소로 보내지는 법인데 정치범이 아닌데도   재수가 없는 사람들은 12호 전거리 교화소 같은 무시무시한 수용소로 보내진다는 것이었다.

춘희는 며칠 뒤에 거짓말처럼 12호 전거리 교화소로 이동 명령을 받았다. 몇몇 동료들과 함께 춘희를 태운 호송차는 쏜살같이 해안가를 달렸다. 아침 일찍 죄수들을 포박해서 싣고 달리기 시작한 호송차는 오랜 시간 동안 자강도와 양강도를 가로질러 공화국의 북쪽 끝이나 다름없는 함경북도 회령에 도착했다.

그런데 춘희는 조선공화국 수용소 가운데서도 가장 악명 높다는 전거리 교화소에 도착한 순간 다른 동료들과 분리되었다. 교화소의 계호원들은 갑자기 태도를 바꾸어 춘희를 전혀 조사하지 않았고 죄수들과 함께 수용하지도 않았다. 악명 높다는 전거리 교화소에 도착해서 이제 죽었다는 생각을 하고 모든 것을 포기한 순간 그녀에게 이상한 일들이 벌어지기 시작했다.

제40장 마지막 잠자리

1

　– 박 부부장 동지, 내래 일정이 변경 되었는데~

　– 짐작은 하고 있었습네다.

　태산은 의자에서 일어나 부동자세로 손전화를 받았다. 그의 일생일대에 가장 중대한 계획에 차질이 빚어지고 있었다.

　– 그저 미제 놈들이 우리 공화국 발목을 못 잡아 안달이단 말이야~ 내래 몇 년 전에 남조선과 일본 놈들 간에 지소미아가 무산되었을 때 미제 놈들이 남조선에 압력을 넣을 거라 염려 했더래는데~

　– 최 부위원장 동지, 약정은 그저 양국 국방부 간에 약정일 뿐인뎁쇼. 국가 간의 협정이 아니잖습네까?

　그도 역시 미제가 말썽을 일으킨다고 생각했다.

　– 미제 놈들이 그 뒤에 연거푸 매개를 하지 않았니? 박근혜 괴뢰집단이 위기에 처해가지고서는 요번에 덜컥 미제 놈들 손을 잡아버린 거 아니겠나?

　– 예, 하면 미제 놈들이 압력을 넣어 남조선 괴뢰 놈들하고 일본 쪽 발이 놈들 사이에 정보 공유 협정을 맺었다는 얘기지요?

　태산은 보위부 반탐과 간부로서 국가 간에 군사기밀을 공유하는 자본주의자들의 협정에 대해 일찍부터 관심을 갖고 있었다.

　– 그래 내 박 부부장 동지한테 이렇게 손전화를 하고 있는 거 아니니? 에이 좋은 일에 마魔가 낀다더니 츳~

　– 한데 부위원장 동지, 남조선 상황이 뭐 반란 직전이라는데 맞습네까?

　손전화를 움켜쥔 태산의 손이 부들부들 떨렸다. 남조선이 심상찮게 돌아가면 그가 그동안 철저히 준비한 프로그래밍에도 차질이 생길 것이기 때문이었다.

– 거야 남조선 동향을 지켜봐야 할 일이 아니겠니? 우리네야 그저 유사시 명령만 떨어지면 싸그리 밀어버릴 준비만 하면 되는 거지~

– 이번 기회에 조선인민공화국의 된맛을 보여주고 싶습네다. 그저 미제 놈들 남조선 괴뢰 놈들 일제 쪽발이 놈들을 깡그리 짓뭉개버리고 싶다 이런 말입네다.

– 하하하~ 네 거 박 동지의 시원시원한 성미가 마음에 든단 말이지~ 한데 거는 그렇고 우덜 일은 준비가 완벽하게 되었다는 말이야?

최 부위원장의 물음에 태산의 가슴은 터질 듯 설렜다.

– 그렇지요. 아마 놀라자빠지실 겁니다. 공화국 전역을 탈탈 털어 뽑은 처녀들로 일백 명쯤 되는데 평양 근교 합숙소에서 속성 훈련을 마치고 특각 요소마다 배치를 마쳤지요.

– 아주 그만이군 그래~ 노동당 5과에서도 수 천 명의 조원들을 꾸리려는 모양인데 시간이 많이 소요될 뿐만 아니라 자금 조달이 어렵다는 말이야~ 내 그래 박 동지한테 촌각을 다퉈 은밀히 꾸려 달라 부탁했던 게 아닌가 말이야~

– 예 그렇지요. 어데까지나 지존의 만수무강을 위한 프로젝트지요. 공화국의 번영과 사랑찬 굉영을 위히어 그저 지존께서 화색이 돌아야 하지 않겠습네까?

태산은 이런 말을 하면서 괜히 무안스러웠다. 조선공화국에서 기쁨조란 명목하에 일어나고 있는 이러한 일들이 성적 쾌락과 여흥을 위해 조달되는 것임을 알기 때문이었다. 하지만 이런 일들이 대외적으로 노출된다면 공화국을 향한 비난이 걷잡을 수 없을 것이다. 오직 공화국의 내일날을 위해 지존의 만수무강을 핑계 삼고 있을 뿐이었다.

— 그렇지~ 눈치 빠른 박 부부장 동지가 그저 자랑스럽구나. 그래 모든 검사까지 마치고 대길 하고 있다는 이런 얘기지?

— 예, 그러문입쇼. 이거 질병 검사에 처녀성 검사까지 뭐 최 부위원장 동지께서 명령만 내려주신다면 당장 공화국 지존을 위해 몸과 마음을 바칠 각오를 마쳤단 말입니다.

태산의 목소리에 잔뜩 힘이 실려 있었다.

— 거 지존께서 요새 부쩍 힘들어 하시는데 우딜 선물이라고 바친다면 그저 흡족하지 않으시겠느냐 말이야~

— 인민학교初等學校 소녀들 중에도 출중한 아이들을 미리 선발해서 몇 년 후까지 철저히 대비해 두었습네다. 요즘 나나이 어린 소녀들에 발육이 좋은 게 이삼 년 뒤엔 물컹하게 익겠더라는 말씀이에요.

최 부위원장보다 먼저 태산이가 웃었다.

— 아니 입도선매立稻先賣까지~ 하 하~ 키는 저 아랫동네 애들처럼 쭉, 쭉 뻗은 애들 맞지 박 동지~

— 그야 물론입니다. 훤칠한 키에 예술 수준도 높은 데다 동양 미인형이지요. 평양 금성학원 애들이 다섯이나 뽑았어요.

상품으로 치면 최고의 상품이라 할 수 있으니 자부심을 가질만도 했다.

— 아이쿠 그저 좋구나 응~ 지존께서 딱 좋아하는 타입이겠구나. 거게 애들이라면 간부 아비에 미모도 출중하지 않갔니? 내 가슴에 먼저 박 동지가 불을 댕기는 거 같구나야 응~

— 하하하~ 최 부위원장 동질 위해서도 내 각별히 기량을 뽐내도록 준비를 해두었으니 기대 하십쇼. 만족조든 가무조든 행복조든 뭐든 입맛대로 지시만 내리면 재깍 대동을 해드리지요. 하하하~

― 남조선 괴뢰 놈들이 소란을 피워대지 않음 내 금명간今明間 김정은 지존을 모실 테니 박 동지 그리 알라.

― 아이쿠, 분부만 내리십쇼. 예~ 예~

최룡해 부위원장과 손전화를 끝내자 태산은 가슴이 설레어 어찌할 줄을 몰랐다. 전화를 끊기 전에 한물간 기쁨조의 처리에 대해 중앙당 5과와 긴밀히 협조해서 처리했다는 보고를 올리지 못한 것이 못내 아쉬웠다. 그러나 그의 공을 당장 앞에서 치하받지 않더라도 전혀 아쉬워할 이유가 없었다. 공화국의 정보력이야 그저 천 길 바다 밑까지 환히 들여다보고 있을 테니까 말이다.

아아, 이제 정말 지근至近 거리에서 지존을 모시게 되는 날이 가까이 왔다는 생각에 온몸이 사시나무 떨리듯 떨렸다. 소리만 요란한 빈달구지란 말이 그에게는 어울리지 않는 말이었다. 무슨 일이든 계획하면 그저 흔들림 없이 밀어붙여 실적을 만들어내는 불굴의 투지鬪志, 태산은 몸과 마음을 진정시키려고 의자에 비스듬히 기대어 가위다리를 하고 앉았다.

태산의 머릿속에는 많은 그림들이 그려지고 있었다. 백두산 꼭대기까지 거침없이 내달릴 수 있는 용기와 기상, 도 보위부 부부장이면 공화국에서 올라설 만큼 올라선 위치인데도 태산의 뇌리는 더욱 높은 데를 그려보고 있었다. 권력을 향한 인간의 욕심은 하늘 높은 줄 모른다는 말이 무색할 정도로 자신에게 펼쳐지고 있는 일련의 일들을 생각하니 자신감이 용솟음치고 있었다.

성적 매력이 상대적으로 떨어진 공화국 기쁨조 녀성들은 김정은 체제에 더는 필요하지 않았다. 그네들은 겨우 스물대여섯 살밖에 되지 않았지만 새로 뽑은 처녀들에 비하여 풋풋함도 성적매력도 떨어지는 수준이었다. 공화국에서 이제 더는 퇴기退妓나 다를 바 없는 기쁨조들을 처리하는 일은 결코 수월하지 않았다.

고향으로 돌아갈 수밖에 없는 공화국 전역의 기쁨조원들의 입을 막는 일이 무엇보다 시급했다. 태산의 기발한 아이디아를 적용해 중앙당과 긴밀히 손을 잡고 짧은 시간에 무탈하게 처리한 것은 업적 중의 업적이었다. 태산이 비록 최 부위원장과 통화 중에 말을 꺼내지 않았지만 부위원장은 이미 원활하게 처리되었다는 사실을 보고 받았을 것이다. 수천 명의 기쁨조원들의 처리를 이토록 명쾌하게 할 수 있는 아이디아를 내서 당당히 중앙당 5과의 추진과제로 낙점을 받아 수행한 일을 생각하면 그 짜릿함이야 자다가도 벌떡 일어날 것만 같았던 것이다.

교체된 기쁨조에게 내려진 처방은 당연히 당근과 채찍이었다. 원래 기쁨조에게 군관이란 지위를 부여했던 터에 기쁨조에서 배제되면 군관 지위에서도 대개는 퇴역을 하는 것이었다. 그네들에게 내린 당근은 첫째, 최고 미화 사천 달러에 달하는 현금을 지급했다. 현금이 부족한 탓에 현금은 그 정도로 지급하고 가전제품 등을 제공했다. 간부들의 사랑을 특히 한 몸에 받은 기쁨조들에게는 고향에서 살아갈 수 있도록 적절한 직책을 부여했다.

특히 지존의 사랑을 듬뿍 받았던 녀성에게는 소속과 보직을 바꾸고 고위 군관으로 살아가도록 조치를 취해줬다. 어떤 경우는 무역상사에서 간부를 하도록 지위를 내렸다. 그동안 문제를 일으킨 녀성에게는 무역상사의 말단직원이 되도록 했고, 고려항공 승무원 같은 낮은 지위를 주었다. 그밖에도 그네들에게 공훈 배우의 칭호를 내려서 다독였는가 하면 고층살림집에 살도록 통이 크게 보듬어주기도 하였다.

고급시계나 보석 등을 받은 녀성들은 주로 나체로 춤까지 추었던 무용수들로 중앙당 간부들의 사랑을 듬뿍 받았던 녀성들이었다. 반면에 채찍은 단 하나였다. 평양의 고려호텔에서 퇴물이 된 기쁨조원들을 전원 합숙을 시키면서 보안 유지를 위한 강도 높은 세뇌교육을 시켜대는 일이었다. 기쁨조를 하면서 알게 된 정보는 일체 외부에 발설하지 않겠다는 서약까지 받아냈다. 비밀을 누설한 자는 쥐도 새도 모르게 처형을 당하는 것이었다.

2

오늘 하루도 처절하게 살아냈구나. 이상하다. 이토록 살아야 한다는 의지는 어디에서 비롯되는 거지? 감옥에 갇혀 있으면서 목숨을 포기하려 한 때가 어디 한두 번인가. 그런데 언제부턴가 세상이 두 쪽 나도 목숨만은 붙들어야겠다는 강한 욕망이 생겼다. 지하 감옥 쇠창살 너머로 죽어 나가는 시체도 보았다. 새파랗게 젊은 몸으로 죽어 나간 그 동무도 명호처럼 악착같이 목숨만은 붙들려고 했을 테지~ 하지만 살려고 발버둥 치며 견뎌오던 일들을 생각하니 아아, 삶이란 죽음 앞에 참 부질없는 것이다, 라는 생각이 들었다. 그리고 인간의 삶이 죽음 앞에서 깃털처럼 가볍나는 생각에 절로 고개가 흔들어졌다.

가족과의 짧은 만남 이후 명호는 생명에 대한 집착이 강해졌던 모양이다. 어둠 속에 눈을 감고 누워있다는 자체가 한없이 두려웠다. 혹시 깜박 잠이 들어 죽음에 이르는 것은 아닐까? 잠을 자다 죽는다면 영영 끝없는 나락으로 추락하고 말겠지~ 안해아내의 모습이 보고 싶다는 생각조차 흔적도 없이 사라지겠지? 애들에 대해 아비로서 베풀어야 하는 세대주란 임무는 허무하게 산산조각이 나버리지 않을까? 효자는 앓지도 말아야 하는데 효자 노릇은커녕 부모의 뜻을 거역한 역자逆子 : 불효자나 되지 말아야지? 하며 생각을 접었다. 깡보 선생이 깜깜한 어둠 속에서 산란하고 있는 망령된 생각들을 밀어냈기 때문이다.

– 리명호 동무, 어서 일어나오.

명호가 누운 독방 감옥에 예리한 불빛이 쳐들어왔다. 무서운 빛의 무리가 가느다란 실타래처럼 흔들렸다. 빛의 동요 속에 마치 미세한 안개의 알갱이 같은 작은 입자들이 부유하고 있었지만 명호의 시야에는 들어올 리가 없었다.

– 깡보 선생 대체 바깥 시간은 어드메 쯤 흘러가는 게오?

명호에게 지하 감옥에서의 시간은 완전히 바깥세상과 구분되어 있었다. 바깥의 시간이 재깍재깍 초침 따라 흘러간다면 감옥의 시간은 암흑 속에 처박혀 정지되어 있었다. 정지된 시간 속에서 어지럽게 산란하던 망령된 기억만이 먼지처럼 부유하고 있는 것 같았다.

– 거야 동무가 바깥 시간을 가늠해서 뭐를 하려나?

명호의 뇌리에 번지던 생각의 부스러기들이 소용돌이치는 느낌이었다. 깡보 선생 역시 감옥의 시간과 바깥의 시간이 다르다는 것을 아는 듯이 물어왔다.

– 아니 공연히 날 깨우지는 않았을 게 아니오?

– 어서 일어나오. 어서~

깡보 선생의 입에서 어서 일어나라며 거듭 재촉을 하는 바람에 명호는 욱신거리는 몸뚱이를 겨우 일으켜 세웠다. 강렬한 손전등 불빛 때문에 명호는 눈을 제대로 뜨지 못했다. 눈이 시려 한참동안 감았다가 쳐다보니 손전등 불빛을 밀어내며 흐릿한 불알백열등이 흔들리기 시작했다. 눈이 차츰 편안해지는데 깡보 선생 곁에 계호원이 나란히 그를 내려다보고 있는 게 보였다.

－아니 날 어데루 데려가는 게요?

－거야 상부 지시이니 말해 줄 수야 없지~

명호는 깡보 선생과 계호원의 지시에 따라 힘겹게 움직이고 있었다.

－뽈 통에 변기 물은 받아둔 것이 있나?

－변기 물은 어이 찾소?

－아니 거 동무 하냥 잔말이 많나? 찾을만 하니 찾고 있는 게 아닌가~

사흘에 한 번 공급해주는 물을 이번에는 정신 바짝 차리고 받아두었다. 성질이 급한 탓인지 다른 계호원보다 먼저 침침한 독방에 들어와 깡보 선생이 수건에 물을 적셔 명호의 얼굴을 닦아주었다.

－날 어데루 데려가려는 거 정말 맞는가 보오, 깡보 선생?

－그저 동무 묻지 말고 우덜 하는 대로 따르라.

깡보 선생의 말에 명호는 더는 입을 열지 않았다. 깡보 선생의 목소리는 가파르게 거세지는 계호원의 목소리와 달리 낮게 가라앉은 음성이었다.

그들은 죄수복을 벗기고 명호를 씻긴 다음 뜻밖에 그가 이곳에 들어올 때 입었던 사민복私民服:사복으로 갈아입혔다. 명호는 무엇인지는 몰라도 자신의 신변에 어떤 일들이 일어나고 있다는 깃을 깨달았다. 몸속의 세포들이 일제히 깨어나며 긴장하기 시작했다. 대체 지금 바깥의 시간은 어찌 흘러가고 있을까.

명호의 팔회목에 수갑이 단단히 채워졌다. 예심을 받기 위해 담당 지도원에게 불려가려면 팔회목에 수갑을 채우고 어떤 때는 포승줄로 포박했다. 죄목이 많거나 소리를 지르고 소동을 일으키는 죄수들은 수갑을 채우거나 포박한 상태로 지하 독방에 집어넣었다. 이거야말로 죄수들에게는 가장 무서운 형벌이었다. 수갑이 채워지면 가장 힘든 것이 잠을 제대로 잘 수가 없었다.

포승줄로 포박당한 죄수는 이리저리 구르며 갈개잠이라도 잘 수가 있지만 팔회목을 단단한 쇠붙이에 저당 잡힌 죄수는 꼼짝없이 세멘트 벽에 등을 붙이고 앉아서 잠을 자는 수밖에 없었다. 그리고 더욱 치명적인 문제는 용변을 해결하기 힘들다는 것이었다. 그저 참다못해 급할 때는 죄수복을 입은 채로 볼일을 볼 수밖에 없었다. 죄수라는 가혹한 이름이 하나의 인간을 짐승보다 못하게 만들고 있었다. 옷을 입은 채 용변을 보게 되면 누구보다 자신에게 먼저 치욕적이고 수치스러움이 느껴지는 것이었다.

두 명의 계호원의 호송을 받으며 명호는 지하 감방에서 나왔다. 정말 이상한 일이다. 어두운 복도를 비틀비틀 흔들리는 걸음으로 걸었다. 지하 감방의 복도는 죽음의 망령들이 떠다닐 거라고 생각했다. 죽어 나간 동료들을 여럿 목격했던 탓이다. 명호는 자신이 마치 망령이 되어 떠나는 의식을 행하고 있는 것은 아닌지 생각했다. 허벅지를 한 번 꼬집어 봤으면 좋을 텐데 이 차갑고 단단한 수갑 때문에 움직일 수가 없어서 생인지 꿈인지 분간조차 할 수가 없었다.

– 깡보 선생 맞지요?

– 뭐? 동무 벌써 헛 게 보이나? 쯧, 쯧~

계호원이 명호를 비웃듯 말했다.

– 내 죽어 황천벽을 가는 게 아닌가 하고~

– 아니 거 보자니까, 잔말 말고 그저 따르라. 쌍~

깡보 선생과는 달리 훨씬 공화국의 충성분자로 보이는 계호원이 입술 끝에 욕설을 매달았다. 타래자줄자로 짝 짝 금을 긋듯 원칙대로 죄수들을 다루는 그 계호원이 정말 충성분자인지는 알 수가 없었다. 그가 계호원의 머릿속에 들어가 보지 않은 이상 겉으로 드러난 행동만으로는 가늠할 수가 없기 때문이었다. 공화국에 인간의 탈을 쓴 늑대들이 많고 공타공개타도 동무들이 갈수록 늘어나고 있다는 것을 공화국 인민들은 잘 알고 있었다. 그 늑대들이야말로 머릿속을 들여다보면 실제로는 집단 공타 동무들일지도 모르는 일이었다.

명호는 보위부 감옥에서 끌려 나와 승합차에 태워졌다. 죄수를 실어 나르는 호송차가 아니었다. 승합차에 올라타면서 잠깐 하늘을 쳐다보았다. 깜깜한 밤이었다. 잠깐이나마 쳐다보면 깜깜한 하늘에서 별들이 총총 관등성명을 하듯 눈에 들어올 터인데 그럴 짬이 없었다. 승합차의 계기판을 보고 자정이 막 지났다는 것을 알았다. 명호를 태운 승합차는 보위부 정문을 빠져나와 어딘가로 달리기 시작했다.

– 대체 날 어디로 데리고 가는 거요?

– 가 보면 알 게 아닌가~

– 죄수복을 벗기고 어찌 사민복을 입힌 게오?

하지만 명호의 물음에 계호원들은 아무런 대답을 하지 않았다. 호송 차량에는 언제나 창문을 가리는 가림막이 있었는데 이 승합차에는 가림막도 보이지 않았다. 어둠 속에 휙, 휙 스쳐가는 공화국의 거리를 보자 갑자기 감회에 젖어 들기 시작했다. 자전거를 타고 달리던 거리들의 밤풍경이 아스라한 기억과 함께 스쳐 지나갔다. 껑충한 방울 나무들은 어느새 앙상하게 옷을 벗고 있었다.

자전거를 타고 누비던 거리, 춘희의 편지를 품속에 숨기고 자전거 페달을 밟았던 거리도 이렇게 방울 나무들이 즐비했다는 생각이 들었다. 아이들이 어릴 적에는 애들을 짐받이에 태우고 따르릉따르릉 방울을 울리며 달렸던 공화국의 거리 들이었다. 밤을 희미하게나마 밝히던 불빛이 초라하게 꺼져 든 거리에는 인적이 끊긴 탓인지 더욱 을씨년스러운 느낌이었다. 그런데 이 승합차는 대체 어디를 향해 달리고 있는 것인가.

그러나 명호는 얼마 지나지 않아 깜짝 놀라지 않을 수 없었다. 창밖을 무심히 바라보던 그의 시야에 낯익은 골목이 나타났던 것이다. 그의 집에 닿아있는 골목의 입구에서 승합차가 멈추었다. 명호는 심장이 후드득거릴 정도로 깜짝 놀라고 있었다. 더욱 놀란 것은 계호원의 지시에 따라 승합차에서 내린 다음이었다. 수갑이 명호의 팔에서 풀려나갔다. 어둑한 골목에는 이미 도착한 듯한 태산이 동무가 손전등^{플래시}을 켠 채 기다리고 있었다.

－ 어서 오라.

－ 태산이 동무, 예고도 없이 날 어찌 이렇게 집에 데려오는가?

태산은 명호의 물음에 아무런 대답을 하지 않았다. 대답 대신에 품속에서 담배를 하나 꺼내어 불을 붙여 명호의 입술에 물려주었다. 명호는 담배를 기다렸다는 듯이 급하게 빨아대기 시작했다. 담배의 묘한 향기에 취한 순간 머리가 어지러웠다. 그래서 헛발을 디딘 것처럼 걸음이 한번 출렁거렸지만 이내 똑바로 걸었다. 아니, 이렇게 방면^{放免}해 주려면 계호원 없이 조용히 처리할 수도 있을 텐데~ 지하 감방에서 집까지 분명히 챙기지 않았는가? 계호원의 말처럼 재수 없는 숫자를 받았다면 집이 아니라 정치범수용소를 향해 승합차를 몰았을 일이었다.

담배를 태우면서 집을 향해 걸어 들어가는 골목에서 순간 명호는 갑자기 울컥해졌다. 목숨보다 소중한 가족들의 발걸음의 흔적들이 녹아 있는 자리였다. 골목의 입구에서부터 만나게 되는 시든 잡초나 몇 그루의 나무들이 감회에 젖게 만들었다. 태산이 동무와 계호원의 감시를 받으며 집을 향해 걸어 들어가는 명호의 발걸음이 불안하게 흔들리고 있었다. 집으로 돌아가는 의식치곤 예감이 좋지 않았다. 마치 명호에게 익숙한 골목과 골목의 나무들과 골목 중간의 황구黃狗와 사무치게 그립던 가족들과도 마지막 작별을 하는 의식 같다는 불안감이 들었다.

황구가 목이 찢어지게 짖어댔다. 명호의 귀에 익은 황구의 울음소리, 명호는 자전거를 밀고 골목을 걸어갈 때 황구가 컹, 컹 짖어대면 항상 혼잣말을 하곤 했다. 그래, 아무렴 짖으려무나~ 명호는 마음속으로 간날옛날처럼 지저귀였다. 황구의 울음소리가 자신을 잊지 않고 맞아주고 있다는 생각이 들도록 했다. 생목을 찢어대듯 다른 때와는 분명 다른 황구의 울음이었다.

공화국의 하늘에 충성을 맹세하듯 컹, 컹 짖어대는 황구의 울음소리를 뒤로 밀어내며 명호는 골목길을 좁혀 나가기 시작했다. 정말 무슨 의식을 치르기라도 하는 듯이 태산이 동무와 계호원들이 서두르지 않으면서 명호의 뒤를 따르고 있었다. 낮은 담벼락 너머에서 들어온 고즈넉한 집의 모습을 보고 명호는 부르르 몸을 떨었다.

순간, 명호는 주위를 의식하지 않고 다리에 힘을 주어서 한 발 한 발 발을 떼며 집안으로 걸어 늘어갔다. 공화국의 인민들이 모두 잠들었을 시간인데 퇴마루툇마루에 불이 켜져 있고 더욱 놀란 것은 가족들이 모두 퇴마루에 나와 앉아 있다는 점이다. 여윈 어머니와 훌쩍 자란 애들, 뜻밖에도 기백이 동무 아들애 동실이까지~ 하지만 안해 정숙의 모습은 보이지 않았다. 이게 대체 무슨 일이란 말인가. 태산이 치밀하게 계획하지 않고서야 이런 상황이 벌어질 수가 없는 것이다.

3

태산은 명호 동무를 위해 가능한 베풀 수 있는 것을 힘껏 제공해주고 싶었다. 정숙 동무와 얽혀 오랜 세월 적개심을 갖고 있었던 것에 대한 미안함도 있는 데다 자신의 핏줄을 제 자식처럼 아낌없이 품에 안아준 일말의 고마운 마음이 작용했던 때문이었다. 또한 이제는 명호가 정말 공화국을 떠나야 하는 때가 되었고, 어쩌면 더는 가족과도 만날 수 없을지도 모른다는 생각 때문이었다. 그래서 가족과의 작별에 앞서 마지막 정리할 수 있는 기회를 주고 싶었던 것이다. 동행한 계호원들을 대문 앞에 대기시킨 다음 명호를 향해 태산이 말했다.

– 명호 동무, 내에 죽마고구로서 베풀 수 있는 마지막 기회라는 걸 명심하라.

태산의 목소리가 떨렸다.

– 나를 방면한 게 아니지? 그렇지, 태산이 동무?

명호의 목소리는 잠기어 있었지만 뜻밖의 상황에 기대감이 묻어 있었다.

– 공화국의 일을 어찌 내 맘대로 좌지우지 하니? 어서 어머니한테 절부터 올리라.

명호 동무가 어기적어기적 걷는 모습을 태산은 뒤에서 물끄러미 바라다보고 있었다. 생각하면 정말 오랜 세월 호상 등을 지고 살아온 세월이었다. 태산은 명호 동무는 응당 공화국의 죄인이다, 라는 믿음을 버리지 않았다. 자신이 공화국에서 반탐간첩의 임무를 수행하는 직책이기 때문에 당연히 책무도 따르는 것이라고 태산은 생각했다.

— 오마니, 저 왔습네다.

— 아이 에구나~ 아범이 어찌 이런 꼴이나 응?

태산은 명호 동무의 어머니를 어둠 속에서 노려보고 있었다. 보위부를 찾아다니며 참이에 대해 하소연하던 때의 영악하던 모습이 겹쳐 떠올랐다. 태산은 그래 속으로 츳, 츳 혀를 찼다. 그래도 두벌자식손자으로 살아온 세월이 있는데 참이를 못마땅하던 노인을 생각하면 괘씸하기 이를 데가 없었다. 태산이 명호에 대하여 지금의 이런 특혜를 부여한 것은 순전히 정숙 동무를 달래기 위함이었다.

노인은 아들애 명호의 손을 부여잡고 흐느꼈다. 노인이 흐느끼자 애들도 옆에서 소리 내어 울고 있었다. 태산이 미리 당도하여 당부를 했는데도 애들은 훌쩍훌쩍 흐느끼고 있었다. 동실이 마저 명호 동무를 보고 흐느끼고 있었다. 흐응, 기백이 아들놈 보게? 명호 동무를 간첩으로 몰아가는 데 일조한 녀석이? 태산은 이런 순간에도 허파에서 웃음기가 발동한 탓인지 피식, 혼자 웃었다.

명호 동무가 애들한테 당부하는 말을 태산은 부러 듣지 않으려고 애를 썼다. 명호 동무는 아들애와 딸애를 붙잡고 담장을 넘지 않을 목소리로 조근조근 말을 이어갔다. 태산은 부러 장독대 옆의 담벼락에서 먼산바라기를 하고 있었다. 멀리 마을 어귀 강가 수세미 방죽에서 잠을 이루지 못한 밤새늘이 호르르 호르르 울고 있었다.

밤새들의 울음소리가 태산의 귀에 들려오자 지난날의 기억이 어지러운 망령처럼 되살아나는 느낌에 태산은 저도 모르게 상체를 털어냈다. 기백이 동무의 장례를 치르던 날에 강가 수세미 방죽에서 명호 동무와 한차례 치고받는 싸움을 했지 않았던가. 죽마고구이던 김정석 동무의 혼백이 산산이 흩어지던 기억하고 싶지 않은 일들도 떠올랐다. 술에 취한 정석 동무가 그의 체면을 땅바닥에 떨어뜨리지 않았더라면 그런 불상사는 일어나지 않았을 터이었다. 술에 취한 나머지 조의장에서부터 말을 함부로 지껄이던 정석 동무가 그의 체면을 바닥에 떨어뜨렸었다. 그런데 하필 명호 동무를 옹호하는 말로부터 비롯되었던 것이다.

정석 동무 말인즉, 동무는 보니 옛적부터 명호 동무 못 잡아먹어 안달을 하는데 우리 눈에 그저 태산이 동무 하는 짓이 명호 동무 사타구니에도 미치지 못한다는 야슬거림이었다. 흐응, 총으로 열 번을 쏘아 죽여도 분이 풀리지 않을 놈이지~ 태산은 문득문득 정석 동무의 일이 떠오를 때면 혼자 이렇게 속말을 삼키고는 했다. 하필, 이럴 때에 또 옛날 생각이~ 태산은 겸연쩍은 나머지 손바닥으로 낯바닥을 거푸 훑어대며 큼, 큼 마른기침을 삼켰다. 훌 훌 털어내 버리고 살아왔는데도 난데없이 옛날 생각에 젖어들다니~

－ 동무, 어서 일어나라. 지체할 시간이 없어~

－ 태산이 동무, 정숙 동무는 대체 어데루 빼돌렸나?

－ 에이 거 말하는 본~

성미를 잠재우지 못하고 삐져나오려는 말을 태산은 억지로 눌러 삼켰다. 명호를 앞장세우고 마당을 나오는데 뒤에 남은 명호네 가족들이 마치 상세난 집처럼 일제히 큰 소리로 울었다. 태산이 버럭 소리를 지르자 울음소리들이 재깍 죽어 들었다. 갑작비가 쏟아지는 듯한 울음 뒤에 찾아오는 적막은 이상한 긴장감을 불러왔다.

－ 이제 나를 어데루 데려가는 거이니?

－ 거 잠자코 따라오라.

－ 정숙 동무는 한번 만나게 해줘야 할 게 아닌가?

태산은 명호 동무의 말에 대꾸하지 않았다. 태산이 이런 계획을 세우고 실행에 옮기기까지 마음이 편치 않았다. 정숙 동무와 명호 동무 사이에 일어나는 일이야 옛적부터 곱게 여겨질 리가 없었던 것이다. 그 래도 이제 최후가 될지도 모른다는 생각에 마지막 베풀어주는 도리라 고 생각했다. 비틀비틀 걸어가는 명호 동무의 모습을 뒤에서 바라보자 니 그의 마음도 서겁다_{쓸쓸하}다는 것을 부정할 수가 없었다.

승합차가 정차해 있는 골목의 입구에서 태산은 계호원들을 저지했다.

– 거 동지들은 차에서 기다리라.

– 부부장 동지, 혼자 가서도 괜찮겠습니까?

태산은 대답 대신에 팔을 크게 들어 큰 동작으로 손싸래_{손사래}를 쳤 다. 태산은 명호 동무를 반대쪽 골목 입구에서부터 앞장세우고 기백이 동무 집을 향해 걸었다.

– 아니 태산이 동무, 이 골목은~

– 그래 기백이 동무네 집으로 가는 거야~

– 아니 뭐이? 기백이두 덕순 동무두 죄 공동묘지에 묻혀 있는데~

명호 동무의 따지는 듯한 말에 태산은 한참 동안 대답하지 않았다. 그가 대답하지 않자 명호 동무가 재차 말했다.

– 아니 관절 동무, 무슨 꿍꿍이짓을 하려는 거야?

– 어서 가자 명호 동무~

의아한 듯 망설이며 걷는 명호의 등을 태산이 떠밀었다. 마치 처형장 으로 끌려가는 죄수의 발걸음처럼 명호의 걸음이 더디었다. 기백이네 집에 가까워질수록 태산의 가슴에는 견디기 어려운 상처가 돋아나고 있는 듯했다. 명호 동무를 앞세우고 뚜벅뚜벅 걸어가다 문득 제풀에 당혹스러워 태산은 몸을 털었다. 그가 살아온 궤적을 아무리 곱게 들 여다보아도 자신의 이름값에 어울리지 않는 일을 벌이고 있는 것이었다. 그의 발목을 잡을 일을 공연히 벌여놓은 것은 아닌지 뚜벅뚜벅 명호 동무를 뒤따르며 걸으면서 생각했다.

— 어서 들어가 보라, 명호 동무~

— 덕순이 동무 혼백도 달아난 텅 빈 집에~

— 저기 퇴마루 너머 불알백열등 흔들리고 있는 거 보이지?

— 태산이 동무, 이거 뭐 이상한 꿈을 꾸고 있는 거 같은데~

— 꿈은 아니니 들어가 보라. 시간 반밖에 시간이 없으니 어서~

태산은 명호 동무의 등을 가볍게 떠밀었다.

명호 동무와 정숙 동무를 위해 기백이 동무네 집에 마지막 자리를 준비한 것은 그의 품성과는 전혀 거리가 멀었다. 사실 공화국의 죄수에게 부부로서의 마지막 작별을 하는 의식이 주어진다는 것은 상상할 수조차 없는 일이었다. 그런데 일이 이렇게 치달은 데는 비록 이런 식의 자리를 만들어 정숙에게 베푸는 모습을 심어주려는 뜻도 있었다. 그러나 정작 이런 엉뚱한 자리를 만든 진짜 의도는 태산의 기벽奇癖 탓이라는 게 더 적절할 것이다.

명호 동무가 토방돌 위에 신발을 벗고 들어가는 것을 보고 태산은 공터에 나와 담배를 피워 물었다. 덕순 동무의 장례를 치르던 때가 얼마 되지 않았는데 사람의 일이란 정말 한 치 앞도 장담할 수가 없는 모양이다. 기백이 동무가 덕순이 동무와 첫날밤을 치렀을 바로 그 방에서 명호 동무와 정숙 동무가 마지막 밤을 보낸다는 생각을 하니 태산의 머리가 어지러웠다.

그 어지러움은 분명 쓰러질 듯한 현기증과는 달랐다. 까닭모를 호기심이 눈뿌리를 잡아끄는 데는 태산의 살갗 세포까지 돋아오를 정도였다. 가장 증오했던 명호 동무와 가장 연분했던 정숙 동무가 짐승처럼 쌍 붙는교접 모습을 엿보고 싶은 충동이 새삼 생겨났던 것이다. 담배를 거푸 몇 번을 흡, 흡 빨아들인 다음 땅바닥에 짓이기고 동실네 마당에 소리죽여 걸음을 들이밀었다.

적의 진지를 염탐하듯 살금살금 걸어 들어가 토방돌 위에 놓인 두 켤레의 신발을 밟은 것도 모른 채 퇴마루에 앉아 안쪽으로 귀를 기울였다. 흐릿한 불빛 속에 도란거리는 소리가 띄엄띄엄 들려왔다. 무슨 소리를 하는지는 분간할 수가 없었다. 태산은 마치 도둑질하는 고양이처럼 안쪽을 향해 허리를 길게 폈다. 신경을 곤두세워 말의 가닥을 잡아보려는데 도무지 말의 가닥이 귀에 잡히지 않았다.

흐응, 뜸 들일 시간이 어데 있나~

정숙과 쌍 붙을 사람은 따로 있는데 마음이 타드는 사람은 태산이었다. 그에게는 속절없이 시간만 흘러가는 꼴이었다.

– 자지타령 늘어놓던 놈이 어찌 모재비 걸음게걸음을 하나~

태산의 가슴이 불이 타는 듯 화끈거렸다. 새벽을 향해 지체없이 흘러가고 있는 소중한 시간에 느릿느릿 게걸음을 하는 행동을 태산이 질타하고 있었다. 이윽고 기다리다 못해 태산이 퇴마루에 무릎걸음을 하고 올라가서 문을 쿵쿵 두드리며 말했다.

– 명호 동무, 어서 볼일부터 보라.

태산이 다그지듯 말하자 이내 안쪽에서 불이 꺼졌다. 태산은 무릎걸음을 하고 안쪽을 바라보다 불이 꺼지는 것을 보고 다시 무릎걸음으로 물러났다. 정숙의 알몸이 명호 동무의 알몸과 한데 엉긴 모습이 떠올랐다. 본능적으로 안쪽으로 더욱 신경을 곤두세웠다. 그러면서 다시 품속에서 담배를 꺼내 불을 붙였다. 흡, 흡 빨아들인 다음 입을 둥그렇게 오므리며 안쪽으로 귀를 기울였다.

그가 은근히 기대했던 쌍 붙을 때 날법한 낭자한 소리는 들리지 않았다. 태산의 입술이 애가 타서 마른 순간에야 어둠 속에서 울음 같기도 하고 흐느낌 같기도 한 소리가 살짝 피어올랐다.

– 흐응, 나쁜 자식~

태산은 혼자서 속말을 흘렸다. 명호 동무한테 들릴 만한 소리는 아니었다. 어느 쪽인지 손바닥만한 마당 한 모퉁이에서 벌레 소리가 났다. 태산은 부러 상체를 털어내듯 하며 몸을 일으켜 세웠다. 벌레 소리가 잠시 멈추더니 다시 마치 명호 동무를 응원이라도 하듯 여기저기 담벼락 사이에서 벌레들이 일제히 울음통을 열었다. 태산이 애꿎은 벌레들을 향해 퉁을 던졌다.

– 흐엇, 진즉 겨울나이겨울나기를 해도 시원찮을 판에~

태산은 큼, 큼 마른기침을 뱉어내며 밖으로 나왔다. 공터에서 마치 엉덩이를 데인 강아지처럼 빙빙 맴을 돌았다. 가슴에서 불이 났는지 뜨거운 기운이 달아올랐다. 찬물이라도 있음 벌컥벌컥 들이켜도 뜨거운 기운이 가시지 않을 것만 같았다.

태산은 제정신을 놓은 사람처럼 안절부절못하며 다시 퇴마루에 앉았다. 퇴마루에 앉는 순간 안쪽으로부터 흥분된 기분을 참지 못해 흘러나오는 녀자의 교성嬌聲이 들렸다. 정숙 동무의 입에서 흘러나오는 소리였다. 태산의 입술이 바싹 타들었다. 귓가에 들려오는 흐드러진 소리는 이제 둘의 소리가 한데 엉긴 소리였다. 태산은 여전히 고양이가 먹잇감을 노리듯 몸을 움츠리며 방문 앞에 귀를 갖다 대고 있었다.

이때, 골목 교차로에서 기다리던 계호원이 태산이 들어간 곳을 이미 파악해 두었다는 듯이 성큼성큼 들어섰다.

– 부부장 동지, 시간이 지체 되어서~

– 네들 죄수 찾는 축수는 살아 있구나 그저~ 이제 거의 됐다.

태산이가 부하들을 달래듯 말했다.

– 아니 여게서 혼자~ 무슨 일이 있습니까?

– 네들은 염려 말라.

태산은 명호 동무의 일을 생각하면 착잡함 뿐이었다.

– 명호라는 죄수는 안에 있습니까?

– 네들은 그저 모른 척 하라니까는~

– 예~ 예~

태산의 짜증 내는 듯한 말에 지도원이 허리를 깊게 숙이며 나간 다음 다시 안쪽에서 불빛이 되살아났다.

– 명호 동무, 일 다 치렀음 어서 나오라.

불빛이 살아난 것을 보고 태산이 재촉을 했다. 이내 안쪽에서 명호 동무가 모습을 드러냈다. 명호 동무 뒤에는 정숙 동무가 머리를 매무시하며 따라나섰다. 정숙의 이런 모습을 보는 태산의 마음이 무너지는 듯 허탈했다.

– 명호 동무, 우물쭈물 하지 말고 어서 신발 신으라.

– 아랫동네로 정말 내려가야 하는 거니?

명호 동무 또한 어리둥절한 모양이었다.

– 그게 동무가 살 수 있는 방법이야~ 아님 감옥에서 살다 주어야 하는데 그렇게 살고 싶니? 동무한테 죽마고구로서 덕을 베풀어주고 싶은 거야. 네 가족들 하고 공화국의 중죄인이 어찌 이렇게 찬란하게 작별을 하니? 그저 덕을 원쑤로 갚거나 말아~

– 태산이 동무, 봄이 아버지가 그럼 언제 국경을 넘게 되오?

정숙이 뒤에서 낮게 가라앉은 목소리로 물었다. 정숙은 이미 일의 내막을 태산으로부터 들어서 알고 있기에 중심을 잃지 않았다. 그러나 명호 동무가 언제쯤 국경을 넘게 되는지는 안해(아내)로서 궁금하지 않을 수가 없었다.

— 내 정숙 동무한테 시시콜콜 얘기할 수 없는 사정이 있으니 리해理解해주길 바라오.

— 태산이 동무, 덕을 베푸는 김에 날 가족들과 함께 보내주면 아니 되겠니? 정말 가족들하고 헤어지기 싫단 말이야~

— 내 몇 번을 말해야 알아듣겠니? 그저 아랫동네 내려가는 게 나들이 가는 게 아니라고 내 말을 하지 않더냐? 동무가 내려가잔다고 덜컥 가족들이 봇짐 챙겨 떠날 수 있느냐 말이야. 정숙 동무, 말해 보오. 명호 동무 따라 당장 아랫동네 내려가려오?

— 내 공화국에서 여태 반쪽짜리로 살아온 것도 서러운데 이제 나더러 공화국 인민들의 손가락질 받는 반동짓거리를 하라는 말이야요? 나는 남쪽에 내려가서 궁궐을 짓고 산대도 싫단 말입니다.

어두운 밤이라서 명호 동무의 표정을 태산이 들여다볼 수는 없었지만 참담했을 것이라고 생각했다. 태산은 정숙 동무의 말을 들으니 갑자기 용기가 생겨나는 느낌이었다.

— 명호 동무 들었지? 정숙 동무의 생각을 똑똑히 들었지 않아? 거 딸애 봄이도 아랫동네 내려가는 거 절래절래 하지 않았어? 힘들어도 여 공화국이 좋다지 않더냐? 남쪽 자본주의 반동 놈들하고 섞여 살기 싫다지 않더냐 말이야 엉?

— 이제 그럼 정숙 동무하고 여게서 영영 리별을 해야 한다 말이니, 응? 여게서 헤어지면 다신 보고 싶은 얼굴을 볼 수도 없단 말이니 으응?

— 자꾸 뜸들이며 지체하지 말라니까는~ 아니 공화국 보위부에서

공연히 동물 불러내서 남의 집에다 마그막^{마지막} 잠자리를 펼쳐주겠나 말이야 에이 참~

－ 아니 학갑 속에 챙겨가야 할 물품도 있는데~

－ 거 답답한 동무~ 학갑 속에 있는 반동 증거물은 보위부에 맡겨야지~

태산은 더는 명호 동무와 지체할 수가 없었다. 그는 명호의 등을 떠밀면서 우적우적 공터로 걸어 나왔다. 정숙 동무 역시 버선 걸음으로 명호의 뒤를 따라나섰다. 계호원 동지들이 승합차를 이미 집 앞 공터에 대기 시켜놓고 있었다.

공터에서 태산이 담배를 하나 꺼내 명호 동무의 입에 물려주었다.

－ 막대^{마지막} 담배는 첩도 안준다는데 어서 태우라.

명호 동무가 입에 문 담배를 뿍, 뿍 미친 사람처럼 빨아대고 있었다. 정숙 동무가 성큼 태산에게 걸어와서 담배를 하나 달라고 했다. 태산은 망설이지 않고 품에서 새 담배를 꺼내 정숙의 입에 물려주었다. 명호 동무와 정숙 동무가 나란히 서서 담배를 태우는 모습을 지켜보다 태산은 승합차로 돌아왔다.

－ 막대^{마지막} 담배를 주었으니 다 피우면 끌고 오라. 나 먼저 출발할 테니 곧장 따라 붙어라. 다음 목적지는 마전동 공동묘지야, 알고 있지?

－ 예, 부부장 동지~

사전에 지시가 되어 있는 탓에 한마디의 말에도 부하들은 알아차렸다.

－ 부자지간 작별인사는 하게 해야 공화국 보위부의 도리 아니겠니?

－ 그러문입쇼. 예~ 예~

태산은 부하에게 지시해 놓고 묵묵히 골목을 빠져나왔다. 자신의 자동차 있는 데로 돌아와 태산은 다시 담배를 피워 물었다. 담배를 거의 태우고 담배꽁초를 바닥에 짓뭉갠 다음 자동차에 올라 비스듬히 의자의 등받이에 기댔다. 그가 자동차로 먼저 돌아온 것은 명호 동무와 정숙 동무의 작별의 순간을 눈에 담아두고 싶지 않았기 때문이었다.

두 사람이 쌍 붙는 장면을 뇌리에 담아두고 싶은 이상한 버릇은 몸속에서 꿈틀대고 있었지만 두 사람이 작별하는 순간을 뇌리에 담아두고 싶은 생각은 없었다. 이런 기억들이 두고두고 가슴을 헤집어댈지도 모른다는 생각이 들었기 때문이었다. 젊은 청년 시절에 위험한 동문 거래를 하면서 주체사상탑 앞에서부터 부벽루 청류벽에 당도하기까지 명호 동무와 정숙 동무가 손을 잡고 다정하게 거닐던 모습은 태산의 가슴에 두고두고 불편한 앙금이 되었던 것이다. 공화국에서 어쩌면 마지막 보게 될지도 모를 명호 동무의 애절한 모습에서 또다시 그런 상처를 되새기는 불행사不幸事를 만들고 싶지는 않았다.

명호 동무를 태운 승합차가 뒤에서 경적을 한번 울리며 천천히 미끄러져 나왔다. 태산은 몸소 자동차를 운전하며 앞장서서 길을 열었다. 마을 뒤쪽 도로道路 끝 다리를 지나 공동묘지로 올라가는 신작로로 접어들 때 태산은 공연히 착잡한 나머지 휘파람을 휠~ 휠 불어보았지만 태산의 휘파람 소리를 아무도 듣지 못했다.

깜깜한 산길을 자동차의 양쪽 눈이 환하게 비췄지만 펄럭펄럭 스쳐 가는 초목들도 휘파람 소리를 들을 수가 없었다. 태산이 휙 휙 불어대는 휘파람 소리에 담긴 은밀한 뜻이야 공화국 천지에서 태산이 자신밖에 알지 못할 터이었다. 공동묘지를 향해 빼돌아져 올라가는 에움길에서 산 아래를 바라보니 공화국 하늘 아래의 어둠은 더욱 새까맣게 깊어지고 있는 느낌이었다. 태산은 공연히 빵, 하고 나팔소리경적소리를 한 번 울렸다. 깜깜한 산길에 퍼지는 나팔소리가 너무 컸던 탓에 그는 제풀에 그만 깜짝 놀라고 말았다.

4

― 아버지는 어찌 되었습니까?

헐레벌떡 들어서는 어머니를 향해 참이 불안과 놀라움이 섞인 말투로 다그치듯 물었다. 아고阿姑 : 시어머니는 장독 너머에서 먼산바라기를 하고 있었다.

― 오냐 참아, 동실아~

― 봄이 어미야, 나 염소고기 먹고 싶다니~

아고는 마치 철없는 아이처럼 말했다.

― 아니 난데없이 염소고기라나~

― 에이 그저 장마당에 나가 염소 한 마리 잡아 온?

아무리 생각해도 정상적인 말이 아니었다.

― 아고阿姑?

― 그저 염소 한 마리면 령감영감하구 울 아들애하구 무쇠솥에 팔팔 고아 먹을 텐데~ 그저 장마당에 나가 한 마리 잡아 온?

아고는 왜 난데없이 염소타령을 하는지 모를 일이었다.

― 아니 시오마니래 노망이 오나? 아고? 염소 한 마린 그렇다 치는데 령감이 어데 있다 그러오?

정숙은 하는수 없이 이렇게 물었다.

― 아니 애들 크나반할아버지이 저 방에 있지 어데 있나?

― 아이 에그나~ 아고阿姑까지? 난데없이 어이 노망이 오나?

정숙의 입에서 푸닥거리를 놓듯 긴 푸념 같은 한숨이 흘러나왔다. 아고의 정신이 오락가락하는 것을 확인한 순간 앞이 까마득해졌다.

– 예~ 깟거 장마당에 나가 흑염소 한 마리 잡아 올 테니 어서 방에 들어가오. 맘이 심란한데 시오마니까지 노망이 오네. 에구~

지붕머리에는 아직도 새까만 어둠이 덮여 있었다. 아고의 이상한 모습에 정숙은 정신까지 혼란스러워 허둥지둥하고 있었다.

– 아버진 어찌 되었느냐 묻잖습니까?

– 아니 내 무슨 말을 하려다 이래 넋을 놓았지~ 오호, 참아, 동실아~

– 예~ 참이 오마니 무슨 급한 일이라도~

동실이 목을 기다랗게 빼며 물었다.

– 참아, 지금 네 아버지는 공동묘지에 올라가나 보다~

– 예에?

애들이 동시에 놀랐다.

– 아니 으슥한 밤에 공동묘지엘 올라가다니요?

동실과 참이 앞을 다투듯 놀라며 물었다. 아고阿姑는 정말 노망이 든 사람처럼 어지럽게 장독대를 빙, 빙 돌고 있었다.

– 하내비할아버지한테 작별인사는 해야 할 거 아니니?

– 그럼, 당장 내일 국경을 넘는다 말입니까?

참의 모습도 어머니처럼 반쯤 어리뚱땅어리둥절 했다.

– 아이 에그나~ 소릴 낮추라. 담장 넘을라~

– 예~

가족이 온통 조바심에 빠져들고 있었다.

– 어이쿠 저 너들 클마니할머니 보라. 노망 난 게 맞구나. 그나저나 동실아, 참아 후딱 날 따라오라.

정숙은 앞장서서 명호 동무의 방으로 들어갔다. 바람벽의 학갑벽장을 열어 은밀히 숨겨온 흰 보자기에 싸인 백색 호로병과 검은 보자기로 묶여진 유골 상자를 꺼냈다. 학갑 앞에서 동실은 마치 마음의 탕개 긴장를 조이는 듯이 숨이 꺼져 들었다. 봄이가 시무룩한 표정으로 끼어 들었다.

– 오마니, 이 게 장독대에 있던 백색 호로병인 것은 알겠는데~

– 그래 백색 호로병은 남쪽 너 맏아바지큰아버지한테 돌려드려야 하는 게고 검은 보자기에 있는 상자는 여 하내비할아버지 유골 가루인데 통일이 되면 광화문에 뿌려 달라구 해서 아버지가 은밀히 건사해 둔 거란다~

이렇게 말을 하는 정숙의 심경이 착잡했다.

– 통일이 되기도 전에 아랫동네 가게 생겼으니 잘 되었네요. 아버지가 몰래 가지고 내려가야지요. 아주 일이 그만 잘 되었지요, 오마니?

봄이가 철이 없는 아이처럼 끼어들었다.

– 아이구나 철딱서니 없는 것~ 공화국 배반하고 국경을 넘는 일이 어데 나들이 가는 일인 줄 아니? 그저 목숨을 걸어도 열 번을 걸어야 하는 일인데 지껄이는 말이라고는~ 참아, 이걸 재게 동실네에 숨겨두라. 동실아 어서~

– 어찌 우리 집에 숨겨야 한답니까? 압록강 건너는 력사 생코 손에 들려있어야지요.

동실은 깊은 내막을 알 턱이 없었다.

– 보위부 늑대 놈들 손에 쥐어주면 반동죄에 증거물이 된다는구나. 상철이 아버지 손에 쥐어준다 해도 관절 저 늑대 놈들 속을 알 수가 없지 않느냐~

– 예 그렇지요~ 동실아, 어서 동무 집에 가자.

참은 어머니의 말을 듣고 곧장 상황을 알아차렸다. 참이와 동실은 품에 꾸러미를 하나씩 안았다.

주민들의 눈에 띄지 않을 정도로 새벽은 아직 열리지 않고 있었다. 골목을 빠르게 걷는데 누렁이도 잠에 곯아떨어졌는지 짖어대지 않았다. 참이와 동실은 뒤란에 작은 구덩이를 파고 검은색 보자기와 하얀색 보자기에 덮인 백색 호로병과 유골 상자를 얇은 비닐로 겉가위책가위: 겉장 입히듯 감싸서 상하지 않게 안전하게 집어넣었다. 마당으로 나오면서 동실이 참이한테 물었다.

– 참이 동무, 학갑 속에 력사 생코가 숨겨놓은 두툼한 책은 어데 갔지?

– 남쪽에서 올라온 력사책 말하는 거지?

이적물이 되는 남조선 력사책을 입에 올리자 참이의 가슴이 순간 떨렸다.

– 남조선 간나들 력사책이었나? 아니 그럼, 반동분자들 책이잖아? 어째 아까 학갑 속에 보이지 않았지?

동실은 태산의 지령을 받아 소조원 노릇을 하면서 학갑을 발견하고 사진을 박던 때의 모습을 떠올리며 물었다.

– 아버지가 뒤뜰에서 태워버렸어~ 이런 날이 닥칠 줄 알고 있었던 거야~ 이제보니, 동실 동무가 바람벽에 만든 학갑을 발견하고 사진기 박아대지 않았니?

– 거야 다 지나간 일이지~ 내래 력사 생코한테 정말 미안하다. 강철이 동무 소식은 들어서 알고 있겠지?

동실은 공연히 얼굴이 달아올라 강철에게 화제를 돌렸다. 동실의 말을 듣지 못했는지 참은 대꾸하지 않았다. 동실은 더욱 겸연쩍은 탓에 공터에 나와 돌담 사이에 찔러둔 빳빳한 종이를 꺼내 바닥에 대고 머리를 박고 빙빙 돌았다. 남쪽 아이들이 춰댄다는 아이돌 춤을 오랜만에 추는 것이었다. 하지만 참은 동실의 춤사위에도 관심 없다는 듯 지체하지 않고 묵묵히 공터를 지나 골목길을 걸을 뿐이었다.

– 강철이 동무는 처형당할지도 몰라~

동실이 춤을 추었던 탓에 욱신거리던 머리를 매만지며 참이 뒤를 따랐다. 참은 한참동안 묵묵히 걷다가 골목의 십자로_{사거리}에 도착해 동실을 향해 쐐기를 박듯 말했다.

– 영생탑에 돌팔매질을 했다면서? 총살당하지 않음 이상한 일이 아니나?

– 내 오마니 상세나지 않았음 내 목숨도 아마 간당간당했을 걸~ 생각해 보니 강철이 동무하고 한데 엮어서 처형당하게 될지도 모르는 일이었어. 내 오마니가 날 살려내신 거지~

동실은 어머니를 생각하면 가슴이 찢어지는 듯 아팠다.

– 동실아, 동실 동무는 이런 공화국이 좋나?

난데없는 참의 물음에 동실은 우뚝 걸음을 멈추었다.

– 아니, 나는 이제 봄이만 없다면 공화국이 지옥 같은 데라 생각해~

동실의 대답에 당황한 듯 참이 역시 걸음을 우뚝 멈추었다.

– 동실이 동무가 봄일 연분하는 거야 내 알고 있지~ 봄이도 동실 동물 은근히 연분하고 있다는 거도 알고 있고~ 동실 동무도 알지?

– 응 알고 있어~ 우리 당동무_{교제} 하기로 했거든?

동실이 낯바닥을 붉히며 말했다.

– 언제 그런 황당한 약속을 했지?

– 참이 동무가 만룡이 동무하고 산에 올라가서 기도했다는 날~ 이제 봄이 없음 내게 공화국은 지옥 같은 데라니까~

둘은 마치 골목의 중간에서 상대를 향해 일부러 반동행위를 하려는 사람처럼 말을 주고받았다. 깜깜한 밤이어도 호상 눈빛은 강렬히 타들고 있었다.

– 지옥? 정말 동무 생각이 그, 그렇단 말이니 응?

참은 다른 때와는 달리 갑자기 말을 더듬었다.

– 어 그렇다니까~ 정말이 아님 내 동무 아, 아들애지~ 나 동실인 공화국에 이제 오직 외톨이 아, 아니나?

동실도 더듬더듬 말을 했다. 만약 이런 말을 세이웃들이 알게 된다면 당장 생활총화시간에 자아비판을 하게 되고 예민한 공화국의 체제에서는 보위부의 감옥행뿐만 아니라 공개총살을 당해도 이상할 것이 없는 상황이었다.

– 동실이 동무?

참이가 목소리를 낮추었지만 강한 어조로 말했다.

– 참이 동무, 무, 무슨 하고 싶은 말이라도~

동실의 목소리는 여전히 떨리고 있었다.

어두운 골목에서 참이가 동실의 곁에 바짝 다가섰다. 동실이 공연히 긴장하며 참의 입에서 새어나올 말을 들을 준비를 하고 있었다. 무슨 까닭인지 동실은 지금껏 참이 동무를 만나면서 이렇게 진지한 순간은 없었다고 느꼈다. 이런 분위기는 참이에게도 마찬가지였다.

– 우리 아랫동네로 내려가 살자.

– 뭐어? 아, 아니 어떻게? 력사 생코하고 같이?

– 아, 아니~ 아버지와 함께 갈 수는 없어~ 상철이 동무 아버지 말은 가족과 같이 보내줄 수 없고 오직 아버지 혼자 아랫동네 내려가도록 도와준다는 거야~

이때, 저쪽에서 터벅터벅 지나가는 사람의 발자국 소리가 들렸다. 참과 동실은 거대한 공작을 꾸미는 사람처럼 긴장된 마음으로 말을 멈추었다. 잠깐 동안 골목의 작은 나무 뒤에 숨어서 행인이 지나갈 때까지 기다렸다.

자전거의 짐받이에 짐을 가득 싣고 지나가는 사람은 나이가 든 모습이었지만 어둠 때문에 정확히 가늠하기 어려웠다. 터벅터벅 멀어지는 주민의 발자국 소리와 사그락 사그락 자전거 바퀴살 굴러가는 소리가 저만치 멀어지고서야 그들은 골목의 중간 지점에서 다시 걷기 시작했다.

집 앞 대문 앞에서 참이 먼저 걸음을 멈추었다. 참의 걸음이 멎자 동실이 로보트처럼 참의 동무를 따라 걸음을 멈추었다.

– 참이 동무, 봄이만 따라나선다면 나는 괜찮아~

– 봄인 아랫동네 애들하고 섞여 살기 싫어해~

봄이의 마음을 참은 이해할 수가 없었다.

– 내가 봄이 한번 꼬여내볼까? 상철 동무 아버지 도움 없이 우덜끼리 어떻게 압록강을 건너니? 참이 동무 오마닌 남쪽에 따라 간대나? 어림없는 소리지?

– 동실 동무, 아랫동네 가면 봄이 보다 예쁜 에미나들도 많을 텐데~ 동무가 가지 않음 나 혼자라도 내려갈 거야. 누구한테도 모른 척 해 줘~

참은 이미 마음을 굳히고 있었다.

– 아, 아니지~ 의리라는 게 있는데 이이 혼자 가게 내버려두나? 의義를 저버리지 말자며 새끼손가락까지 깨어 물어 피로 맹세하지 않았니?

– 동실 동무, 그래 생각해 주니 고마워~

둘은 순간 작의형제를 맺은 기억을 떠올렸다.

– 뭐 깟 거 가지고 그래 우린 작의형제作義兄弟끼린데~ 한데 남쪽에 가면 여게 보다 정말 복幸복하게 살 수 있겠지? 알판으로 보았던 아랫

동네 녹화물들 말짱 거짓말은 아니겠지?

─ 아무리 해도 여 공화국 같은 데는 없을 거야. 그리고 나는 아버지 아들애야, 아버지가 하지 못하면 아들애라도 해야 하지 않아? 학갑에서 꺼내 숨겨둔 물품들, 내 불피코 살아서 아랫동네 가지고 내려갈 거야. 아랫동네 내려가면 거기서 아버질 만날 수도 있고 큰아버질 만날 수도 있어~

참은 아버지를 위해 불피코 아랫동네로 내려가야 한다는 생각에 변함이 없었다.

─ 참이 동무, 봄이랑 오마니랑 영영 헤어져도 괜찮아? 압록강 건너는 일은 가족을 버리는 일이고 목숨을 거는 일인데 정말 괜찮겠나?

동실이 염려스런 목소리로 물었다.

─ 남쪽으로 내려가서 아버지를 보살펴 드려야 해~ 아버지는 강심살이고생살이에도 날 지극정성 보살펴 주셨지 않니? 동실 동무도 잘 알지 않아?

─ 그야 그렇지~ 남조선 아랫동네 가면 아이돌 춤을 마음대로 춰도 되고 먹을 것도 마음대로 먹을 수 있고 예쁜 녀자 애들 그저 날마다 끼고돌아도 일 없음 까짓 모험 한번 하자~

참이와 동실의 의지는 똑같이 불탔다. 어릴 적부터 모든 것을 함께 하던 동무답게 둘은 결코 범상치 않은 일을 빠르게 도모하는데 뜻을 같이했다. 동실은 이토록 중대한 순간에 결코 속대 약한 모습을 보이지 않았다. 참이와 동실이 대문 앞에서 중대한 결의를 다지는 동안 그들의 고달팠던 인생사막을 비추어주던 낮달이 새벽하늘에 떠서 밝은 향기를 쏟아내고 있었다. 어느덧 날이 밝고 있었다.

─ 봄이야, 나하고 론의 좀 하자~

날이 훤히 밝은 다음 동실이 봄이를 장독대로 불러내며 말했다.

– 동실 오라버니 무슨 론의 하는데?

– 력사 생코 따라 아랫동네에 함께 내려가지 않으려나?

동실이는 목소리가 담장밖에 새어나가지 않도록 아주 작은 소리로 물었다. 동실의 물음에 봄이는 표정이 굳어지며 눈에 힘을 주어 똑바로 동실을 쳐다보았다. 순간 동실에게는 봄이의 태도가 갑자기 싸늘하게 변하면서 강렬한 눈빛을 쏘아대는 것이 전혀 다른 사람처럼 느껴졌다.

– 남조선 자본주의 반동들하고 섞여 살기 아주 벌차게세차게 싫다~ 나는 힘들어도 여기 공화국이 좋단 말이야~

– 봄이 동무~ 이 동실이 하고 당동무 하자고 하지 않았니? 나한테 저고리 고름을 순순히 풀어주지 않았느냐 말이야~

동실의 채찍에 봄이는 아무런 대답을 하지 않았다. 동실이 가슴을 치면서 마치 세상물계를 모두 겪은 어른처럼 말을 했다.

– 흐응, 서나사내들만 의리 찾는 줄 아날 때는 언제구~ 봄이 네가 나하고 약속한 의리를 기러기 털처럼 가볍게 생각할 줄 몰랐음~ 나는 어데서 살든 의리를 산같이 생각하며 살 거란 말이야~

– 날 데리고 다과점에 간다 했지? 날 데리고 영화관에 간다 했지?

봄이 역시 의리 타령을 하는 동실의 말을 받아쳤다.

– 깟 거 가면 되지 않니? 넘조선 이랫동넨 다과점이든 영화관이든 여기보다 우렁차지으리으리 않겠느냐 말이야~

– 우렁차면 뭐하나? 아무리 우렁찬 델 누비고 다닌대두 대동강 유보 다리 두 번째 팔각등 돌의자가 어디 있느냐 말이야~

봄이는 간절한 소망을 풀어내듯 말했다.

– 봄일 위해 세대주 노릇 톡톡히 하려 했는데~ 봄인 그저 공화국이

좋으면 그리하렴~ 난 남조선 아랫동네 내려가서 예쁜 에미나들 손잡고 서울 거리 구경이나 실컷 해야지~ 아이돌 춤도 마구대구 춰대구~ 아니 그저 생각만 해도 신이난다야 벌써~

봄이는 남쪽으로 내려간다는 동실의 말에 별안간 삐따닥이가 되어 집 밖으로 달려 나갔다. 동실은 봄이의 삐딱한 마음을 되돌리는 것이 결코 쉽지 않음을 알아차렸다. 당동무를 하자며 서로 살맛까지 깊게 빨아들인 탓에 그의 마음은 몹시 혼란스러웠다.

봄이와 동행하여 남조선 아랫동네에 내려갈 수만 있다면 봄이에게 향한 최고의 선물일 것이라고 생각했다. 그러나 봄이를 설득할 자신이 그에게는 없었다. 어머니와 적이 되더라도 남조선 아랫동네에 내려가지 않겠다고 했다는 봄이를 동실이 무슨 재주로 꼬여낸다는 말인가. 동실은 저도 모르게 고개를 절레절레 흔들었다. 그런데도 봄이가 걱정되어 골목 입구까지 걸어 나왔다. 봄이의 모습은 이미 보이지 않았다.

축 처진 어깨를 하고 동실은 다시 참의 집으로 돌아왔다. 어느새 나왔는지 봄이 할머니는 장독대 너머 담벼락에 기대어 먼산바라기를 하고 있었다. 동실이 장독대 있는 데로 다가가자 할머니가 다른 때와는 다른 모습으로 말을 붙여왔다.

– 우리 집에 개지강아지 없습네다.

– 예에?

동실은 다시 머리를 얻어맞은 기분이었다.

– 저기 뵈는 게 염소 뿔이 옳지요?

– 참이 클마니할머니~ 나 동실이예요. 무슨 말씀 하시는 거야요?

동실은 순간 할머니의 정신이 정말로 온전하지 못하다는 것을 깨달았다.

― 령감, 어데 갔다 이제 와요? 염소 한 마리 잡으러 나간 지가 언제 인데~

― 아니 봄이 클마니~ 나 동실이예요. 저쪽 골목 끝 집 사는 동실이 란 말이에요.

동실은 자신을 알아보지 못한 사실에 아득한 나머지 또박또박 설명 을 덧붙였다.

― 아범~ 염소고기 먹고 싶다 하지 않았어? 어서 장마당 가서 염소 한 마리 잡아 오라니까~

― 예~ 깟 거 염소 한 마리 잡아다 드리지요. 예 참이 클마니, 걱정 붙 드시게요. 내래 참이하고 장마당 나가 염소 한 마리 잡아오겠습네다.

동실이 안타까운 심정에 마음에도 없는 약속을 덜컥하고 말았다. 그 럴 것이, 염소 한 마리를 잡아 오겠다는 동실의 말에 할머니의 표정이 활짝 밝아졌기 때문이었다. 할머니의 밝아진 표정을 보니 정말 장마당 에 나가 염소라도 한 마리 훔쳐 와야 할 것만 같았다.

동실이가 정신이 이상하게 되어버린 할머니와 말의 실랑이를 하고 있을 때 참이 동무가 후다닥 퇴마루로 뛰어나왔다. 참이 동무의 뒤를 이어 정숙이 헐레벌떡 뛰어나오며 말의 포문을 열고 있었다.

― 이럴 때일수록 사상의 알맹이가 흔들리지 말아야지 어다 대고 반 동질을 하려드느냐? 다시 한번 그딴 소리 하면 인민반 생활총화 시간 에 호되게 자기비판을 하게 될 테니까는~

― 어머니 우리 바보 아닙니다. 공화국의 력사가 어떻게 날조되었는 지 죄 알고 있단 말입니다. 아버지도 그러셨잖아요. 조선혁명박물관 벽화에조차 공화국에 력사가 날조되어 있다고 말입니다.

참은 아버지로부터 전해 들었던 조선혁명박물관의 날조된 력사에 대해 어머니께 항변하고 있었다.

— 그야 어미도 모르는 게 아니지~ 하지만 우린 반쪽짜리 운명이란 말이야~

— 그래서 이제 반쪽짜리 딱지를 떼고 싶단 말입니다. 아랫동네 내려가면 반쪽짜리 딱지 당장에 떼고 자유롭게 살 수 있단 말입니다. 이런 악마의 나라에서 우리가 무슨 꿈을 지니고 살아가야 하느냐 말입니다. 으흑~

참은 이제 흐느끼고 있었다.

— 그 거야 어미도 알지, 하지만 공화국 인민들이 죄에 손가락 짓을 해도 우린 그리하면 아니 된다고 너들 어렸을 적부터 어미가 배워주지 않더냐? 아니 감히 거게가 어데라구 남조선 아랫동네루 내려가자는 말을 하니? 아이 에그나~ 어찌 이리 세상이 무섭게 변했을까 어이?

— 어머니, 용서 하십쇼. 아버지 혼자 아랫동네 못 보내드립니다. 동실이 동무도 함께 압록강 건너기로 략속했다 말입니다. 내 먼저 아랫동네 내려갈 테니 내키지 않음 어머닌 다음에 기회를 보면 될 게 아닙니까?

— 아니 네들이 정말~ 동실이 너두?

정숙은 이런 상황이 정말 믿어지지 않았다.

— 예, 아주미~ 력사 쌩코 혼자 못 보냅니다. 저희들이 함께 내려가서 력사 쌩코 지켜드려야 합니다.

— 학갑 속에 은밀히 숨겨온 백색 호로병과 크나반할아버지 유골 상자를 저희들이 아랫동네로 가지고 내려가겠습니다.

정숙은 잠시 생각에 잠겼다. 간번에 도보위부에서 태산이 동무로부터 들었던 말이 떠올랐다. 집안의 세대주인 명호 동무를 살릴 수 있는 유일한 길은 명호 동무가 압록강을 건너 아랫동네 남조선으로 내려가는 것이라고 했다. 그 얘기를 듣고 온 후 며칠 밤을 뒤척이며 생각에 잠기기도 했다. 이십여 년의 세월 동안 서로 살을 맞대고 의지하며 살아온 지아비를 다시는 만나볼 수 없는 곳으로 떠나보내야 하는 것은 살이 찢기는 아픔이 따를 것이다. 그렇지만 그것이 피할 수 없는 운명이라면 받아들일 수밖에 없다는 생각이 들었다. 무엇보다 목숨을 보전해야 한다고, 그래야 훗날을 도모할 수 있다고 생각했다. 개똥밭에 굴러도 이승이 낫다는 말도 떠올랐다. 어떻게든 목숨만은 부지扶持해야 한다는 것이 정숙이 내린 결론이었다.

그러면서 정숙은 명호동무의 탈북 이후까지 생각하지 않을 수가 없었다. 왜냐하면 남쪽 군인 가족이라는 낙인이 찍힌 채 한뉘를 살아왔는데 남아있는 가족은 또 탈북자 가족이라는 굴레를 덧 얹혀살아가야 하는 일이기 때문이었다. 탈북 이후를 생각하면 그저 두려움에 소름이 돋을 뿐이었지만 정숙은 한편으로 은근히 태산이 동무를 의식했다. 그저 태산이 동무가 정숙 자신과 그 가족들에게 모질게 하지 않을 것이라는 일말의 기대심이 슬며시 솟아났던 것이다.

그래서 간번에 태산이 동무가 자신에게 명호를 따라 남쪽으로 가겠냐고 물었을 때도 정숙은 단호히 거절했었다. 물론 보내주지도 않을 것이라는 것을 알고 있기 때문이기도 했다. 그런데 생각을 거듭할수록 명호동무를 혼자 보내는 것이 너무너무 가슴이 아픈 것이었다. 그래서 명호가 지금껏 친자식 이상으로 아끼며 키워온 아들애 참이와 함께 갈 수 있으면 어떨까라는 공연한 생각도 해보았다. 이 또한 태산이 동무가 허락할 리는 없겠지만 말이다.

또한 덧붙은 걱정거리는 참이의 발목을 잡으려고 틈만 엿보고 있는 홍용희 동무였다. 용희 동무의 아들에 상철이 또한 참이에게 적대적이라는 것을 정숙은 알고 있었다. 그들이 참이에게 가할 온갖 공격을 견뎌내는 일은 결코 만만치 않을 것이었다. 생각이 여기에 미치자 정숙은 고개를 절레절레 저었다. 더구나 그들에게는 도당위원장이라는 어마어마한 뒷배가 있지 않은가 말이다. 생각이 깊어질수록 정숙은 정말 눈앞이 캄캄해졌다. 어떻게든 방법을 찾아내야 하는 문제였다. 이제 참이와 동실의 말을 듣고 보니 이런 방법이 한편으론 자신이 선택할 수 있는 가장 절묘한 수일지도 모른다는 생각이 들었다.

  − 어미가 어찌 네 아버지를 따르고 싶지 않겠니~ 상철 아버지가 아니 된다 하니 단념할 수밖에 없는 거지~ 더구나 남조선 군인 가족이란 것도 두고두고 맺힌 한恨인데 아비가 압록강을 건너 탈북을 했다면 그 자식들의 장래란 불을 보듯 뻔하잖나~ 그래 네들이라도 좋은 세상 만나 살 수 있다면 생애 한번 모험을 해보라.

  − 어머니~

  참이의 목소리가 사뭇 떨렸고, 물기가 묻어 있었다. 어머니의 결심이 자신들의 뜻과 하나가 되자 참이와 동실의 마음은 더욱 다부지게 똬리를 틀었다. 누구의 도움도 없이 압록강을 무사히 건널 수가 있을까. 한편 생각할수록 참이와 동실은 덜컥 겁이 났다. 무엇을 어떻게 준비해야 한단 말인가. 땅인 줄로 알고 허궁허공 다리를 짚게 되지는 않을까. 무모한 도전이면 목숨을 걸어야 한다. 이런 생각들이 빠르게 뇌리를 스치자 참이와 동실은 자신들도 모르게 서로의 손을 뻗어 힘을 주어 붙잡았다.

제41장 염소타령

1

그날 낮 뒤오후, 정숙은 동실을 불러오게 하고 가족들을 한자리에 급히 불러 모았다. 일이 이렇게 된 이상, 가족의 안전을 위해 자신은 희생을 해도 좋다는 각오를 했다. 아무리 곰실곰실곰곰 생각해 봐도 공화국에서 아이들의 내일날에 대한 희망이 보이지 않았다. 정숙은 전에부터 가끔씩 이 공화국에서 아이들이 맞을 내일날에 대한 희망거리는 없다고 혼자서 생각해 보곤 했었다.

- 봄이야~

- 예 오마니~

정숙은 이제 망설일 시간이 없었다. 다시 한번 아이들의 장래를 위해 어미로서 희생을 하자는 생각을 다잡으니 지체할 리유가 없었다. 정숙이 아주 낮은 목소리로 서두르듯 말했다.

- 봄이 너도 남쪽으로 내려가라.

- 도강渡江을 하라는 말입니까?

봄이의 목소리가 크게 돋들리자 정숙이 놀란 듯 입을 벌렸다.

- 크나반할아버지의 나라 아니나? 말이야 바른 말이지 공화국에서 네들이 무슨 희망을 가지고 살아갈 수 있겠니~

- 투쟁의 길을 밝혀주는 희망의 등대가 보인다고 생활총화 때 오마니 입으로 말씀하지 않으셨어요?

봄이의 기억이 틀리지 않았다. 정숙은 생활총화 때 주민들 앞에서 투쟁의 길에 대해 분명히 얘기를 했던 기억이 있었다.

- 세이웃들 보는 눈에 듣는 귀가 어데 한둘이니? 거야 공화국 주민

이라면 입에 발린 소리라는 거를 죄에 모르지 않을 거야~ 내 아무리 생각해도 공화국은 어둑할 뿐이지 않는~

– 그래 희망을 안고 남조선 아랫동네로 바라 떠나라는 말이요?

봄이의 목소리에 파랗게 날이 서려 있었다.

– 오냐~ 칼날 위에 서 있는 어미 심정이 지금 어쩌겠느냐~ 네들 아버질 원망할 맘도 없고 불순한 피와 뼈를 물린 크나반을 원망할 맘도 없느니라~

– 오마니~ 나는 여게 남겠습니다. 우릴 남조선에 내려보내고 오마닌 여게 남아 할머니를 보살펴 드리려고 하지요?

– 그래 맞다. 하지만 클마니할머니 때문만은 아니지~ 어미마저 압록강을 건너 버리면 영락없는 반동 가족의 낙인이 찍히는 거고 혹여 외가 가족들이 어디엔가 살아 있다면 남은 가족들은 또 얼마나 시달리겠느냐 말이야. 반동분자로 낙인찍힌 반쪽짜리 가족은 살아도 산 목숨이 아니야~

정숙은 이마에 맺힌 땀을 훔쳐냈다. 불쑥 본가친정 식구들 생각도 났다. 날씨가 부쩍 추워졌는데도 이마에 송알송알 땀이 맺힐 정도로 정숙은 긴장하고 있었다. 참이를 데리고 정숙이 남쪽으로 떠나버린다면 명호 동무가 아랫동네에 도착할 때까지의 안전은 장담하기 어렵다는 것을 누구보다 정숙은 잘 알고 있었나. 명호 동무가 수용소 대신 탈북을 선택했다면 정숙과 참이를 반드시 포기해야 하는 운명이었다.

공화국 보위부가 세우고 있는 정확한 계획을 짐작할 수 없지만, 태산의 입장에서 여태 자신 곁에 두기 위해 공을 들인 두 사람 중 하나라도 남쪽으로 떠나버린다면 그에 대한 화풀이는 명호 동무를 향할 수밖에 없을 것이다. 그렇다고 아직 어리고 녀자의 몸인 봄이를 내려 보낸다는 것은 상상할 수 없는 일일·것이다. 더구나 봄이는 탈북하여 남쪽으로 내려가 사는 것을 극구 반대하고 있지 않은가.

정숙의 입장에서 보니 차라리 봄이가 남쪽에 내려가지 않겠다고 떼를 쓰는 것이 다행인지 모른다는 생각이 들었다. 정숙은 참이가 도강했다는 것을 알고 난 후 명호에게 가해질 태산의 분풀이에 대하여는 상황을 지켜보면서 대응하기로 마음먹었다. 어떻든 자신의 운명은 공화국에 남아야 하는 절대적인 운명 같은 것이었다. 망설이지 않고 여기 남을 수 있는 구실까지 자연스럽게 만들었다는 생각이 들었는데 아고阿姑 : 시어머니의 노망老妄도 그중의 하나였다.

- 우리 집에 개지강아지 없습네다.

- 예에? 지금 뭐라 하셨어요?

아고阿姑의 이상한 말에 정숙은 다시 한번 깜짝 놀랐다. 장마당에 나가 염소 한 마리를 잡아 오라는 말을 할 때부터 고개를 갸웃하지 않을 수가 없었다. 령감令監: 영감 죽은 이후 틈만 나면 장독대에서 먼산 바라기를 하던 노인이 난데없이 염소를 찾고 령감이 저쪽 방에 있다고 손짓을 할 때부터 이상한 생각이 들었다.

- 저기 뵈는 게 염소 뿔이 옳지요?

- 아이 머니나~ 봄이야, 네들 클마니 어찌 이런다니? 으응?

정숙은 이제 놀라지도 않았다.

- 클마니, 내가 누구예요? 나 알아요?

하고 봄이 역시 머리를 갸웃하며 할머니를 쳐다보았다.

- 남조선 못된 간나구~

하고 봄이를 향해 욕을 내뱉으며 할머니가 계속 횡설수설 말을 이었다.

- 령감, 어데 갔다 이제 와요? 염소 한 마리 잡으러 나간 지가 언제

인데~

하며 아고가 동실을 바라보며 계속 황당한 말을 했다.

– 어머머머~ 오마니, 클마니할머니가 정말 노망이 났습니다.

아고의 황당한 행동에 어두운 표정을 지으며 봄이가 당황해했다. 동실이 봄이의 말을 이어받았다.

– 예, 오나칙오늘 아침에도 나더러 염소 뿔이 옳지요, 하고 물었어요.

– 아니 동실이 동무한테 클마니가 그래 묻더란 말이야?

참이 동무의 물음에 동실은 눈을 한참동안 씀벅거리다가 고개를 끄덕이며 대답했다.

– 나더러 령감이라 하고 아범이라고도 불렀어.

– 우리 클마니 노망 맞네.

봄이가 가벼운 투로 이렇게 말하자 정숙이 딸애의 엉덩이를 가볍게 한번 치며 매우 촉박한 투로 말했다.

– 이럴 시간 없다. 참아, 동실아, 어서 서두르자~

정숙은 마음이 급해 앞장서서 동실네로 향했다. 참이와 동실이 바쁜 걸음으로 뒤를 따랐다. 동실네에 도착해서 정숙이 말했다.

– 네들, 내 말 잘 들으라.

– 예~

긴장된 탓인지 정숙의 이마에는 추운 날씨인데도 아까부터 땀이 맺혀 흐르고 있었다.

– 네들은 저 장마당 중고 가전제품 매대 주인을 은밀히 만나라.

– 중고 가전제품 매대 주인을요?

동실이 영문을 모르겠다는 표정으로 되물었다.

– 너네 집에 있는 가전제품을 중고시장에 내다 팔아야 하지 않겠나?

몸에 달러 지니고 있음 아랫동네 내려갈 때 목숨 줄이 된다더구나.

– 예~

– 나는 집데꼬거주권 중매인를 좀 수소문해봐야 하겠다.

정숙은 옷소매로 이마의 땀을 쓰윽 훔쳤다. 그런데도 땀은 다시 송알송알 솟아올랐다. 공화국에 살면서 산전수전 다 겪은 몸이지만 이렇게 덕순 동무네 집을 팔기 위해 집데꼬의 힘을 빌리게 될 줄은 몰랐다.

– 집데꼬를 어쩨 수소문 하렵니까?

– 동실아, 속히 너희 집 거주권을 팔아야 달러를 만들게 아니니? 너가 물려받은 집을 누구한테 물려준다 말이니 응?

– 예 알겠습니다.

동실은 이제야 참이 동무의 어머니가 벌이려는 일의 가닥이 이해가 되었다.

정숙은 참이와 동실을 장마당으로 보내고 은밀히 주민들로부터 집데꼬의 행방을 수소문했다. 사회주의 체제인 조선공화국에서 주민들은 부동산에 대한 소유권을 가질 수가 없었다. 공화국 자체에서 소유권을 허용하지 않기 때문이었다. 주민들이 집에 대해 가지는 것은 소유권이 아니라 거주권이었다.

오랜 기간 거주를 하는 주민에게 있어서 거주권은 곧 소유권이나 다름이 없었다. 자연스럽게 거주권을 소유권처럼 인식하는 문화가 자리잡게 되었다. 이런 거래가 늘어나면서 당연히 집의 거래를 중개하는 중매인이 생기게 되었다. 그런 중매인을 집데꼬라 불렀다. 그러나 집데꼬들은 공화국으로부터 공식적으로 인정받은 직업이 아니기 때문에 사무실을 차려놓고 공개적으로 영업활동을 할 수가 없었다. 그래서 알음알음 안면을 통해 사려는 사람과 팔려는 사람을 만났고, 손전화를 통해 거래를 텄다.

그런 집데꼬들의 머릿속에는 매물로 나온 집에 대한 정보로 가득 차 있었다. 그들은 땅집일반주택에 대한 정보에서부터 살림집아파트에 대한 정보까지 섭렵하고 있었다. 대강의 시세는 정해져 있었기 때문에 임자만 나타나면 거래는 속히 이루어졌다. 다행스럽게도 정숙의 바람처럼 한나절도 되지 않아 집데꼬를 만났다. 집데꼬는 정숙의 예상처럼 나이가 조금 들어 보이는 중년 사내였다.

덕순 동무의 집에 대한 예상가격을 물었을 때 집데꼬는 잠시도 망설이지 않고 준비했다는 듯이 즉시 대답을 했다. 덕순이 동무가 기백이 동무와 짝을 짓고 상세 날 때까지 한뉘를 살아온 집이 중년 사내의 눈에 턱없는 가격으로 매김이 될 때 정숙은 순간 비통한 생각이 들었다.

― 한데 하나 남아 있다던 그 아들애는 어데 가서 사는 겁니까?

― 그저 가정사는 묻지 마오. 얼마 전에 상세 난 세이웃 동무의 아들애인데 천애 고아가 되었다오. 저 함경도 어데 외삼촌 아바지^{작은 외삼촌} 집에 돼지를 키우러 간대나 어쩐대나~

정숙은 없는 말을 만들어내려니 낯바닥이 몹시 간지러웠다.

― 예, 돼지 키우는 일이야 그저 좋지요. 한데 랭장창고^{냉장고}는 아주 그냥 새것이라 쓸 만하던데 어데 되팔려 하오? 괜찮다면 그저 나한테 주오. 값은 딸리지 않게 쳐줄 테니~

― 동무 아들애가 아마 장마당 가전 중고 매대에 촉^{囑 : 부탁}을 해둔 모양이야요.

― 아니 여게 장마당 가전 중고 매대에 촉을 하다니~ 거게가 어데라구요. 거겐 하냥 감시원들이 들락날락하는 데라는 거를 모르오?

― 예에? 어찌~

들고 보니 맞는 말이었다.

　－아니 생각해 보오. 가전기기를 중고 매대에 내다 팔려는 사람들을 은밀히 감시원들이 조사를 한다 말이지요. 거 알게 모르게 탈북을 하려는 주민들이 있어 그러는 게 아니오. 여기 일이야 아들애 하나 그저 외삼촌 아버지 집에 간대지만 열에 아홉은 뭔가 수상쩍은 일들을 꾸미고 있는 사람들일 게 분명하기 때문이라오.

　정숙은 순간 아차 실수를 했다는 생각이 들었다. 당장 장마당 중고 가전제품 매대에서 애들을 불러들여야 한다는 생각뿐이었다.

　－아니 이를 어쩐다니~

　－집은 그래 문계文契 : 계약서를 작성하려오?

　집데꼬가 바짝 서둘렀다.

　－예, 응당 그리 해야지요.

　－그럼, 내 진행하리다. 문계를 작성해야 행정위원회우리의 구청 혹은 시청에 가서 거주권 교체를 할 수 있고 입사증을 받아낼 수 있으니 그리 아오.

　공화국에서 보장받는 권리가 사실 입사증인 것이고 이 입사증에 대한 상속이 가능한 것이었다.

　－예, 그럼 속히 진행해 주시라요. 뒤뜰에 있는 텃밭이 그만인데 셈을 넉넉히 쳐서 주오. 내 아들애 같은 세이웃의 자식이니 잘 좀 부탁하오.

　－알았소. 주인은 안방에서 살고 부엌방에 세를 두려는가 보오. 50원 100원이 어데 남의 자식 이름보다 낫잖소? 뒤뜰에 텃밭이 있음 그저 공화국 주민들에게 최상이지요. 통 크게 중개해 줄 테니 돈수수료이나 많이 주오.

　집데꼬의 말에 정숙은 믿음이 갔다.

– 예, 그리 하렵니다.

– 아이 깜박했네~ 거 가전제품 장마당 중고 매대에 내다 팔지 말고 내게 가만히 말을 하오. 그저 나하고 은밀히 거래 트는 중기집_{중요 도구를 파는 집}이 있다오. 집이 팔리면 그저 돈데꼬_{환전상}도 필요할 텐데 내 죄 일사천리로 일을 봐 줄 테니 딴 데다 트지 마오. 내 이렇게 부탁하오.

– 예, 사정을 봐가며 그리 하지요.

정숙은 집데꼬와 다시 만나자는 약속을 하고 서둘러 장마당으로 내달렸다. 장마당은 물건을 팔려는 사람과 사려는 사람들로 북새통을 이루고 있었다. 주민들이 와자지껄 살아가는 모습을 보니 애들을 남쪽으로 내려보내려는 게 잘하는 일인지 일순 혼란스럽기도 했다. 비록 힘들고 가난해도 가족들과 오순도순 살아가면 복한 것이 아니겠는지~ 생각하다가 순간 정숙은 몸을 떨었다. 간번에 장마당 뒤쪽에서 공개총살을 하는 장면이 떠올랐기 때문이었다. 흐응, 아니지, 악마의 공화국에서 아이들을 살게 할 수 없지~ 정숙은 마음으로 퇴, 침을 뱉었다.

정숙이 장마당 중고 가전제품 매대에 도착해서 숨을 헐떡이며 나이먹은 주인장한테 물었다.

– 나나이 어린 학생 동무들이 여게 왔지요?

– 학생 동무들이요?

매대 주인장은 정숙을 향해 낯선 소리를 하고 있다는 표정으로 되물었다. 정숙이 친절하게 설명해주었다.

– 예~ 한 애는 키대가 요만하고 얼굴이 동글동글해요~ 한 애는 키대가 삼대처럼 이만큼 크고 갸름한 게 샌님 같고~

– 샌님 같은 학생 동무들이라곤 오지 않았소.

주인장이 무뚝뚝하게 말했다.

– 이상하네. 중고 가전 매대 여게 말고 어데 또 있어요?

– 예, 저쪽에도 있고 쩌어 위쪽에도 있고~

– 중고 물품 많이 들어 와요?

정숙은 공연히 궁금증이 일어 물어보았다. 집안 세간을 중고 매대에 처분하고 탈북을 시도한다는 말도 들었고, 탈북을 시도하다 많이 적발된다는 말도 들었다. 매대 주인장이 은밀히 감시원들과 내통을 한다는 소문도 들었다.

– 형편이 어려운데 뭐 많이 들어올 리가 없지요. 게다가는 은밀히 중기집들마저 판을 치는 통에 형편없습네다. 뭐 물건 내놓으시게요?

– 아, 아닙네다.

정숙은 주인장과 노닥거릴 시간이 없어 서둘러 중고 매대를 빠져나왔다. 매대 주인장이 알려준 대로 중고 가전제품을 취급하는 다른 매대를 둘러보았으나 애들의 행방에 대해 전혀 듣지 못했다. 바쁜 걸음걸이로 장마당 매대를 빠져나오는데 여기저기 음식을 파는 가게에서 김들이 모락모락 피어올랐다.

– 깽깽이 국수^{잔치국수} 한 그릇 잡숫고 가오.

– 내 그럴 짬 없소.

김이 모락모락 피어올라오는 모습을 넋을 놓고 보고 있자니 주인장이 안쪽에서 걸어 나와 정숙을 향해 호객행위를 했다. 장마당 중고 매대에 다녀가지 않음 다행인데 공연히 애들이 염려되었다. 이제 정말 애들의 얼굴도 마지막으로 보게 될지 모른다는 생각을 하니 등줄기에서 서늘한 기운이 느껴졌다.

– 아니 애들이 어데로 갔나?

정숙은 마음보다 바삐 헐레벌떡 걸음을 놀렸다.

2

참이와 동실은 마음을 달리 먹었다. 그들은 장마당 중고 가전제품 매대에다 당장 중고 물품들을 팔지 않기로 작정했다. 그런 대신 엉뚱한 모사를 하나 꾸미고 있었다. 동실의 아이디아에서 비롯된 모사였다. 그들은 서로 의기투합하여 하나씩 계획에 옮기고 있었다. 장마당에서 먼저 검은색 칠감페인트과 도장塗裝솔까지 구입해 퇴마루 아래 숨긴 뒤에 다시 장마당으로 나왔다.

동실이가 참이한테 이해가 가지 않는다는 듯 머리를 갸웃하며 말했다.

— 새 물건인데 어찌 중고 매대에 헐값으로 내다 팔아야 하나?

동실의 말에 참이 동무가 의아한 표정으로 되물었다.

— 그럼, 중고 물품 어찌 하려고 그러나 동실 동무?

— 뭐를 어찌 하기는~ 참이 동무네 집에서 사용하면 되는 거이지~ 당장 이득 조금 보자고 주는 떡이나 받아먹고 보면 되나?

동실의 어른스런 말에 참이 동무가 같은 뜻을 담아 거들었다.

— 맞는 말이야. 집을 팔면 충분하지 않나 말이야~

— 강철이 동무 얘기 들어보니까 중고 가전제품 매대에 물품 팔러 나오면 장마당 감시원들한테 감시당한다더라~

하며 동실이 장마당 여기저기를 기웃거렸다. 참이 동실에게 물었다.

— 자기 물품을 내다 파는 것도 감시를 당하나?

— 아니지~ 게 아니고 집안 물품 내다 팔고 남쪽으로 도망치지 않나 감시를 하는 게지~

동실이가 한 때 상철이 아버지 밑에서 소조원으로 검정새치 노릇을 할 때 들은 기억까지 떠올리며 참이에게 응대했다. 동실이가 장마당 중고 매대에 물품을 내다 팔지 않으려는 것은 이런 깊은 뜻이 숨어 있었다.

－아~ 독거미 놈들이 비법월경자들 감시한다 뭐 이런 말이겠지?

－그렇지~

동실이가 장마당 한 곳을 가리키며 말했다. 그쪽으로 가자는 뜻이 담긴 제스처였다. 참이 동무가 작은 목소리로 동실에게 물었다.

－동실이 동무, 한데 강철이 동무는 장차 어찌 될까?

－그야 보위부에서 예심취조 받아보면 알겠지~

동실은 강철이 동무에게 맺힌 것이 많았다.

－작의형제까지 맺었는데 우리가 상철이 아버지 찾아가 꺼내 달라고 통사정이라도 해야 하는 거 아니나?

－일 없음~ 강철이 동무한테 당한 게 얼마나? 아마 상철이 동무도 자기 배신했다고 관심 두지 않을걸?

동실이 동무가 강철이 동무한테 당한 수모의 날들이 작의형제를 맺은 날들과는 비교가 되지 않을 정도로 오래되었다고 참이 동무는 생각했다.

－그래도 우린 작의형젤 맺었는데~

－에이 떠나는 마당에 무슨 작의형젤 론의 하나? 공화국은 이제 머릿속에서 지워내야지~

동실이 동무가 갈수록 어른스럽다는 생각이 들었다. 참은 염려스런 목소리로 동실을 향해 물었다.

－동실이 동무 말이 맞아. 한데 설마 공개총살까진 당하지 않겠지?

－공화국 보위부가 어떤 데나? 나가보다 보면 알겠지~

동실이 얼마쯤 가던 길에서 우뚝 걸음을 멈추었다. 동실이 참이에게 다른 사람들이 전혀 눈치채지 않을 정도로 빠르게 턱짓을 했다. 참은 마주 보고 말을 하는 사람도 알아보지 못하게 거의 마음속으로만 고개를 끄덕거렸다. 그들이 멈춘 데는 장마당의 가장 위쪽 경사진 언덕배기였다. 장마당의 뒤쪽으로 삐뚤삐뚤한 논들이 펼쳐져 있었다.

– 와아 저 놈들 보라, 그저 씩씩하다야~

– 어~ 동실이 동무 정말 자신 있나?

참은 동실의 제의에 여기까지 이끌려는 왔지만 여전히 자신이 서지 않았던 것이다.

– 걱정하지 말라. 내 머릿속에 생각해 둔 꾀가 있으니까는~

– 어떡하려고 그러나 동실이 동무?

참은 동실의 머릿속에서 어떤 꾀를 내려는지 대충 짐작은 하고 있었다. 검은 칠감과 도장솔을 장마당에서 사 올 때까지는 그 용도를 전혀 눈치채지 못했다. 동실이 동무의 말을 듣고서야 무릎을 칠 수밖에 없었고, 동실의 아이디아는 그 어떤 동무도 따라가지 못할 것이라고 생각을 하고 있었다.

– 참이 동문 내가 시키는 대로만 하면 된다니까~

참이는 동실의 말에 고개를 끄덕이며 각오를 다지고 있었다.

그들은 장마당의 뒤쪽에 있는 기축들을 사고파는 매대 근처에서 씩씩하게 뛰어노는 한 가축 매대를 살펴보고 있었다. 넓게 펼쳐진 난전에서 씩씩하게 뛰어노는 가축들은 흰 염소들이었다. 날씨가 추워진 탓에 매대로 가는 길목에서는 아낙네들이 지짐이를 팔고 있었다. 구멍이 열세 개라는 십 삼공 연탄화덕에서 모락모락 김이 피어올랐다.

– 음메~ 음메~

– 옳지~ 씩씩하게 울어야지. 참이 동무, 거 몇 마리나 되는가 한번 세어 보라.

참은 동실이 가리키고 있는 매대의 씩씩한 흰 염소들을 빠르게 헤아렸다.

– 열 세 마리인데~

– 오늘 우리 일은 어쩐지 운명 같지 않나? 십 삼공 연탄에 열세 마리 염소라니~

군데군데에 보안원이 군복을 입고 장마당 주민들을 단속하고 있었다. 단속 보안원이 사진기를 매대에 들이대고 열심히 사진을 찍는데 매대의 주인이 막무가내 보안원을 밀어내는 모습도 보였다. 장마당의 위쪽에서 아래쪽을 바라보니 매대의 상품들이 아기자기 진열된 광경이 눈에 들어왔다. 추운 겨울이 시작되었는데도 아직 파란 남새들이 가지런히 진열되어 팔아줄 손님들을 기다리고 있었다. 식료품 매대에 드나드는 주민들의 걸음은 특히 분주했다. 두부나 달걀, 젓갈을 파는 매대의 아낙들은 두부나 달걀 같은 모습을 하고 젓갈처럼 짭조름한 평안도 사투리로 손님들을 불러 모으고 있었다.

그 아래로는 얼룩덜룩한 신발들이 자태와 기능을 뽐내고 있었다. 신발 가게 끝나는 바로 옆쪽에는 사과 궤짝들이 나란히 펼쳐져 있었다. 그 사과 궤짝들에는 시계수리, 안경수리 라고 꼬불꼬불 쓰여 있었는데 누가 보더라도 매대 주인의 손재주를 늘어놓고 있는 것 같았다.

동실은 품속에서 접이식 칼을 한 자루 꺼냈다. 염소들은 밧줄의 코다리를 엇걸어서는 갈구리매듭을 지어 적당한 거리로 묶여 있었다. 동실이 참이 동무에게 아주 작은 소리로 말했다.

– 참이 동무, 저기 맨 모서리에 있는 염소가 우리 목표물이야. 가장

씩씩한 놈이 달리기도 잘하지 않겠나? 값도 가장 많이 나가는 게지~

- 당연하지. 동실 동무 아, 알았으니 걱정 말라~

동실이도 긴장하며 떨고 있었지만 참은 동실이 보다 더욱 말까지 더듬거릴 정도로 떨고 있었다.

- 참이 동문 저쪽 반대쪽에서 보란 듯이 머리통을 땅바닥에 박고 아이돌 춤을 추면되는 거야~

- 아이돌 춤이라면 아직 자신 있어~

- 주인 아재비 눈을 감쪽같이 따돌리면 되는 거지~ 저게 어슬렁거리는 보안 감시원들이 동무 춤추는 거를 보고 왈패들처럼 달려오면 더 좋구~ 주인 아재비 혼이 거게 빠져있을 테니깐 말이야~ 난 그땔 노려 구년舊年묵이能청스레 하듯 목표물을 봉창질해서 저 위쪽으로 내다 뺄 테야. 참이 동문 알아서 저어기 중간 포전布廛 : 삼베 가게 있는 데로 냅다 빼면 되는 거고~

동실의 말에 참이는 머리를 주억거렸다. 대범한 계획을 세워 마치 전쟁터에 나가는 군인처럼 긴장하면서 둘은 각오를 다지고 있었다.

- 혼쌀이 나도 내가 날 테고 훔친범절도범이 되어도 내가 될 테니까는~ 공화국에서 마지막으로 효도 한번 제대로 하자.

- 알았어.

참은 품속에 찌르고 다니는 빳빳한 비닐 박믹을 꺼냈다. 빳빳한 비닐박막에 머리를 처박고 팽이처럼 돌면 되는 것이었다. 하루 이틀 해본 솜씨는 아니어서 참은 아이돌 춤에 관한한 자신감이 오히려 의욕보다도 앞질렀다. 비닐박막의 스지직 스지직 하며 투덜렁거리는 소리를 들으니 갑자기 목의 뒤쪽에서 한기가 올라왔다. 참은 몸을 한번 파르르 떨었다.

동실은 온종일 고삐에 묶여 죄수처럼 지냈을 염소들을 바라보며 미소를 지었다. 염소전을 향해 동실이 재바르게 걸어갔다. 참은 동실의 지시대로 아래쪽에서 동실의 신호에 맞춰 춤을 출 준비를 하고 있었다. 장마당을 어슬렁거리는 장꾼들이 제법 많았고, 보안 감시원들이 호루라기를 부는 소리도 들렸다.

염소전 앞을 지나가던 장꾼 사내가 호기심 가득한 얼굴로 다가오며 염소 쪽을 향해 혼잣말을 했다.

– 다리매가 쭉 뻗은 게 실하게 보이누만~

그 사내는 염소 있는 데로 바짝 다가가더니 염소의 젖통을 만져보고 엉덩이를 더듬어대고 있었다.

– 한 마리 골라 봅소. 힘 돋는 데는 염소 고기가 최고 아닙네까?

– 예~ 엄지어미가 어느 놈이지요?

사내는 마치 제 아낙의 젖집(젖통)을 주무르듯 마구 주물러대며 엉덩이를 쓰다듬었다. 이런 사내의 모습이 주인의 눈에 곱게 비치지는 않을 것만 같았다.

– 저게 끝머리 저놈이지요. 저 펄쩍 뛰는 저 놈~ 뭐 엄지를 한 마리 사시려오?

– 엄지를 살펴봐야 새끼들을 가늠할 수 있지 않나~

사내는 마치 꼭 살 것처럼 능청을 떨었다.

– 그래, 한 마리 들여갈 게요?

– 저 흑염소는 저천(低賤 : 값쌈)하지 않지요?

사내가 뒤로 한걸음 물러선 말을 했다.

– 흰 염소 두 배라오. 아니 마구 젖통을 주물러대면 어이 하나~ 그래 한 마리 사시기는 하려오?

─ 소 팔아 점심이나 사먹을까 했는데 에이 너무 비싸서 그저~

사내가 마치 롱을 하듯 말했다.

─ 예에? 어찌 남에 염소 젖통을 주물럭대고 그러오? 아니 오늘 재수가 없으려니 나~ 소 팔아 염소 산다는 말은 들어 보았지만 소 팔아 점심을 사먹어요? 에이 별의별 졸망구조무래기 같은 사람을 다 보겠네. 날래 저리 가라우~

주인이 사내를 향해 사정없이 퉁을 주었다.

─ 아니 값이 눅어야싸야 살 수가 있지 않소? 에 나~

─ 예끼 이 냥반아~ 흉년의 곡식이라오. 어데서 공연히 말장난을 하려 드나? 에이 재수가 없으려니~ 그저 대낮부터 소금을 뿌리게 생겼구마는 쯧 쯧~

참이 동무를 향해 동실이 손을 까닥거리는 순간은 바로 지금이었다. 염소전의 주인과 헐렁한 장꾼 사이에 말의 실랑이가 있으면서, 사람들이 염소전 주위로 몰려들어 에워싸기 시작했다. 동실 동무의 손을 까닥거리는 신호에 따라 참이는 비닐박막을 바닥에 깔고 머리를 박고 빙글빙글 돌기 시작했다. 염소전 부근에서 머리를 땅에 박고 팽이처럼 돌아가는 신기한 모습들을 보고 장꾼들이 몰려들었다. 마침내 말싸움을 마친 염소전의 주인까지 참이 동무의 춤판 쪽으로 다가가며 구경에 열을 올리고 있었다.

마침, 바로 머리 위로 때 아닌 직승기헬리콥터까지 지나가고 있었다. 동실은 절호의 기회를 잡았다고 생각되는 순간 접이식 칼로 목표물의 밧줄을 끊고 자연스럽게 염소를 몰고 위쪽으로 서둘러 뛰기 시작했다. 밧줄에 묶인 채 말뚝에 메어 감옥을 살았던 염소는 동실과 함께 덩실덩실 뜀을 하며 달렸다. 보안 감시원들이 염소전 주위에서 자본주의 춤판이 벌어지는 광경에 휘리릭 휘리릭 호각을 불며 달려왔다. 참이 역시 적당한 거리를 유지하며 미리 계획한 포전 너머로 냅다 뛰기 시작했다. 보안 감시원들이 참이 동무 뒤를 한참동안 쫓다가는 숨을 헐떡거리며 그만 자리에 주저앉고 말았다.

3

장마당에서 훔쳐 온 염소는 둔갑을 하듯 옷을 갈아입고 있었다. 동실네의 손바닥만한 마당에는 미리 준비해두었던 칠감통이 펼쳐져 있고 동실과 참이 동무는 도장솔을 분주히 움직이고 있었다. 그들은 흰 염소의 부드러운 털에 검정색 칠감을 먹이고 있었다. 손놀림이 빨라질수록 염소의 의복은 흰색에서 검정색으로 탈바꿈하고 있었다. 동실 동무의 기발한 아이디어였던 셈이다.

– 감쪽같지 참이 동무야?

– 음메~

염소가 하염없이 울었다.

– 울지 마라, 염소 너한테 물은 게 아니다 임마야. 너 집에 새 옷 입혀 다시 데려다 줄게 울지마라~ 또 울면 죽인다~

–음메~

동실의 당부에 염소는 몸을 내맡기면서도 애타게 울었다. 동실이 발로 툭 염소의 옆구리를 찼다.

– 음메에에에~ 음메에에에~

염소가 더욱 서럽게 울었다. 참이 동실의 행동을 보고 속으로 웃으면서 말했다.

－ 오늘 밤에 비만 아니 오면 좋겠는데~

－ 음메에에~

염소는 열심히 가족을 찾는 울음을 울었다.

－ 알았다 임마야 그저 울지 말라니까는~ 에이 참이 동무야. 지금 겨울인데 무슨 비가 오겠나~ 오늘 밤만 지새면 감쪽같이 흑염소로 둔갑을 하는 거야. 참이 동무는 멀어서 듣지 못했지? 흑염손 값이 두 배라지 않더나~

동실이 듣던 중 반가웠던 사내의 말을 떠올리며 말했다.

－ 어 나는 못 들었는데 흑염소가 그래 곱 값을 받고 팔리나?~ 근데 밤새 이놈을 어데다가 재우나, 동실이 동무?

－ 거야 뭐, 바깥 공터에 재우면 되지~

참은 걱정이 태산인데 동실은 태평했다.

－ 주인이 찾아오는 게 아닐까?

－ 에이 아니지~ 아마 이놈 뛰쳐나간 거도 모를 걸~

동실이 염려 없다는 투로 자신만만하게 말했다.

－ 꺽 꺽 꺽 꺽~

그들은 통쾌하게 웃었다. 동실의 표정에는 만족한 모습이 묻어났다. 참은 이런 동실 동무의 천연덕스러움에 속으로 놀라고 있었다. 참이는 지금까지 장마당에서 흰 염소를 훔친다는 생각은 해보지도 못했다. 흰 염소에게 검정 칠을 해서 흑염소로 둔갑시킨다는 것은 헛보는 영화에서도 생각 못 할 일이었다. 더군다나 동실 동무는 이 염소를 흑염소로 둔갑시켜 곱절을 받고 장마당에 다시 내다 팔 생각까지 하고 있는 모양이었다. 참이는 혀를 내두를 수밖에 없었던 것이다.

저녁이 어둑해서도 장마당에서 도둑맞은 염소를 찾는다는 소문은 나돌지 않았다. 염소를 흑염소로 그럴듯하게 변장시켜 놓고 그들은 장마당에 나가 보았던 것이다. 참이는 가슴이 콩닥콩닥 뛰었지만 동실은 이런 상황이 몹시 재미있다는 듯한 표정이었다. 동실은 감쪽같은 아이디어로 염소전 주인을 속였다는 생각을 하니 만족스러웠다. 염소전에서 멀찍이 떨어져서 그들은 상황을 주시했다. 주인장의 행동은 여느 때와 다름없이 태연해 보였다. 동실은 참이 동무와 마주보고 씩 웃었다.

─ 가자, 참이 동무~ 흑염소 한 마리 공짜로 낚았다.

─ 별 탈은 없겠지?

참은 여전히 걱정이었다.

─ 당장 염솔 내다 팔아도 뭐 자기네 거라는 끈턱근거이 어데 있나~

─ 털옷까지 새 털옷으로 단장을 했는데~

이제야 참의 마음도 조금 진정이 되었다.

─ 깔 깔 깔 깔~

그들은 마주 보며 통쾌하게 웃었다. 그리고는 얼마 후, 당당한 표정으로 장마당에서 돌아왔다. 시간은 벌써 음습한 밤의 시간 속으로 빨려 들어가고 있었다. 염소를 공터에 매 놓고 동실과 참은 잠을 이루지 못했다. 공화국에서 밤을 새는 날도 이제 얼마 남지 않았다는 생각을 하니 뭔지 모를 아쉬움이 밀려들었다. 그들은 모두 공화국을 떠나기로 결의한 것에 대해 후회하지 않았다. 가족과 헤어져야 하고 벗들과 헤어져야 하는 것, 비록 만족스러운 곳은 아니지만 어릴 적부터 뛰놀며 정이 들었던 고향을 떠난다는 것이 아쉬울 뿐이었다. 훗날 어느 때는 울렁울렁 고향 생각에 목이 멜 날도 있을 것이다.

가족에 대한 추억은 매운 연기처럼 시시때때로 코와 눈을 자극할지도 모른다. 공화국이란 조국을 떠올리기만 하면 배고프고 힘들었던 기억에 냄새막이부터 만들어 기억을 차단하려들지도 모를 일이었다. 하지만 나중의 일이 어찌 되더라도 지금 그들은 모두 이렇게 탈북을 하려고 마음을 굳힌 것을 다시 생각해 보지 않음이었다. 압록강을 탈없이 건너기만 하면 쨍한 태양이 그들의 머리 위를 비쳐줄 것이라는 하나의 희망 같은 것을 가슴속에 품고 있었다.

－너들 무슨 일이냐? 공터에 난생 첨보는 흑염소는 어이 된 거야 응?

정숙은 저쪽 골목 있는 데서 씩씩한 흰 염소를 보지 못했느냐고 묻던 낯선 사람의 말을 떠올리며 걱정스런 표정으로 묻고 있었다.

－아주미~ 아무 것도 묻지 마십쇼.

－아니 관절 네들이 무슨 일을 벌이긴 벌인 모냥이구나~ 저쪽 골목에서 흰 염솔 보지 못했느냐고 어떤 사내가 묻고 다니던데~

분명히 흰 염소를 보지 못했느냐고 물었는데 공터에 매어진 염소는 아무리 보아도 흑염소가 아닌가 말이다. 흥, 귀신 곡할 노릇이로구나~

－날 밝는 대로 저 장마당에 내다 팔 겁네.

동실이 전혀 흔들리지 않은 표정으로 응대했다. 장마당 주인장이 흰 염소가 한 마리 없어진 것을 알아채고 마을 골목들을 쑤시고 다니는 모양이지만 감쪽같이 털옷을 갈아 입혔기에 안심을 하고 있었다.

－저 염소, 너들 어데서 끌고 들어왔니? 장마당 염소전에ㅏ 있는 가축 소생인데~

정숙은 눈앞에 펼쳐진 희한한 일들 때문에 어안이 벙벙했다.

－어머니, 우리는 처음부터 염소를 키웠던 겁니다. 흑염소 한 마릴 우리가 키웠던 거라고 말을 하면 되는 거지요.

－나 참, 너들이 염소를 훔쳤구나~ 아니 몰이꾼가축 주인의 눈을 어

떻게 속인다 말이니? 이런 먹이기지 하나 없는 막막한 데서~

— 그야 임시지만 쉬도록 깔개깃^{방석}을 깔아주면 되는 거야요.

동실이 우적우적 신발도 벗지 않은 채로 방안으로 들어가더니 헌 옷 가지들을 한 움큼 가지고 나왔다. 그들은 발로 헌옷들을 마구 밟아댄 다음 염소가 음메~ 음메~ 울고 있는 데다 푹신하게 깔아주었다. 염소는 배가 고플 만도 했다. 아니 음메~ 음메~ 저 울음은 배가 고파 우는 울음은 아닌 듯이 들렸다. 어쩌면 가족들을 찾아 우는 것인지도 몰랐다.

뒤란에서 호리병과 유골상자를 꺼내왔다. 운명을 같이할 보자기를 보니 이제 정말 공화국을 떠날 시간이 되었다는 생각이 들었다.

— 너들, 이 상자들은 목숨보다 소중한 거니 잘 챙기라. 한데 너들 어째서 장마당 중고 매대에 가지 않았니?

— 아주미~ 가전 물품은 봄이네가 가져다가 쓰셔야지요.

동실은 진즉에 이런 결정을 했다.

— 쯧, 쯧~ 네들이 그래서~

정숙은 동실의 말을 듣고 공연히 속에서 울컥 올라왔다. 해가 쨍한 대낮이라면 눈물을 보여 잠시 민망했을지도 모른다.

— 너들, 잠깐 방으로 들어가자.

— 예~

정숙은 상황을 인식하고 단도리에 나섰다.

— 집데꼬가 계약을 하러 올 거니 저 바깥 염소는 일절 들먹이지 말아라.

— 예~

이렇게 말을 하면서도 정숙은 속으로 웃었다.

– 동실인 남쪽에 내려가는 거 정말 괜찮나? 이 거 목숨을 걸어야 하는 모험이다?

– 예, 참이 동무가 함께 가는데 괜찮습네다. 력사 쌩코 혼자서는 못 보내지요.

동실의 결심 또한 굳건했다.

– 오냐, 동실아. 어미가 네들을 막아서는 게 응당 도리겠다만 아버지 혼자 생면부지의 허허벌판에 보낼 수가 없으니~

정숙은 아들애와 동실을 꼭 끌어안았다. 아들애의 탈북을 막는 것이 어미의 도리일지 모르지만 명호 동무를 위해서라도 살점을 도려내는 아픔 하나를 감수해야 한다는 생각이 들었다. 애들을 끌어안고 있으려니 절로 속에서 울음이 치고 올라왔다. 이럴 때는 덕순 동무라도 살아 있었다면 곁에서 위로가 되었을 것이다. 동무가 죽어 나가버리니 세상이 속절없다는 것이 뼛속 깊이 느껴졌다.

– 네들, 남쪽에 가지고 내려갈 다른 물품도 어서 건사하자.

– 어머니, 이렇게나 빨리~

– 쇠뿔도 단김에 빼라는 말이 어이 있나? 봄이 개가 온종일 보이지 않은 게 수상쩍기도 하고 말이야~

봄이가 보이지 않아 정숙은 내내 걱정을 하고 있었다.

– 봄이가 수상쩍다니요, 어머니?

– 저는 충성분자고 너들은 반동분자라나 머라나 글쎄 거품을 물면서 바깥으로 달음박질 치는 게 영~

정숙이 한숨을 흘렸다.

– 아직 돌아오지 않았어요? 설마하니 봄이가 우릴 도와주지 못할망정 배신이야 하겠어요?

참이가 이마에 땀을 흘리면서 말했다. 참의 말을 듣고 동실 역시 고개를 끄덕이고 있었다.

－ 아무렴 함께 살아온 가족인데 배신행위 따윈 하지 않겠지요.

동실의 이마에도 땀이 돋아 있었다. 추운 날씨임에도 그들은 긴장한 탓에 땀까지 흐르고 있었다. 동실은 봄이를 생각하면 아무 생각이 떠오르지 않고 먹먹하면서도 함께 따라나서지 않은 것에 불만이 가득했던 것이다.

－ 너들, 하나만 묻자.

－ 예~

참이와 동실이 약속이나 한 듯 동시에 허리를 굽히며 대답했다. 이제 목숨을 걸고 공화국을 빠져 나가려면 손발이 척척 맞아도 어려울 판이었다.

－ 저 염소 어디에서 어이 훔친질을 했더냐?

－ 클마니<small>할머니</small>가 염소고기 먹고 싶다 해서~

－ 아이 에그나 노망난 클마니 염소고길 먹이려고 공화국에서 훔친질을 하다니~

정숙의 입속에서 절로 한숨이 흘러나왔다. 훔친범이 붙들리면 가해질 벌이 어떠한 것임을 모르지 않았기 때문이었다. 정숙이 흘리는 그 한숨은 창자를 도려내는 아픔보다 더 큰 상처가 되어 가슴을 짓눌렀다. 정숙의 눈가에 눈물이 촉촉이 젖었다.

－ 저거 우리가 장마당에 내다 팔지 못하면 아주미가 장마당에 내다 팔아야 해요.

－ 아니 저 염소를 잡아먹지 않고 내다 팔다니~

동실이 의기양양한 목소리로 응대했다.

- 흑염소는 두 배나 값이 비싸답네다. 하니 돈을 만들어 남상동 민족식당에 가서 염소탕을 사먹으면 번거롭지도 않고 또 돈이 남아도니 그만이지요.

- 그래, 알았다. 너들 속이 이리 깊은 줄 몰랐구나. 어서 메고 갈 짐 가방들부터 챙기자. 동실아, 어데 두었나? 거 건사할 물품부터 꺼내 와야지 어서~

- 예~

아들애와 자식이나 다름없는 동실을 남쪽으로 떠나보내야 하는 현실에 어찌할 바를 모르며 앞길 또한 막막했지만 정숙은 마음을 가다듬지 않으면 안 된다고 생각했다. 이제 살기 위해 사람답게 살기 위해 목숨을 저당 잡히는 일이 있더라도 감행하지 않으면 아니 되는 순간이 닥친 것이다. 정숙은 눈에서 뜨거운 눈물이 쭈룩 흘러내리고 배꼽 밑에서부터 울음주머니가 터져 자꾸 흐느낌이 올라오는데 아이들 앞에서 차마 울 수가 없어 한사코 입술을 깨물었다.

집데꼬가 오기 전에 참이와 동실의 가방에는 이제 남쪽에 가지고 내려갈 소중한 물품으로 채워졌다. 백색 호로병과 할아버지의 유골함 그리고 두고두고 간직하게 될 사진 몇 장이 마치 귀중한 유물처럼 숨죽인 채로 가방 속에 담겨졌다.

단단히 채비를 마치고 나자 약속대로 집데꼬가 사람을 데려와서 동실은 거주권을 넘기는 문계를 작성했다. 이제 이 문계를 행정위원회에 제출하면 행정위원회에서는 입사권을 내어줄 것이다. 모든 거래를 마치고 돈을 치른 다음 집데꼬가 정숙을 향해 말했다.

- 거 가전 물품들은 어찌 하려오?

- 뭐야 딱히 내세울 만한 게 없어서~

정숙이 맥빠진 목소리로 말했다.

- 아니 저 랭장창고는 아주 그냥 새번뜩하지 않나. 저걸 그저 내게 넘기오.

- 글쎄, 이건 아무래도~

정숙은 악착같이 관심을 다른 데로 돌리려고 애쓰고 있었다.

- 아니 망설일 거이야 없지 뭐~ 내 후히 셈쳐주는 중기집을 알고 있다니깐 두루~

- 아, 아냐요. 그저 이거는 사연이 있는 물품이에요.

정숙이 거짓말까지 보태 관심을 따돌렸다.

- 에이 하면 그리 하쇼. 내 이문 남길 생각 없이 그저 도와주려는 거인데 쯧~ 아 참 깜빡할 뻔 했구마는~ 저게 공터에 매어 있는 염소는 낮때에 못 보던 거인데~

- 아니 저기 산 너머 동무네서 팔리기 전 나들이 나온 염소인데 값을 후히 쳐주면 당장 내다 팔아도 그만이오.

정숙은 아까와는 달리 염소에 매달렸다.

- 아니 오늘 저기 장마당 염소전 주인장이 흰 염소 한 마리를 도둑맞았다면서 여기저기 골목들을 쑤시고 다니는 거를 보았소.

집데꼬의 말에 정숙은 무슨 말을 해야 할지 난감했다. 아무리 생각해도 그 염소를 훔쳐온 모양이라고 생각했다. 그런데 정숙이 이렇게 당황해하고 있는데 동실이 불쑥 끼어들었다.

- 흐음~ 도둑맞은 염솔 어찌 주민들한테 찾는다나~ 염소가 분명 답답해서 밧줄을 끊고 주인장한테 할 테면 해보라 시위를 벌인 건데 염소가 산으로 가지 제 발로 잡혀 죽을 주민들 마당에 뛰어들었겠냐 말입니다. 저거는 흰 염소가 아니고 산 너머 동무가 팔아 달라 맡긴 흑

염소란 말입네다. 그저 이놈 한 마리 잡아 잡수면 죽던 사람도 힘이 생긴다 말이지요. 흐음~

동실은 참이 어머니의 말을 받아 그럴싸하게 산 너머 동무의 염소라고 소리쳤다. 동실의 큰소리치는 말을 듣고 참이는 속으로 입이 떡 벌어졌다. 흐응, 동실이 동무는 번갯불에 담뱃불도 붙이겠구나. 참이는 동실 동무의 태연스러움과 천연덕스러움에 감탄을 하고 있었다. 이런 동실 동무와 함께라면 남쪽에 내려가는 일이 두렵지는 않을 거라고 그는 생각하고 있었다.

 ― 그럼, 거 나한테 이 흑염소 넘기오. 장마당 염소전에 끌어다 팔아봤댔자 값이나 깎자고 덤벼들 텐데~

 ― 동실아, 그리하라. 이왕 우릴 도와주러 오셨는데 흑염솔 언제 장마당에 내다 팔겠니? 그저 팔아주신다 할 때 그리하자.

정숙이 동실에게 살짝 눈짓을 했다.

 ― 예, 깟 거 그리하지요. 값만 눅지 않음 뭐 망설일 거야 없지요. 참이 동무, 그리하는 게 낫겠지 않니?

참은 능글맞게 고개를 끄덕여주었다. 정숙은 이 염소는 분명 애들이 훔쳐온 염소라는 것을 대번에 짐작했다. 다행히 세세한 내막은 모르지만 장마당에서 도둑을 맞고 골목골목 찾으러 다녔다는 염소전 주인장의 염소는 아니라는 것에 위로를 느꼈다. 흰 염소가 아니라 흑염소라는 것은 아무리 도둑으로 내몰려도 빠져나갈 구멍이 있는 것이었다. 대체 애들은 이 염소를 어디에서 끌어왔을까 정숙은 귀신 곡할 노릇이라고 생각했다. 내 참, 어데서 물고 들어온 도깨비방망이란 말인가.

셈을 모두 치르고 공터에 매어놓은 흑염소마저 집데꼬의 손에 이끌려 캄캄한 골목을 빠져나갔다. 집데꼬는 흑염소 엉덩이를 회초리로 출

싹촐싹 때리며 걸음을 재촉했는데 참이와 동실은 멀어지는 염소를 보며 살며시 입술 끝을 위로 밀어 올렸다. 대낮에 보았다면 능청^{能청}을 부리는 웃음이라는 것이 대번에 표가 났을 것이다. 이제 집을 팔아버렸으니 당장 집을 비워주어야 하기에 이것저것 살뜰하게 챙겼다. 이동을 할 때 꼭 필요한 물품들도 하나하나 챙기고 준비해야 할 것들은 꼼꼼히 적었다.

　- 아주미, 참이랑 저 공동묘지 다녀오면 아니 되겠습니까?

　- 밤도 깊었고 바깥 날씨가 찬데~

　정숙은 아이들이 대견하게 여겨졌다.

　- 이깟 날씨 괜찮습니다. 어머니 아버지 한테 절은 올리고 가야지요.

　- 예, 어머니. 나도 크나반^{할아버지}한테 다녀와야 하지 않나요?

　정숙은 신발을 신은 채로 방으로 들어가 벽에 걸린 달력을 꺼내왔다. 넋을 놓고 이리저리 휘둘린 탓인지 겨울이 깊어지고 있는 것도 모르다가 달력을 보니 실감이 났다. 벌써 대설^{大雪}이란 절기가 한참 지났던 것이다.

　- 대설도 한참 지났구나. 이제 눈이 많이 내릴 터인데~

　- 눈이 내려 쌓이면 몰래 이동하기 더 좋지요, 어머니.

　- 어디 저 공터에 나가보자.

　정숙은 자신의 마음이 불안해지는 것을 스스로 느끼고 있었다. 이제 아이들을 떠나보내야 하는 시간이 점점 틈을 좁히고 들어오는 것이 느껴지고 있었다. 그녀는 자신에게 묻고 또 물었다. 애들을 남쪽에 내려보내는 일이 잘하는 일인지~ 남쪽과 북쪽, 아이들에게 어디가 온당한 데인지 똑바로 선을 긋는 일이 쉽지 않았다. 정숙은 물끄러미 하늘을 쳐다보았다.

- 저기 막 뜨는 달을 보니 이제 기우는 반달이로구나.

- 어머니, 아직은 달빛이 괜찮은데요. 산을 넘는 데는 너무 밝아도 좋지 않아요.

정숙은 하늘을 쳐다보며 아이들을 염려하고 있었다.

- 네 아주미, 참이 동무 말이 맞습네다. 압록강을 건너자도 보름달은 얼룩얼룩 형체를 만들어서 좋지 않을 겁니다.

- 보초병들 눈에 띄지 않은 게 우리한테 훨씬 유리하지 않겠어요?

참이의 말에 정숙은 고개를 끄덕였다.

- 그래, 어미는 믿는다. 네들이 이기는 패를 쥐고 있다는 거를~

- 하하하~ 그야 당연히 우덜이 이기는 패를 잡은 거지요.

동실이 철없이 웃으며 말했다. 하늘에 박힌 달은 둥근 제 살을 깎아 먹고 이제 반달의 모습을 하고 있었다. 이제 저 달이 기울고 또 기울면 손톱만한 그믐달로 세상을 희미하게 비칠 것이다. 하늘을 쳐다보고 살아온 지가 어느 세월이던가. 정신없이 살아온 세월이 정숙이 손에 들린 달력 속에 허탈하게 매달려 있었다. 이제 얼마 지나지 않아 제 살을 모두 깎아 먹을 저 반달처럼 정숙 자신의 인생도 시련 앞에서 점점 스러져갈 것이라는 생각이 들었다.

- 아이 에그나~

- 왜 그러십니까, 어머니?

정숙은 공연히 깜짝 놀라고 있었다. 남쪽으로 떠나보낼 아이들을 생각하니 갑자기 동지冬至 생각이 났던 것이다.

- 이제 보니 내일이 동지 아니나.

- 예, 맞습니다. 21일 동지~

조선공화국에서 동지는 밤이 가장 긴 날이기도 하지만 동지죽을 먹고 액운을 막는다는 의미가 깊은 절기였다.

－ 하하하～ 나이 한 살 더 먹었습네.

동실은 분명 자신이 들떠 있다는 것을 느끼고 있었다. 차분하려고 해도 마음이 들썽거려 입이라도 놀려야만 안정이 되었다. 한편으로는 표를 내지 않으려 해도 동실의 가슴 저 밑바닥에는 봄이에 대한 연분의 알맹이들이 둥둥 떠다니고 있었다.

－ 그럼, 이 집도 비워주어야 하니 여기 짐부터 우리 집으로 옮기자꾸나. 랭장창고는 내 차차 옮겨갈 테야. 이제보니 일곱 밤을 자면 사회주의 헌법절이로구나. 그때까진 무슨 수를 내서든 결행을 해야지～

그들은 집안을 갈무리한 다음 필요한 물품들을 날랐다. 살림살이라고는 그저 몇 번 옮기니 끝이었다. 봄이는 언제 들어왔는지 이런 상황에서도 철없는 아이처럼 아무것도 모르는 듯이 쿨쿨 잠을 자고 있었다. 동실은 봄이와 헤어져야 하는 것을 생각할 때마다 가슴이 먹먹할 정도로 아픔이 느껴졌지만 의젓하게 행동했다. 당동무가 되자 약속하며 서로 몸을 느낀 사이가 되었는데 태연한 모습의 봄이를 보면 동실은 허전함만 더해가는 느낌이었다.

－ 너들 이제 어서 공동묘지 다녀오라. 어미는 동지죽 쑬 준비를 해야겠다.

－ 하하하～ 동지에는 그저 오그랑죽이지요.

동실의 입에서 벌써 군침이 돌았다.

－ 오냐, 어미가 오그랑죽을 쑬 테니 그저 실컷 먹어라.

－ 예, 좋습네.

－ 동실인 그저 먹는 덴 입이 헤벌쭉하지～ 동실아, 공동묘지 가서 어머니한테 똑똑히 안부나 전하라. 내 먼저 떠난 덕순 동무 얄미워 죽겠

다고~

 – 예, 그리 하지요.

참이와 동실이 뛰다시피 공동묘지를 향해 밖으로 나갔다. 공화국 주민들은 고단한 몸을 눕혀 깊은 잠에 빠져들었을 시간이었다. 정숙은 손바닥으로 지그시 가슴을 눌러 마음을 진정시키면서 부엌방으로 들어갔다. 동지죽을 쑤어 먹이고 싶은 것은 다름이 아니었다. 동지죽을 먹으면 액을 없애고 오래 산다는 속설이 있기 때문이었다. 애들이 남쪽에 당도할 때까지 어떤 어려움에 빠지지 말고 목숨 부지하기를 정숙은 속으로 빌고 있었다. 헌법절은 가장 가까운 날에 맞이할 공화국의 명절이다. 애들을 내려보내기에 가장 좋은 기회라고 생각했다.

헌법절우리의 제헌절은 공화국의 명절 중의 명절이다. 공화국 당국이나 주민들 모두 긴장을 풀고 하루를 즐기는 날이다. 공화국 주민들은 이날 하루 년말회식을 하고 가족과 친지들이 모여 회포를 푸는 날이다. 김정은은 아마 군부대 같은 데에 현지 지도를 나가는데 수뇌부들도 국경일이라 긴장을 풀어놓고 하루를 보낼 것이었다. 이런 연유로 국경일이 도강渡江을 하기에는 다른 때보다 훨씬 유리한 날이라 할 수 있다.

4

정숙은 정성껏 음식을 준비했다. 살갗이 아플 정도의 추위는 아니지만 초겨울의 추위에는 따끈한 죽이 그만이었다. 마침 동짓날을 맞고 보니 탈북을 하려는 애들에게는 운명 같은 음식이라 할 수 있다. 겨울 반찬이야 손에 꼽을 것도 없고 다른 먹을거리가 부족할 때에 물을 낙낙히 부어 인심을 쓰는 음식이다. 그저 풀죽이나 시래기죽보다는 나을 테고 옥수수 뿌리나 벼 뿌리를 갈아 만든 범벅에 비할 바가 아닐 것이다.

낮때를 기다려 장마당에서 음식 재료를 사서 푸짐히 먹이고 싶지만 정숙은 당장 마음이 급했다. 마치 싹이 조금 움트기는 했지만 감자가 준비되어 있어서 아쉬운 대로 감자를 갈아 옹심이를 만들 생각이었다. 거기에 소금으로 간을 내고 파를 송송 썰어 얹으면 되는 것이다. 구수하면서도 쫄깃한 감자 맛이 별미라 할 수 있다.

정숙은 흰 쌀을 무춤하게 씻어 불려놓아야 제격인데 흰 쌀은 시늉만 내어 한 홉 정도를 불려놓고 강판에 감자를 갈아 물기를 없애기 시작했다. 물기가 모두 빠져나가면 감자녹말이 아래로 가라앉을 것이다. 감자 무거리와 녹말을 섞어서 동그랗게 새알심을 빚어야 한다. 콩을 깨끗이 씻어 냄비에 넣고 삶아야 하는데 물을 적당히 부어가며 콩알이 물러질 때까지 삶아 체에 거른다. 이것을 불려놓은 흰 쌀과 섞어 끓인다. 눌어붙지 않게 저어주며 끓여야 한다. 이어서 감자 가루로 만든 새알심을 넣어 끓이다가 뜸을 들이고 소금으로 간을 하면 감자 오그랑죽이라는 별미음식이 만들어지는 것이다.

동이 뻔히 터오면서 정숙은 부엌방에서 밖으로 나왔다. 봄이는 아직도 잠에서 일어나지 않았고 아고阿姑는 어느새 일어나서 먼산바라기를 하고 있었다. 희부옇게 열리고 있는 동쪽 하늘에 여전히 반달이 박혀 있었다. 이제 세상이 더 환하게 열리고 해가 불쑥 땅속에서 고개를 내밀고 올라오면 반달의 자취는 사라질 것이다. 나그네 없는 밤은 아낙네에게 끝도 없이 길다는 것은 누구나 아는 얘기다. 더군다나 동지冬至라는 절기節氣는 밤이 가장 길다는 날이다.

그럼에도 정숙은 한 가닥 희망을 잃지 않았다. 이제 독수공방의 아낙네한테 빚은 밤새 감싸고 있던 치명적인 고독을 서서히 거두어 갈 것이다. 곧이어 낮과 밤이 자리바꿈을 하여 빛이 존재를 드러내게 되리라. 동지冬至를 축으로 태양은 어두운 죽음에서 부활할 것이다. 운명의 앞날은 어둠에서 빛으로 죽음에서 생명으로 새롭게 부활할 것이다. 정숙은 조선공화국과의 대결에서 승자는 아이들이 되리라고 생각하고 있었다.

정숙은 그릇에 오그랑죽을 담아 장독대에 놓아두고 대문과 담벼락에도 죽을 흩뿌렸다. 그러면서 애들이 장차 무사히 남쪽에 당도하도록 속으로 빌고 있었다. 또한 아이들에게 덤벼들지 모를 온갖 악귀들을 물리치고자 정성으로 빌었던 것이다. 날씨는 예상대로 동지다운 추위가 느껴졌다. 동짓날 날씨는 추워야 제격이다. 날씨가 따뜻하면 다음 해에 질병이 많이 발생한다는 속설이 있다. 이런 날씨라면 몸도 강건할 것이며 농사는 풍년이 들겠구나. 농사가 풍년이면 아이들에게도 풍년 같은 일들이 생겨나야 할 텐데, 하고 정숙은 생각하고 있었다.

– 령감, 어데 갔다 이제 와요? 염소 한 마리 잡으러 나간 지가 언제인데~

하며 아고가 또 정숙을 바라보며 황당한 말을 했다. 아고의 황당한 행동에 어두운 표정을 지으며 정숙은 생각했다. 그래서 애들이 장마당에 나가 염소 훔칠 생각을 했던 거였구나.

– 아고阿姑, 오늘이 동지야요.

– 저기 저게 염소 뿔이 옳지요?

아고는 여전히 이상한 말을 하고 있었다.

– 아니 무장~ 예, 염소 뿔이 옳습니다.

– 우리 령감 어이 안와요? 염소 잡으러 나간 지가 언제인데~

고기를 아무리 먹지 못했다고~ 그랬다고 노망이 났을 리는 없을 텐데~ 아고阿姑의 황당한 말에 애들이 얼마나 가슴이 저렸으면 어디에서 흑염소를 끌어왔단 말인가. 정숙은 이런 생각을 하니 저도 모르게 설음설움이 북받쳐 올라왔다.

– 어흐흐~

정숙은 터져 나오는 울음덩어리를 명치를 눌러 진정시켰다. 지금 어미라는 사람이 이렇게 넋을 놓고 있을 때가 아니지~ 정숙은 퇴마루에 나란히 놓인 애들의 짐을 뒤란에 숨겨놓았다. 행여 누가 불쑥 들어와 보더라도 영락없이 먼 길 떠날 채비로 비쳐질 짐이었다. 정숙이 애들의 짐을 조마조마한 마음으로 뒤란에 숨긴 속내는 봄이 때문이기도 했다. 봄이가 잠에서 깨어나 애들의 짐을 보게 되면 어떤 마음의 변화를 일으키게 될지 모르는 일이었다. 아무리 영악한 계집애라 해도 자기 피붙이를 반동분자라고 고발이야 하겠는가. 정숙은 혼자 시늉으로 절레절레 머리를 흔들며 대문 밖으로 달려나갔다.

골목의 곁가지에 서서 뒷산 공동묘지 쪽을 바라보았다. 돌아올 때가 한참이나 넘었는데 애들이 돌아오지 않아 정숙은 안절부절못하고 있었다. 공연히 마음이 싱숭생숭하고 들썽거리는 게 안정이 되지 않았다. 동실네 집 앞 공터까지 종종걸음으로 걸어가 공터에 널린 염소의 흔적들을 표가 나지 않도록 정리했다. 저 멀리 강의 수면으로부터 날아왔을 겨울 안개입자들이 낮은 지붕머리까지 점령하고 있었다.

낮게 웅크리고 있는 집을 보니 온갖 생각들이 떠올랐다. 골목과 골목을 오고 가며 부대끼고 의지하며 살아온 세월이 이제 저만치 멀어지려는 순간인 것이다. 아옹다옹하며 목숨 부지하고 살았던 날들이 정숙의 기억 속에 차곡차곡 쌓여 있었다. 벗으로 곁에 남아 있었다면, 삼이웃 그대로 자리하고 있었다면 살아 있다는 자체로 복하다 느꼈을 것이다.

겨울 안개가 걷히더니 옷깃을 파고드는 바람이 북쪽에서 내려와 골목마다 한기寒氣를 불어넣고 있었다. 정숙은 해가 제법 올라 마을 앞 강의 수면에 피어나는 안개가 말끔히 걷힐 때에 집으로 돌아왔다. 애들은 아직 집에 돌아오지 않고 있었다. 정숙은 아고阿姑를 붙들어다 퇴마루에 앉히고 동지 오그랑죽을 들이밀었다.

- 오늘이 동지니 이거나 한번 잡숴 보세요.
- 령감은 어찌 아니 오는지~
- 예, 한밤 자면 올 겁네다.

정숙은 이제 아고阿姑가 정말 망령을 부리는 모양이라고 생각했다. 아무리 생각을 가다듬는다 한들 아고阿姑의 노망은 이상할 턱이 없었다. 아들애를 다시는 보지 못할 수용소에 보내고 공화국의 어떤 어미가 정신을 곧추세울 수가 있겠는가.

텁텁하게 굳어진 오그랑죽에 물을 붓고 다시 데워 아고의 밥상에 올렸다. 정숙이 수저에 오그랑죽을 가득 떠서 아고의 입에 넣어주었지만 아고는 순순히 받아먹지 않았다. 끝내 아고의 입에서는 수저를 받아 들이지 않았다. 아고는 다시 장독대 너머 담벼락에 서서 먼산바라기를 하고 있었다. 이 모든 일들에 누구를 탓할 것인가.

- 오마니, 어이 오그랑죽을 끓였어요?
- 봄이 네가 이제야 일어났구나.

봄이는 부스스한 머리를 매무시하며 날씨가 추운 탓인지 몸을 부르르 떨었다.

- 오늘이 무슨 날이예요?

- 철딱서니 없는 것 보라~

정숙은 봄이를 생각하면 가슴 속에서 무엇인가 부글부글 끓어오르는 느낌이었다. 어찌 같은 배에서 나온 자식이 이렇게 차이가 나는지~ 아들애 참이와 딸애 봄이 사이에서 느껴지는 까닭모를 차이 같은 것을 느끼면서 정숙은 길게 한숨을 뱉어냈다. 공화국에서 종자타령이야말로 주민들이 금기시해야 하는 사안이었다. 종자가 다른 아이들을 낳아 기르면서 정숙은 한 번도 피를 물려준 자식의 능력이나 성품 등에 대해 생각해 본 적은 없었다. 그런데 막다른 골목으로 일이 치닫고 보니 까닭모를 종자타령이 마음속에서 느닷없이 일어났던 것이었다.

- 에그 추운데 어찌 밥상을 퇴마루에~

- 먹기 싫음 관두던지~

날씨가 추운데도 정숙은 퇴마루를 고집했다. 퇴마루에 앉아 있으면 방안에 있는 것보다 덜 답답했다. 무엇보다 중요한 것은 바깥의 상황을 읽을 수가 있다는 점이다. 언제던가 남쪽의 가족들한테 난데없는 연락을 받고서부터 퇴마루가 옹기종기 둘러앉은 가족 공간의 중심이 되었다. 퇴마루 밥상두리에 앉아도 누구 하나 불평을 늘어놓지 않았다.

봄이는 배가 잔뜩 고팠던지 밥상을 끌어당긴 채로 수저를 집어 들자 단숨에 한 그릇을 비워냈다.

- 밥감주도 먹고 싶다.

- 에구 철딱서니 하고는~ 남아도는 밥이 어데 있어 밥감주를 먹니?

쉰밥으로 만들어내는 감주라는 것이 밥감주였다. 조선공화국에서 밥감주를 먹는 일은 주민들 입장에선 그저 그림의 떡이었다.

- 오마니, 집데꼬 한테 받은 달러 있지 않소?

- 아니 어찌 못할 소리를~ 그저 떡 대가리 같은 허황된 소리 한번만

더 꺼내 보라.

정숙은 봄이를 만만히 보지 말아야겠다는 생각이 순간 스쳤다. 집을 나가 어디를 싸돌아다니는지 몰라도 집안일을 샅샅이 꿰고 있는 것 같았다. 부녀지간의 일이나 오누이간의 일이나 사상투쟁의 그물에 걸리게 되면 공산당과 노동당 즉 형제당보다 더 살벌한 관계가 되어버리는 것이었다. 형제당들은 서로 간섭하지 않고 평등해야 하며 동지로서 협조의 관계를 철저히 유지해야 했다. 그러나 실상은 전혀 아니었다. 그러니 당장 하루의 일과를 마치고 가족끼리 이웃끼리 모여 생활총화를 하는 일도 안심할 수가 없는 세상인 것이다.

– 봄이야~

– 예, 오마니~

키대만 멀쩡하지 봄이가 하는 짓은 아직 철부지였다.

– 너 어제 어디를 다녀오느라 늦었나? 누구를 만났어, 현송월이 동무 만났니?

– 오마니두 참, 어찌 현송월이 개간나 얘기를 꺼내나~

봄이의 가슴속에는 여전히 현송월에 대한 질투심이 남아 있었다.

– 에구 다 큰 처녀가 어찌 곱지 않은 말을 쓰고 그러는지~ 아니 말 끝마다 현송월이 현송월이 노랠 불러대니 이래 어미가 묻지 않니?

– 송월이 계집애 학교 나오지 않습니다. 뭐 당 5과에서 진즉에 데리고 갔다는 소문이 퍼져 있더란 말입니다.

– 에구 현송월이 안 됐구나. 공화국에선 그저 인물이 반반해도 걱정이구나. 송월이 그 에마나이는 저 인생 살아보지도 못하고 장차 팔자타령을 하게 생겼구나. 어찌 그런 애를 시샘하고 부러워한단 말이니 응? 에그 못난 것~

봄이의 얼굴이 갑자기 활짝 펴지는 느낌이었다. 그런데 그때, 봄이가 불쑥 당혹스런 말을 꺼냈다. 정숙은 딸애의 말에서 먹구름 한 자락이 다가오고 있다는 느낌을 받은 탓에 불안하기 그지없었다.

ㅡ 참이 오라버닌 반동분자 맞지요? 동실 오라반 그 동무도~

ㅡ 봄이 네가 어찌 그런 망측한 말을 꺼내니 응?

정숙은 말에 가시를 담아 딸애를 나무랐다.

ㅡ 인민반 생활총화 시간에 오라버닐 비판하지 않음 누굴 비판해야 하나요?

ㅡ 아니 봄이야~ 네가 사상투쟁에 동조하는 거는 좋다만 피를 나눈 가족의 반동행위를 투기鬪氣 :투쟁의 기세하려는 행위는 옳은 행위가 아니란 말이야~

정숙은 마음에도 없는 말을 봄이에게 지껄였다. 기업소 선전원의 직분으로 훈장까지 받은 데다 5호담당 선전원 출신의 입에서 튀어 나올 만한 말은 아니었던 것이다. 딸애 앞에서 이런 말을 하는 어미의 심정이 아니라 공화국을 상대로 적대행위를 하는 자신을 향해 보이지 않는 손가락질을 하고 있는 셈이었다. 정숙은 순간 딸애를 똑바로 바라보지 못했다.

정숙은 순간적으로 인민반 생활총화 날짜를 손으로 꼽아 보았다. 주 1회 열리게 되는 생활총화에서 모든 주민들은 의무적으로 자아비판을 해야 하는 것이다. 공화국에 대한 불평불만을 사전에 막으려는 자리였다. 공화국은 이런 절차를 통해 당국에 대한 주민들의 불만을 제압하는 수단으로 생활총화를 활용하고 있었다.

ㅡ 인민반장이 우리 담벼락을 몰래 넘어보고 있다는 걸 오마니는 모르지요?

– 아니 뭐이? 인민반장이 뭐를 어찌한다는 말이니 응?

정숙에게는 듣던 중 무서운 말이었다. 인민반장의 힘은 공화국에서 무시할 수 없는 권력이었다.

– 력사 생코 반동이란 말을 들었는데 어찌 네들 아바이 보이지 않느냐고 묻더란 말입니다. 인민반장의 눈이 매의 눈이란 거를 어찌 모르십네까?

– 아니 봄이야, 이거 클 날 소릴 하는구나. 너 인민반장한테 무슨 말을 지껄인 거이니, 응?

– 아뭇소리도 하지 않았어요. 하지만 오마니가 아무리 선전원이라도 인민반장의 감시를 피해 다닐 수는 없다는 말이에요.

세 개의 골목 정도를 감시하는 인민반장은 주민들에 대한 정보를 수집하는 일을 주로 하고 있었다. 많을 때는 40여 가구에 달하는 주민들의 언행을 감시하며 일상생활 자체를 철저히 감시하는 임무를 수행하고 있었다.

헌법절 다음날이 마침 인민반 생활총화 시간이었다. 헌법절까지는 무슨 수를 써서라도 아이들이 압록강을 건널 수 있도록 죽을힘을 다해 보자고 정숙은 생각했다. 당장 애들만 무사히 공화국을 떠날 수 있다면 다른 어떤 시련이나 고통은 감수할 수 있다고 생각했다. 딸애한테는 몰체면한 일이지만 어쩔 수 없는 일이었다.

봄이는 한차례 말싸움을 하더니 쏜살같이 나가버렸다. 정숙은 공연히 담벼락에 기대어 먼산바라기를 하다 골목에 나와 이곳저곳을 살펴보았다. 공동묘지에서 돌아올 시간이 훨씬 지났는데도 대체 애들은 어찌 돌아오지 않는 것인가. 가족끼리도 호상 감시를 할 수밖에 없는 공화국에서 내일날에 대한 애들의 희망을 감히 누가 입에 담을 수가 있을까. 고삐 풀린 망아지처럼 천방지축 날뛰는 딸애를 보면서 정숙은 자꾸만 불길한 생각에 사로잡혔다. 세상물계를 어찌 그렇게 모른단 말인가.

봄이가 수상쩍은 말대포를 쏘아대며 뛰쳐나간 것도 정숙은 마음에 걸렸다. 공동묘지에 올라간 애들은 해가 중천에 올랐는데도 나타나지 않고 있었다. 정숙은 그릇에 정성스레 동지 오그랑죽을 담아 도 보위부를 향해 집을 나섰다. 공화국에서 한 치의 흔들림 없이 중심을 잡아야 할 때라는 것을 정숙은 다짐하고 있었다. 봄이와의 관계, 태산이 동무와의 관계, 명호 동무와의 관계 속에서 취사 선택해야 하는 운명 앞에 놓여 있다는 것에 정숙은 가슴 아리게 괴로워했다.

보위부 수위실 계호원에게 박태산 부부장 면회를 신청했다. 계호원은 처음에는 이리저리 정숙을 살펴보더니 뜻밖에 아는 체를 했다.

― 일전에 면회 와서 소란 피운 동무 맞지요?

― 미안합네다.

정숙은 고개부터 숙였다.

― 한데 죄수 면횔 신청할 수 없는데 어찌 온 게요?

말에 독한 가시가 박혀 있어 정숙은 계호원을 날카롭게 한번 쏘아보았다.

― 죄수라니요? 그저 나그네 면횔 할 수 없으니 이케 부부장 면횔 신청한 게 아니오?

― 소란 피운 죄도 털고 나간 게 문 대좌 선생하고 인연관계 있는 게요? 아님 부부장 선생하고 인연관계 있는 게요?

계호원이 심심하다는 듯 이것저것 물어왔다.

― 그저 난처한 사정이 있으니 묻지 말고 부부장 선생을 만나게 해주오.

- 내 그럼 구내교환연락선으로 연락을 취해보겠소.

정숙은 부들부들 떨리는 마음으로 한쪽 의자에 다소곳이 앉아 있었다. 동짓날이니 명호 동무한테 불피코 오그랑죽을 먹이고 싶은 생각이 간절했다. 모든 액을 내쫓고 싶은 아낙네의 간절한 바람이었다. 부부장 방에서 들여보내라는 연락이 닿았던지 정숙은 계호원의 안내를 받으며 태산의 방으로 향했다.

태산의 방으로 가는 내내 분주히 움직이는 보위원들의 행동을 보고 정숙은 몹시 긴장을 하고 있었다. 투박하게 생긴 계호원들이 복도 등에 매달린 명제판을 꺼내 묵은 때를 정성껏 닦아대고 번쩍번쩍 광을 내는 모습이 보였다. 태산의 방에서도 부하 계호원들이 김정은의 명제판을 꺼내 닦고 광을 내고 있었다. 대체 무슨 일들이지~ 생각하다 정숙은 마치 꿈을 깨듯 깨닫고 있었다. 아아~ 이제 얼마 후면 김정은 원수의 생일인 것이다. 정숙이 일하는 직포공장^{방직공장} 기업소에도 아마 똑같은 광경이 벌어지고 있을 것이다. 김정은의 생일을 맞아 김정은 어록이나 다름없는 명제판의 문구를 닦아 다시 걸려는 모양이었다.

하지만 정숙의 이런 추측은 빗나갔다. 자세히 보니 김정은이 후계자가 되면서 내걸었던 '나의 정치는 정보정치입니다'라는 명제판을 제거하고 있었다. 조선공화국에선 기관이나 기업소들 할 것 없이 김일성 주석이나 김정일 원수의 중요한 발인들 가운데 자신들에게 어울리는 좋은 내용들을 간추려 사무실 벽에 걸어두는 것이 명제판인 것이다. 도 보위부에서 명제판이 제거될 정도라면 공화국 전역에서 특별 명령이 내려온 것이 분명했다.

- 공화국 보위부에서 무슨 일이랍니까?

정숙은 계호원이 나간 다음 가만히 태산이 동무한테 물어보았다. 태산은 계호원이 나간 것을 확인한 다음 아주 소리를 낮추어 말했다.

– 김일성 수령님은 광폭정치를 했고, 김정일 장군님은 은덕 정치를 펼쳤다 하지 않았니? 김정은 위원장께선 정보정치를 하신다 하고~ 저 어디 함경도 보위부라나 김정은 위원장의 말을 두고 폭군이니 모략가니 말들이 많았다지 않음~

– 오호 그래 주민들에 뒷공론이 무서워 명제판을 철수하는 게로구만요.

– 한데 손에 들고 온 것은 무어나 정숙 동무?

태산이 친근한 척 말을 깠다.

– 오늘이 동짓날이라 오그랑죽을 좀 쒀 왔지요.

– 아니 이렇게 고마울 때가 있나~ 마침 새벽 일찍 바삐 나온 터에 벌써부터 뱃속에서 시장기가 돈다 했는데~

정숙은 순간 머리 한쪽이 복잡해지는 것을 느꼈다. 보위부 감옥에 있을 나그네를 먹이려고 가져온 것인데 태산이 동무가 착각을 하고 있기 때문이었다.

– 명호 동무는 지금 어디에 있는 거야요?

– 정숙 동무, 공화국에 법은 만인에게 평등하다는 거를 잊지 말라. 보위부 감옥에 갇혀 있는 죄수들의 면회는 당국에서 절대적으로 금지하고 있다는 말이야.

태산은 거만하게 공화국의 원칙을 내세워 정숙의 사기를 꺾었다.

– 명호 동무가 어찌 죄수라는 말이요?

– 거 정숙 동무 볼수록 답답하단 말이지~ 명호 동무 죄목이 어디 한두 가지 아니라는 거를 내가 말해주지 않았어?

– 거야 당신네들 방식이지~ 건 그렇고 명호 동무한테 이 오그랑죽

을 먹일까 해서~ 동지죽을 먹어야 만년장수하고 불행을 막아준다 하지 않소.

정숙은 명호 동무에게 동지죽을 먹일 생각에 마음이 급했다.

– 정숙 동무, 이제 명호 동물 가슴에서 걷어낼 때가 되지 않았니? 반동분자 딱지 물려주고 남쪽으로 떠날 사람 뭐가 그저 그립니 응?

– 거야 명호 동무 뜻이 아니란 거를 태산이 동무가 더 잘 알면서 그러오? 보위부에서 죄를 뒤집어씌워 공화국에서 추방한다는 거를 내 모를 줄 아오?

– 자 자, 우선 앉아 숨부터 돌리라. 거 명호 동무 여 보위부에 지금 없단 말이야~

태산이 랭장창고에서 탄산단물을 꺼내 정숙에게 내밀면서 나지막하게 말했다. 정숙은 저도 모르게 입이 떡 벌어졌다.

– 아니 그럼 벌써 압록강을 건넜다 이런 말이에요?

– 거야 공화국 보위부 일이니 어떤 가족에게도 비밀유지를 해야 하는 거야.

정숙은 태산이 내민 단물을 본체만체하고 허탈한 모습으로 자리에서 일어났다. 명호 동무의 얼굴을 더는 마주하지 못할지도 모른다는 생각을 하자 순간 칼날이 살점을 도려내는 듯한 통증이 가슴에 밀려왔다. 몸이 부들부들 떨려오는 것을 정숙은 가까스로 진정시켰다. 이제 대체 무슨 일부터 처리해야 하나? 한 발짝 걸음을 떼는데 앞이 새카맣게 다가와 보이질 않았다.

– 정숙 동무하고 참이 문제는 내 알아서 처리할 테니 그저 아뭇소리 하지 말고 집에 가 숨죽이고 있으라.

– 태산이 동무~ 내게는 중요한 문제이니 솔직하게 말해주오. 명호

동무가 벌써 공화국을 떠난 거는 맞소?

정숙의 가슴이 두근두근 뛰었다.

– 글쎄 립장 난처하게 토 달지 말라니까~

– 우덜 생사가 걸린 문제이니 묻는 거잖소. 공화국에도 엄연히 법이 있고 절차라는 게 있지 않는가 말이오.

정숙은 태산의 날카로운 시선을 피하지 않았다.

– 아니 무장 난처하게 하니~ 당의 결정이나 지시는 그저 별을 열 개 달고 내려온대도 이러쿵저러쿵 흥정을 할 수가 없단 말이야. 내 잠잠해지면 기별을 넣을 테니 가서 조용히 기다리오. 애들 입단속도 단단히 시키고 말이지~

– 정히 대답하기 어려우면 넌지시 눈치나 한번 주오. 명호 동무 정말 남조선으로 내려 보낸 거 맞소?

정숙의 시선이 태산의 눈빛을 찌를 듯 날카로웠다.

– 정숙 동무, 공화국에서는 벽에도 눈과 귀가 있다는 소리 들어보았지? 직위가 높을수록 벽에 귀가 많이 숨어 있다는 거를 알아야지~ 내 실없는 사람 아니니 어서 가오. 자칫 바지라도 벗게옷 벗게 되는 날엔 큰난다니까~

명호 동무가 압록강을 건너 무사히 남쪽에 내려가지 못하고 공화국의 정치범수용소에 갇혀 평생 죄인으로 살아가게 된다면 문제는 계획했던 것과 완전히 달라지는 것이었다. 남쪽에 내려가든 북쪽에 남아 있든 애들의 선택 기준은 명호 동무의 처지에 따라 달라질 수밖에 없었다. 정숙은 실없는 사람 아니라는 태산이 동무의 말을 한 가닥 명호 동무의 목숨을 구해줄 수 있는 생명줄같이 생각하며 자리에서 일어섰다.

– 정숙 동무, 오그랑죽은 두고 가오.

－ 내 넉넉히 담았으니 량심 있음 혼자서 다 먹어치우진 마오.

정숙은 저도 모르게 입속에서 허탈한 휘파람 소리가 새어 나왔다. 운명이 어쩌다가 이렇게 얽혔다는 말인가. 운명이라는 보이지 않는 족쇄 앞에 허리를 꺾을 수밖에 없는 처지를 생각하면 정숙은 앞으로 닥칠 내일날에 대한 불안감에 몸서리를 치고 있었다. 흥~ 공연히 엉뚱한 입에 동지죽을 넣어주게 되었구마니~ 집으로 돌아오는 내내 정숙의 입술 끝에서 맴돌던 말이었다. 헐레벌떡 숨을 몰아쉬며 집에 돌아와 보니 애들이 퇴마루에 앉아 있었다.

－ 너들, 공동묘지에 다녀는 왔나?

－ 예, 어머니.

애들도 지친 모습이었다.

－ 어이 늦게 돌아온 거니?

－ 만룡이 동무네에 들렀습니다.

참이가 숨을 몰아쉬며 대답했다.

－ 아니 너들~ 동네방네 괜한 소문나면 어찌하려구~

－ 아주미, 만룡이 동무도 남쪽으로 내려갈 거야요.

동실의 입에서 뜻밖의 말이 흘러나왔다.

－ 아니 뭐라구? 그 이상한 애까지 묻어 선다^{동행}는 말이니?

정숙은 점을 친다는 쪼그만 애까지 함께 따라나선다니 불길한 마음이 더욱 앞섰던 것이다.

－ 백두대감이 그런답니다. 셋이 같이 움직이면 남쪽에 무사히 내려갈 수 있다고~

－ 언~ 얼빠해^{어리벙벙} 보이는 애 말을 듣고 울어야 할지 웃어야 할지~

이렇게 말을 하면서도 친한 동무들이 함께 한다는 말에 내심 안심이 되고 있었다.

－ 아주미, 염려 마시게요. 만룡이 동무가 얼빤해 보여도 하는 짓은 똑똑이란 말이예요. 몸속에 백두대감을 모시고 사니까는~

－ 에구, 그 백두대감이란 말을 남쪽 사람들이 들으면 웃음보따리 터지겠구나야~

만룡이를 생각하니 속에서 풀썩 웃음이 나왔다.

－ 아니예요. 아랫동넨 그저 점을 쳐서 먹고사는 사람들이 부지기수라 합니다. 남조선에선 누구든지 하고 싶은 일을 골라서 할 수 있다는데요.

－ 예, 어머니. 남쪽은 모든 게 자유로운 나라랍니다. 강철이 동문 지금 감방에 갇혀 있지만 우리는 작의형제를 맺은 동무들입네다. 함께 다니면 아랫동네에서도 힘들지 않을 겁니다.

－ 오냐, 그저 무탈하게 남쪽 땅 밟고 거게서 네들이 뿌리내리고 살수만 있다면 깟 거 뭐가 걱정이나.

애들의 말을 듣고 보니 만룡이 동무가 함께 내려가는 문제로 염려될 것은 없었다. 숫자가 많아지면 은밀히 움직이는데 어려움이 따를지도 모른다는 염려는 괜한 걱정일지도 몰랐다. 저들이 좋다는데 무슨 명분으로 막을 수 있다는 말인가. 그러고 보니 부부 리별수가 있다는 백두대감의 말은 사실이 되어가고 있었다. 정숙은 몸을 한번 부르르 떨었지만 셋이 같이 움직이면 남쪽에 무사히 내려갈 수 있다는 백두대감의 말을 생각하니 한편으로 위안이 되기도 했던 것이다.

제42장 장물(贓物)

1

만룡이는 전안塵案 : 점쟁이가 공을 드리기 위해 차려놓은 상 앞에 신심信心을 다해 앉았다. 백두대감의 전안 앞에 무릎을 꿇고 앉아 진심으로 빌었다. 남쪽으로 내려가는 일이 일신一身, 자기 한 몸의 안위安慰를 위한 선택인지 백두대감의 뜻이 들어있는지 심판을 받기 위함이었다. 만룡의 몸에서 열기가 솟았고 만룡의 몸은 땀으로 범벅이 되어가고 있었다. 만룡의 몸에서 느껴지는 백두대감의 강림降臨은 어느 때보다 강렬했고 뜨거운 기운을 지니고 있음이었다.

만룡의 모母 역시 다른 때와는 분명 다른 표정이었다. 공화국에서 오랜 세월 몸에 백두장군을 모시고 살았어도 이처럼 진지한 적이 그리 많지 않았다. 전안 앞에 숙연히 엎드린 어린 아들애의 모습을 보고 백두장군을 모시는 만룡이 모의 눈에서는 눈물이 흘러내리고 있었다. 피붙이라고는 달랑 아들애 만룡이 하나인데 남쪽으로 내려보내야 하는 기구한 운명을 선택하고 말았던 것이다. 백두장군은 백두대감을 모신 아들애 만룡이를 남쪽으로 내려보내는 일에 대해 일절 거부하지 않았다.

공화국에서 점쟁이 일을 하면서 때론 목숨이 위태로웠던 아슬아슬한 순간이나 공화국의 날카로운 단속의 눈초리를 피해 하루하루를 견뎌내야 하는 처지 앞에 점쟁이의 길을 선택한 것에 대한 후회를 했던 적이 여러 번이었다. 만룡의 모는 그때마다 몸속에서 운명처럼 현신顯身하여 믿음과 용기를 주었던 백두장군을 의지하며 버텨올 수가 있었다. 이런 운명을 짊어지고 목숨을 부지하고 연명하고 있는 것이었다.

하지만 점쟁이 저 죽을 날을 모른다는 말처럼 번번이 목숨을 위협하는 공화국의 폭압에는 당해낼 재간이 없었다. 간당간당하던 목숨을 백두장군은 용케도 자신의 모습을 드러내며 지켜주었지만 늘 살얼음판 같은 점쟁이의 길을 가야 하는 아들애의 내일날에 대한 걱정은 커져만 갔다.

– 만룡아, 어서 봇짐부터 챙기려무나~

백두장군 만룡 모의 마음이 먼저 급했다.

– 오마니, 내 솔직히 아랫동네로 내려가는 게 두렵습니다.

– 누구인들 두렵지 않겠냐~ 하지만 만룡이 너는 혼자가 아니지 않느냐?

돈 한 푼, 좋은 일자리 물려주지 못한 부모의 심정이 이런 것이랴. 만룡 모는 자신을 향해 스스로 위로를 하고 있었다. 떠나보내려는 아들애를 생각하면 백두장군 역시 두렵기 그지없었던 것이다.

– 거야, 작의형제 맺은 동무들이 있으니 정신줄이 그저 거들어지는힘없음 않지요.

– 아니 어미 말은 그런 얘기가 아니라~ 너 몸속에 백두대감님이 함께 하고 있으니 고난 겨워도힘들어도 참아야 한다는 이런 말이지~

– 예, 거야 뭐 백번을 생각해도 옳은 말이지요. 한데 혼자 남을 오마니 생각하면 가슴이 어찌나 저리는지~

– 한뉘생애 백두장군 모시고 살아온 어미더러 하는 소리라고는~ 어미도 혼자 아니니 쓸데없는 군걱정일랑 하지마라. 공화국에서는 장군을 모시든 대감을 모시든 항상 죄인처럼 살아야 하지 않겠나~ 장마당에 나가 점을 치자해도 감시를 받고 보니 맘 편할 날은 없는 게지~

– 예, 불효자를 용서합쇼. 오마니, 아랫동네에선 골백번 점쟁이 짓을 해도 일없겠지요? 백두대감만 붙들고 있음 남조선에서도 살아나갈

자신 있다 말입니다.

— 아무려나~ 남조선에선 그저 게을러 제 밥 차버린 점쟁이들이야 한 치 앞도 내다볼 수가 없지~ 그저 만룡이 너는 몸과 맘을 정갈하게 하고 반드시 새벽 인시寅時 : 새벽 3시~5시에 기도하는 법을 잊지 말아라.

만룡의 모는 아들애가 지니고 가야할 무구巫具를 꼼꼼히 챙겨주고 있었다.

— 예~ 서울 남산에 올라가 내리 며칠 기돌 하면 백두대감의 눈이 훤히 뚫릴 거야요. 대감의 눈이 훤히 뚫리면 봉사 문고리 잡듯 한다는 헛소리도 듣지 않을 거구요. 흐흐~

만룡이가 방울을 딸랑딸랑 흔들어보며 결기 돋은 목소리로 말했다.

— 옛적에 네 판수 아바지 그러시더라. 남조선 서울에선 남산이 아니고 삼각산이란 데가 기도발이 최고라누나. 그리구 충청도 계룡산과 강원도 태백산이 기도발이 잘 받는 데라고 하고~ 인민은 낳서 평양으로 보내고 점쟁이는 신을 받으면 서울 삼각산이나 계룡산, 태백산으로 가야한단 우스갯소리까지 하더라니까는~

만룡의 모는 잠깐 눈을 감아 옛적의 회상에 잠기고 있었다. 일찍 떠난 나그네가 어찌 그립지 않으랴. 떠난 나그네 버리고 백두장군을 몸속 나그네로 모셔 한뉘 살아온 인생살이 아닌가 말이다.

— 남쪽이야 자유로울 대로 자유로운 나라인데 서울에서 살면서 깟거 삼각산에 오르지 못할 일이 뭐 있겠시오. 새벽에 맑은 샘에서 옥수玉水를 길어다 촛불을 밝혀놓고 지극정성으로 매달리면 그저 김정은 지존의 죽을 날짜까지 훤히 들여다볼 수 있을 테지요. 흐흐~

만룡 모의 눈에 아들애는 여전히 철이 없는 아이였다. 몸속에 영험한 백두대감이 들어앉아 있다 해도 몸의 주장은 아들애 만룡이가 아니냐.

– 아니 아무리 대감의 뜻이라도 그런 말을 함부로 지껄이면 아니 된
다 말이라~ 아무리 영험한 점쟁이라도 여게서야 그저 똑똑히 보이는
앞일도 쉬쉬하며 눈치들을 살피잖슴~ 자칫 재수가 없으면 미신행위
어쩌고 반동분자로 몰려 보위부에 끌려 다니면서 치도구니를 치러야
하고~ 남쪽에선 그저 만룡이 네가 받은 신기를 맘껏 털어내 보일 수
있으니 그만 아니나~

– 예 오마니~ 이거 눈부신 방울은 꼭 챙겨야 하지요? 방울 들고 왈
랑왈랑 구슬춤^{방울춤}을 치자면~

– 하구 말구. 백두대감 한텐 그저 딸랑딸랑 방울소리가 잠자다 떡
잡수라는 소리보다 반가운 소리라는 말이 있지~ 만룡이 네가 남쪽에
내려가면 같은 점쟁이라도 저 반동 종자들이 텃세를 부릴 거라. 그저
아래쪽에는 몸에 장군 대감 신을 받지 않고 배워서 점쟁이질을 하는
헛 점쟁이가 부지기수라 하더라.

– 흐흐~ 거짓말객들 세상이로구마는. 거야 뭐 상관할 게 있시오?

– 네 몸에 백두대감에 신이 들어 있다는 거를 그저 위풍당당하게 알
리자면 신을 내리는 이런 도구부터 섣불러서는 아니 된다 말이라.

– 예~ 여 목탁 경쇠는 짐이 많을 텐데 가져가야 할지~

만룡의 얼버무리는 말에 만룡 모는 철썩 소리가 나도록 아들애 만룡
의 엉덩이를 손바닥으로 쳤다. 만룡이기 짐짓 아프다는 표정으로 엉덩
이를 불쑥 집어넣자 만룡의 모가 위엄 있게 나무랐다.

– 어허 부정 탈라. 너가 남쪽에 내려가 축원굿을 할 때가 되면 신단
에 제일 먼저 모셔두어야 하는 게 이 목탁과 경쇠 아니나.

– 헤헤~ 클날뻔 했구나~

만룡이 머리를 긁적거렸다.

– 쩌어 아랫 점쟁이들은 장구 북이나 두들기고 피리 젓대나 불어대면서 점을 친다는구나.

장구, 북, 피리, 젓대 소리에 만룡은 난처한 표정을 지어 보였다. 유독 튀어나온 개구리눈을 더욱 크게 뜨며 놀라는 표정이었다.

– 오마니, 나는 피리 젓대를 불지 모르는데~

– 언 녀석아~ 피리 젓대를 어이 점쟁이가 부나~ 흥 돋으러 나온 재비악사들이 불어대는 거지~ 삼지창이나 칠성검을 챙겨야 할 텐데~ 우리 만룡이 키대보다 크니 이걸 어쩌나~

이번에는 만룡 모가 난처한 표정을 지어 보였다. 만룡 모는 교도대에 다녀온 이후 몸의 기력이 많이 떨어졌다. 교도대에서 매질을 몇 번당한 이후 먹는 것까지 부실해서 몸이 파破하게 되자 나와서도 기력을 쉬이 회복하기 힘들었다.

– 에이 오마니, 아무렴 내 키대보다야 크겠어요. 그저 내 가슴팍에나 차오르겠지~

만룡이 정말 삼지창과 칠성검을 집어 들어 키 재기를 하는데 가슴팍을 밑돌았다. 만룡이 거 보란 듯이 혀를 쑤욱 내밀며 물었다.

– 한데 이 칠성검이나 삼지창은 챙겨 가야하지 않아요? 이걸 가지고 어떻게 압록강을~

– 백두대감에 신이 압록강이 문제이랴~

만룡 모의 표정은 단호했다. 삼지창이나 칠성검이 만룡의 키를 훌쩍 넘는다 해도 몸에 지니고 압록강을 건너야 한다는 표정이었다. 만룡이 덩달아 단호한 표정으로 말했다.

– 남쪽에 내려가면 원도 없이 굿이라는 걸 하게 될 터인데~ 쬐그만이 손에 번쩍 이런 창칼이 들려있어야 위엄이 있지 않겠느냐 말입죠~

- 거야 열 번을 말해도 당연한 말이 아니나. 만룡아, 백두대감이 점괘를 더디 알려주면 그저 돼지머릴 척하니 삼지창 끝에 찍어놓고 달래야 하는데 악착같이 챙겨 가야지~ 점책 점통 점상도 챙겨야 할 테고 에구~

- 점통은 싫습네다. 육효x% 점괘는 영험한 대감 몰래 인간들이 벌이는 간사한 짓들 같아서 만룡이는 애초에 점통이 싫어졌다 말이에요. 에이 점통은 그저 여기서 오마니가 쓰시라요.

육효의 조합으로 점을 치는 방식은 만룡이에게는 점치는 주민들을 앞에 두고 장난질 하는 것만 같았다. 육효의 조합으로 점을 칠 때 백두대감의 목소리를 듣지 못해 만룡은 윷놀이 말처럼 생긴 육효를 쳐다보는 것조차 싫어했다.

- 하기는 욕심도 지나치면 장군 대신이 노한다 했지 않니? 그저 엽전으로 점을 치거나 쌀 점을 치면 그만이지~

하며 만룡 모가 말했다. 만룡이가 발로 점통을 신경질적으로 밀어내는 것을 보고 만룡 모가 투정을 부리듯 말했던 것이다.

- 쌀 점은 쌀 세 되 쌀 세 홉을 점상 한가운데 모아두면 되는 거이지요?

- 그렇다니까는 글쎄~ 몇 번이나 얘길 해주는데도 까먹어대니? 엽전가지고 점을 칠 때도 똑같다고 어미가 몇 번을 밀해주지 않더나?

- 예~ 엽전 일곱 개나 아홉 개를 손에 들고 축원하면서 마구 흔들어대는 거고~ 쌀 점은 흩어진 쌀알의 수를 보고 점을 치는 거고 엽전이야 점상 위에 던진 엽전이 포개지는 수를 따져 점괘를 보면 그저 척척 들어맞는 점괘가 나올 거란 말이지요.

- 옳거니~ 까짓 공화국에서 점을 치다 죽느니 어디 한번 백두대감

입김이나 한번 믿고 보자. 뭐 앞일이 손에 잡히지 않을 때는 그저 밤을 패서라도 옥수 떠놓고 치성을 드리면 그저 장군 대신이 술~ 술~ 공수를 내려주더구나~

— 거야 내 몸에 모신 백두대감 말씀이죠. 백두대감이 어찌나 부지런한지 아무리 불러내도 대답이 없을 때에 어데 가나 했더니 그저 도道 닦으러 백두산 천지 밑에 다녀오는 중이라나 뭐라나 흐흐~

— 몸주 대신이 부지런히 공부해서 이치에 밝고 닦은 도가 높아야 사람의 앞날도 훤히 내다볼 수 있는 법이 아니더냐~ 도력이 높은 장군 대감을 모시고 점사를 치면 내뱉은 공수 한 마디 한 마디가 쪽쪽 들어맞는다지 않니?

— 예~ 그저 내 몸 안에 앉아계신 백두대감님은 낮이거나 밤이거나 도를 닦느라 바쁘지요. 내가 펄쩍펄쩍 춤을 추면서 대감님을 부르면 헐레벌떡 나타나서는 내가 궁금해하는 갈증을 풀어주더란 말입니다.

— 어미가 교도대에 붙들려갔을 때 만룡이 네가 어떤 아주미 딸애 혼인 날짜를 잡아준 적이 있다지?

— 예, 그저 심심해서 대감님하고 한번 놀아본 거야요.

일을 거들어주는 아주머니가 벌써 일의 리막裏幕 : 내막을 모두 얘기한 모양이었다.

— 에그나, 하필 10월 10일을 혼인 길일吉日이라 했더냐?

— 예 오마니~

만룡은 자신의 잘못을 알고 점사를 치는 점쟁이의 길이 어떠해야 한다는 것을 알기 때문에 머리를 조아리고 있을 뿐이었다.

— 만룡이 네가 혼인 길일 잡는 데서 실수를 하지는 않았을 테고~ 어찌 그저 사람 생각으로 손만 짚어 봐도 아흐레나 열아흐레로 길일이

똑 떨어졌을 텐데~

― 화가 나서 그랬시오.

만룡이 조아리던 머리를 꼿꼿이 일으켜 세우며 대꾸했다.

― 아니 높고 높은 백두대감 모신 사내 점쟁이가 어이 화를 내었더냐?

만룡은 어머니가 이미 아주머니한테 들어 알고 있을 거라고 생각했다. 그래서 사실을 있는 그대로 말해주었다.

― 점쟁이 저 죽을 날짜 모른다며 은근 비웃잖소. 그래 화가 나서 그랬다 말입네.

무시를 당한 그날로 돌아가는 것처럼 만룡은 순간 울적한 마음이었다. 공화국이나 남조선이나 어디에서든 숱하게 맞닥뜨려야 하는 내일날의 운명이라고 생각하고 있었다.

― 에구 철없는 아들애 보라. 손님한테 농을 당해도 허리를 굽실거릴 판에~ 백두대감이 그래 공수를 주시더냐?

― 대감님이 몸을 간질여서 속으로 키드득 키드득 웃고 있는데 글쎄 나도 모르게 심심기가 발동했던지 저절로 쌍 십 일이 튀어나오고 말았지 않소.

― 한뉘 점쟁이질 하면서 그저 몸주 대신이 몸을 간질이더란 소린 처음 듣는구나~ 어설픈 점쟁이가 사람 잡는다는 소리 들었어도 흐응 대감이 간지럼을 부리다니 대감이 넋이 나갔든지 만룡이 네가 넋이 나갔든지 둘 중 하나인 게지~

만룡은 모母의 꾸짖음이 조금도 싫지 않았다. 만룡은 어머니의 말씀을 듣고 빙그레 웃음을 지었다. 하지만 이내 공화국을 떠나 남쪽으로 내려가는 일이 장난이 아니라는 것을 알기에 표정이 어두워졌다. 백두대감의 도력이 아무리 뛰어나다 하더라도 목숨을 걸고 떠나야 하는 모험이나 다름이 아니었다. 점쟁이 자기 죽을 날짜 모른다는 우스개처럼 목숨이 안전하게 남쪽으로 내려갈 수 있으리라 장담하기 어려운 것이었다.

– 만룡아, 마음을 정말 모질게 먹었느냐?

– 예, 오마니~

만룡이가 진지하게 대답했다.

– 백두대감은 혹여 노여워하지 않느냐?

– 노여워하는 거야 군걱정입죠. 그저 가슴에 스치는 게 심심한 령감 나들이 가듯 설레는 모양이더구만이요~

만룡이 웃으면서 대답했다.

– 허어~ 내 참 살다 살다 별소릴 다 듣겠누나~ 우리 쩌어 깊은 령산靈山에 기도하러 들어가자.

– 내 참이 동무하고 접때 요 뒷산에 올라 기도를 했지 않소. 밤새 기도를 하고 새벽드리새벽같이 내려오지 않았는가 말이요.

참이 동무와 뒷산에 올라간 일을 생각하면 여전히 가슴이 설렜다.

– 간절한 때이니 쩌어 깊은 령산으로 가자, 거게 갈 때마다 군대 초대소 병사들이 만룡이 너 보고 싶다고 아주 노랠 부르더마~

– 예, 령산 기도굴 초대소에서 만난 멋진 군대 형들이 많았습죠.

만룡은 군대 형들의 사랑을 받은 일을 떠올렸다.

– 만룡이 너하고 같이 기도하러 올라오면 꼭 한번 찾아오라고 거 유독 키 크고 잘생긴 하전사 형이 당부하더라.

– 초대소에 말뚝 박고 근무했던 형들 생각납죠. 주복이 형, 대근이 형, 흐흐 주복이 형이 날 무척 예뻐했는데~

만룡은 특히 자신을 예뻐해주었던 주복이 형을 잊지 못하고 있었다.

– 주복이 대근이뿐이냐. 그저 초대소에 며칠 머물다 간 형들이 만룡이 너를 한번 보고도 몇 해를 잊지 않고 기억하는데~ 그저 장마당에 업무 보러 왔다 만난 병사들이 잊지 않고 만룡이 네 안부를 물어오지 않더냐?

– 예~ 나도 언젠가 령산에 기도하러 갔을 때 만난 군대 형을 장마당에서 우연히 만났잖소. 거기 초대소를 거쳐 간 형들이 저 국경경비대에 많이 배치받는다잖소.

만룡은 초대소의 형들이 어느 부대에 배치받는지도 들었을 정도로 군대 형들과 가깝게 지냈다.

– 이게 다 네 사주팔자 훤히 들여다본 백두대감이 맺어준 연인인연이 아니겠느냐. 압록강 건너는데 척하니 경비서는 군대 형을 만나게 될지 누가 아는 웅?

– 예, 거야 대감님 빼고 아무도 모르는 일입죠. 헤헤~

만룡은 여전히 대감의 신통력을 믿고 있었다.

– 것도 그렇고, 이제 너 떠나면 어느 세월에 어미하고 나란히 무릎 꿇고 앉아서 기도를 하겠나? 어여 준비하고 가자. 점쟁이한테 기도는 목숨을 지켜내는 안전말뚝인 게야. 게으른 점쟁이가 저 죽을 날짜 모르는 게고

– 예~ 내 생각이 짧았구만이요. 기도라는 거야 할수록 복이 쌓이는 거지요. 뭐 쌓인 복이 저금통을 테듯깨듯 없어지는 거는 아닐 테고~

점쟁이한테 기도야말로 가장 강력한 믿음이었다.

– 오냐, 어서 앞장서라. 초가락양초은 어미가 챙기마~

– 예, 초가락이야 그저 기도 굴에 들어가는 점쟁이한텐 초약약방에 감초지요.

만룡은 자신도 모르게 이런 말들이 튀어나왔다.

- 말 하는 걸 보면 영락 네 아바질 닮았는데~ 에구 키대만 좀 컸으면 쯧 쯧~

- 에이 오마닌~ 그깟 키대 좀 작으면 어때서 그런 소릴 하오~

만룡은 어머니를 따라 집을 나서면서 마음부터 단단히 잡도리를 하고 있었다. 가만히 생각해 보니 어머니와의 이런 기회도 마지막이란 생각이 들었다. 집을 나서 깊은 령산 기도굴을 향해 올라갈수록 만룡의 가슴 한쪽에는 어두운 그림자로 덮이는 느낌이었다. 키대가 크면 가슴을 채우는 그림자가 그래도 이렇게 두렵지는 않을까? 하며 만룡은 별스런 생각까지 하고 있었다.

한 치 앞도 내다볼 수 없는 일이었다. 백두대감의 기세가 공화국에서 만룡이에게 그 어떤 용기와 패기를 주었다 하더라도 남쪽에 대해 느껴지는 깜깜한 불안감까지 잠재우지는 못하고 있음이었다. 만룡은 허리가 어제날과거보다 더욱 굽어보이는 어머니의 뒷모습을 애닯게 바라보며 하늑하느작 하늑하느작 어머니를 따라 걷고 있었다.

2

집데꼬는 회초리로 흑염소의 엉덩이를 찰싹찰싹 때리며 장마당으로 향하고 있었다. 하늘을 보니 겨울비라도 뿌리려는지 잔뜩 찌푸린 날씨였다. 주민들을 직접 찾아다니며 물건을 직접 팔고 사는매매 일은 하지 않지만 이번에 때마침 사들인 흑염소는 이문이 남는 장사라고 생각했다. 밤새 곰곰 따져보아도 확실한 재수놀음이란 생각에는 여전히 변함이 없었다.

― 아니 한 동무한테 무슨 흑염소요?

창이 짧은 모자를 쓰고 다닌다고 하여 주민들 사이에 창새끼라 불리는 사회 안전원이 장마당 초입에서 집데꼬를 만나 의아한 표정으로 물었다.

― 안전원 선생, 날씨가 되우 쌀쌀해졌지요? 이 게 무언가 하면 마을 주민한테 헐값에 사들인 거를 내 장마당에 되팔까 해서~

― 그저 한 동무는 돈 곳간庫間: 창고 채우느라 여념이 없네요.

집데꼬를 바라보는 창새끼의 표정은 곱지 않았다. 사회 안전원 직책으로 장마당을 돌면서 은근히 꾹돈뇌물을 챙기려는 족속들이었다.

― 그런 말씀 마시오. 각박한 세상에 돈구멍수돈구멍를 어데 찾기 쉽답네까?

― 그래도 매번 달궁달궁 주머니 거덜 나는 우덜보다야 형편이 낫지 않소? 년말년시를 앞두고 보니 주머니에 한 푼이 아쉽다오.

집데꼬는 혀를 쯧, 쯧 차면서 창새끼 한테 인민폐 한 장을 내밀었다. 창새끼는 당연한 듯 낚아채더니 저쪽으로 멀어져 갔다.

집데꼬는 장마당의 위쪽 경사진 언덕배기를 향해서 걸었다. 장마당 뒤쪽에 삐뚤삐뚤한 논들이 펼쳐져 있었고 언덕배기에는 가축들이 씩씩하게 뛰어놀고 있는 염소전이 보였다. 염소전으로 기는 길목에 지짐이를 파는 아낙들이 십 삼공 연탄화덕에 모여 불을 쬐고 있었다. 연탄화덕에서 모락모락 김이 피어 올라오고 있었다. 아낙들은 집데꼬가 회초리로 찰싹찰싹 흑염소의 엉덩이를 때리며 올라가는 모습을 신기한 듯 지켜보고 있었다.

단속 보안원들은 여전히 장마당 주민들을 분주히 단속하고 있었다.

년말년시가 되니 단속은 더욱 강화 되고 있는 모습이었다. 감시원들과 장마당 주민 사이에 실랑이가 많이 일어나고 있었다. 인민정부 상업관리과 소속으로 있는 시장관리원의 허가증 점검부터 시작해서 사용료 징수는 물론이고, 장세場貰라는 명목의 온갖 세금들을 뜯어냈다. 게다가 인민위원회에 은밀히 제보한 장마당 상인들에 대한 장꾼들의 신고며 상인들 호상 간의 불미스런 분쟁을 가리기 위해 보안원들이 불시에 들이닥쳤다. 까딱 잘못했다가는 횡령으로 몰리거나 허가증에 문제가 생기면 매대를 강탈당하는 경우도 있었다.

어제까지는 추운 겨울 날씨를 파랗게 버티고 있었던 남새들도 이제 추위에 움츠러진 모양이었다. 추위는 예고를 하지 않고 공화국에서 불쑥 들이닥쳤다. 두부를 파는 식료품 매대에는 네모반듯한 두부가 차갑게 얼어붙어 있었다. 사과 궤짝에 시계수리, 안경수리라고 써놓고 손님을 기다렸던 나이 먹은 주인장의 모습은 추운 날씨 탓인지 아직 보이지 않고 있었다. 얼룩덜룩한 신발들은 차가운 기운에 빳빳한 모습으로 긴장하며 손님을 기다리고 있었다.

장마당의 중간 포전布廛이 있는 데는 아직 장꾼들의 발걸음이 뜸한 모양이었다. 예전 같으면 포전 쪽도 장꾼들이 이맘때쯤 많았을 텐데 갑자기 추워진 날씨 탓인지 조금 썰렁한 모습들이었다. 포전 있는 데서 군복을 입은 보위원들이 상체를 좌우로 흔들며 거들먹거리는 걸음으로 걸어오고 있었다. 집데꼬는 이들과 마주치지 않으려고 걸음을 빨리하면서 회초리로 흑염소의 엉덩이 때리는 동작을 더욱 민첩하게 하고 있었다.

집데꼬가 황급히 방향을 모로 틀면서 보위원들의 눈을 피하려고 하는데 강석호란 지도원과 비밀요원 차대철이 빠른 걸음으로 따라붙으며 말을 건넸다.

– 아니 한 동무, 이 흑염소를 어데서 끌어오는 거요?

– 예, 여차저차 해서 염소전에 내다 팔러 가는 중이오.

집데꼬는 속으로 에이, 재수 없이 딱 걸렸구나, 하고 생각했다. 장마당 사람들한테 독거미로 통하는 사람들이었다. 년말년시가 되니 부러 돈 좀 만질만한 사람들을 찾아다니며 은밀히 손을 벌리고 있었다. 장마당에서 만났으니 집데꼬의 주머니에서 돈이 나가야 하는 딱한 사정이야 두말할 여지조차 없었다.

– 한 동무 하는 일이야 거주권 중개를 하는 일인데~

– 예, 그저 먹고 살자니 싸게 사서 한 푼이라도 이문을 남겨야 먹고 살 수가 있기에~

– 에이 고 녀석 참 사내다운 게 씨억하네~

독거미 강석호가 엉덩이를 매만지며 말했다. 강석호의 행동에 집데꼬의 시선이 순간 비뚤어졌다. 차대철 독거미가 강석호 동지의 말을 확인하려는 듯 말했다.

– 보오 한 동무~ 이 놈 밑이 돋으라졌소 갈라졌소?

– 걸 말이라 물어보오. 내 염소 밑이 세로로 갈라졌는지 도드라졌는지 아직 확인해 보지 않아 모르겠소. 한데 여 이마에 돋은 뿔이 보이지 않소?

– 어 그렇구나 그저~ 뿔이 돋음 수놈이 맞지~

– 예끼 냥반아~ 염소가 어이 뿔 돋았다고 수놈인가? 암컷이라도 뿔이 나오는 게 염소라오.

– 그러나? 에이 공연히 미끈한 염소를 보니 예쁜 계집 생각이 나서 ~ 할할할~

독거미들은 숫제 흑염소 가는 길목을 막아서고 있었다. 이것이 다 꾹돈을 달라는 수작이었다. 흑염소를 보니 예쁜 계집 생각이 났다는 얘기는 둘러대는 말일 테고 흑염소 몰고 가는 집데꼬를 보니 예쁜 계집 생각이 아니라 돈맛이 생각났을 것이다. 년말년시에 장마당에서 만난 상인들이 건네는 꾹돈은 그들에게는 꿀맛보다 달콤한 수입일 것이다. 집데꼬는 하는 수 없이 인민폐를 꺼내 독거미들 손에 쥐어주었다. 흐응, 내 저 인간들 손에 쥐어준 돈이 얼마인가. 처음이 나쁘니 끝도 나쁘다는 말이 하나도 그르지 않는구나. 집데꼬는 속으로 놈들에게 비양청_{빈정}을 떨었다. 흐응, 공화국 장마당에 제일 반동분자는 바로 네놈들이라는 게 요언비어_{유언비어}는 아니렸다~

독거미들이 저쪽으로 멀어지는 모습을 보고 집데꼬는 염소의 엉덩이에 찰싹 회초리질을 했다. 하늘을 보니 아까보다 더 어둑해져 있었다. 아침나절 제법 쌀쌀했던 기온은 풀어지고 한바탕 갑작비_{소나기}라도 뿌려댈 모양이어서 집데꼬의 표정은 밝지 않았다. 염소전에 당도하자 집데꼬가 끌고 간 흑염소가 섧게 울었다. 음메~ 음메~ 음메~

― 아니 집데꼬 냥반이 어데서 흑염소를 끌어와요? 이놈 울음소리가~

염소전의 주인장이 흑염소를 이리저리 살펴보며 물었다.

― 내 여차저차해서 저 뒷말_{뒷마을}에서 흥정을 했던 염소라오.

― 아니 뒷말 어데서 이런 흑염소를~ 이놈 우는 게 예사소리가 아닌데 지금~

염소전의 나이 지긋한 사내와 그 아낙네가 한꺼번에 달려와 염소를 이리저리 살피고 있었다. 집데꼬는 숨을 헐떡거리며 담배부터 차분히 하나 피웠다. 일찍부터 창새끼와 독거미 놈들을 만나 인민폐를 털리고 보니 가슴 한쪽이 쓰라려 왔다. 공연히 이문도 남기지 못하고 마는 개

뿔 장사가 되고 마는 것은 아닌지 염려스러웠다. 담배꽁초를 바닥에 짓뭉개고 나서 공연히 헛기침을 하며 흥정을 시작했다.

– 요새 흑염소 귀하다는 말은 들었지요, 응?

– 보다시피 우리 매대에도 흑염소는 귀하잖소. 근데 흑염소치곤 덩치가 퍽이나 크네요~ 아니 울음소리도 뭐인가 동무들 만나 반갑다는 소리인데~

– 예끼 여보쇼~ 음메 음메 우는 염소가 무슨 그따위 짓을 한단 말이요?

– 아니 정말 울음소리가 여엉 반갑다고 우는 소린데~ 씩씩한 염소에 덩치 큰 흑염소 만나기 어렵긴 한데는~ 아 이거 값을 얼마나 쳐주어야 하니 응~

집데꼬는 주인장의 그 말에 어깨를 한번 활짝 폈다. 오늘 흥정에 자신감이 생긴다는 뜻이었다. 그래 적절한 순간에 끼어들었다.

– 듣자니 흑염소 뿔이 빤대머리대머리한테 그만이라지요?

집데꼬는 흥정을 잘 해 보려고 길거리에서 주어들은 말도 덧붙였다. 집데꼬의 말에 당연하다는 표정으로 주인장이 응대했다.

– 예, 염소뿔 태운 가루를 돼지기름에 개어 바르면 새카맣게 속머리가 올라 온다오.

– 그러니 값을 에누리 하지 말고 잘 쳐주오. 수인징~

집데꼬는 주인장의 눈치를 실실 살피며 흥정을 유리하게 이끌려고 애를 썼다. 그런데 말과는 달리 염소전 주인장은 흥정은 뒷전이고 염소를 이리저리 살피는데 골몰하고 있었다. 집데꼬는 괜히 마음이 불안한 탓에 휴우 길게 한숨을 내쉬었다.

– 내 값은 잘 쳐줄 테니 고삐를 이리 주오.

― 예, 그러지요.

집데꼬는 아무런 의심 없이 흑염소 목줄을 주인장한테 건네주었다. 주인장은 목줄을 받아 쥐더니 어느 순간 목줄을 자유롭게 놓아주었다. 목줄에서 놓여난 흑염소는 맴맴 울면서 대뜸 염소의 무리 속으로 쏜살같이 달려가서 재회의 기쁨을 나누는듯한 동작으로 합류했다.

― 아니 어찌 목줄을 놓아 버리시나 언~

― 이놈 울음소리가 맘에 걸려 그러는 게요.

집데꼬는 주인장의 수상한 말에 머리를 갸우뚱하며 물었다.

― 아니 염소 울음소리가 맘에 걸리다니 게 무슨 소리야요, 응?

― 겅뚱겅뚱 뛰어가는 게 잃어버린 자식 찾은 어미 꼴이 분명한데~

무장 알아들을 수 없는 말을 지껄이는 주인장을 집데꼬는 불안한 표정으로 바라보면서 그래도 기가 죽지 않으려고 큰소리를 쳤다.

― 예에? 산 너머 물 건너 여게 온 염소 꼴에 무슨 가족상봉을 한다는 말이오? 쳇~ 거 주인장이 남에 염솔 무슨 노리개로 보시나? 팔아 줄 염念 : 생각 없음 관두오. 염소전이 뭐 여게만 있대나 흐응~

― 아니 거 집데꼬를 하는 동무가 어이 내 처지만 생각하고 되어먹지 못한 말을 하오? 내 괜한 핀잔을 들으니 이러는 게 아닌가~

염소전의 주인장이 목에 핏대를 세우며 숫제 대어들 듯 말했다.

― 뭐이요? 아니 이 냥반이 보자보자 하니까 글쎄 못하는 말이~ 되어 먹지 못한 말을 하다니 내 언제 동무한테 핀잔을 주었다고 그러오. 에이 튑~

목줄 풀린 흑염소를 거두려고 집데꼬는 땅바닥에 튑~ 침을 뱉고 염소들이 묶인 채로 군데군데 모여 놀고 있는 데로 성큼성큼 걸어갔다.

― 이 보오. 글쎄 성미 급한 동무 보라지~ 아니 여게 조금 있어 보오.

– 나 바쁜 사람이오. 여게 한가히 노닥거릴 짬이 없는 사람이라 말이야요. 흥정도 아니하면서 뭘~

그런데 그때,

– 아무리 바빠도 번지수는 우리 따집세다.

하며 갑자기 염소전의 주인장이 목에 핏대를 세우며 대어들었다.

– 번지술 따지다니 아니 주인장 동무 오나칙에 머를 잘못 먹었나? 그래 무슨 번지술 따진다는 말이오?

하고 덩달아 집데꼬 역시 핏대를 세우고 있었다.

– 동무가 끌고 들어온 저 염소는 아무리 살펴봐도 장물贓物 : 훔친 물건입네다. 넘에 매대에서 훔쳐 온 장물이라 말이오.

주인장이 거품을 물며 삿대질까지 하면서 큰소리쳤다. 집데꼬는 머릿속이 갑자기 어질어질한 느낌이었다.

– 아니 무슨 개똥같은 소릴 지껄이나 그래~

– 뭐랍~ 개똥같은 소리? 이 동무가 무장 듣자니까 그저~

집데꼬는 주인장의 태도에 당황해하고 있었다.

– 내 지껄일만 하니 지껄인 게지~ 할 일 없어서 염소전에서 개똥을 찾나?

– 내래 응당 셈을 치르고 사 온 흑염솔 감히 동무가 장물이라 하였소, 지금? 무슨 근거를 가지고서나 응~

분명 정당한 계산을 치르고 사 온 염소이기에 더 어이가 없었다.

– 염소전에 개똥이 이치에 맞소? 집데꼬 동무~

– 아니 이 냥반이 뭐 환갑도 전에 실성을 했나? 지금 머라 동이치이 닿는 소릴 지껄여야지 언~

집데꼬는 갑자기 펼쳐진 황당한 상황에 펄쩍펄쩍 뛰었다. 집데꼬의 머릿속에 순간 이상한 생각들이 되살아났다. 흑염소를 너무 급작스럽게 사기도 했지만 캄캄한 밤에 공터에 메어 맴~ 맴~ 우는 꼴이 집 떠나온 망아지 같았던 것이다. 지어는 심지어는 산 너머 동무가 팔아 달라 맡겨놓았다는 것도 이상했다. 나 어린 학생 동무들이 형제처럼 붙어서 혼을 빼가듯 요설을 늘어놓는 것도 수상쩍었다.

염소가 주인장한테 시위를 벌인다는 둥 주인장한테 시위를 벌인 염소가 산으로 가지 제 발로 주민들 마당에 뛰어들겠냐는 둥 산만한 말들로 혼을 빼놓는 것도 이제 생각하니 이상했다. 나 어린 학생 동무들이 한 마리 잡아 잡수면 죽던 사람도 힘이 생긴다고 말잔치를 벌였다. 이거 괜히 나 어린놈들의 말잔치에 마약에 빠지듯 순간 빠진 것은 아닌지 집데꼬는 자신의 생각마저 이제 중심을 잡지 못하고 있었다.

그러고 보니 염소전 주인장이 흰 염소 한 마리를 도둑맞았다며 골목들을 쏘다니는 모습도 떠올랐다. 집데꼬는 잡념을 털어내려는 듯 머리를 좌우로 흔들어댔다. 아니 가만, 에이 내 무슨 생각을 하나~ 이 염소는 그저 흑염소가 아닌가 말이지~ 집데꼬는 자신이 난데없이 죄인 취급 당하는 것이 억울해서 주인장을 향해 되레 우기듯 소리쳤다.

― 깟 거 보안원이라도 불러오쇼.

― 거 동무 말씀 한번 잘하오. 지는 송사 어데 가서 못 하겠소? 어저기 독거미 두 냥반 이리 오는 모양이니 한 번 송사를 따져 봅세다.

주인장은 뭔가 믿는 구석이 있다는 뜻인지 흑염소를 다시 세심히 톺아보고 나서 독거미를 향해 크게 소리치고 있었다.

3

장마당 사람들한테 진즉부터 독거미로 불리고 있는 강석호 지도원과 차대철 비밀요원은 아침 일찍부터 분주하게 움직이고 있었다. 년말년시를 맞아 장마당을 돌면서 눈치껏 꾹돈을 받아내야 하기 때문이었다. 년말이나 중요한 시기에는 상부에 또박또박 세금처럼 바쳐야 하는 상납금을 만들어내야 하는 데다 호구지책도 하려면 몸을 놀려서는 아니 되기 때문이었다. 그래서 장사가 되는 매대를 돌며 은근히 뒷돈을 받아 챙기고 있는 중이었다.

― 이보 강 동지, 저기 염소전에서 우덜한테 하는 손짓 아니나?

차대철이 저 위쪽 염소전을 쳐다보며 물었다.

― 예 책임지도원 동지, 저쪽으로 와달라는 시늉인뎁쇼.

― 그래, 여기저기 덥석 덤벼들어 손을 벌리려니 낯바닥이 간지러웠는데 마침 잘 되지 않았나?

― 그러문입쇼. 어서~

차대철과 강석호는 달리기 하는 듯한 발걸음으로 단숨에 염소전 매대 앞에 도착했다. 마치 염소처럼 턱을 치켜들어 무슨 일이냐는 듯 차대철은 짐짓 위세부터 부리고 있었다.

― 주인장 동무, 무슨 일이 있소?

― 헤헤~ 몸소 불러대니 책임지도원 동지가 묻는 게요.

강석호가 차대철 동지를 거들었다.

― 예, 저기 뛰어노는 흑염소가 아무래도 수상쩍어서 말이야요.

주인장의 얘기에 차대철이 입을 동그랗게 호무라치며 말했다.

– 아니 흑염소가 수상쩍다니 게 무슨 말이오, 주인장 동무? 일전에 흰 염솔 도둑맞았다 하지 않았는가~

– 아니 글쎄 아무리 뜯어봐도 저 흑염소가 말이예요. 우리 매대에서 도둑맞은 그 염소 같다는 말입네다.

– 아니 이 주인장 동무가 정말 보자니까는 못하는 말이~

주인장의 입에서 되다만 말이 튀어나오는 순간 집데꼬가 사정없이 핏대 오른 얼굴로 주인장을 향해 삿대질을 했다. 집데꼬는 독거미들에게 은근히 꾹돈까지 찔러준 마당인지라 하등 기가 죽지 않을 생각이었다.

– 한 동무, 이게 장물이라는 주인장 말에 어서 답을 해 보오.

– 아니 내 보자니까~ 책임지도원 선생까지 날 의심쩍스러운 눈으로 보십니까?

책임지도원의 재촉에 집데꼬는 우룩 화가 돋았다.

– 게 아니고 주인장 주장이 매우 **빳빳**한지라~

– 거 지도원 선생이 지금 누구 편역을 들고 있소? 나한테 무작정 갈고리를 걸려들면 도리 아니라는 거는 그쪽이 더 잘 아실 텐데 그러나~

– 이보, 집데꼬 동무 진정 하오.

하고 강석호가 애매한 표정으로 끼어들었다. 강석호나 차대철은 집데꼬의 말이 무슨 의미라는 것을 모르는 바가 아니기 때문이었다.

– 내 진정하게 되었나 보오. 공연히 트집을 쓰게 생겼으니 이러는 게 아니오? 공화국에서 백주대낮에 난데없이 훔친범절도범이 되다니 이런 날강도 짓이 어데 있는가 말이요~

훔친범이란 말을 입에 담는 집데꼬의 목소리가 떨렸다. 공화국에서 훔친범으로 몰리게 되면 경을 치게 되는 것을 잘 알고 있기 때문이었다. 집데꼬의 몸이 부들부들 떨렸고, 독거미들은 중간에서 입장이 난처했다. 염소전의 주인장이 더욱 몰아붙였다.

  - 날강도 짓이라니 책임지도원 선생님, 당장 여게서 사리를 한번 따져 보시자우요.

  - 주인장 동무, 듣자니 도둑맞은 염소는 흰 염소라 하지 않았소?

  - 예, 그렇지요. 흰 염솔 도둑맞았지요.

  - 한데 여 한 동무가 팔겠다고 끌고 나온 염소는 저 흑염소가 아니오?

차대철이 집데꼬의 억울한 사정을 바람막이 해주려는 듯이 염소전 주인장의 꼬투리를 잡고 늘어섰다. 이에 어깨가 조금 으쓱해져서 집데꼬가 말을 덧붙였다.

  - 허어 내 참 주인장 나리께서 어찌 더운밥 먹고 식은 소리를 하는 거야~

  - 지도원 선생님, 하면 이참에 변출辨出 : 흑백을 가림을 한번 속 시원히 하여보는 것이 어떠할지~

난데없이 멱살을 잡고 덤비듯 주인장이 치고 들어왔다. 관절 어디에 믿는 구석이라도 있다는 듯이 주인장의 기세는 꺾이지 않고 있었다. 집데꼬는 이런 주인장의 태도에 속에서 버럭 부아가 올라왔다.

  - 깟거 그럽시다. 이 염소가 장물인지 아닌지 따져나 봅시다. 내 참 없는 재수까지 내다 팔게 생겼누나 흐응~

제법 진지한 태도로 독거미들을 중심으로 주인장과 집데꼬의 변론이 시작되었다. 주인장은 염소를 도둑맞을 때의 상황을 독거미들에게 상세히 설명했다. 주인장이 말하기를, 나 어린 어떤 한 놈의 학생 동무가 남조선 날라리 짓을 하며 사람들의 혼을 뺐고, 이때 염소 주인이 한눈을 팔았던 모양인데 또 다른 학생 동무가 갈고리 매듭을 지어 묶은 밧줄의 코다리를 끊어내어 흰 염소를 한 마리 훔쳐 갔더라고 했다. 그런데 집데꼬는 말하기를, 얼마 전에 상세가 나서 천애 고아가 된 학생 동무네 집에 메어있던 흑염소 한 마리를 정당하게 셈을 치르고 샀던 경우라고 했다. 집데꼬는 흑염소라는 대목에 힘을 주었다. 그들의 말을 모두 듣고 강석호가 먼저 말을 했다.

— 두 동무 말을 들어보니 옳고 그름을 가름하는 일은 아주 간단하오.

— 예, 이런 뻔한 송사를 두고 힘들여 변설조를 늘어놓을 필료가 없는 일이오. 주인장은 흰 염소를 도둑맞았는데 여기 끌려온 염소는 흑염소니 이거야 앞뒤 가리고 자시고 할 일이 아니라는 게지~

독거미들이 주인장과 집데꼬를 번갈아 쳐다보며 의기양양하게 말했다. 차대철은 집데꼬의 표정을 넌짓넌짓 살펴가며 당당히 말했다. 송사거리도 되지 않은 일을 짐짓 손짓으로 불러들여 잘잘못까지 따지려드는 주인장의 태도를 그들은 가볍게 비웃고 있었다. 그런데 그때, 이렇게 비웃는 모습을 다시 비웃어주듯 주인장이 예사롭지 않은 말을 했다.

— 하늘이 잔뜩 움츠린 게 눈비라도 오려나 보오. 저 눈비가 모든 것을 해결해 줄 테니 거 조금만 기다려주오. 차茶나 한잔 끓여 내어올 테니 기다리오.

— 녹차가 있음 이왕이면 강령 녹차은정차로 주오.

김일성, 김정일 부자의 은덕으로 탄생했다고 주민들에게 알려진 은정차가 최고라는 것을 독거미들이 모를 리가 없었다.

— 거야 공화국에서 녹차를 마시자면 은정차지요. 기다리오.

— 예 예~ 맛보다 건강이 최고 아닌가는 할~할~ 할~

집데꼬는 염소전 주인장의 태도에 머리가 갸우뚱했다. 주인장이 난데없이 독거미들까지 불러놓고 말도 안 되는 여유를 부리는 데다 강령 녹차까지 운운하며 헛나발허튼소리을 불고 있기 때문이었다. 관절 믿는 구석이 있다는 말인지~ 본래 저렇게 띵한 사람인지~ 집데꼬는 머리를 흔들며 에이, 괜히 가까운 데를 찾으려다 이 무슨 낭패인가~ 하고 혀를 쯧, 쯧 차대고 있었다.

　아니, 눈비가 모든 것을 해결해 준다니 주인장이 로망노망이 났나? 집데꼬는 착잡한 심정으로 저만치 물러서서 하늘을 쳐다보며 담배를 꺼내 물었다. 하늘은 곧 머금고 있던 울음덩어리를 쏟아부을 듯이 잔뜩 심술을 부리고 있었다. 입에 당기는 강령 녹차까지 밀어내며 집데꼬는 울상을 지었다. 독거미들이 차를 마시고서 주인장과 나란히 바깥으로 나왔다. 집데꼬는 공연히 부아가 올라와서 대번에 흑염소를 데리고 돌아갈 생각을 하고 있었다.

　－ 지도원 선생님, 저 흑염소는 우리 염소가 맞습네다.

　－ 아니 정말 이상한 주인장일세~

　집데꼬는 다시 펄쩍 뛰었다.

　－ 무슨 소립네까? 주인장께서 흰 염솔 도둑맞았다 하지 않았소?

　－ 예 맞지요.

　－ 한데 저건 흑염소가 아니오?

　독거미들은 눈을 부릅뜨며 염소들이 뛰어놀고 있는 데로 시선을 박고 있었다. 집데꼬가 매듭을 지으려는 투로 말했다.

　－ 아니 글쎄 내가 흑염소 끌어왔지 흰 연솔 끌어온 게 아니잖소~ 주인장이 내게 무슨 원한풀이 할 처지도 아니지 않는가~

　여전히 집데꼬는 주인장을 향해 하소연을 늘어놓고 있었다. 그런데 그때, 염소전 주인장이 가슴이 덜컥 무너지는 말을 뱉어냈다.

　－ 지도원 선생님, 저 흑염소가 아무리 생각해도 검은 옷으로 털옷을 갈아입은 모냥이야요.

– 캭～ 아니 뭐요? 털옷을 갈아입었다니～

지도원이 도무지 리해가 되지 않는다는 표정으로 입을 크게 벌리며 반문했다.

– 흰 털옷에 검은 털옷을 입혔다는 말이지요.

– 캭캭캭～

독거미들이 한바탕 떨어지는 폭포소리처럼 웃었다. 강석호가 말했다.

– 내 살다 살다～ 그럼 흰 염소털에 검은색 칠감페인트을 칠했다 이런 말이요?

– 예～ 그렇지 않고서야 내 괜히 이렇게 날뛰겠소?

집데꼬는 주인장의 말을 듣고 머리를 철퇴로 한번 얻어맞은 느낌이었다. 꿈속에서라도 상상하지 못할 말들이 주인장의 입에서 튀어나올 때 집데꼬는 번갯불에 뒤통수를 맞은 것처럼 놀라지 않을 수가 없었다.

– 거 집데꼬 동무 무슨 변명이라도 한 번 하오. 동무가 끌어온 저 염소가 정말 도둑맞은 이집 염소가 맞는 게요?

– 아니 지도원 선생까지 어찌 이러시나～ 난 저 뒷마을에서 흑염솔 눅은값 값에 그저 팔아온 일밖에 없다는데두～

– 자～ 자～ 이렇게 말씨름만 하고 있을 일이 아니오. 우선 저 흑염소가 정말 흰 털옷을 검은 털옷으로 갈아입었는지부터 살펴봅시다.

– 흐어 참 기이하도다～

– 지도원 선생님들, 여기서 기다리오. 내 염소털을 한 올 뽑아올 테니～

독거미들의 심정은 마치 학생근위대가 남조선 괴뢰들의 심장에 칼침을 놓으려고 준비하고 있을 때처럼 설렜다. 집데꼬는 순간 이들과는 달리 분노가 치밀어오는 것을 느꼈다. 아아～ 괜한 욕심을 부려 한없이 순진해 보이던 아낙한테 속히우고사기 당함 말았구나. 이제 생각해 보니 흑염소치곤 털색이 곱지 않고 거칠다는 생각을 했을 뿐이었다. 공화국에서 집데꼬를 하면서 말과 표정으로 주민들을 살짝 속여 이문이익을 취한 세월이 몇 해인가 말이다. 참, 원숭이도 재주부리다 나무에서 떨어진다더니 영락없는 이 꼴이로구나. 퉤~

주인장은 헐레벌떡 뛰어가더니 흑염소 털을 한 움큼 뽑아왔다. 집데꼬는 괜히 가슴이 두근거리기 시작했다. 아무리 생각해 봐도 잘못한 게 없는데도 이렇게 가슴이 뛰었던 적이 없었던 것 같았다. 주인장이 흥분을 가라앉히지 못한 채로 말했다.

- 지도원 선생님, 이 거를 보십쇼.

- 흰 염소털이 검은 염소 털로 둔갑한 것을 주인장이 어떻게 증명할 수 있소?

독거미 중 강석호가 주인장에게 물었다. 주인장은 독거미의 물음에 어깨를 으쓱하면서 마치 재판정의 변호사처럼 변출辨出하기 시작했다.

- 이 털은 집데꼬 동무가 끌어온 흑염소 털이지요. 이 털이 무슨 색으로 보이십네까?

- 거 눈이 희미해서니~ 보자~

차대철 책임지도원이 미간을 찌푸려 눈을 갠소롬히 떠서 예리하게 살펴보고 있었다. 한참 살피더니 자신이 없다는 투로 머리를 아주 작게 천천히 저으면서 말했다.

- 거 자세히 보자니까는 거무벌겋다고 해야 하나? 거 강 동지 이거 한번 살펴보라.

- 예, 책임지도원 동지~

강석호 독거미 역시 차대철 독거미처럼 미간을 찌푸려 눈을 갠소롬히 떠서 신중히 살펴보고 있었다.

- 강 동지, 분간이 어렵나?

차대철의 재촉하는 듯한 말에도 강석호는 한참을 더 뚫어지게 들여다보고 나서 역시 자신 없다는 표정을 지으며 말했다.

- 내 눈이 비루먹을 리는 없을 텐데~ 거 내 눈에도 딱히 색깔이 분간이 가지 않고 그저 거무벌겋게 보이는 것이 영~

이때, 주인장이 얼굴을 붉히며 독거미들을 향해 불쑥 끼어들었다.

- 거무벌겋다는 뜻은 검다는 뜻인지 아님 벌겋다는 뜻인지~

- 글쎄 낙지오징어 먹물보다는 뿌연 게 영 구린내가 나기는 나오. 그저 물이나 한 바가지 있음 염소 털옷에 날 빨래라도 시원하게 해보련마는~ 에이 거 희한한 일이로구나 그저~

독거미의 말에 주인장이 하늘을 올려다보았다. 잔뜩 찌푸린 하늘은 끝이 뾰족한 송곳에 찔리기만 하면 당장 이를 악물고 머금고 있던 물을 지상으로 쏟아버릴 것만 같았다. 집데꼬 역시 독거미들처럼 하늘을 올려다보다 불안한 마음이 깊어져서 송곳보다도 날카로운 목소리로 소리쳤다.

- 집어치우쇼.

주인장이 집데꼬 한테 절대 밀리지 않았다.

- 아니 집어 치우다니요? 넘에 염솔 훔쳐다가 보란 듯이 되팔러 온 주제에~

- 아니 뭐요? 넘에 염솔 훔치다니 허업 내~ 거 지도원 선생님들이 어정쩡하게 두 손 놓고 있음 뭐가 되오? 내 저 염소가 장물이든 어떻든 저놈은 내 소유란 말이오.

독거미들을 향한 집데꼬의 하소연에 염소전 주인장의 마음이 급해졌다. 주인장의 말투에는 자신감이 철철 넘치고 있었다.

– 지도원 선생님, 조금 기다려 보오. 잔뜩 빗물 머금은 하늘이 보이지 않소? 눈이 오든 비가 오든 뭐든 쏟아지면 영락 물감 먹은 털옷이 가면을 벗을 거야요.

– 흐응 뭐랍? 하늘에 말도 아니 되는 방망이 매달지 마오. 내 언젠가는 그 방망이 붙들어 염소전 주인장 코를 넙죽 짓뭉개줄 테니~

– 뭐이야? 날 짓뭉개다니 흐응~

집데꼬는 주인장이 하늘을 쳐다보며 눈비가 모든 것을 해결해 줄 것이라던 말을 떠올렸다. 주인장은 애초부터 흑염소의 털옷에 물감을 먹였다는 어떤 확신을 지니고 있었는지도 모를 일이었다. 집데꼬는 덜컥 겁이 났다. 만약 그렇다면 염소를 누가 훔쳤다는 말이며 이 천지개벽할 물감 사건은 누가 만들었다는 말인가. 하아, 기막힌 일이로구나.

독거미들이 중간에 서 있지 않았다면 집데꼬와 주인장은 아마 치고받고 싸웠을 것이다. 언성이 높아지고 쌍욕이 나오는 것을 독거미들이 중간에서 제어하고 있었다. 다른 때 같으면 장마당에서 싸움질이 나면 가장 먼저 달려오는 독거미들이다. 주인장의 말이 사실대로 털옷을 갈아입었다면 관절 이런 경우는 무슨 경우란 말인가.

집데꼬는 주인장의 말이 사실일지도 모른다는 생각이 들었다. 만약 저 흑염소를 학생 동무들이 훔쳐온 것이라면 집데꼬는 도둑질한 학생 동무들한테 사기를 당한 셈이다. 만약 그게 사실이라면 지금 저 흑염소의 주인은 누구라는 말인가? 잡다한 생각들이 집데꼬의 머릿속에 어지럽게 거미줄을 치고 있었다.

– 거래하지 않겠소.

– 남의 장물을 가지고 거래는 무슨~

주인장의 태도를 집데꼬는 리해할 수가 없었다.

－아니 이놈의 주인장이 무장~ 무슨 근거로~

－거 이제 두고 보오. 사람이 거짓말 하지 하늘이 거짓말 하나?

주인장의 태도는 뭔가 믿는 구석이 여전한 모양이었다.

－지도원 선생님들, 년말년시 여기 한가로이 잊지 말고 어서 다른 데 가보오. 몸이 두 개라도 바쁜 년말년시에 여기 한가로이 있음 어찌한단 말인가~ 내 일간 짬을 내어 술놀이술판 한번 하십세다.

집데꼬는 당장 주인장이 눈에 보이지 않는다면 독거미들에게 꾹돈으로 인민폐라도 하나 더 찔러주고 싶은 심정이었다. 지도원들이 두 눈 똑 뜨고 쳐다보고 있는 데는 꼼짝없이 장물 가져온 도둑이 되어버리는 것이 아니겠는가 말이다. 집데꼬의 간청하는 듯한 말에 독거미들은 서로 눈치를 보는 모양이었다.

그런데 바로 이때, 잔뜩 웅크리고 있던 하늘에서 빗방울이 떨어지기 시작했다. 비가 쏟아지자 독거미들이나 주인장이나 집데꼬는 물론 하늘을 물끄러미 쳐다보았다. 눈이 아니라 비가 쏟아지는 모습을 보고 활짝 입이 벌어지는 사람은 주인장뿐이었다. 독거미들은 이쪽저쪽 눈치들을 살피는 모양이었고, 집데꼬의 얼굴은 비가 쏟아지기 직전의 하늘처럼 울상이 되어버렸다. 비가 쏟아지니 주인장의 말처럼 물감 먹은 털옷이 가면을 벗을지도 모르는 일이었기 때문이었다.

비가 한참 동안 주룩주룩 쏟아지고 있었다. 주인장은 일부러 염소들에게 비를 맞도록 하고 있었다. 주인장의 의도를 독거미들 역시 모르지 않았다. 비가 멈출 기미가 보이지 않자 주인장이 우산을 받치지 않은 채로 손에 흰 수건을 하나 들고 염소에게 걸어갔다. 집데꼬는 가슴이 콩닥거려 저도 모르게 오줌이 새어 나올 정도였다. 비를 흠뻑 맞으며 주인장은 염소들을 살피고 있었다. 독거미들과 집데꼬는 궁거운궁

금한 표정으로 비를 맞고 있는 주인장을 바라보았다. 강석호가 저만치에 있는 주인장을 바라보며 말했다.

- 비가 이리 쏟아지는데 흑염소 털을 문지르면 뭐하나~

- 왜 저렇게 문지르는 거지? 강 동지~

그들은 주인장의 행동을 물끄러미 바라보았다.

- 그야 빗물에 물감을 벗겨내려는 모양인뎁쇼. 책임지도원 동지, 이게 사실이라면 공화국 장마당 사건 중에서 가장 자자분한자질구레 사건이 되지 않겠습니까?

- 하하 그야~ 탄로가 나지만 않는다면 주도세밀주도면밀한 짓이 가히 금메달감이 아니겠나~ 여차짓자칫 악랄한 훔친범절도범으로 몰려 어제날과거 같음 총살을 당할 수도 있는 일이지 흐음 참~

집데꼬에게는 공화국에서 살아가면서 가장 치욕스러운 순간이었다. 죄인이 아닌 죄인이 되어 이러지도 저러지도 못하는 상황이 되어버렸다. 자기 물건을 가지고도 맘대로 하지 못하는 이상한 상황에 고립되어있는 처지가 비참할 뿐이었다. 자신이 사건의 실마리를 더듬어 봐도 꼼짝없이 염소도둑이 되고 마는 처지, 차라리 며칠간의 일들이 겨울의 문턱 깊은 밤의 오랜 악몽에 시달리는 중이라면 깨어난 뒤에 훌훌 털어버리면 그뿐일 터이었다.

한데 아무리 생각해 봐도 악몽은 악몽이나 깊은 밤에 나타나는 악몽은 아니었다. 대낮에 공화국 장마당의 염소전에서 일어난 살아있는 악몽이었다. 깨어나면 훌훌 털어버릴 악몽이 아니라 악몽을 통해 지옥의 강을 건너야 하는 고난이 시작될 수도 있음이었다. 어허, 이거 정신 바짝 차리지 않음 날벼락을 맞을 수도 있겠구나. 집데꼬는 어떻게든 이 순간의 악몽에서 벗어나야 한다는 생각이 들었다.

주인장이 흠뻑 빗물을 뒤집어쓴 채 빗물에 흠뻑 젖은 흰 수건을 손에 들고 걸어왔다. 독거미들과 집데꼬의 시선은 흰 수건에 박혀 있었다.

– 지도원 선생님 이 거를 좀 보십시오.

– 뭐 립증할 만한 코투리꼬투리라도 찾아냈소?

– 여게 보십시오. 새카맣게 물감이 묻어난 게~

주인장이 빗물에 젖어 생쥐 같은 몰골로 펄쩍 뛰면서 큰 소리로 말했다. 주인장의 말에 집데꼬의 심장이 한 뼘은 주저앉는 듯했다.

– 아니 정말 새까만 이 먹물이 저 염소 털옷에서 묻어났단 말이오?

– 예~ 지금 두 눈 뻔히 뜨고 지켜보지 않았소? 이 비가 그치면 이 동무가 끌어온 저 흑염소가 검정 털옷을 훌쩍 벗고 흰 염소로 둔갑을 할 것이오.

주인장이 이제 집데꼬의 체면을 완전히 박살내고 있었다.

– 이거 눈 뜨고 보는 공화국의 기막힌 염소도둑 사건이 되겠구만이요.

꿍돈까지 받았던 지도원이 함부로 지껄이자 집데꼬는 더욱 화가 치밀어 올랐다.

– 거 지도원 선생님, 말씀 함부로 내다뺄지 마십쇼. 털옷을 갈아입었든 먹물을 갈아입었든 이 염손 그저 내 물건이오. 아무도 내 물건에 손 못 댄다는 이런 말이지요. 에이 나는 바빠 이만 가렵니다.

집데꼬는 쏟아지는 비에 아랑곳하지 않고 온몸에 차가운 겨울비를 맞으며 흑염소 있는 데로 우적우적 걸어갔다. 당장 염소를 끌고 악몽의 염소전을 피하고 싶은 생각뿐이었다. 집데꼬는 콩닥거리는 심정으로 흑염소에게로 다가갔다. 자신이 끌어온 흑염소를 쳐다보는 순간 집데꼬는 절로 입이 벌어지고 말았다.

– 아니, 이 염소가 정말~

– 집데꼬 동무, 두 눈 똑똑히 뜨고 보았지요?

– 아니 이 대체 무슨 경우인가 그래~

집데꼬의 시선에 들어온 것은 진하던 검정 털옷을 훌떡 벗고 꾀죄죄한 몰골을 한 흰 염소의 모습이었다. 흑염소가 겨울 초입의 빗물 세례를 받고 검은색 털옷을 감쪽같이 흰색 털옷으로 바꿔 입어버린 것이었다.

– 지도원 선생님, 이 흑염소라는 꼴 좀 보십쇼.

주인장이 우산을 꺼내 지도원의 머리 위에 받쳐주면서 말했다. 비는 계속해서 내리고 있었는데 독거미들이 우산 속에 겨우 머리통을 들이밀며 흠뻑 비에 젖은 염소를 쳐다보았다. 분명 흑염소의 털옷이 감쪽같이 흰 염소의 털옷으로 탈바꿈하는 모습을 독거미들은 눈앞에서 지켜보고 있었다.

– 공화국에 이런 황당한 도둑이 있나? 절로 혀가 내둘려지는데~

– 누가 흰 염소를 훔쳐서 검정 물감을 칠해가지고서는 흑염소로 내다 팔 생각을 했을깝쇼?

독거미 둘이 호상 이런 말들을 주고받고 있었다. 독거미들의 말을 듣고 주인장의 시선이 집데꼬를 향하고 있었다. 집데꼬가 퉁명스런 태도로 말했다.

– 가로뜬 눈으로 날 노려보지 마오.

– 아니 동무, 지금 동무를 노려보지 않게 생겼나 보오. 평양 김선달이 닭을 봉鳳: 봉황이라 속여 횡재를 했대는 말이야 듣고 살았지만 내 염소를 도둑맞은 터에 털옷에 가면 쓴 흑염솔 사려다 횡액을 당할 뻔하지 않았나~

염소의 털옷은 이제 검정 물이 거의 빠져나간 상태였다. 하지만 염소의 몸 군데군데에는 여전히 검정색이 얼룩얼룩 남아 있었다. 먹물이 털옷의 군데군데 매달려 있다가 빗물에 씻겨 아래로 떨어져 내리고 있었다. 집데꼬는 비가 그치기 전에 끌어온 염소를 끌고 나가야겠다고 생각했다. 주인장은 어느새 흑염소의 목에 매달린 고삐를 쇠말뚝에 단단히 묶어놓고 단호한 어투로 말했다.

― 이 염소에 손 하나 까닥하지 마쇼.

― 아니 뭐예요? 이 염소가 주인장 거라는 증거가 있소? 이 염손 내 손으로 끌어온 내 염소란 말입네다. 내 참~

집데꼬는 기가 막혀서 말뚝에 매달린 염소의 밧줄을 풀어보려 했다. 하지만 염소전의 주인장이 땅크탱크로 막아서듯 강력하게 저항했다.

― 그렇게는 아니 되오. 지도원 선생님, 귀신이 곡할 일을 눈 뻔히 뜨고 지켜보았지요? 그저 주도 세밀하게 털옷에 물감을 먹여 내다 팔 생각을 한 훔친범절도범이래 공화국의 반동 중의 반동이 맞지요?

― 엄벙뚱땅얼렁뚱땅 넘어갈 일은 아니오. 하지만 털옷에 감쪽같이 물감을 먹인 것은 알겠는데 이 염소가 그 염소라는 것을 주인장이 무엇으로 증명하겠소?

― 뭐 염소가 메~ 메~ 울며 마른 똥이나 퍼 쌀 줄 알지 말을 할 줄 아는 염소가 있다는 소리는 듣지 못했으니 에구 이를 어찌한다 응~

독거미들의 말이 오랜만에 집데꼬의 마음에 들었다. 집데꼬는 이제 어쩌나 하고 염려하고 있던 처지였는데 독거미들의 이렇듯 주고받는 말은 새로운 용기를 불어넣어 주었다. 편역을 드는 것 같은 독거미의 말에 집데꼬는 다시 의기양양해졌다.

― 예, 지도원 선생님 말이 백번 옳지요. 감쪽같이 둔갑한 털옷이야 그렇다 쳐도 나는 정정당당하게 셈을 치른 염소예요.

― 에구 억이 막히누나. 정히 그렇다면 할 수 없는 일이 아니오? 내래

당장 발품을 팔아서라도 보안서에 신소伸訴 : 고발를 할 수밖에~

– 아니 뭐이예요? 흐응, 깟 거 그리하든 말든 나와는 관계없는 일이오. 저 비가 그칠 기미를 보이지 않으니 거 높으신 선생님들, 이만 나는 돌아가리다. 내 아까 말했듯이 언제 날 잡아 술놀음이나 한 번 하오. 에흠~

집데꼬는 독거미들을 향해 허리를 한번 굽실거린 다음 말뚝에 묶인 염소의 갈고리매듭을 풀어 염소의 고삐를 손에 틀어쥐었다. 겨울비를 흠뻑 맞았지만 몸에서 화다닥 열기가 올라왔다. 회초리로 염소의 엉덩이를 찰싹찰싹 내려치며 염소전을 빠져나올 때 염소가 음메~ 음메~ 하며 요란하게 울었다. 집데꼬의 흑염소는 말이 흑염소지 이제 털옷의 물감이 거의 빠져 흰 염소가 되어가고 있었다. 흰 염소치고는 제법 색이 뚜렷해 보이는 염소였다.

음메~ 음메~ 염소전의 염소들이 요란하게 울어대고 이제 정체를 드러낸 집데꼬의 말로만 흑염소가 음메~ 음메~ 울어댔다. 가축소생들의 말을 집데꼬가 무슨 수로 알아 듣겠는가마는 집데꼬는 염소전을 빠져나올 때 가축들이 울어대는 음메~ 음메~ 소리가 가족 간 리별의 안타까움을 표현하는 울음소리임을 확실히 알아차릴 수 있었다.

염소전의 가축들과 멀어지지 않으려고 자꾸 목을 틀어 뒤를 돌아보려는 말로만 흑염소라는 놈의 엉덩이를 집네꼬가 힌번 발로 살짝 걷어찼다. 주인장이 멀어지는 집데꼬와 말로만 흑염소를 물끄러미 바라보고 있었다. 독거미들 역시 멀어지는 집데꼬와 말로만 흑염소를 멍하니 바라보며 혀를 끌, 끌 찼다.

겨울비는 한 시간 후에 멈추었다. 집데꼬의 몰골은 말로만 흑염소의 몰골보다 더 초라해 보였다. 비에 흠뻑 젖어 초라한 집데꼬와 여전히 음메~ 음메~서럽게 울어대는 말로만 흑염소의 모습을 지나가는 주민들이 힐끗힐끗 바라보았다. 집데꼬의 몸에서는 여전히 분노의 열기가 식지 않았다. 회초리로 찰싹찰싹 염소의 엉덩이를 때리며 이제 어디로 가야 할지 망설여지는 집데꼬의 발걸음은 무거울 뿐이었다.

4

남상동 민족식당은 손님들로 붐볐다. 공화국이 힘들다고 해도 있는 사람은 먹는 것도 누리고 산다는 말이 틀리지 않았다. 널찍하면서 화려한 공간, 손님들도 대개 정장을 하고 녀성들은 진단장까지 하고 한껏 멋을 부린 모습들이었다. 하루하루의 일이 불안하고 넋이 빠진 날들이지만 정숙은 정장을 하고 있었다. 나그네가 감옥에 있는 데는 진단장까지 할 수야 없지만 이제 떠날 아들애에게 꾀죄죄한 모습을 보여주고 싶지 않았던 것이다.

봉사원의 안내를 받아 개방된 공간이 아닌 독립된 공간으로 안내되었다. 살면서는 상상도 할 수 없는 품위 넘치는 공간이었다. 정숙은 이런 공간에서 가족들과 함께 하는 이런 식사는 생애 마지막이라고 생각했다. 가족들과 고급 음식점에서 오붓하게 음식을 먹을 날이 더는 찾아오지 않을 것이다. 봉사원의 안내를 받아 지정된 좌석까지 걸어오는데 마주치는 사람들이 마치 평양이나 남쪽 사람들처럼 여겨졌다. 말쑥한 차림, 여유로운 표정, 격조가 느껴지는 말투까지 나무랄 데가 없었다.

남부럽지 않은 환경에서 일을 하는 봉사원들의 표정까지 박꽃처럼 밝고 해맑아 보였다. 덕순 동무한테 이끌려서 찾아들었던 때보다 정숙의 감회는 달랐다. 표정은 아닌 척 하지만 마음 깊은 데선 작별의 눈물을 흘리고 있었다. 정숙의 이런 마음처럼 참이와 동실의 표정 역시 울적해 보였다. 공화국을 이제 떠나야 하는 애들의 심정을 부모라도 어찌 다 헤아릴 수가 있다는 말인가. 봄이 역시 피를 나눈 남매와 오랜 시간 이웃하며 살아온 세이웃 오빠와 헤어지려니 착잡한 모양이다. 철이 들어버린 아이들과 달리 난데없이 노망이 들어버린 아고阿姑만이 코를 자극하는 음식 냄새 앞에서 물말하마처럼 입이 벌어졌다.

봉사원이 정성을 다해 적쇠에 염소 불고기를 구워냈다. 양념을 먹여 재운 불고기가 적쇠에서 구수한 냄새를 풍기며 노릇노릇하게 익어갔다.

– 이 거 염소고기에 온갖 양념을 버무렸답니다. 생강, 조미료, 고추기름, 참깨가루에 뭐 그저 포도주까지 곁들였지요.

– 아고, 어서 한 입 들어 보세요. 애들아, 네들도 어서 먹으라.

– 예, 아주미~

동실이 한껏 가라앉은 분위기를 일으켜 세우려는 듯 한입 집어 먹었다. 동실은 이제 곧 봄이와 영영 헤어진다는 생각을 하면서 더욱 용기 있게 행동하고 있었다. 하지만 동실은 아프고 허전한 마음을 겨우 가라앉히고 있는 중이었다. 그런 중에도 염소 불고기의 익어가는 맛깔스런 냄새를 마주하다 보니 아련히 부모님의 모습이 떠올랐다. 음식을 한 입 집어넣는데 울컥 복이 메있다.

애들이 음식을 먹는 모습을 보고 정숙은 겨우 작은 살코기 한 점을 입에 넣고 우물거렸다. 감옥에 있는 나그네의 모습이 어룽거렸다. 지금 명호 동무는 어디에 있을까. 감옥에 갇혀 행방을 모르는 나그네를 생각하니 깊은 슬픔이 밀려들 뿐이었다. 정숙은 노릇하게 익어가며 피어오르는 짙은 냄새가 코를 자극하는데도 수저가락을 놓고 말았다.

그런데 정숙이 놀란 것은 아고阿姑의 의외의 태도 때문이었다. 염소 고기 먹고 싶다며 집에서는 하냥 염소 뿔을 찾고 염소고기 노래를 부르던 사람이 정작 고기를 앞에 두고서는 흡족한 표정을 지으면서도 단한 번 고기를 입에 넣지 않았던 것이었다.

– 아고~ 염소 고기 어서 잡수오.

– 싫소.

– 예에? 아니 어린애처럼~

정숙은 시어머니를 보니 저절로 입이 벌어졌다. 봄이가 말했다.

– 클마니~ 염소고기 노랠 불렀잖소?

봄이의 말에도 아고는 멍하니 창밖만 바라볼 뿐이었다.

– 이 거 염소 뿔이 옳단 말이지요.

애들까지 거들었지만 아고는 고깃점에 손을 대지 않았다. 집에서는 누가 봐도 노망 난 노인이 분명해 보였는데 노랠 부르던 고기를 앞에 두고서는 정작 먼산바라기를 해버렸다. 속사정을 모르는 봉사원까지 끼어들었다.

– 할머니, 이 거 한 입 잡수세요. 고깃살이 만문부드러움해서 먹기 그만이라오.

– 예~ 아고, 어서 한 입이라도~

정숙의 권유에도 아고阿姑는 완강하게 음식을 거부했다. 정숙은 아고의 이런 태도를 보면서 공화국 어미들의 모습을 불쑥 떠올렸다. 음식을 앞에 두고 공화국의 어느 어미가 무심히 수저가락을 집어들 수가 있겠는지~ 더욱이 이처럼 맛깔 나는 음식은 공화국 어미들에게는 자신보다 가족을 위해 존재하는 것이었다. 정숙은 이제야말로 시어머니의 정신이 제대로 돌아온 모양이라고 생각했다.

– 얘들아, 많이 먹어라. 동실이도 어서~

– 예 아주미~

– 봄이야, 너도 어서 먹어라.

봄이를 생각하면 정숙은 가슴이 아렸다.

– 예~ 오마닌 어째 안 먹는 거예요?

– 난 냄새만 맡아도 그저 배가 부르는 구나. 흐음~

이렇게 말을 하는데 배에서 꼬르륵 소리가 났다. 정숙이 애들 모르게 얼른 눈시울을 훔쳤다.

– 아주머니, 이 거 잡냄샐 죄 없앤 겁니다.

냄새만 맡아도 배가 부르다는 정숙의 말을 듣고 봉사원이 끼어들었다.

– 예~ 잡냄새는 나지 않소.

정숙의 목소리는 가늘게 떨렸다. 목소리에 울음기를 머금고 있다는 것을 정숙이 자신 말고는 아무도 눈치채지 못했다.

– 그럼요. 배즙 파인애플 양념 두루 섞어 잡냄샐 제거했다 말입니다.

– 예, 아주 맛이 그만이네요.

정숙은 살짝 웃어주며 봉사원에게 감사를 표했다. 봉사원은 이쪽저쪽 들락거리며 정성껏 고기를 구워내고 있었다. 애들 입에 고기 들어가는 모습이야 세상 부러울 것 없는 모습일 텐데 정숙의 마음은 착잡하기 이를 데가 없었다. 이제 펼쳐질 일들과 닥쳐올 사건들을 정숙은 생각조차 하기 싫었기 때문이다.

딸애 봄이의 입에 염소 불고기가 들어가는 모습을 보니 다시 울컥 눈물이 흘렀다. 지난 모내기 전투 중에 덕순 동무의 꼬임에 휘둘려서 이곳에 들르기는 하였지만 봄이의 빈자리가 가슴에 오랫동안 맺혀 있었던 탓이었다.

간첩죄 뒤집어쓴 탈북자의 자식에게 공화국의 배려는 털끝만큼도 없을 것이다. 살만큼 산 사람들이야 그저 죄인이거니 하며 받아드린다 쳐도 앞길이 구만리인 봄이에게 남은 세상은 가혹한 형벌이 되리라고 생각했다. 참이까지 탈북을 하고 나면 그 죄값을 고스란히 짊어져야 할 사람이 봄이가 되는 것이다. 군대에 들어가지 못하니 사람구실은 애초부터 글렀고 기업소에 들어가는 꿈조차 꾸지 못할 일이다. 당장 잡혀가 치도곤을 치른 연후 수용소행이라는 게 정해진 절차일 것이다.

또한 이제 품을 영원히 떠나게 될 참이의 모습을 보니 창자가 찢어지는 아픔이 느껴졌다. 죽음을 불사하는 모험은 사람답게 제대로 한번 살아보려는 아들애의 선택이었다. 가슴이 당장 찢어진다 하더라도 떠나야 하는 운명이었다. 아버지의 죄는 참이 한테도 피할 수 없는 굴레와도 같은 것이었다.

공화국의 모든 명부에 명호 동무의 핏줄을 이어받은 것으로 되어있는 것은 누구를 원망할 일이 아니었다. 모든 옳고 그름을 따지기 전에 공화국에서 이어받은 운명 같은 것이 아니랴. 정숙은 이런 운명이야말로 태어날 때부터 공화국에 생명을 저당 잡힌 운명이나 마찬가지라고 생각하고 있었다. 아아, 생각할수록 아득하여 정숙의 뇌리속 시야에는 끝이 보이지 않음이었다.

― 아고, 어서 한 입만 뜨오.

― 아범은 어찌 아니 오나? 령감은 저 뒷산에 누워 있는데~

아고阿姑의 정신이 제대로 돌아온 모양이었다. 아고의 말은 틀린 말도 엉뚱한 말도 아니었다. 집을 나와 맛난 음식을 앞에 두니 그립던 가족이 마음속에 되돌아온 모양인가 보다.

― 예, 아범은 학교에 있지요.

– 머? 어미를 네가 속이려 드는구나. 아범이 집을 떠날 때 애들한테 이것저것 당부하던 소릴 들었는데~

아고의 정신이 돌아왔다는 생각을 하니 울컥 눈물이 흘렀다.

– 아고, 애들 아버지는 곧 돌아올 거예요. 학교에 딱한^{바쁜} 일이 있지 뭐야요.

– 아니 머라고? 흐응, 내 허수아비 아니잖슴~ 그저 태산이 동무가 하냥 감시를 하는 것도 맘에 걸리는 게 영~

– 아, 아냐요.

정숙은 아고의 정신이 완전히 돌아왔다는 확신이 섰다. 그날의 상황을 정확히 기억하고 있는 것 같았다. 정숙은 이런 아고의 모습을 보니 한편으론 마음이 놓였다.

남상동 식당에서 아고와 애들을 데리고 집에 돌아온 정숙의 마음은 급했다. 이제 지체할 시간이 없다고 생각했다. 정신이 돌아온 아고는 장독대를 서성이지도 않고 담벼락에서 먼산바라기를 하지도 않았다. 아고는 오자마자 바람벽의 학갑^{벽장}부터 살피고 있었다.

– 여게 백색 호리병이 있었는데~

– 아고, 어이 호리병을 찾아요?

정숙은 아고의 뒤를 바람처럼 쫓고 있었다.

– 령감의 뼛가루 담은 상사도 이니 보이는구나~ 남쪽에서 올라온 서책도 있었는데~

– 아고, 접 때 아범이 뒤란에서 뭐를 했는지 생각해 보오.

– 옳아 내 정신 좀 보라. 아범이 그저 뒤란에서 남쪽 서책을 태워 없앴더랬지~ 한데 호리병도 보이지 않고 뼛가루 담은 검은 상자가 관절 어찌 보이지를 않니 응?

정숙은 아고의 말에 이제야말로 정신이 번쩍 들었다. 아고의 정신이 완전히 돌아왔다고 믿어졌던 것이다. 정숙은 그래서 참이와 동실을 아고 앞으로 불렀다. 아고와 작별 인사도 없이 애들을 남쪽으로 보낸다는 것에 대해 죄책감이 들었기 때문이다. 이제 계획을 세운 날까지 남은 시간은 이틀, 노망이 들었다고 여겨졌던 아고의 정신이 돌아온 것은 하늘의 도움이라고 생각했다.

– 너들, 어서 클마니한테 큰절부터 올리라.

– 예~

참이와 동실이 아고 앞에서 정중히 큰절을 올렸다. 작별인사를 받는 아고는 영문을 알지 못해 의아할 뿐이었다.

– 설날도 아직 멀었는데 난데없이 큰절을 받다니 어인 일인지 모르겠구나~

– 클마니 오래오래 사세요.

참이가 울먹이는 소리로 말했다. 동실은 마치 어른처럼 아고의 몸을 붙들고 어루만졌다.

– 어멈아, 애들이 어찌 이런다니 응?

– 너들은 어서 짐부터 준비하라.

– 예~

참이와 동실의 목소리는 가늘게 떨렸다. 정숙은 애들이 밖으로 나간 다음 아고에게 목소리를 낮춰 말했다.

– 아고, 애들이 당장 돌격대에 나가게 되었소.

– 아니 돌격대라니? 나나이 어린 애들을~ 여 어디에 무슨 고층살림집이라도 짓는다니 철길 도로를 다진다니 응?

– 저 함경도 어디에서 발전술 세운대요. 화선입당火線入黨이라도 해

야지요.

- 별소릴 다 듣는구나. 화선입당을 골백번을 해 보라. 허리만 꺾이지 뭐가 달라지나 말이야~

검열을 받은 사람이 건설현장에서 열혈충성을 하여 당의 간부의 눈에 띄어 당에 들어가게 되는 경우가 있었는데 이를 화선입당이라 했다. 최전선이나 다름없는 건설현장에서 공화국은 이런 감언이설로 인민들의 피를 빨아대고 있는 것이다.

- 아고, 인민반 생활총화 때 참이하고 동실이는 돌격대에 나간 겁네다.

정숙은 마음에도 없는 거짓말을 아고에게 늘어놓고 있었다. 애들이 탈 없이 국경을 넘을 때까지는 마음을 놓을 수가 없는 일이었다. 국경을 넘는다고 해도 남쪽에 안전하게 당도할 때까지는 긴장할 수밖에 없는 상황이었다.

- 쯧, 쯧, 어린 것들이 심장 아바이는 되지 말아야 할 텐데~ 어멈아, 당장 태산이 동무한테 가자. 아범을 살려내자면 그 수밖에 없지 않겠음? 내래 눈 뻔히 뜨고 볼 거 다 지켜보았는데 바보 아니지~

한바탕 집안에 닥친 간번의 소란을 지켜보았을 아고의 기억이 되살아나고 있는 모양이다. 난데없이 염소 뿔을 찾고 죽은 령감이 살아 돌아오는 모습으로 나타났던 아고의 노망은 사라져서는 안 될 중요한 기억을 간직하고 있음이었다. 단란했던 가정에 닥진 갑작스런 재앙을 해결하는 데에 태산이 동무의 힘이 필요하다고 아고는 믿고 있었다. 아고의 말을 듣는 순간 정숙의 가슴에 활활 불이 타오르는 느낌이 들었다.

정숙은 봄이를 불러 참이, 동실과 작별인사를 하도록 했다. 언제 어떤 일이 닥칠지 모르니 미리 모든 것을 준비하도록 했다.

- 봄이야, 참이랑 동실이는 돌격대에 나가는 것이니 그리 알아라.

─ 콩사탕 하면 그저 공산당이지요. 봄이도 이제 여간한 눈치군눈치꾼이 아니란 말이야요. 인민반 생활총화 때 돌격대 나갔다 대못을 박고 올 테니 염려 마오.

정숙은 봄이의 말에 웃어야 할지 울어야 할지 몰라 어정쩡한 표정을 지었다. 상황이 어떻게 돌아가는지 걱정하지 않을 만큼 눈치 빠른 딸애는 아니라고 생각했다. 그런데 봄이의 말을 들으니 눈치를 사 먹고 다닐 정도로 둔한 애는 아니라는 생각이 들어 적이 안심이었다. 가족의 눈이 무섭다면 정숙은 단연 봄이의 눈을 경계해야 한다고 생각했기 때문이었다. 참이가 봄이에게 떨리는 목소리로 말했다.

─ 봄이야, 너한테는 미안하게 됐구나.

─ 아버지와는 정말 남쪽에서 만날 수가 있는 거야?

봄이의 물음에 참이는 대답 대신에 고개를 끄덕여주었다. 참은 자신이 남쪽에 안전하게 내려가게 되면 아버지를 만나볼 수 있을 것이라 믿고 있었다. 상철이 아버지의 존재는 아버지가 탈북에 성공할 것이란 믿음을 심어주었다.

─ 봄이야, 아주미와 클마니 잘 부탁한다.

─ 동실 오르바니오라버니는 정말 남쪽에 내려가는 거 후회하지 않나?

동실이 봄이에게 대답 대신에 묵묵히 고개를 끄덕였다.

─ 당동무까지 하기로 했는데 괜찮나 말임~

동실은 봄이의 당돌한 물음에도 여전히 대답 대신에 고개를 끄덕거릴 뿐이었다.

─ 지금 네들이 한가하게 말씨름하고 있을 때는 아니지~

정숙은 참이와 동실을 학갑이 있는 방으로 데리고 들어가 몇 개의 봉투를 꺼냈다. 봉투에는 집을 처분한 돈과 흑염소 처분한 돈, 정숙이 방바닥에 숨겨두었던 약간의 비상금이 몇 개의 봉투에 나뉘어 들어있었다. 도강을 하고 국경을 넘으려면 돈이 곧 생명이고 돈만 있으면 죽을 고비도 넘길 수 있다고 장마당 같은 데서 은밀히 들은 적이 있었다. 정숙은 돈을 적당히 나누어 참이와 동실의 배에 복대를 만들어 단단히 감아주었다. 안과 겉에 붙어있는 패낭주머니에는 쉽게 꺼내 쓸 수 있도록 작은 액수의 돈을 넣어주었다.

— 어미가 며칠 전에 연락책브로커을 수소문 했는데~

— 우리도 계획을 세웠습니다.

동실이 작은 소리로 말했다. 흥분되어있는 소리였지만 분명 동실의 목소리는 떨리고 있었다.

— 우린 두만강을 건널 겁니다.

— 아이 에그나~ 네들이 무슨 수로 두만강을 건넌단 말이니? 연락책이 다 알아서 할 텐데~

정숙의 표정은 동실의 말을 듣는 순간 울상이 되고 말았다. 정숙의 머릿속에는 애초부터 압록강을 도강渡江의 대상으로 삼고 있었다.

— 아주미, 두만강 상류 쪽은 백두산에 가까울수록 강폭이 좁고 수심이 얕아 그만입니다. 강폭이 그저 한 달음 감도 되지 않는답니다. 세 살 먹은 애기도 쉽게 건널 수 있다 하더란 말이지요.

— 거겐 들어보니 조선공화국 경비병들이 줄줄이 늘어섰다는데~ 생각해 보라. 쉽게 건널 수 있으니 누구라도 함부로 덤비지 않겠느냐. 경비가 셀 수밖에 없지 않나 말이야~

연락책이 알아서 하겠거니 생각하고 있었는데도 막상 애들과 론의를 하게 되니 모든 게 다 걱정까마리걱정거리가 되는 것이었다.

— 어머니, 경비가 셀수록 빈틈이란 게 보이지 않겠어요?

— 큰 날 소리야. 네들이 어이 가까운 압록강을 두고 먼 두만강까지 올라간단 말이니 응? 그저 연락책이 시키는 대로 하면 몸에 돈까지 지니고 있겠다 어려울 게 뭐 있겠냐 말이야~

— 하면 압록강을 건너야 한다는 말입니까?

— 아주미, 압록강은 어렵습니다. 수심이 새카맣게 깊은 데다 폭이 얼마나 넓나 말이지요. 국경을 넘어 중국에 당도한들 말도 통하지 않는데~

참이와 동실은 번갈아 앞을 다투어 말했다. 탈북자들이 택하기 어려운 루트는 압록강이었다. 압록강을 건너 중국 쪽에 들어가면 조선족의 비율이 낮아 무엇보다 의사소통에 어려운 문제점을 안고 있었다.

— 네들이 모르는 게 한 가지 있구나.

— 예에? 그게~

정숙의 마음이 초조해졌다. 애들이 도강을 하기로 결심하고서 정숙은 매삼매삼 안절부절 못하는 마음이 되고 말았다.

— 헌법절 지나가면 당장 섣달 초입인데 섣달 들어 압록강이 얼어붙는 날이 어이 한두 번 뿐이겠니~

— 아주미, 압록강이 꽁꽁 얼어붙자면 아직 보름은 더 기다려야 할 건데 당장 헌법절에 결행을 한다면 안전을 장담하기 어렵습니다.

— 연락책한테 들어보니 압록강도 저 위쪽은 폭이 좁고 수심도 얕다고 하더라니~ 네들이 중국 땅을 밟았을 때 말이 통하지 않는다는 거는 괜한 염려라. 연락책 계획에 따라 이리저리 이동하면 되는 거지 어이 그런 걱정을 하나?

정숙에게 있어서 사실 압록강이나 두만강의 입지立地가 어떻게 차이가 나더라도 이런 점이 선택의 중요한 요소는 아니었다. 정숙에게는 최악의 경우 탈북에 실패하여 조선공화국에 북송되었을 때에 관할이 어디인지 그게 더 중요한 점이었다. 함경도 관할이냐 평안도 관할이냐에 따라 애들의 운명이 달라질 수도 있다고 생각했기 때문이었다. 정숙의 가슴 저 밑바닥에는 만약 일이 잘못되었을 때 태산이 동무의 힘을 은근히 기대하고 있었다.

― 산속으로 숨어들어서 자강도로 질러가자면 그저 저기~

― 아이구나 철없는 것들~ 네들 어서 가십쇼 하고서니 국경수비대들이 하냥 잠에 빠져 있겠나? 자강도 지나면 양강도인데~

― 예, 양강도만 숨어들면 승산 있단 말입니다. 김형직군 김정숙군 변방으로 압록강 줄기를 따라 곧장 올라가면 삼지연 대흥단 아닙니까? 거게만 당도하면 두만강이 지척이라~

― 아니 네들이 지금 어데 사상개조 소풍 떠나는 것도 아니고~ 그면 천리 길이 어데라구 에구~ 들을수록 억이 막히누나. 그런 헛된 생각 하려거든 압록강변 집안集安 통화通化만 가면 심양까지 반나절 아니나 응?

― 예 그렇지요. 우리는 회령까지 몰래 숨어들어 은밀한 틈을 타서 두만강을 건널 셈이야요. 남양南陽까지 가면 다리 하나만 건너면 도문圖們이라는데 김시가 소홀하니 두만강을 따라 올라가다가 도강을 한단 말입니다. 그래 명동이나 삼합에서 룡정으로 숨어들면 언길이 그래도 가깝지요. 연락책은 우리가 국경까지 안전하게 갈 수 있도록 안내만 해주면 된다는 말씀이예요.

― 네들이 거기까지 생각을 했다니 기특하기는 하구나. 하지만 그게 말처럼 그렇게 쉬운 일이 아니지 않니? 그저 경험 많은 연락책 계획에 따라 몸을 맡겨야 한단 말이지~ 네들 생각대로 한다면 거야말로 위험

천만한 짓이야. 너들이 이번에 결행을 하면 목숨을 내놓는 길이 될 수도 있지 않겠냐. 내 이미 연락책하고 거래를 텄으니 헌법절 이전에 아마 은밀히 네들을 데리러 올 거라는 말이야~ 그러니 어서 짐들 챙기고 마음부터 단단히 졸라 매거라.

― 예~

참이와 동실은 자신들이 계획한 방법이 아직 젖내가 날 정도로 유치한 생각이란 것을 뒤늦게 깨닫고 있었다. 연락책의 지시에 따라 언제든지 떠날 수 있도록 모든 준비를 마쳤다. 만룡이 동무도 제 몸뚱이보다 큰 짐을 꾸려 자전거를 끌고 참이네 집에 당도했다. 정숙은 만룡이 짐받이에 싣고 온 짐의 크기에 눈부터 휘둥그레 놀라고 있었다. 만룡의 짐을 보고 놀란 사람은 정숙뿐만이 아니었다. 참이와 동실이도 놀란 듯 입을 크게 벌렸다.

― 이게 다 무슨 물건이나 만룡이 동무야?

― 점을 치는 데는 이 물건이 불피코 있어야 하지 않슴~

참이 역시 만룡이 동무의 말을 듣고 핀잔을 주었다.

― 만룡이 동무, 우리가 지금 점 보러 이사 가는 거는 아닌데~ 짐이 간편해야 이동이 쉽지 않나 말이야~

정숙이 아들애의 말을 이어받아 통을 주듯 끼어들었다. 정숙은 만룡에게 맺혀 있는 데가 많은 사람이었기에 내뱉은 말에서 찬바람이 일었다.

― 거는 당장 내다 버리라. 한 몸 놀리기도 힘든 판에 이런 쇠붙이가 무슨 경우인가. 이런 꼴로 압록강 근처에 얼씬거리는 순간 날 잡아 잡수쇼 하고 외치는 꼴이 아니니~ 거는 경비대에 덜컥 네들 목숨 내놓는 꼴이 되고 말 테니 이제 두고 보라~

– 아주미, 모르는 말씀 마십쇼.

정숙의 냉갈령에도 만룡은 전혀 움츠러들지 않았다. 오히려 작은 키 대를 한껏 세워보려는 듯이 어깨를 펴고 목에 힘을 주어 말했다. 만룡의 당당한 말투에 모두 고개를 갸우뚱하며 만룡의 우스꽝스런 모습을 내려다보았다.

– 이게 바로 생명줄이에요.

– 아니 뭐라 하는? 이 볼품없는 쇠붙이들이 생명줄이라니 흥 내 살 다 살다~

정숙의 어이가 없다는 태도에도 만룡의 낯바닥은 웃음기가 번졌다. 만룡의 이런 경우에 없는 모습을 보고 정숙은 입이 벌어졌다.

– 아주미, 지켜보시라우요. 백두대감께서 우리 목숨을 돌봐주신다 고 했단 말입니다. 백두대감은 말공부공염불나 하는 그런 대신이 아니 란 말이지요.

– 아이 에그나 무장 클 날 소릴 지껄이는구나~ 공화국에 신이 김일 성 할아버지 말고 어이 또 있단 말이나 응? 클 날 소리~

정숙은 만룡을 향해 이런 말을 하면서도 가슴 속에서는 자신을 향해 손가락질을 하고 있었다. 공화국을 버리고 떠나는 애들 앞에서조차 공 화국 체제에 세뇌당한 어미의 모습을 드러내고 있는 것이 절로 부끄러 울 뿐이었다.

– 아주미, 우덜 앞에서 소가죽 무릅쓰지철면피 마시게요. 만룡이 가 슴에 영원히 남을 신은 김일성 할아버지도 김정일 원수도 아니고 백두 대감이란 말이지요. 조선공화국의 영산 백두산의 정기를 인민들 머리 위에 베풀어주시는 백두대감이 진정한 우리의 신이라 이런 말이지요.

– 아이 에구나 놀라 자빠질 소리 담 넘어갈라~ 공화국 뜨기 전에는

네들 목숨 구해줄 사람은 김일성 할아버지 신이라는 거 명심하라.

– 백두대감에 간절한 뜻이 가슴에 스치느만요. 우리 목숨은 백두대감이 지켜줄 거라네요. 한데 지금 당장 이 집에서 피신하라는 뎁쇼. 참이 동무, 이거 내 말장난하는 거 아니야~

만룡이 동무의 말에 참이와 동실의 마음은 불안했다.

정숙은 조금 모자라 보이는 애의 말을 듣고 까닭모를 불안감에 사로잡혔다. 뗑해 보이는 학생 동무가 지껄이는 말이 사실로 맞아떨어지고 있기 때문이었다. 공연히 애들한테 나쁜 일이 닥치는 것은 아닌지, 명호 동무한테 불행한 일이 닥치는 것은 아닌 지 별의별 생각들이 떠올랐다. 정숙은 지레 마음이 타들어 대문을 나와 골목 입구를 향해 달려나갔다. 정숙은 골목 입구에서 놀랄 광경을 목격하고 만룡 동무의 말이 빈말이 아니라는 것을 알아챘다. 정숙은 걸음아 날 살려다오, 하며 집을 향해 달려왔다.

– 어머니 무슨 일인데 그래 뛰십니까?

– 아이 에구나~ 집데꼬 동무가 보안원경찰하고 염소를 끌고 이쪽으로 오고 있는 모양인데~ 네들 당장 짐들 뒤란에 감추고 우선 몸들부터 숨기라.

– 에이, 동실이 동무야 어서~

정숙의 말에 참이와 동실이 후다닥 후다닥 짐들을 뒤란에 감추고 골목의 반대쪽을 향해 튀었다. 만룡은 용수철처럼 튕겨 나가는 동무들을 보며 끼드득 웃었다. 만룡 동무의 새된 웃음소리에 정숙은 낯바닥이 뜨겁게 달아올랐다.

– 흐응, 키대는 쬐그만 애가 웃음문 열 땐 그저 하마 입이로구나.

– 아이 에구나 아주미, 끼득 끼득 끼득~

만룡이 부러 그러는 것은 아닐 테지만 정숙의 말투까지 흉을 내며 까르륵 웃고 있었다. 잠시 후 결판을 낼 것처럼 집데꼬 동무와 보안원이 들이닥쳤다. 음메~ 음메~ 염소가 애타게 울고 있었다.

　― 집데꼬 동무가 어인 일이지요?

　― 아니 아주미 걸 몰라서 묻는뎁쇼?

염소 때문에 무슨 사달이 났으리란 짐작은 했지만 다짜고짜 염소 한 마리를 이끌고 나타나서 퉁명스럽게 소리치는 집데꼬의 행동을 정숙은 이해하지 못했다.

　― 아니 난데없이 염소 한 마리를 끌어다 놓고~

　― 아주미, 이 염소가 어떤 염소인지 알지요?

집데꼬의 물음에 정숙은 황당한 표정을 지었다. 정숙의 표정을 한번 훑고서 보안원은 좁은 집의 이곳저곳을 휘둘러보았다.

　― 내 무슨 수로 집데꼬 동무가 끌어온 염소를 안단 말이오?

　― 아니 녀성 동무가 내게 넘긴 장물(贓物 : 훔친 물건)을 모른단 말이오?

　― 장물이라니요? 아니 내가 집데꼬 동무한테 무슨 장물을 넘겼다고 경우 없는 말을 하는 거야요?

정숙은 이미 염소 때문에 사태는 벌어진 모양이라고 생각했다. 보안원까지 대동해서 눈을 동그랗게 뜨고 주시하고 있는 마당에 자칫 도둑으로 몰릴 수 있다는 생각을 하니 정신이 번쩍 들었다.

　― 아니 이런 뻔뻔한 녀성 동무를 보았나~ 내게 글쎄 저쪽 골목 공터에 묶인 흑염솔 내다팔지 않았느냐 이런 말이에요.

　― 아니 이게 흑염소예요? 뭐래니 내 집이 여기인데 관절 무슨 말씀을 하시는지~

정숙은 상황이 급박한 탓에 당장 체면을 무릅쓰고 시간을 벌어보자는 작정을 하고 있었다. 보안원의 감시와 검열은 되도록 받지 않는 것이 상책이었다. 구렁이가 개구릴 녹여버리듯 정숙의 감쪽같은 말에 집데꼬는 펄쩍펄쩍 뛰지 않을 수가 없는 모양이었다.

― 아니 세상천지에 이렇게 사람을 궁지에 쑤셔 넣나 그래 어이? 거 모양은 반듯한 녀성 동무래 뭐를 잘못 먹었나? 거 동무 아들애 어데 있소? 장마당에서 염소 훔쳐온 아들애 있잖소. 한 애는 뗑해 보이던데~

집데꼬 동무의 말에 정숙은 부러 고개를 돌려 만룡이를 바라보았다. 정숙이 만룡이를 바라보자 집데꼬와 보안원의 시선 역시 만룡을 향하고 있었다. 정숙은 교묘한 틈새를 이용해 만룡에게 말했다.

― 에구 만룡아, 네들이 장마당에서 언제 염소를 훔쳐 왔대나?

― 끼룩 끼룩 끼룩~ 염소는 꼴도 보지 못했는뎁쇼~ 내 염소 뿔은 보았던 적이 있습네다. 염소래 끼룩 끼룩 끼룩~ 이렇게 울지요?

만룡이 우스워죽겠다는 표정을 지으며 껄, 껄, 껄 웃는 것을 보고 보안원은 머리를 절레절레 흔들고 있었다. 만룡이 이상한 꼴을 하고 이상한 말을 해버리자 당황한 사람은 집데꼬 동무였다. 집데꼬는 보안원의 표정을 살피며 안절부절못하고 있었는데 집데꼬가 당황해하는 모습을 보며 정숙은 긴장된 마음을 가다듬고 있었다. 상황을 주시하던 보안원이 바닥에 퉤 침을 뱉으며 실망스런 태도로 말했다.

― 한 동무 때문에 공연한 헛걸음을 했댔구마는~ 뗑한 아들애래 보니 염소 커녕커녕 넘에 고양이새끼 한 마리 훔치지 못하게 생겼는데 에이~

보안원은 다시 한번 바닥에 퉤 침을 뱉으며 우적우적 대문 밖으로 걸어 나갔다. 집데꼬가 당황한 표정으로 황급히 입을 놀리며 보안원의 뒤를 따랐다.

― 아니 보안원 선생, 내 말을 끝까지 들어보지도 않구서니 그냥~

– 내 년말년시에 소득 없는 검열이나 하고 다닐 얼간이 창새끼는 아니라 말이오. 메뚜기도 한 때라는데 에이~

– 에흠~

염치없는 체면에 낯바닥이 달아올라 정숙은 헛기침을 했다. 보안원과 정숙 사이에서 집데꼬는 어쩔 줄을 모르고 있었다.

– 이보 녀성 동무, 그 학생 동무들은 어데 있소? 아니 뭐라 말을 하오. 아니 내 체면이 이거~

– 흠~ 흠~

– 거 속 뻔히 들여다보이는 헛기침만 하지 말고 뭐라 말을 하란 말이오.

– 만룡아, 오늘 하늘이 우중충한 게~

정숙은 작정하고 소 닭 보듯 말을 하고 있었다.

– 예, 눈발을 머금은 게 한바탕 쏟아부을 모냥이에요. 헤헤헤~

– 거 녀성 동무 보오. 저 펭한 애가 동무 아들애 맞소?

– 만룡아, 네가 누구 아들애니 응?

– 그야 우리 오마니 아들애지 누구 아들애랍니까?

– 들었지요? 집데꼬 동무~ 어서 가던 길이나 가오. 염소가 애타게 찾잖소.

음메~ 음메~ 더욱 애절하게 울어대는 듯한 염소의 울음소리에 정숙이 집데꼬 동무를 향해 나무라듯 말을 했다. 집데꼬가 투덜거렸다.

– 흐응~ 고양이도 낯바닥은 좁아도 부끄러워할 줄 아는 법인데 어찌 반반한 아낙네가 낯바닥에 철면피를 뒤집어쓰나 그래~ 내 장마당 염소전 주인장을 끌고 다시 들를 테니 그리 아오. 에이 퉤~

막되먹은 공화국 생활조절위원회절도 어쩌고 하면서 집데꼬는 염소를 몰고 걸어왔던 골목을 향해 되돌아갔다. 사회안전원도 사라지고 집데꼬도 흰 염소와 같이 왔던 길로 되돌아가고 나서 만룡이 부리나케 동무들을 데리러 골목으로 뛰어나갔다. 정숙은 공화국에 살면서 이토록 체면 몰수한 적이 없었다는 생각이 들었다. 생긴 모양새는 우습게 보여도 만룡에 대한 집데꼬의 생각은 한참이나 빗나갔던 셈이었다. 만룡이란 애는 생각보다 좌뜬 아이지 결코 뗑한 애가 아니란 것을 정숙은 새삼 느끼고 있는 중이었다.

 ─ 집데꼬 동무가 보안원까지 데리고 왔던데 어째 흰 염솔 끌고 왔더니라. 너들 혹여?

애들이 집에 들어오자마자 정숙이 물었다.

 ─ 흰 염소 털옷에 물감을 들여 검정 털옷으로 갈아입은 거지요.

동실이 사실대로 말했다. 끼룩 끼룩 끼룩, 동실의 말에 만룡이 동무가 염소처럼 입을 실죽이면서 웃었다.

 ─ 내 흑염소 털 모습이 부수수 해서 속으로 이상하다고 생각은 했다마는 네들이 길래 일을 벌였구나~ 집데꼬 동무가 이대로 물러설 동무는 아니다. 염소전 주인장 데리고 다시 온다하니 일이 커지기 전에 어서 서둘러야 하겠다.

 ─ 예 아주미~

 ─ 너는 정말 그 무거운 짐을 떠메고 간단 말이니 응?

정숙이 만룡을 향해 빈정대듯이 물었다.

 ─ 예~

 ─ 거 떠메고 가다 압록강 건너기 전에 빠져 죽겠다~

 ─ 꺽 꺽 꺽~

정숙의 말에 애들이 일제히 까르륵 웃었다. 만룡이 정색을 하며 말했다.

  - 내 말 했잖소. 이게 우리 목숨 붙들어줄 생명줄이라고~

  - 그래 목숨 붙들 수 있음 좋은 게지~ 백두대감인지 뭐인지 모르겠다만 내 가슴에도 스치는 게 당장 여기서 피하는 거는 맞다.

  정숙은 장마당에서 은밀히 구입한 손전화기를 참이에게 건네주었다. 추운 겨울을 견뎌내야 하기에 두꺼운 내피, 양말, 장갑 등을 꼼꼼히 챙겨주었다. 그리고 애들을 데리고 조심스럽게 집을 빠져나왔다.

  애들이 국경을 넘은 사실을 장차 공화국 당국에서 알게 된다면 어떤 일들이 펼쳐질지 불안하기 짝이 없는 일이었다. 늙은 노인이야 세상의 끝자락에 당도했으니 잘못된다고 한들 아쉬울 게 많지 않을 테지~ 정숙은 자신의 삶을 돌아보건대 오롯이 나그네남편를 위한 삶이었다. 그러니 나그네 명호 동무를 위하는 일이라면 자신의 일이야 몸이 찢어진다 해도 안타까운 마음뿐이지 후회하지는 않으리라 생각하고 있었다.

  정숙은 짧은 기간이지만 은밀히 연락책브로커을 소개받고 연락을 취하고 있었다. 정숙이 연락책의 지시에 따라 가장 먼저 실행한 일은 장마당에서 손전화를 구입하는 일이었다. 손전화를 통해 연락책의 지시를 받아야 하기 때문이었다. 다행인 것은 탈북 날짜에 관한 연락책의 생각과 정숙의 생각이 헌법절에서 일치했다는 점이었다.

  탈북을 위해 공화국 주민에게 가장 필요한 깃은 국경에 당도할 때까지 검문소를 어떻게든 통과해야 하는 일이었다. 정숙이 은밀히 소개받은 연락책은 이 바닥에선 얼굴이 증명서라고 했다. 그런 연락책의 말을 정숙은 믿을 수밖에 없었다. 연락책의 지시에 따라 정숙은 장마당에서 은밀히 물품들을 준비해두었다. 그리고 동실네 집의 거주권을 넘기고 받은 돈의 일부를 떼어내어 연락책에게 활동비 명목으로 건네주었다.

　연락책은 국경을 무사히 넘어가면 중국 쪽의 브로커를 만나게 될 것이라고 말했다. 중국 쪽 연락책을 만나면 직접 인민폐를 전해주어야 한다고도 했다. 중국에 당도한 이후의 일정은 중국 쪽 연락책의 계획에 따라 움직이면 되는 것이라고 연락책이 설명해 주었다. 공화국 신의주 지방에서 활동한다는 연락책의 인상이 밝아 보였고, 정숙은 그런 탓인지 그 연락책이 믿음직스럽게 느껴지는 것이었다.

제43장 수난시대(受難時代)

1

아고阿姑는 한바탕 야단을 치른 후에 장독대 너머로 먼산바라기를 하고 있었다. 봄이 마저 후다닥 어디론가 뛰어나가니 아고 혼자 오롯이 남아 있었다. 령감도 떠나고 백발노인이 되어 움직임조차 부자연스런 몸이 되고 보니 처지가 도달切怛 : 슬픔하기 이를 데가 없었다. 공화국에서 일찍이 포로군인을 만나 온갖 고초를 겪으며 오직 아들애 하나보고 여태 살아온 인생이었다.

사나흘을 굶은 몸으로도 령감과 아들애를 보면 비록 공화국의 살이가 힘들다 하더라도 참고 견딜만한 의지처가 되었다. 령감은 세대주라는 이름과 사명감으로 살아왔을 터이고, 자신은 세대주의 아낙네라는 사실 하나만으로 쓰러지지 않고 버틸 수가 있었던 것이다. 그리고 아들애가 세상에 태어났을 때는 부모 자식의 끈끈한 애착 관계로서 의지할만했을 것이다. 공화국의 땅에서 살아야 할 명분이 그렇게 싹텄던 셈이다.

나무의 뿌리도 깊어지고 때로는 나무 그늘에 앉아 지친 몸을 쉬어가기도 했었다. 그러나 이제 기억에 남아있던 새들의 즐거운 울림도 떠나고 나무는 꺾여 초라한 등걸을 보이고 말았다. 고독과 허무가 한꺼번에 밀려와서 외롭고 쓸쓸하기가 그지없었다. 장독대 너머로 먼산바라기를 하던 아고는 몸에서 그동안 악착같이 지탱해왔던 기력이 순간 빠져나가는 것 같은 느낌이 들었다. 태풍처럼 밀려오는 고독과 허무감에 갑자기 숨이 막힐 것만 같았다.

아고阿姑는 자신이 결코 어리석은 녀자가 아니라고 생각했다. 포로

군인의 아내가 되자고 다짐을 했을 때부터 어리석은 선택은 아니라고 생각했다. 손가락질받으며 비난을 받을 때에도 후회 같은 것은 하지 않았었다. 비록 딸애는 세상과 인연이 없어 일찍 세상을 떠났지만 아들애를 낳고 살면서는 공연한 자부심까지 생겨났다. 북남의 남녀가 만나 그저 아름답게 통일 가족을 이루어 복되게 살고자 하는 떡판 같은 강한 욕심군욕심꾼이 되어버렸다. 아들애에 대한 욕심은 조선공화국에서 어느 어미와 비교가 되지 않을 정도로 두터웠던 것이다.

모든 역경을 극복하며 참고 견뎌내는 것이 생활의 최종 목표라고 생각하며 자신을 아껴주고 위해주는 나그네에 관해 늘 고마움을 느꼈다. 뼈가 부서지도록 죽어라고 노동을 하며 다른 주민들보다 몇 배는 더 공화국의 충성대열에 앞장섰다. 포로군인이라는 락인烙印을 털어내고 공화국 인민으로 당당히 살아가기 위해 온갖 자력갱생의 선봉에 서 왔다.

그러나 포로군인의 가족이라는 락인烙印은 생각보다 치명적이었다. 남쪽출신이라는 신분이 발목을 걸어올 때마다 다짐했던 것은 다른 공화국 주민들보다 몇 배는 거세찬 충성심을 보여주는 일이었다. 남쪽이라는 피의 분자를 닦아내고 북쪽에 뼈를 묻고 살아가기 위해 더 뛰고 더 넘어지고를 반복해야 했다. 허리를 더 굽히고 눈을 내리깔며 바닥에 납작 엎드려야 했다. 그러면서 모든 수단을 동원해서 얻어내야 하는 것이 훈장과 메달이었다.

아고는 이렇게 달려온 살이를 결코 후회하지 않았다. 훈장과 메달이 하나씩 쌓이는 순간 공화국의 당당한 주민이요 자랑찬 주민이 되는 것이었다. 가족을 위해 아고는 비록 반쪽분자 소리를 들었지만 나그네와 함께 끊임없는 투쟁 속에서 살아온 세월이었다. 이렇게 해서 메달과 훈장을 다섯 개까지 받아냈다. 김일성 수령이 죽었을 때 남편과 함께 누구보다 열성적으로 조의장弔儀場에 들락거렸다. 미친 듯이 이 산 저 산으로 뛰어다니며 악착같이 야생화를 찾아 채취해다 바쳤다. 인민학교 조의장에 들러서 눈도장을 찍고 시당 사무실에 꾸려진 조의장에서 눈도장을 찍었다.

하루에도 몇 번씩 조의장에 찾아가 에고~ 에고~ 허리를 꺾고 울어 댔다. 정말 김일성이 죽어서 슬펐기 때문에 울었던 울음이 아님을 모르지 않았다. 인민들의 조문횟수를 은밀히 기록하고 있다는 소문이 돌았기 때문이었다. 목청이 찢어져라 울부짖는 이런 철두철미한 사상으로 메달이 하나 추가되었다. 이렇게 쌓인 메달 다섯 개를 노동교도대에 들어간 아들애를 꺼내오는데 덥석 바쳤었다.

아고阿姑는 가난 설움은 참을 수 있었지만 반쪽 어쩌고 손가락질하는 것은 참을 수가 없었다. 크게 배운 것은 없어서 좋은 직업을 갖지는 못하고 살았어도 세상의 이치라는 것을 터득하며 살아온 세월이었다. 평생소원이 그저 보리개떡 밖에 되지 않을 정도로 공화국에서 반쪽 나그네를 만나 바라는 것이 하찮았지만 맘속에 품은 뜻까지 초라했던 것은 아니었다. 세상이 어떻게 돌아가는지 입 밖에 내뱉지는 않았을 뿐 어리벙하지는 않은 사람이었다.

아들애가 집에서 종적을 감추었을 때 아고는 경험적으로 나그네를 만나 억압과 감시받던 젊은 시절을 떠올렸다. 하루 이틀 지나며 집에 돌아오지 않은 날들이 길어지면서 생각하고 싶지 않은 나쁜 기억이 떠올랐다. 아버지에게 씌워진 굴레가 아들애의 어깨에 똑같이 씌워지고 있다는 무서운 사실을 깨달았다. 공화국의 무서운 힘이 칼날이 되어 결국 숨통을 찌르고 들어오고 있는 엄청난 현실 때문에 정신을 놓았던 적도 있었다.

하지만 아고는 지금 눈앞에 펼쳐진 상황을 뚜렷이 기억하고 있었다. 아들애가 태산이 동무와 함께 난데없이 나타나서 꿈을 꾸듯 손을 잡고 큰절을 올리던 순간을 잊을 리가 없었다. 지난날의 기억들이 풀린 얼레의 실처럼 멀어져 갈 때 그 가물가물한 기억을 붙잡으려고 애를 썼다. 아버지의 멍에에 씌어 빠져나올 수도 없는 감옥에 갇혀 있으리란 것을 모르지 않았다. 애들이 아버지의 행방을 따라 남쪽으로 내려가리라는 것도 짐작하고 있었다. 남상동 민족식당에서 애들과 마지막 염소고기를 먹었다는 것도 아고는 알고 있었다.

이제 나이 늙어 누구한테 하소연할 수도 없는 일이었다. 기약 없이 하루를 보내는 것이 지루하기 짝이 없다는 생각이 들었다. 바람벽의 벽장 속에 은밀히 숨겨두었던 백색 호리병과 유골 상자를 애들이 몸에 지니고 떠난 것은 아고의 마음에 조금이나마 위로가 되었다. 마음의 위로 탓인지 아고의 가슴에 잔잔한 공허함이 밀물처럼 밀려들었다. 이 공허함에 휩쓸려 어느 천 길 절벽 아래로 떠밀려 가면 미련을 두지 않고 손을 놓으리라 작정했다.

아고는 이제 자신이 살이의 끝자락에 도달했다는 것을 알고 있었다. 령감이 죽고난 후에는 살이의 절반을 아들애를 의지하며 살았었다. 이제 아들애마저 종적을 감추고 말았으니 얼마 남지 않은 살이의 종착지까지 걸어가야 할 의미마저 사라진 셈이다. 장독 너머에서 먼산바라기를 하고 있으려니 령감이 어서 오라고 너뜰너뜰 손짓을 하고 있는 느낌이었다. 지나온 날들의 기억이 밀물처럼 몰려와 가슴노리를 파고드는 것만 같았다.

그저 공화국 녀자에게도 시샘이란 있는 법이다. 연락책이 가방을 들고 불쑥 집을 찾아왔을 때 령감은 자신의 눈치를 보는 모양이었다. 그런데 정작 그때 놀란 사람은 아고 자신이었다. 놀람이 아니라 아마 두고 온 남쪽 아낙네에 대한 시샘이었을 것이다. 그런데 무슨 운명의 장난인지~ 이산 상봉을 하러 갈 때 명호가 아버지한테 챙겨준 사진 속 가운데에 아고 자신이 당당히 서 있었던 것이다.

남쪽 아낙네에 대한 시샘에서 갑자기 남쪽 형님에 대한 미안한 생각으로 젖어들었다. 공화국에서 만나 한 가족의 세대주까지 되었는데 한사코 북쪽의 아낙네를 떳떳하지 못해하는 나그네의 태도에 아고는 실망감이 무척 컸던 것 같다. 아고는 이산 상봉을 하러 가는 령감에게 일부러 환한 웃음으로 배웅해주었다. 아고의 가슴 한쪽에는 남쪽 아낙네에 대한 시샘이 자리 잡고 있었을 것이다. 이런 속내를 내심 가라앉혀 왔는데 명호가 꼭, 꼭 눌러 적은 가족사항 란에 참이를 자신의 아들애의 존재로 기록하는 순간 가막두거리^{딱따구리}같은 표정을 짓고 말았던 것이다.

이산가족 상봉 이후에 아고한테 가장 미운 사람은 령감이 아니라 아들애 명호였다. 남쪽 가족에 대한 애기를 듣는 것이 죽도록 싫은 아고였다. 남쪽에 두고 온 아낙네가 살아있다는 것도 싫었고, 그 아낙네와의 사이에 아들애 하나를 두고 있다는 것도 싫었다. 그런데 어미 속을 뒤집어놓기라도 하려는 듯이 아들애 명호는 남쪽 가족에 대한 안부를 물어댔다. 숫제 남쪽 큰어머니 어쩌고 하면서 심사를 뒤집어놓고 명진이 성님 어쩌고 하면서 부자지간에 합심하여 가슴을 후벼 팠던 것이었다.

남조선 가족들이 울어대는 데도 령감은 울지 못했다는 말을 들을 때는 시샘했던 마음이 한껏 풀렸다가 남쪽 아낙네가 때깔도 좋고 허리가 곧더라는 말을 들을 때에 아고는 다시 괜한 부아가 일어나 그 자리에 앉아 있을 수가 없었다. 가만히 일어나 장독대 너머를 바라보다 한뉘

단 한 번 마주칠 일도 없는데 이렇게 시샘해선 안 되지 하며 다시 살짝 퇴마루 끝에 엉덩이를 걸치고 앉았었다.

남조선에 있다는 두벌자식 찬열이에 대한 얘기를 들을 때는 퇴마루에 걸친 엉덩이가 절로 일으켜졌다. 령감의 핏줄이 남쪽에 있다는 거야 불행 중에 당연한 일일지도 모르지만 그 두벌자식한테 명호의 어릴 적 모습이 있더라는 말을 들었을 때에 아고는 치맛바람이 날리도록 대문 밖으로 나와 골목을 미친 사람처럼 달렸었다.

마음을 어느 정도 진정시키고 다시 돌아왔을 때도 남쪽 아낙네 얘기에 열을 올리는 령감의 모습을 보고 마음속에서 가라앉아 있던 시샘기가 다시 솟아나기도 했다. 좋은 날에 랭수를 끼얹지는 말아야지 하고 달아오른 마음을 눅이고 있는데 옛적 나그네와의 잠자리에서 남쪽 아낙네의 이름을 실수로 불러댔던 모습이 무슨 연유인지 불쑥 떠올랐다.

아고阿姑의 기억에 남쪽 아낙네에 대한 시샘은 여기에서 비롯되었다는 생각이 들었다. 아아, 이제 모두 죽어 북망北邙: 무덤에 누워있고 영혼만이 어디엔가 떠도는 신세가 되었다. 아고 역시 되돌아가야 하는 곳이 령감이 누운 그 자리였다. 아고는 문득 불안한 마음이 들었다. 저 강가에서 불어 닥친 차가운 겨울바람이 뒷덜미를 서늘하게 스치고 가는 느낌이 들었다.

돌아가면 령감의 곁에 누울 공간이나 있을지, 한 평도 필요하지 않을 마음의 공간이 열려는 있을지~ 그 자리를 남쪽의 아낙이 꿰차고 앉아 있어서 눕지도 못하고 떠도는 영혼이 되어버리는 것은 아닌지 별의별 생각들이 떠올랐다. 흐응, 아니지~ 당당하게 령감 곁에 죽은 몸을 눕힐 사람은 남쪽 형님이 결코 아니지~ 아고阿姑는 마치 먼저 간 영혼들이 코앞에서 쳐다보고 있는 듯이 혼잣소리를 했다.

집은 좁아도 이렇게 휑한 마음의 고독감을 느꼈던 적은 없었던 듯싶다. 먼산바라기를 하는 아고의 눈가에 촉촉이 눈물이 맺혀 있었다. 아고는 마음을 추스른 다음 지팽이지팡이에 의지하여 세발걸음으로 대문 밖으로 걸어 나왔다. 골목의 중간쯤 비틀비틀 걸어 나오는데 집데꼬 동무가 잔뜩 화난 모습으로 아고에게 물었다.

— 할머니, 집에 며느리는 있소?

— 북망北邙 : 무덤에 갔는데 며느리가 어데 있나~

아고의 입에서 튀어나온 말은 발음까지 정확했다.

— 아니 뭐이오? 북망에 가다니~ 그 뗑한 두벌자식손지은 아직 집에 있소?

— 넘에 귀한 자식더러 뗑하다니~ 흐응 내 갈길 바빠 이만 가오.

집데꼬는 일이 낭패를 당했을 때 짓는 표정을 얼굴에 가득 짓고 있었다.

— 아니 장마당에서 들자니까 그 머신가하면 할머니 아들이 여 고등중학 력사 교원이라굽쇼?

— 울 아들이 교원을 하는지는 모르는 일인데~ 거 집데꼬 동무, 나하고 저 강가 수세미 방죽에 놀러가지 않으려오?

— 에헤랍 이제 보니 노망이 나셨구마는 에이 쯧, 쯧~ 내 누구한테 억울한 심정을 하소연 하나 그래~ 내 분명 사기를 당한긴데 이거 간이 뒤집히는 속을 누구한테 보여준다 말이나 응 에이구 야속한 내 분감憤感 : 분한 감정이야~

아고는 집데꼬가 왜 찾아왔는지 모르지 않았다. 아고는 결코 눈치가 없는 노인은 아니었다. 아고는 세상을 오래 살아온 지혜로 집데꼬의 발걸음을 슬기롭게 막아냈다. 그리고 비록 세발걸음이지만 아고의 발걸음은 뚜렷한 목적지가 있는 듯이 망설이지 않고 걸어가고 있었다.

겨울의 어둠이 한꺼번에 떠밀고 내려오는 모양이었다. 아고의 몸은 어둠의 자락을 향해 빨려 들어가는 느낌이었다. 어둠으로 덮여진 강가는 건너편에서 불어오는 삭풍의 기세에 뺨이 얼얼하게 추워지고 있었다. 아고는 문득 강가 못 미쳐 수세미 방죽을 향해 걷다가 뒤를 돌아보았다. 집데꼬는 저만치 물끄러미 서서 한참 바라보다가 왔던 길로 되돌아가고 있었다. 아고는 몸이 얼어붙는 추위에도 아랑곳하지 않고 세발걸음을 하고 수세미 방죽을 향해 다시 걸음을 떼기 시작했다.

수세미 방죽이 령감에게 은밀한 곳이라는 것을 아고는 일찍부터 알고 있었다. 기업소의 주재원이 집에 뻔질나게 드나들면서 어깨가 한껏 낮아진 나그네의 모습을 아고는 지켜보았다. 사회안전성에서 보안원까지 나와 남쪽의 가족에 대한 얘기를 했을 때부터 먼산바라기를 하는 날들이 늘어났다. 남쪽에 두고 온 가족에 대한 그리움이 얼마나 컸을지 당시 아고에게는 그런 아픔을 받아줄 여력이 없었던 듯하다. 남쪽에 있다는 가족을 향한 나그네의 절제된 행동을 보며 아고의 가슴에는 시샘으로 가득 찼다. 남조선에 있을 아낙네를 생각하다가 끝내 아고의 강샘이 터져 나왔었다.

남쪽에 두고 온 안까이아내는 예쁜지, 전쟁 중에 태어났다는 아들 이름이 명진이라 했냐고 물으며 아고는 헝클어진 심사를 드러내 보았다. 아고의 가슴에 응쳐진 강샘은 투정으로 탈바꿈을 했고, 그럴 때마다 나그네는 용마라도 타고 삼팔선을 질러갈까라고 되받이를 하며 말공부시키지 말라고 항변했다.

급기야 아고의 입에서는 남쪽 아낙네를 부르짖던 나그네의 잠꼬대를 운운하며 나그네의 가슴을 후벼 파고 말았다. 그럴 때마다 나그네는 골목길을 따라 모습을 감추었는데 나그네가 쓸쓸히 찾아간 곳이 바로 강가 부근의 수세미 방죽이었던 것이다. 마을 어귀 작은 방죽에서 저녁 안개발이 뭉실뭉실 피어오를 때까지 서성이던 나그네의 뒷모습을 아고는 먼발치서 바라보고는 했었다.

어린 명호를 수세미 방죽에 몇 번 데리고 나간 사실도 아고는 모두 알고 있었다. 수세미 방죽은 나그네의 고향 같은 장소란 것을 그때 알게 되었다. 이산가족 상봉 이후에도 명호와 수세미 방죽에서 은밀히 만나 남쪽의 아낙네 얘기를 하고 남쪽의 이복형에 관한 얘기를 했다는 것도 아고는 모두 알고 있었다.

그날 이후 아고가 남쪽의 아낙네를 원망하기 시작한 까닭이 있었다. 나그네의 말년이 가까워지고 있다는 것이 느껴졌다. 령감은 늙은 나이에도 밤마다 남쪽의 아내에 대한 그리움으로 사무쳤던 모양이다. 아고의 강샘은 나그네가 꿈속에서 남쪽의 아내를 만나 함께 황천지하에 가자고 하는 것처럼 생각되었다. 령감의 기력은 그때 이후 갑자기 떨어졌고, 잠결에 식은땀을 흘리며 실성한 사람처럼 잠꼬대를 흘렸다. 아고의 눈치를 쭈뼛쭈뼛 보았던 령감이 이산상봉 이후 아고를 눈사람 취급을 했다. 있거나 말거나 듣지도 보지도 못하는 마당 가운데 서 있는 눈사람이라 생각하는지 남조선에 있는 가족에 관한 얘기를 수시로 아무 거리낌 없이 했다. 아들애가 남쪽에 있는 이복형과 핏줄 상봉을 하기를 바랐다. 령감이 눈을 감기 전에 명호에게 했던 간곡한 당부는 아고의 가슴에 새겨진 크나큰 상처가 되었다. 유골이나마 남쪽에 뿌려달라는 당부는 아고에게는 죽은 후 령감의 넋이라도 남쪽의 아내 곁에 머물고 싶다는 것으로 받아들여졌다. 아고는 서글픈 생각이 한뉘 나그네를 위해 온갖 수모를 당하면서도 참고 이겨냈던 자신의 세월에 비추어졌다.

 령감의 죽음이 아고에게 더욱 서러웠던 것은 다름이 아니었다. 남쪽 아낙네에 대하여 낯 뜨거운 강샘을 느꼈기 때문이었다. 령감이 죽어서 남쪽의 아낙네한테 오롯이 돌아갔다는 생각이 들었기 때문이었다. 6월 25일 새벽, 어쩌면 그렇게 아고의 가슴에 씻을 수 없는 상처를 남기고 남쪽 아낙네와 똑같이 한 날 한 시에 떠났던 것일까. 아고는 이제 자신이 령감이 입다가 벗어버린 누더기옷이라는 생각이 들었다. 누더기옷을 벗어 던지고 훨~ 훨~ 날아 남쪽의 아낙네 곁으로 돌아간 것이라고 생각했다. 자유로운 영혼의 나비가 되어 훨~ 훨~ 날아간 령감, 육신을 벗어던지고 자유롭게 만나 저승으로 돌아간 두 사람의 영혼 앞에 남겨진 자신의 처지가 아고는 매우 초라하게 느껴지고 있음이었다.

 남쪽의 아낙네가 챙겨주었다던 백색호리병을 애초에 찾지 말았어야 했는지도 모른다. 아니 어쩌면 방적공장에서 처음 나그네를 만났을 때 당국의 혼인 권유에도 불구하고 반대하던 주재원의 말을 들었어야 옳았는지 모른다. 그러나 아고는 남쪽 출신 나그네와의 혼인을 후회하지 않았다. 수용소 초소장에게 살기 위해 건넸다는 백색 호리병을 오랜 시간이 흘렀음에도 수소문해서 찾은 것이 후회라면 후회였을지도 모른다.

 장독대에 은밀히 숨겨놓고 남쪽의 아내를 그리워하는 나그네를 보면 저절로 한숨이 흘러나왔다. 북쪽의 가족을 버리고서라도 령감은 오직 남쪽의 아내와 아들애에게 돌아갈 생각을 하고 있었던 것이라고 아고는 생각했다. 아고는 이산상봉 이후 더욱 짙어진 남쪽에 대한 향수병을 령감의 얼굴에서 살펴보고 불안하기 짝이 없었다. 령감이 죽은 뒤에도 바람벽 학갑 속에 은밀히 건사한 백색 호리병을 생각하면 똑같이 불안한 마음이 남아 있었다.

아아, 이제 더는 이런 공화국에서 살아있어야 할 까닭이 없다는 생각이 들었다. 질긴 목숨, 이제 죽어도 아쉽지 않을 나이가 되었지 않은가~ 아들애까지 자신의 곁에서 떠나고 말았으니 공화국에서 더는 무엇을 바라고 살 수가 있겠는지~ 령감이 살아있고 아들애가 곁에 있을 때는 내일날을 밝혀줄 희망의 등대를 마음속에 품고 살아왔었다. 아아, 이제 더는 미련이 없다. 아고는 신발을 벗고 차갑고 깊은 방죽물을 향해 터벅터벅 걸어 들어가기 시작했다.

2

기백이 동무의 벗이었던 장한과 호철은 마음이 내키지 않았다. 기백이 동무 상세_{죽음} 난 이후 세월도 많이 흘렀다. 기백이 동무 아내마저 상세가 나고 보니 더는 죽은 기백이 동무네 집에 들를 일이 없었던 것이다. 주민들의 하루하루 사는 삶이 팍팍하다고는 하지만 조선공화국에도 사람이 마음을 나누고 서로 의지하며 살아가는 땅이었던 것이다. 호철 동무가 퉁퉁 불은 표정을 하며 말했다.

— 에이 기백이 동무네 골목 입구에서 먼저 보자는 놈이 어찌 이리 꾸물거리고 나타나지 않는 거나 응?

장한이 동무가 호철 동무의 말에 동조하듯 말했다.

— 글쎄 말이야~ 우덜이 기백이 동무 벗으로서 혼자 남은 아들애 뭐 이름이 동실이라더나 아마 한번 들러보는 게 벗된 리치_{이치}가 맞지~

장한이 동무의 얘기를 듣고 호철 동무가 더욱 날카롭게 날을 세우며 깎아대는 말을 했다.

　- 말은 맞는데 아마 태산이 동무 들으면 떡대가리 같은 소리라 지껄일 거야~

　- 아니 호철이 동무 생각에는 이게 떡대가리 같은 소리로 들리나? 태산이 동무 이름 석 자 꺼내지도 말라 동무~

　장한이 동무가 소름이 돋는다는 표정을 지으며 펄쩍 뛰면서 말했다.

　- 에이 태산이 성품 잘 알면서 그러누나 동무~

　- 거 말 같지 않은 말 하지 말라. 내 태산이 동무 얘기 듣는 귀는 일찌감치 닫은 지 오래란 말이야~

　골목 입구에서 장한과 호철 동무는 해도 그만, 하지 않아도 그만인 말씨름을 티격태격 하고 있었다. 둘은 만나면 별 거 아닌 걸 가지고 악의 없이 티격태격 하는 허물없는 사이였다. 그런데 정작 기백이 동무네 골목 입구에서 만나자고 처음 제안했던 동무가 모습을 드러내지 않고 있는 것이었다.

　- 달식이 동무래 허깨비처럼 가벼운 놈은 아닌데~

　- 오겠지~ 참는 게 아재비란 말도 있잖나. 어이 저기 달식이 뛰어오누만~

　달식이는 골목입구에서 만나자고 정한 약속 시간에 늦어 헐레벌떡 뛰어오고 있었다. 공화국에서 믹고 산다는 게 다들 제 입 걱정하기 바쁜 사람들이다. 같이 먹고 살자 해도 내 배가 불러야 남의 사정을 생각해 볼 수밖에 없다 보니 혼자 남은 동무의 아들애까지 찾아보는 일은 흔치 않는 일이다.

　- 동무들 내래 늦었지?

　- 거 만나자고 주선한 사람이 이케 늦어서야 원~

달식의 미안해하는 표정에도 불구하고 호철 동무가 입을 샐쭉거리며 퉁을 주었다. 퉁을 주는 호철 동무 곁에서 장한이가 달식의 어깨를 톡, 톡 두들기며 걸음을 재촉했다.

— 에이 공장에 매인 몸이니 눈치껏 빠져나온다는 게 늦었어~

달식은 기계전문학교를 나온 탓에 공장의 기술혁신을 중점적으로 이룩해내라는 상부의 특명을 받고 오직 연구 작업실에서 특명과제를 파고 살았다. 농기구와 생활용 도구를 개발하는 일에 몰두하다 보니 퇴근시간의 개념이 있을 리가 만무했다.

— 아니 동무 말하는 본새래 그저~ 누군 뭐 종일 놀고먹나 응 내래 한 때 직무태만으로 찍혀서 말이야 혁명화까지 다녀온 몸이라구 응~ 걸 이겨내고 기사장에 오른 몸이란 말이야 에이 참~

식료공학을 전공한 호철 동무가 아직도 심기가 불편하다는 표정을 지으며 퉁을 주었다. 호철 역시 어느 회사의 기술부서에서 책임자로 일하고 있었다.

— 동무들 바쁜 몸들이란 거 내 모르지 않으니 됐음~ 죽은 기백이 동무 아들애 위로해 주러 가는데 우덜이 고운 맘을 개지고서 가야지 않나 어이~ 어서 가자우~

장한이 동무가 후듯후듯 인상 깊은 말을 했다. 탁배기 마시는 것을 유독 좋아하던 장한이 동무는 명호 동무와 특히 가까운 벗이었다. 명호 동무와 태산이 동무 사이에 척이 있는 것을 알고 장한은 태산이 동무를 늘 곱지 않은 눈으로 바라보았다. 덕순 동무의 장례 때에도 정석이란 동무의 죽음에 대해 얘기를 처음 꺼냈던 사람이 바로 장한이 동무였고 그 말을 계기로 분위기가 순식간에 랭수 끼얹은 것처럼 가라앉았다.

– 아니 저기 공터에 어인 사람들인가? 달식이 동무 저게 뭐이지?

– 글쎄~ 무슨 염소도 한 마리 있는 거 같은데 허어~

동실네 골목의 공터가 보이는 데에 사람들이 모여 있는 것이 보였다. 호철 등은 빠른 걸음으로 골목의 끝에 당도하자 이상한 광경이 보였다. 염소 한 마리를 사이에 두고 무슨 까닭모를 조사를 벌이는 모습이었다. 두 명의 보안원이 모인 사람들의 말을 듣고 있었다. 또한 눈에 띄는 장면은 사진기를 찰칵찰칵 찍으며 수첩에 뭔가 기록하는 사내의 모습이었다.

– 아니 이게 다 무슨 일이라오?

기백이 동무를 생각해서 혼자 남은 애를 한번 들여다보자며 처음 만남을 제의했던 달식이 동무가 의아한 눈빛으로 보안원을 향해 물었다. 음메~ 음메~ 흰 염소가 외롭다는 듯이 울고 있었다.

– 장마당 염소전에 있던 염소인데 이 집 애들이 도적질을 했답니다.

– 예에? 아니 내 죽마고구의 아들애인데 동실이란 애가 훔친범_{절도}범이 되었다는 말예요? 아니 날 받아 오는 날에 이거 무슨~

– 달식이 동무 이럴 게 아니라 어서 안에 들어가 애를 만나 보자나. 동글동글 착실하게 생긴 애가 훔친범이 되다니~

징한이는 달식이 동무에게 숨이 넘어갈 듯 말하고 홱 몸을 틀어 대문을 향했다. 이때, 쯧, 쯧 혀를 차며 수첩에 열심히 적어대던 사내가 말을 건넸다.

– 애들은 이미 없어요. 공화국에 참 번뜩이는 애들 같은데 반드시 찾아내서 어케 이런 번뜩이는 아이디어를 냈는지 리유를 들어나 봐야 할 텐데~

장한이 등은 집안으로 들어가려고 첫발을 떼다가 멈칫하며 걸음을 멈추었다. 도둑질을 두고 번뜩이는 아이디아라는 말에 절로 걸음이 멈춰졌기 때문이었다. 달식이 동무가 나이 젊어 보이는 사내를 향해 정예 精銳 : 날카로운의 눈을 흘겼다.

— 아니 번뜩이는 아이디아라니요? 도둑질에 무슨 곡절이 있다는 말인데~ 거 동무는 뉘신데 수첩에 적기까지 하나, 흐응 좋은 구경났소?

— 구경났구나 그저, 저리 가오~ 아니 학생 동무들 앞길 틀어막을 요령이구마는~ 뭐이 좋아 똥구멍까지 들여다보려 하는 거야 에이~ 어데서 나왔소?

그들은 일제히 기백이 동무의 아들애를 생각하는 마음이 앞선 나머지 구시렁거렸다. 그들의 구시렁거리는 말에 열심히 수첩에 뭔가 적어대던 사내가 말했다.

— 예 난 여 도일보사 특파기자외다. 도깨비장물 같은 도둑 사건이 장마당 염소전에서 일어났다기에 이렇게 만사 제껴놓고~

— 에이 할 일 없는 기자 동무~ 아니 애들이 무슨 도둑질을 했다구 이래 호들갑을 떤다 말이오. 어서 물러가오. 아니 어미 아비 하나 없는 불쌍한 애를 어찌 모질게스리~

일의 정황을 장마당 난전에 펼치듯 펼쳐 보이기 시작한 사람은 다름아닌 집데꼬였다. 집데꼬는 말보다 마음이 급한 탓인지 말을 헛 씹으면서도 지금까지 일어난 사건의 실마리를 풀어 보여주기 시작했다. 집데꼬의 얘기를 듣고 장한이 등은 믿어지지 않았다. 집데꼬의 말처럼 애들이 이런 해괴한 도둑질을 했다면 놀라지 않을 수가 없는 일이었다. 조선공화국에서 이런 황당한 도둑질을 했다면 애들 간이 배 밖으로 나왔다는 말밖에 보태줄 것이 없었던 것이다.

거주권을 팔고 이미 이 집을 떠난 모양이라는 말을 들었을 때 장한이 등은 몹시 허탈한 마음이었다. 부모 하나 없는 횅한 집에서 떠나는 것이야 리해가 되는 일이지만 너무 빨리 진행된 일이기에 놀라지 않을 수가 없었다. 장한이 등은 비록 허물없는 벗들일지라도 호상 얼굴을 쳐다보기가 부끄러웠다. 좀 더 일찍 찾아보았더라면 이런 불미스런 일을 피할 수도 있었지 않나하는 아쉬움이 일었기 때문이다.

― 그래 여기서 어디로 떠났는지 집데꼬 동무는 얘기 들었소?

― 함경도 어데로 간다는데~

― 함경도에 기백이 동무 친척이 있었나?

달식이 동무가 고개를 갸웃거리면서 말했다.

― 외삼촌 아버지 집에 돼지 키우러 간다는 말을 들었어요. 거 저쪽 골목에 사는 아주미한테 들었는데 아마 함경도가 맞을 게라~

― 그럼 여는 다른 주인이 이사를 왔겠구마는~

― 예, 그렇지요.

― 집데꼬 동무~ 저쪽 골목 그 아주미네로 한번 가봅시다.

도일보사 특파기자라는 사람이 불쑥 끼어들었다. 특파기자는 어떻든지 이번 도둑사건에 대한 기사를 완벽하게 작성해야 한다는 의지가 강해 보였다.

― 동무, 여게서 이러지 말고 저쪽 골목으로 이동 합세다. 분명 저쪽 골복 아주미가 여 집 죽온 주민의 벗이 맞다 했지요?

도일보사 특파기자보다 더 흥분된 태도로 보안원이 서두르듯 말했다. 보안원은 이번 해괴한 사건을 반드시 자신이 해결하리라는 듯 서두르는 투였다.

― 예~ 맞습죠.

허리를 굽실거리듯 깊게 윗몸을 숙이는 집데꼬는 여전히 입이 댓 발은 나온 사람처럼 보였다. 집데꼬의 대답이 끝나기 무섭게 달식이 동무가 우려스런 표정을 지으며 말했다.

– 이보 혹여 저쪽 골목이라면 거 명호 동무 아낙넬 말하는 모양인데~

– 아마 맞을 게요. 이웃에 살면서 허물없이 왕래하던 사람이 바로 그 아주미라 들었습네다. 그 아주미 아들애하고 같이 장마당에서 이 염소 도둑질을 했던 모양입죠. 에그 쯧~

장마당 염소전의 염소를 훔친 것은 공화국 인민들의 손가락질을 피하지 못할 일이었다. 게다가 흰 염소의 털옷까지 둔갑시키는 해괴한 짓까지 저질렀으니 낯바닥 가죽 속에 렴치가 숨어있는 꼴이었다. 집데꼬야 돈독 오른 사람이기에 남을 슬쩍 속여 이문을 남겨야 할 판에 나_{나이} 어린 학생 동무들 꾀에 넘은_{속은} 셈이 되고 말았으니 이렇게 날뛰어대는 것은 당연한 일이었다. 공화국에서 보기 드문 염소도둑의 행적을 추적하려는 보안원과 일보기자의 우럭진_{흥분한} 모습 또한 당연해 보였다.

기백이 동무의 집은 장한이 등에게는 폐허처럼 보였다. 동무 죽어 떠나고 아내도 북망에 눕고 동무의 아들애마저 자취를 감추었는데 낯선 사람들이 웅성대며 도둑타령을 하다니 절로 가슴이 아프며 메말라드는 느낌이었다. 죽은 동무의 영혼에게 미안한 마음이 아심아심 일어났다. 차가운 겨울바람 같은 기운이 뱃속을 타고 올라와 온몸에 휘몰아치는 기분이었다.

공터에 모인 사람들이 일제히 정숙 동무네 골목을 향해 걷기 시작했다. 장한이 등은 이들을 따라 함께 걷는 꼴이 되고 말았다. 겨울이라 초저녁인데도 골목 주위에는 이미 어둠이 깔려 있었다. 어두운 골목에 음메~ 음메~ 염소가 애절하게 울었다. 마치 자신이 죄를 지은 사람처럼 축 어깨를 늘어뜨리고 뒤에서 따라 걷던 호철 동무가 장한이 동무에게 물었다.

– 장한이, 명호 동무 소식은 아직 듣지 않았는가?

– 기백이 동무 아내 장례 이후에도 뭐 어드런 소식도 듣지 못했다네. 달식이 동무는 무슨 내막을 알지 않나?

장한이가 달식이 동무를 향해 되물었다. 장한이 이렇게 되물은 까닭은 달식이 동무가 보위부에 적을 두고 있는 태산이 동무와 비교적 가깝게 지낸다고 믿고 있었기 때문이었다.

– 명호 동무 소식을 무슨 수로~ 태산이 동무가 뭔가 아는 눈치기는 한데 이놈 어깨에 도 보위부 부부장 견장 달더니 목이 빳빳해졌어~

하고 부러 다른 일행들과 거리를 두며 달식이 동무가 벌레 씹는 소리를 했다.

– 쳇~ 견장 하나 더 달았다가는 그저 목이 부러지겠구나. 흐응, 명호 동무 아내한테 오늘은 그저 단단히 소식을 물어봐야 하겠단 말이지~

골목이 갈라지는 데를 지나 모두 묵묵히 걸었다. 사내들의 투박한 걸음소리가 어둠속에 묻혀 있다 위로 올라오는 느낌이었다. 애끓는 마음으로 울어대는 염소 울음소리가 까닭모를 긴장감을 일으키며 어둠의 심장을 쿵쿵 뛰게 만들었다.

어둠 저편에서 김정일 칭송가가 늘려왔다. 오늘도 자유조선 꽃다발 우에 력력히 비쳐주는 거룩한 자욱~ 대열의 선봉에선 선창을 하고 인민들은 목청껏 외치면서 어둠을 뚫고 걸어가고 있을 것이다. 아~ 그 이름도 그리운 우리의 장군~ 후창과 함께 더욱 멀어지고 있는 김정일 칭송가를 묵묵히 걸어가는 일행들이 따라 부르기에는 거리가 너무 멀었다. 노랫소리는 서서히 멀어져 이내 자취가 사라지고 있었다.

장한이 등을 뒤에 거느리고 명호 집 대문을 발로 쿵 걷어차며 들어서는 사람은 집데꼬 동무였다. 집데꼬는 마치 대문의 주인이 공화국의 죄인이라도 되는 듯 구두코에 감정을 실어 호되게 걷어찼다. 집데꼬는 학생 동무들한테 사기를 당한 분감憤感을 거침없이 드러내고 있었다. 추위에 달달 떨고 있었던 듯한 명호 동무의 집은 적막했다. 추위에 잔뜩 오그라들었다 해도 사람의 기척은 있게 마련인 법인데~

— 아니 사람이 살지 않은 빈집 아니오?

하고 보안원이 집데꼬를 향해 퉁명스럽게 물었다.

— 저 장독대를 보오. 이래도 빈집이라는 말이 나오오?

— 맞아요.

도일보사 특파기자 동무가 집데꼬를 거들었다. 기자 동무는 어깨에 매달린 사진기 플래시를 터뜨리며 사진을 열심히 찍었다. 기자의 사진기 속에 박힌 것은 어둠속에 숨을 죽인 공화국 주민들의 공허함이었을 것이다.

— 장한이 동무, 여기가 명호 동무네 집이 맞지 않슴?

— 맞는데~ 어이 호철이, 아니 명호 동무네 가족이 어이 아무도 보이지 않나? 나이든 오마니도 살아계실 텐데~

— 태산이 동무하고 친한 달식이 동무야, 무슨 말을 정말 듣지 못했나? 내 기백이 아내 장례 때 명호 동무 보이지 않는 사정을 그 안해한테 물었더니 명호 동무 사정일랑 태산이 동무한테 물으라던데~ 거 정말 이상한 말이 아니나?

호철이 동무가 고개를 갸웃거리며 까닭모를 일이라는 듯 말했다. 보안원이 구둣발로 퇴마루에 올라가 안쪽을 살펴보았다. 사람이라고는 아무도 보이지 않았고 장독대 너머에서 담벼락을 넘어 차가운 바람이 매섭게 불어오고 있었다. 음메~ 음메~ 추위에 떨던 염소의 울음소리조차 차갑게 얼어붙은 느낌이었다.

- 집데꼬 동무, 정말 이 집 아주미가 염소를 동무한테 넘긴 거는 맞소? 실망스런 투로 보안원이 물었다.

- 예 맞습죠. 이집 아들애하고 아까 그 집 아들애하고 분명 이 염소를 훔쳐 털옷에 물감을 먹여가지고 설랑 흑염소로 둔갑을 시켜 내게 넘겼단 말이오.

- 에이 여기나 저기나 동무가 말하는 그 사람들 아무도 보이지 않는데~ 대체 몇 번을 들어도 말이 되지 않는 소리를 하다니~ 그러니 앞번에 보안원이 헛걸음했다며 꽁무니 뺀 거 아니오, 동무?

- 나 참 사람 말을 어이 한쪽 귀로 흘려듣는가? 꽁무니 뺀 거는 맞지만 말이 되지 않아 도망친 게 아니란 말이오. 그저 년말년시 꾹돈뇌물 챙기느라 바빠 꽁무니를 뺀 거라니까는 에이 나~

- 염소전 주인장은 잃어버린 염소가 동무한테 있으니 찾아 달라 성화를 대고 동무는 이 염소 돌려줄 수 없다고 고집을 피우면서 실체 없는 도둑들 그림자조차 구경하지 못하고 있으니 이거야 원 겨울 달밤에 어데 가서 얼음을 지치나 응?

- 사건의 실머리실마리야 풀어나가면 되는 거인데 나는 이 염소를 어느 동무가 데리고 가야 하는지는 관심 없단 말입니다. 그저 없는 이야기 집데꼬 동무가 지어냈을 턱은 없고 에~ 평양 김선달이 닭을 봉이라 속여 횡재한 사건에 아그루빠아류 정도로 여겨져서 한번 짚어봐야겠다는 생각이 들어 취잴 온 거지요. 집데꼬 동무의 처지 타령이야 마음 아프다만서두 내 이만 가보겠시오.

도일보사 특파기자라는 사람이 한발 뒤로 빼더니 물러갈 뜻을 비쳤다. 특파기자가 슬슬 꽁무니를 **빼**며 대문을 나서는 것을 보고 장한이 동무가 바짝 따라나섰다.

– 거 잘 생긴 기자 선생님~ 내 말 한번 들어 보오.

– 예~ 내 높으신 기자 양반을 이런 데서 보다니~ 거 높으신 기자 선생님 어지간하면 이번 사건 일보신문에 내지 마오.

장한이 동무가 기자 동무에게 부탁을 하려드는 것을 보고 호철이 동무가 곁에서 거들면서 끼어들었다. 내내 못마땅해 하며 입을 동그랗게 말아 올리고 있던 달식이 동무까지 기자 동무를 에워싸며 거들었다.

– 기자 선생님~ 공화국에 떠돌아다니는 빈 소문들이 어데 한 둘 이랍니까? 그저 뜬소문 하나 만들어 집데꼬 동무가 발악을 해대는 모양인데 밑도 끝도 없이 보도를 내면 주민들 민심이 더 숭악해지지 않겠시오?

세 사람이 가던 길을 막아서며 에워싸 버리자 도일보사 특파기자가 한숨을 토해냈다. 처음 보는 사람들이 이렇게 막아서는 까닭을 알겠기에 기자는 난처한 모양이었다. 장한이 동무가 품속에서 재빨리 담배를 꺼내 기자의 입에 묻지도 않고 찔러주었다. 입에 난데없이 담배를 물게 된 기자는 흡, 흡 담배를 빨아댔다. 타들어가는 담배 불빛에 기자의 거친 수염이 반짝거렸다.

– 기자 동무, 아니 기자 선생, 거 박은 사진일랑 그저 폐기를 하는 것이 옳은 처사가 아닐는지~

– 이거 보자 하니 동무들이 어찌 당의 일에 간섭질을 하는가?

특파기자는 뭔가 골똘히 생각을 하는 듯하더니 갑자기 독이발독니을 드러냈다. 장한이 등은 기자의 태도에 몸의 동작을 멈칫거렸다. 당의 일을 주민들이 간섭을 한다는 것은 경우에 따라서는 반동으로 몰리는 일이었다. 기자신분이란 것은 의지와 관계없이 당 중앙에서 선발하는 직책이었다. 정치범수용소에 수용된 죄수의 상당수가 기자출신이라는 말이 있을 정도로 기사 하나하나가 예민한 것이었다. 그래서 공화국의 기자들은 김일성 김정일 로작이나 연설문 등을 모조리 암기해야 할 정도로 가열찬 충성심이 요구되는 것이었다.

그런데 곧 믿기지 않은 일이 벌어졌다. 장한이 등의 태도에 이마의 주름살을 끌어내렸던 특파기자가 세게 엄포를 놓자 이에 못마땅한 달식이 동무의 감정이 바람에 흔들리듯 넘놀기^{끓을} 시작했다.

― 기자 양반 거 나한테 한번 혼나볼 셈이오?

― 아니 뭐예요? 보자 하니 이 동무들이 정말 겁^怯보따리 없는 동무들 아닌가? 공화국에서 이딴 도적질은 말이요 아녀잘 겁축^{강간}한 거보다 반동짓이란 말이요.

특파기자의 엄포를 놓는 말에 장한의 심장이 덜컥 흔들리는 느낌이었다. 호철이 동무가 달식이 동무의 옷소매를 슬며시 잡아끌었다.

― 달식이 동무, 기자양반한테 낭패를 보면 어쩌려고 세게 치고 나가나 응? 사정 보아가며 덤벼도 덤벼들어야지~

― 덤빌만하니 덤벼드는 거이지 괜히 덤비나? 너들 겁쟁이들은 구경이나 하라야. 아무리 죽어 누운 망자라도 한때 친한 우리 벗의 아들애 일이 아니니? 기자의 사진기에 벗의 흉허물이 박혔는데 어이 동무들 마음이 좋나? 응?

― 하기는 말이야 달식이 동무 말이 옳지. 명호 동무나 기백이 동무나 한때 작의형제를 맺은 동무들이 아니나~

달식이 동무는 장한이 등이 생각한 것보다 훨씬 의협심이 강한 동무였다. 장한과 호철은 전에 없이 굳은 결의를 지닌 달식의 태도에 놀라고 있었다. 장한은 공연히 이런 생각까지 하고 있었다. 흐응, 사람이

변하면 죽는다더니 저 동무가~

저쪽 골목과 갈라지는 골목의 입구쯤에 도착했을 때 달식이 동무는 다시 한번 도 일보 특파기자를 막아 세웠다. 특파기자는 걷던 걸음을 멈추더니 땅바닥을 컹, 컹 차며 하늘이 낮다고 펄쩍펄쩍 뛰는 꼴이 몹시 성난 모양이었다. 달식은 이런 특파기자 앞에서 한 치의 망설임도 없이 골목 담벼락 쪽으로 기자를 몰아세워 마치 드잡이를 하자는 모양새였다.

─ 아니 이거 비키지 못하오?

─ 사진기에 박은 그 사진 없애지 않음 어림없소.

갑자기 분위기가 험악해지고 있었다. 뜻밖에 일어난 달식이 동무의 행동을 보며 장한이 등은 걱정스러운 생각이 들었지만 그보다는 오히려 놀라워했다.

─ 보자니까 이 동무들이 정말~

─ 어이 달식이 동무 진정하라니까는~ 싸움지거리싸움짓거리 하자고 바쁜 사람들 여게서 만나자 한 게야? 이거 입장이 난처한 게 영 우증쯩어수선 하단 말이지~

─ 기백이나 명호 동무 애들이 련관된 일이 아니냐? 우덜이 세대주 노릇 한번 해야지 않겠냐 말이야. 그저 생각해 보라. 일보에 알려지면 애들 앞날이 어찌 되겠나 말이야.

─ 에이 애들도 사라지고 없는데 이게 무슨 꼴인가~

달식이 동무와 특파기자 사이에 치고받고 싸움질을 하는 데까지는 나가지는 않았지만 밀거니 당기거니 거침없이 대거리를 하고 있었다. 두 사람 사이에는 누가 보더라도 기氣 싸움을 하는 듯이 보였다. 그런데 어느 순간 싸움의 분위기는 너무나 뜻밖에 갈려버렸다. 그것도 전혀 예상치 못한 쪽으로 승부가 기울고 말았던 것이다. 장한이 등은 어두컴컴한 골목 입구에서 너무 믿을 수 없는 모습을 목격했다. 저만치에서 어처구니없게도 특파기자가 달식이 동무 앞에서 넙죽 무릎을 꿇어버리고 있었다. 장한이 깜짝 놀라며 호철이 동무를 향해 말했다.

— 어이 호철이 동무 저게 무슨 경우인가 그래 응? 동무 저거 보고 있지?

— 알다가도 모를 일이지~ 아니 도 일보 특파기자란 사람이 무슨 경우인가 말이야~

장한과 호철은 서로 믿을 수 없다는 듯 고개를 갸우뚱하며 놀란 모습으로 바라보고 있었다. 달식이 동무의 지위가 도 일보사 특파기자를 무릎을 꿇릴만한 지위가 결코 아니라고 생각했기 때문이었다.

— 아니 기깟 기계전문학교 나온 달식이 동무가 아닌가?

— 거야 뭐 대학 탓할 거는 아니지만 한낱 연구 작업실에 박혀 농기구나 만들어내는 동무이니 하는 말이지 뭔가~

— 특파기자가 달식이 동무 앞에서 덜컥 무릎을 꿇었다는 이런 말이렸다~

— 글쎄 말이야 이 두 눈으로 똑똑히 보고도 믿기질 않으니 원~ 관절 달식이 동무가 무슨 꽝포^{허풍}를 떨었기에 기자 동무가 넙죽 꼬릴 내리냐 이거야 내는 응'?

장한과 호철 동무는 달식이 동무를 향해 조심스럽게 걸어 나아갔다. 특파기자는 땅바닥에서 일어나 달식이 동무 앞에서 사진기에 박힌 사진들을 삭제하고 있었다. 장한과 호철이 사진기 안에서 지워지는 사진들을 머리를 쭉 들이밀고 확인하고 있었다. 달식이 동무는 태연히 콧노래를 부르며 의기양양하게 동무들을 바라보고 있었다. 이내 달식이 동무는 자신의 명함을 건네고 특파기자의 명함까지 건네받고 있었다. 특파기자가 정중히 예의를 다한 다음 골목에서 큰길 쪽으로 멀어져가고 있었다. 장한이 동무가 궁겁다는 투로 호들갑스럽게 물었다.

– 어이 달식이 동무 대체 어찌된 영문이니 응?

– 우덜이 지금 뭐를 잘못 보고 있는 거니? 어이 달식이 동무 뭐라 말 좀 해 보라니까는 응?

호철이 동무 역시 눈앞에서 일어난 일의 갈피끈을 대체 모르겠다는 표정으로 덤벼들었다. 달식은 동무들의 호들갑에 전혀 동요하지 않았다. 달식이 태연자약한 행동을 하고 나오자 장한이 등의 궁금증이 팽팽히 부풀어 올랐다. 달식이 동무의 침착한 태도에 장한이 등도 달아오른 열기를 조금 가라앉히고 있었다. 달식이 동무가 큰길과 만나는 골목에서 이윽고 입을 열었다.

– 너들 내래 무슨 꽝포 친 줄 알았니?

장한이 애가 닳아 달식이 동무 말에 응대했다.

– 아니 달식이 동무가 무슨 수로 기자 양반을 넙죽 무릎을 꿇리나 그래 응? 에이 그저 궁금해 죽갔구나야~

달식이 더욱 의젓한 태도로 말했다.

– 내 없는 말 하지 않았음. 그 기자 동무 뒤가 무르긴 하더마는 하하하~

– 아니 달식이 동무 혼자서니 웃지만 말구 그 기자 양반한테 무슨 말을 했는지 말을 하라 그래~ 없는 말 하지 않았다니 무슨 말인가, 응?

장한의 숨이 다시 넘어가고 있었다. 장한은 입을 놀려 급한 마음의 사정을 달래려고 했고 호철은 달식의 말에 귀를 기울이면서 입을 동그랗게 말아 올린 표정으로 급한 마음의 사정을 드러내고 있었다.

－ 내 태산이 동무 이름 좀 빌렸단 말이야～ 아니 그저 귓속말로 내 친한 벗이 도 보위부 부부장이라 했더니만 그냥～

－ 정말 기자 동무가 그딴 달식이 동무 말 한마디에 슬슬 꼬릴 내리더란 말이니 응? 아니 그렇다면 공화국 당과 수령의 입을 옹호하는 일보 기자의 체면이 어처구니없이 무너지는 게 아닌가 말이지 내 말인즉슨～

－ 이봐 달식이～ 게 아니지? 뭔가 다른 비밀스런 말을 한 게 맞지? 아무려나 기깟 이름을 좀 팔았대서 슬슬 꼬릴 내리겠냐 말이야～

장한이 등은 달식이 동무의 말을 듣고도 믿어지지 않았다. 오직 당과 수령의 찬양을 위해 취재를 하고 기사를 작성하는 기자의 태도치곤 너무 초라해 보였기 때문이었다. 특파기자라는 사람이 공화국에서 기상천외한 염소도둑 사건이 발생한 것을 취재하여 공표하려했던 것도 믿기지는 않는 일이었다. 그런 사람이 달식이 동무의 말 한마디에 꼬리를 내리고 도망치듯 떠났다는 게 정말 믿기지를 않았던 것이다.

－ 달식이 동무, 모처럼 짬을 내서 만났는데 이 무슨 뚱딴지같은 일이란 말인가? 어디 가서 거나하게 술놀이_{술판}나 하자구～

－ 그래 낼이 헌법절인데 모처럼 탁배기_{막걸리}나 한잔 걸치자야 동무들～

장한과 호철은 이미 술놀이를 벌이는 쪽으로 분위기를 이끌고 있었다. 동무들의 성화에 애보쁜_{애가 탄} 사람은 달식이 동무였다. 기백이 동무의 아들애를 한번 찾아보자고 왔던 일이 물거품이 되어버렸고, 엉뚱한 사람들과 예정에 없던 명호 동무네 집에서 맞닥뜨린 일을 생각하니 코빵맞은_{무안당한} 처지가 되고 말았다.

일이 이렇게 엇나간 마당에 달식은 명호 동무네 일도 마음에 걸렸다. 명호 동무의 소식도 대체 알 수 없는 노릇이었다. 쓸쓸하고 횅한 집마당에서 바람질 하던 보안원과 집데꼬의 시근버근한 모양을 생각하면 까닭모를 분노가 치밀었다. 이렇게 물러섰다가는 마려운 똥 누지도 못하고 대변수똥물를 뒤집어쓰는 모양새가 될 것 같았다. 달식이 동무가 말했다.

－ 동무들, 술놀이 벌이는 것도 좋지만 일이 이리되었으니 다시 명호네 집에나 들러보자고~

달식의 말에 장한이 동무가 대꾸했다.

－ 보안원 앞에서 입장만 난처해지는 거 아니니 응? 집데꼬 동무 성깔 있게 보이던데~

장한의 대꾸에 달식이 달래듯 말했다.

－ 장한아, 우덜이 잘못 한 게 없는데 뭘를 걱정하나? 어서 가 보자. 명호 동무 꼬빼기도 보이지 않는 게 거 이상하잖아 어디 하루 이틀 일도 아니잖나 응? 기다렸다 명호 동무네 가족이라도 한번 만나보고 오자는 말이야~

그들은 다시 걸음의 방향을 바꿔 명호 동무네로 향했다. 명호네 마당에는 염소가 음메~ 음메~ 울며 여전히 추위에 떨고 있었다. 집데꼬 동무는 추위에도 아랑곳하지 않고 보안원과 퇴마루에 앉아 있었는데 밤을 패서라도 도둑을 붙들고야 말겠다고 다짐한 모양이었다. 이런 광경을 보고 가장 화난 사람은 다름 아닌 달식이 동무였다. 달식은 특파기자의 무릎을 꿇린 사람답게 주저하지 않고 집데꼬와 보안원을 향해 걸어갔다.

－ 주인도 없는 집에서 너무하는 거 아니오?

－ 그러는 동무들은 어이 돌아가지 않고 되돌아온 겁네까?

보안원이 장한이 등을 향해 통명스럽게 말했다. 보안원이 퇴마루에서 좁은 마당으로 내려오며 몸을 한번 털어냈다. 보안원이 몸을 일으키는 것을 보고 집데꼬 동무 역시 몸을 일으켜 세우고 있었다. 달식이 동무가 비아냥거리는 말을 했다.

– 작의형제를 맺은 죽마고구가 보이지 않은데 어찌 그냥 갈 수 있단 말이오. 한데 보안원 선생은 밤사람도둑을 잡겠다고 지금 여기서 기다리는 겁니까?

– 남이야 눈사람을 잡든 밤사람을 잡든 동무가 간섭할 일은 아니잖소?

– 이 집 애가 정말 염소를 잡다 털옷을 먹물로 갈아입혔다고 생각하는 게오?

달식이 동무가 펄쩍 뛰었다.

– 거야 뭐 아니라면 간지럽지~

달식의 말에 보안원은 아직까지는 점잖은 태도로 말하고 있었다.

– 이 보, 보안원 선생~ 이 집 세대주가 말이오. 고등중학 력사 교원이란 말이오.

– 그래 나더러 어쩌란 말이오?

– 에잇 퉤~

이상하게 분위기가 다시 아까처럼 험악해지는 듯했다. 달식이 끝내 참지 못하고 대방상대의 심기를 건드리고 말았다.

– 아니 뭐하는 짓이요?

보안원의 목소리가 가파르게 들렸다.

– 밤을 패워새워 기다려 보오. 설령 애들을 붙잡는다 해도 그 애들은 훔친 짓을 할 애들이 아니니 헛발질만 할 거란 말이오. 어지간하면 이만 돌아가오. 거 집데꼬 동무도 어서 염소 앞장세우고 돌아가오.

하며 달식은 기자를 향해 매몰차게 덤빈 것처럼 물러서지 않았다.

– 동무가 내게 어이 그런 말을 하오? 내 손해난 것은 고사하고 꼼짝 없이 훔친범절도범으로 내몰리게 생겼는데 소송을 해서라도 진실을 밝혀내야 하지 않겠는가 말이요.

집데꼬의 항변 역시 이유가 있었다.

– 흐응 소송? 공화국에서 변호사가 죄인 편 들어준 거 보았소?

– 그야 뭐~

달식의 비꼬는 말에 집데꼬는 말을 잇지 못했다. 법 위에 수령이 존재하는 공화국이다. 법 보다 위에 있는 것이 내각의 지침이며, 헌법 보다 노동당의 강령이 우선했다. 헌법이나 당의 강령보다 우선하는 것이 수령의 교시다. 그러니 무엇보다 김정은의 교시가 최우선이라 할 수 있다.

– 검사나 예심원이나 똑같은 족속이 변호사란 말이오.

– 그래도 변호사를 만나면 법조항 정도는 도움을 받을 수 있는 거 아니요?

조선공화국에서 법이라는 것은 주민의 권리보다 의무를 중시하는 수단이다. 헌법이 규정되어 있지만 그 내용은 명확하지 않다는 점이다. 그러다 보니 사법기관이나 권력기관은 법이 있다고 해도 자기에게 유리하게 해석을 했다. 북조선의 사회주의 헌법에도 변호사는 법률상 조력을 통하여 주민들의 인권을 보장하고 국가의 법률제도를 옹호하며 공화국 당국은 변호사의 활동을 법적으로 보호해야 한다고 규정하고 있다.

– 흐응, 어지간한 동무 보라지~ 당의 허수아비 노릇하는 게 변호사라는 걸 어찌 모르나 에이~

변호사의 공정성, 객관성, 과학성을 보장해야 한다고 명시하고 있으며 독자성까지 보장한다고 명시하고 있다. 하지만 조선공화국 변호사는 국가에 소속된 국가 공무원이다. 국가의 이익을 대변해야 하기 때문에 주민 개개인의 기본권을 위해 봉사한다는 것은 사실상 불가능한 영역이다. 조선공화국에는 오백여 명에 달하는 변호사가 있다고 하는데 그것도 하나의 시나 군 단위에 한명 혹은 두 명 정도에 지나지 않음이다.

- 거 보자보자 하니까는 이 동무 못할 소리가~ 아니 당장 여 보안원한테 혼쌀혼줄을 좀 나 봐야 정신을 차리겠나 어이~ 어찌 겁대가리 없는 말을 지껄이는가?

보안원의 태도가 험악해지기 시작했다. 이번에야말로 장한과 호철은 창자가 달라붙는 느낌이었다. 일보 기자보다 당장 힘을 휘두를만한 위치에 있는 사람이 보안원이었기 때문이었다. 그럼에도 불구하고 장한과 호철이 공연히 보안원과 엮이기 싫은 내색과는 달리 달식이 동무의 태도는 전혀 위축되지 않고 있었다.

- 뭐이 겁대가리? 이런 못 된 왜리사회안전원 같은 자식~

- 왜리 같은 자식? 아 나 년말년시 곱게 보내자고 다짐한 마당인데~ 동무래 나한테 지금 험한 말을 한 거 맞지?

- 맞다 짜식아~ 왜리 놈들이 어데서 행패질을 하려드나? 감히 누구한테 겁대가리라 지껄이나 말이야~ 네깐 놈들 보고 살살 기는 겁 보따리 아니니까 내래 하는 말이시~ 안진사업을 하려거든 제대로 하란 말이야~

- 오호 동무 아주 말 한번 본때 있게 잘 하누만~ 감히 네깐 놈이 공화국 안전사업에 발목을 걸고든다는 말이렸다, 응? 내 이런 반동분자 같은 짜식 말이야~

보안원은 치솟아 오르는 화를 억누르지 못하고 펄쩍 펄쩍 뛰고 있었다. 보안원의 이런 태도에 집데꼬 또한 어리둥절 해하는 표정이었고, 장한과 호철의 가슴은 더욱 오그라들었다. 달식이 동무가 무슨 궤변을 늘어놓는다 해도 안전원을 향해 욕설까지 내뱉은 것은 정도를 지나쳤다는 생각이 들었기 때문이었다. 장한이가 달식이 동무한테 말했다.

— 달식이 동무 보안원 선생한테 덤비지 말고 어서 사과부터 하라. 혀는 제대로 놀려야지 않나 말이야~

— 아니 장한이 동무까지? 내 무슨 잘못을 했다고 왜리 놈한테 사과를 해야 하니 응? 멍청한 동무야 괜히 내 속 긁어대지 말란 말이야~

달식이 장한을 향해 퉁망_{防신}을 주었다. 그럼에도 장한은 달식이 동무를 달래려고 애를 쓰고 있었다.

— 동무 벌써 잊었대나? 공화국에서 보안원이 어떤 존재인가 말이야 ~ 잘못한 것이 없는데도 사과나무라는 말도 있잖나 응?

장한의 만류에도 보안원과 달식이 동무는 누그러지지 않았다. 멱살잡이를 하지는 않았지만 이미 감정의 골이 깊어진 상태에서 누구 하나 먼저 물러서지 않으려고 했다. 염소는 추위에 떨면서 음메~ 음메~ 울고, 주인 없는 집에서 까닭모를 대거리싸움이 벌어지려 하고 있으니 장한과 호철의 가슴은 타들고 있었다.

— 달식이 동물 좀 주저 앉혀야 할 텐데~

장한이 동무가 호철의 소맷자락을 잡아당기면서 보안원과 집데꼬에게 들리지 않게 작은 소리로 말했다.

— 그나저나 명호 동무 가족은 다들 어데 갔관데 코빼기도 보이지 않는 거야 응? 년로_{年老}한 오마니도 계실 텐데 보이질 않는 게 이상하단 말이지~

장한과 호철이 동무 사이에 이런 얘기가 오가고 있는데 다시 한번 놀라운 일이 벌어지고 있었다. 장한과 호철은 지금 눈앞에 펼쳐지고 있는 모습을 보면서 자신들의 눈을 의심하기 시작했다.

– 아니 저게 뭐인가? 호철이 동무 지금 저거 보고 있나 어이?

– 것 참~ 알고 한 번 모르고 한 번이라더니~ 괴이한 일이 어찌 두 번씩이나 일어난다 말인가 응?

달식이 동무 앞에서 보안원이 덥석 무릎을 꿇고 있었기 때문이었다. 일보 특파기자가 달식이 동무한테 보여준 모습을 보고도 놀랐던 일인데 보안원 선생이 무릎을 꿇은 모습을 보고 장한이 등은 입이 떡 벌어졌던 것이다. 달식이 동무가 보안원의 어깨를 붙들고 일으켜 세웠다. 보안원은 땅바닥에 꿇은 무릎을 일으켜 세운 다음 품속에서 명함까지 꺼내 달식에게 건네고 있었다.

– 장한이 동무 보고 있지 응?

– 보고 있슴~ 어 저거 달식이 동무도 명함을 건네는 모양인데? 저거 달식이가 자기 명함 건네는 거 맞지?

– 맞네. 모를 일이군 그래 모를 일이야~

– 특파 기자한테 건넨 명함을 보안원 선생한테도 건넨 모양인데~ 한낱 연구 작업실에 쪼그려 앉아 시간을 축내는 동무 아니냔 말이야~

– 그러게 말이야~ 작업실에 박혀 농기구니 생필生活必需品이니 그저 하잘것없는 쇠뭉치나 만지고 시는 동무 아닌가?

장한이 등이 이런 말을 주고받을 때 다시 한번 놀라운 일이 일어났다. 밤을 패서라도 밤사람을 잡을 것처럼 퇴마루에 죽치고 앉았던 보안원이 자리를 뜨고 있었다. 대문 쪽으로 걸어가면서 보안원이 집데꼬 동무에게 귓속말을 하는 순간 집데꼬 역시 발길을 돌려 염소를 앞장세우고 대문을 나섰던 것이다. 장한이 동무가 말했다.

– 달식이 동무 대체 어떻게 왜리 놈을 주저앉힌 게야 응?

– 기자 선생 주저앉히듯 태산이 동무 이름을 팔았나?

달식을 향해 걸음을 떼면서 장한이 등이 거푸 물었다.

– 친한 벗이 부부장이라 열 번을 지껄여 보라. 기자건 보안원이건 그딴 말 한 마디 가지고 주저앉지 않는단 말이야~

호철이 동무가 혼자 머리를 좌우로 흔들어대며 하는 말이었다.

– 허어 참 귀것_{귀신}이 울고 갈 노릇이구나야~ 어떻게 저 동무들 주저앉힐 수를 달식이 동무가 튕겨 냈다_{알아내다} 말이나 응?

장한과 호철이 호기심에 몸이 달아 말을 쏟아내는 사이 달식은 품속에서 담배를 하나 꺼내 입에 물었다. 장독대 너머 담벼락에 서서 먼산바라기를 하며 흡, 흡 담배를 빨아대고 있었다. 담배연기가 찬바람에 흩날려 담벼락 너머로 날아갔다. 장한과 호철이 달식이 동무에게 우적우적 걸어왔다.

– 달식이 동무, 우덜이 모르는 무슨 비밀이 있지, 응?

장한이 동무가 고개를 갸우뚱거리면서 물었다. 달식은 장한의 물음에 대답하지 않고 담배만을 거듭 빨아대고 있었다.

– 달식아, 우리한테 숨길 얘기란 게 뭐가 있나? 태산이 동무 팔아 당나귀 량반 행세 하려드는 꼴은 아닌데~

– 당나귀 량반 행세라구? 내 저 동무들한테 무슨 이득을 보겠다고 당나귀 량반 행세를 하려 들겠나? 소싯적 친한 벗의 애들을 위해 뭐라도 해야 해서 한번 꽝포_{허풍}를 떨어본 것뿐이야~

달식은 끝내 특파기자와 보안원의 무릎을 꿇게 했던 말의 속내를 보여주지 않았다. 명호네 집을 나와 뒷골목 술집에 가서 눈가자리가 붉도록 술을 마셨지만 태산이 동무를 한번 팔아먹었다는 말뿐 보안원의 귀에 대고 지껄였던 그 귓속말을 달식은 들려주지 않았다. 장한과 호철은 호기심이 부풀어 오를 대로 부풀어 오른 탓에 술집에서 나올 때는 바람 빠진 풍선처럼 허탈함뿐이었다.

– 기백이 아들애 만나보지도 못하고 공연히 숙제만 하나 늘어난 셈이구마는~

장한이 호철을 향해 투덜대듯 말했다.

– 장한이 동무~ 숙제라니 무슨 뜻인가 응?

장한의 말에 호철이 고개를 갸우뚱하면서 물었다.

– 쯧, 기백이 동무 아들애야 못 보고 떠났다 치지마는 거 학생동무들이 염소도둑으로 내몰리지 않도록 뒤를 봐줘야 하지 않나 말이야 쯧~

장한이 동무가 혀를 쯧, 쯧 차면서 말했다.

– 달식이 동무, 기자 양반하고 거 왜리 놈 확실히 따돌리는 거는 맞나? 더는 염소도둑 사건으로 저놈들이 명호 동무네 들락거릴 일은 없겠지 응?

– 아니 두 눈 똑 뜨고 동무들이 보지 않았나? 애초에 저놈들 의지를 꺾어버려야지 뭔가 빌미를 잡히면 두고두고 걸고넘어질 게 아니겠냐 말이야~

달식의 말에 장한과 호철은 고개를 끄덕여주었다. 그러면서도 장한은 달식이 동무가 뜻밖에 내심이 있는지도 모른다고 생각했다. 반면에 호철은 달식이가 괜한 꽝포를 터뜨려 뒷감당을 어찌할 것인가, 라는 걱정을 하고 있었다.

– 그나저나 달식이도 명호 동무의 처지를 모른다고 하니 우리가 가까운 시일에 명호 동무네 다시 한번 들러봐야 하는 게 아닌가?

– 장한이 말이 맞긴 맞아~ 래일來日도 가족 중에 누굴 만나지 못하

면 학교로 한번 찾아가 보는 것도 괜찮을 듯한데~ 년로年老한 어머님 모습도 보이지 않고 거 어딘가 이상하단 말이야~

– 달식이 정말 우리한테 뭐 숨기는 게 없나 응? 관절 무슨 말로 놈들 의지를 꺾어버렸는지 술을 마셔도 말을 하지 않으니~

– 쓸데없는 소리 하지 말고 어서 들어 가라우~ 죽은 놈의 입은 벌리지 말라는 입인데 어찌 간지럼을 태워 죽은 놈의 입을 벌리려 하나 응?

– 죽은 놈의 입이라? 흐응, 듣고 보니 기백이 동무 지껄이던 말이 생각나는 구나~ 달식아 혹시 명호 동무 몸속에 흐르는 남쪽 핏줄 때문에 명호 동무가 곤경에 처한 게 아닐까? – 그럼 달식이 동무가 왜리 놈 귀에 대고 반동분자 자식이라 속삭인 거야? 에이 그딴 말을 듣고 기자 선생이나 왜리 놈이나 줄행랑 놓을 리가 없는데~

– 타작마당 가서 숭늉 찾지 말라니까~ 동무들은 그저 구경이나 하고 떡이나 받아먹으라. 내래 알아서 할 테니까 일절 간섭하지 말아달란 말이야. 여기서 헤어지자야. 나 먼저 들어 가갔어 동무들~

– 에이 받아먹을 떡이 어데 있나? 어이 달식이 동무 달식아 짜식아~

달식이 달음질치듯 멀어지고 있었다. 장한과 호철은 달식의 뒷모습이 어둠에 묻혀 완전히 자취를 감출 때까지 제자리에 서서 물끄러미 바라보고 있었다. 둘은 약속이나 한 듯 쯧, 쯧 혀를 차면서 술에 취해 비틀거리며 어둠 속으로 걸음을 옮기고 있었다.

3

정숙이 탈북 브로커의 지시에 따라 가장 먼저 준비한 것은 손전화기였다. 손전화기를 통해서 은밀히 브로커의 지시를 받아야 하는 것이었다. 브로커는 승합차를 준비하고 다이야_{타이어}에 공기를 집어넣을 수 있는 공기뽐프_{공기펌프}까지 갖추고 있었다. 참이와 동실을 취재하기 위해 특파기자와 보안원들까지 들이닥치자 마음이 급해진 정숙은 연락책의 지시에 따라 재바르게 움직이기 시작했다.

연락책이 지시하는 대로 정숙은 애들을 데리고 장마당 초입 너머에 있는 아궁이 근처로 향하고 있었다. 아궁이는 주민들을 모아놓고 각종의 선동질을 하는 장소로서 주민들 사이에는 용광로라는 이름으로 더욱 익숙한 곳이었다.

– 선동원에 지도원에 당에서 나온 관리자들이 눈을 부릅뜨고 감시를 하는 곳인데 하필 애들을 거게서 만나자 하니~

정숙은 연락책과 만나기로 한 약속 장소가 마음에 들지 않았다.

– 이 보오. 등잔 밑이 어둡대는 소리 들어 보았지요?

연락책의 칼칼한 목소리에도 불구하고 정숙은 여전히 싫은 내색을 했다.

– 등잔 밑이 어둡다는 말이야 옛날 사람들이 하는 소리 아닙니까?

– 것도 틀린 말은 아니지요 마는 용광로에 들어갈 일은 없으니 안심하오.

정숙의 찌뿌듯한 말에 연락책의 말투가 조금 부드러워졌다.

– 물론 시키는 대로 해야지요.

연락책의 지시를 그대로 따르는 것이 최선이라는 것을 정숙은 모르지 않았다.

― 오늘 여기 장마당에서 우릴 도와줄 사람을 은밀히 만날 겁니다.

― 믿을 만은 하지요?

몇 번을 물어도 지금의 경우가 안심이 되지 않을 상황이었다.

― 한두 번 거래하는 사이 아니니 안심하오.

연락책의 말에 정숙은 부러 두근거리는 가슴을 다독이고 있었다.

장마당 초입 아궁이 근처에서 만난 연락책은 만룡의 짐을 보고 깜짝 놀랐다. 연락책은 처음에는 두 사람이 국경을 넘을 것으로 알고 있었기 때문인지 한 명이 더 늘어난 것에 불만을 표시하고 있었다. 그래서인지 연락책이 가만히 정숙을 한쪽으로 불러 애들이 듣지 못하게 애초 약속한 셈에다가 한 명 값의 돈을 더 요구했다.

국경을 넘도록 하는데 머릿수를 헤아려 돈을 받는 것은 탈북이라는 과정이 쉽지 않은데다가 차단소검문소를 통과할 때나 검문에 붙들려 위험한 순간에 머릿수를 헤아려 꾹돈을 상납하는 경우가 발생할 수 있기 때문이라고 했다. 정숙은 연락책의 당당한 요구에 동실을 불러 몸속에 매달아주었던 꾸러미를 풀어서 연락책에게 적지 않은 인민폐를 건넸다. 연락책의 표정이 순간 밝아졌지만 그는 만룡의 짐을 보고 다시 인상을 찌푸리고 있었다. 연락책은 만룡의 짐이 그다지 크지는 않았지만 짐의 내용물이 쇠붙이란 점에서 못마땅해 하고 있는 것 같았다.

― 철걱 철걱 쇳소리가 나면 어찌 하려고 이케 어이~

만룡의 짐을 받아 흔들어 보며 연락책이 심드렁하게 말했다.

― 소리가 나지 않게 천쪼박헝겊으로 둘 둘 감았다오.

정숙이 변명하듯 두근거리는 가슴을 진정시키면서 말했다. 연락책은 투덜거리며 짐칸에 애들의 가방과 짐을 모두 실었다. 겨울 찬바람이 씽, 씽 소리를 내며 세차게 볼을 스치고 지나갔다. 중년에 비쩍 말라 보이는 연락책은 눈썹이 진하고 인상은 포근해 보였지만 말투는 사뭇 억세게 들렸다. 이런 일을 직업적으로 한데 따른 습성처럼 여겨졌다.

- 지금부터 학생 동무들은 내 말을 잘 들어야 한다~

- 예~

참이 일행이 목소리를 낮추어 대답했다. 아궁이 근처인 까닭에 와작대는 소리며 무슨 구호를 외치는 듯한 소리가 바람에 실려 제법 가까이서 들리고 있었다. 이런 데서 국경을 넘기 위해 연락책과 접선을 한다는 것은 상상하기 어려울 것 같았지만 연락책이 굳이 여기에서 만나자고 했던 까닭을 짐작할 수 있을 만은 했다.

- 아주머니는 이제 손전화를 애들한테 건네오.

- 예, 그래야지요.

장마당에서 급히 구한 손전화기는 연락책과 비밀스런 연락을 주고받기 위해 필수적인 물건이었다. 정숙에게는 전혀 필요 없는 물건이었고, 당장 국경을 넘어야 하는 애들한테 필요한 물건이었다. 정숙에게 손전화기는 아무리 가지고 싶어도 그림에 떡이나 마찬가지였다. 명호 동무 역시 조선공화국의 의심을 사지 않기 위해 한뉘^{평생} 손전화기를 소유하지 않았었다. 남쪽의 피가 몸속에 흐른다는 것은 한뉘를 두고 떳떳하지 못할 뿐만 아니라 죄인의 낙인^{烙印}같은 이력이었다. 손전화기를 지니고 살았다면 공화국의 감시는 더욱 심해졌을 것이라고 정숙은 생각했다.

정숙은 집에서 애들과 도강^{渡江}의 방법에 대해 론의를 했다고 연락책에게 말했다. 연락책은 담배 하나를 꺼내 입에 물고 불을 붙였다. 연락책 역할이 한두 번이 아닐 텐데도 담배를 문 연락책의 얼굴에는 긴장하는 기색이 역력했다. 정숙의 말을 듣고 난 연락책은 단호히 말했다.

─ 이제부터 학생 동무들 생각은 아무짝에도 필요 없다는 걸 명심하라.

연락책은 이 바닥에서 잔뼈가 굵었다는 것을 시작으로 탈북에 성공시킨 사례를 마치 약광고자기자랑 하듯 늘어놓았다. 어떻게 해야 무사히 도강에 성공할 수 있는지, 혼자서는 결코 성공할 수 없으며 적당한 인맥人脈이며 꿈돈뇌물이 필요하다는 것도 설명했다. 연락책은 자신이 시키는 대로 따라줄 것을 조목조목 당부했다.

─ 네들 알아들었겠지 응?

─ 예~

애들은 연락책 앞에서 이미 기가 죽어 있었다. 막상 공화국을 떠나야 하는 자신들의 처지가 스스로를 숙연하게 만들고 있었다.

─ 나나이 어린 학생 동무들을 내 자식이라 생각하고 안전하게 아랫동네 내려가도록 안내해줄 테니 그저 지시에 잘 따르도록 하라마~

─ 예~

─ 너들 담배 한 대씩 빨아 보려나?

연락책이 난데없이 애들에게 담배 하나씩을 권하고 있었다. 정숙은 애들에게 담배를 권하는 연락책의 심정을 이해할 수는 있었지만 조금은 당혹스러웠다. 참이와 동실은 연락책이 건네는 담배를 거절했지만 키대 작은 만룡이가 덥석 손가락 사이에 받아 쥐었다. 연락책이 라이터로 불을 켜서 붙여주자 만룡이 마치 담배 기갈이 들린 사람처럼 빨아댔다. 정숙은 만룡의 행동을 보고 속으로 놀라고 있었다. 아니 저 쪼그만 놈이, 애어른이 따로 없구나~

─ 거 키대 작은 학생 동무래 담배 좀 빨아댔구나~

– 하하하~ 이게 대감이 태워달라는 담배지요.

만룡의 대답에 참이 등이 일제히 웃었다. 이런 옹색한 처지에도 웃음이 나올 수 있다는데 애들은 스스로 놀라고 있었다.

– 뭐야? 대감이 담배를 태워 달라 한다는 말이나?

– 까르륵~

연락책은 까르륵 웃어 제치는 학생 동무들의 웃음소리에 영문을 몰라 어리둥절한 표정으로 학생 동무들을 번갈아 쳐다보았다.

– 예, 내 몸속에 백두대감이 있단 말이지요.

– 하하하~

학생 동무들이 일제히 웃을 때 찬바람이 세력을 이루어 휘익~ 휘익~ 지나갔다. 애들의 옷깃이 바람결에 춤을 추듯 꺼풀꺼풀 흔들리고 있었다.

– 끅 끅 끅~ 내 오십 평생에 희한한 얘길 듣는다니 까는~

– 그저 그럭저럭 리해 하시라요.

힘차게 앞으로 나아갑시다, 라는 주민들의 외침 소리가 용광로 쪽에서 바람에 떠밀려 들려왔다. 바람의 방향이 일정하지 않은 탓인지 빛나는 투쟁, 보람찬 영웅 같은 소리 등이 끊어질 듯 끊어질 듯 이어지며 펄럭펄럭 지나가고 있었다.

– 지금부터 웃으면 아니 된다. 네들이 지금 소풍 떠나는 게 아니란 걸 명심해야 한다는 말이지~

– 예~ 염려 마세요.

동실이 애써 진지한 태도를 지으면서 긴장하기 시작했다. 참은 이제 당장 어머니와 작별해야 한다는 것을 알고 있었다. 살아서는 마지막이 될지도 모른다는 불안감이 엄습했지만 참은 태연한 척 애를 썼다. 참이 만룡을 향해 나무라듯 말했다.

 ─ 만룡이 동무야, 이제 정신 바짝 차리라.

 참의 핀잔 섞인 말에 만룡은 입술을 말아 올렸다. 만룡의 표정 역시 시무룩해졌는데 공화국을 떠나야 하는 자신의 처지를 생각하다 보니 혼자 남은 어머니 생각으로 가슴이 아려왔다. 연락책은 분위기가 조금 가라앉자 진지한 태도로 계획을 말하면서 당부까지 늘어놓았다.

 ─ 학생 동무들은 오늘 밤을 바로 여기에서 보내게 될 거라~

 ─ 아니 당장 떠나는 게 아니고 여기 이 승합차 안에서 말이야요?

 애들보다 정숙이 오히려 놀란 표정으로 물었다. 연락책은 정숙의 대꾸에는 들은 체 만 체하면서 애들을 하나씩 살펴보면서 설명하듯 말했다.

 ─ 너들이 보안원에 쫓기는 처지가 되었으니 집에서 밤을 보낼 수가 없다는 말이 아니나 응?

 ─ 예, 그렇지요.

 연락책의 말에 애들보다 정숙이 먼저 대답했다. 정숙은 이러한 연락책의 결정이 옳은 선택이라고 생각했다. 탈북자들의 연락책 노릇을 하며 잔뼈가 굵었다는 말처럼 연락책은 짧은 준비 기간임에도 일을 진행하는 데 거침이 없었던 것이다.

 ─ 아주머니 당장 애들 데리고 미용술보급소미용실부터 다녀와야 하겠소.

 ─ 아니 경황이 없는 판인데 어찌 미용술보급소라나 응~

 정숙이 애들을 똘레똘레 바라보며 말했다.

 ─ 경황이야 없지만 안전을 위해 당장 머리 모양새부터 바꿔야겠다는 이런 말이지요.

 ─ 안전 때문에 애들 머리 모양샐 바꾼다굽쇼?

연락책의 말에 놀란 사람은 정숙만은 아니었다. 참이 등도 미용술보급소에 다녀와야 한다는 연락책의 말에 어리둥절하고 있었다. 공화국 학생들이나 청년들에게 머리 모양새를 꾸미는 것은 부러움의 대상이었다. 하지만 힘든 생활을 하며 머리 모양을 생각할 겨를이 없음이었다.

공화국 사내들의 머리 모양은 거의 일률적인 상고머리 스타일이었다. 앞머리는 그대로 둔 상태에서 옆머리와 뒷머리를 바짝 치올려 깎고 정수리 부분은 평평하게 깎은 모습이었다. 교복이나 제복을 입은 사내들은 똑같이 상고머리를 함으로써 단결이나 단합을 상징적으로 보여주었다. 위생적으로도 단정하다는 게 상고머리를 장려한 당국의 설명이었다.

－아주머니, 이런 몰골들로 여 압록강 건너 중국에 당도한들 하루도 못 버팁니다. 우리 저 조선인민공화국에서 왔지요, 하고 선전하는 짓이란 말입니다. 이런 우스꽝스런 모습들 보고 중국 인민들이 당장 공안에 신고를 하지 않음 다행이지~

－예~ 그저 무식이 사람 잡는다는 말이 괜한 말이 아니누만요. 당장 애들 데리고 미용술보급소에 다녀오시오.

연락책의 설명을 듣고 정숙은 마음이 급해졌다. 듣고 보니 애들의 차림새 하나부터 열까지 모두 마음에 걸렸다. 경황이 없던 터라 이런 데까지 앞질러 생각을 하지 못했다. 연락책의 말을 듣고 보니 현실이란 훨씬 어려웠다. 연락책처럼 경험에서 터득하지 못한다면 탈북이란 결코 쉬운 일이 아니라는 생각이 들었다.

－브로커 아저씨, 우리 머리가 어째서 그럽니까?

만룡이가 연락책을 향해 따져들 듯 대들었다.

－너들 말투부터 당장 뜯어 고치라. 브로커 아저씨가 뭐나 응?

－ 그럼, 머라 불러야 한답니까?

－ 우리들 사이엔 그저 봉 선생이라 부르면 되지~ 봉 선생 하면 그만인데 어찌 브로카 아저씨 하고 일부러 데설궂은 표를 내나 응?

－ 예, 봉 선생님~

－ 너들이 뭐 살펴 보니까니 다들 '패기머리'를 하고 있는데 거는 저 중국 땅에서는 조선공화국 촌때촌티를 천하에 자랑하는 꼴밖에 되지 않는다는 말이지~

정숙은 연락책의 말뜻을 얼른 알아차렸다. 듣고 보니 연락책의 말은 하나도 버릴 데가 없는 말이었다. 조선공화국에서 한때 김정은의 머리 스타일을 따라 하는 문화가 류행流行처럼 번졌었다. 옆머리와 뒷머리를 바짝 올려 깎고 윗머리를 뒤로 바짝 빗어 넘긴 스타일이었다. 젊은 청년뿐만 아니라 중년의 남성들까지 즐겨 하는 머리 형태를 두고 인민의 품위, 청결한 위생, 아름다운 지성과 사상까지 언급하고 나설 정도였다.

－ 중국 사람들이 네들처럼 촌티 나는 탈북자들을 보게 되면 공안에 신고해서 포상금을 받으려고 시뻘겋게 눈뜨고 있단 말이야~ 공안에 붙들리면 네들은 공화국 땅으로 다시 북송되어 처형 아니면 감옥이란 말이지~

연락책의 말에 참이 등은 기가 죽어 입을 떼지 못했다. 묵묵히 고개를 숙인 채로 연락책의 말을 고분고분 듣고 있었다. 정숙 역시 연락책에게 더는 어떤 말을 하지 못하고 있었다. 연락책은 시간이 없다며 애들을 모두 태우고 장마당 부근의 용광로를 떠날 준비를 하는 모양이었다. 연락책이 어디론가 손전화로 통화를 한 다음 다시 운전석에 앉아 시동을 걸었다. 승합차를 천천히 움직이기 시작했다.

– 학생 동무들은 내 말을 잘 듣기 바란다.

– 예, 봉 선생님~

연락책의 조바심 섞인 말투에 정숙은 긴장하고 있었다. 애들도 긴장하며 연락책의 목소리에 귀를 기울였다. 승합차는 장마당 입구에서 쏜살같이 속력을 내어 달리기 시작했다. 운전석에 앉은 연락책은 후시창 백미러을 통해 연신 애들에게 곁눈질을 하면서 장차 주지해야 할 내용과 당부할 내용을 섞어 말하기 시작했다.

– 지금 학생 동무들 머리를 자르러 가는데 머리 스타일을 중국 스타일로 하게 될 테니까 놀라서는 아니 된다는 말이야~

– 패기 머릴 한다고 바짝 잘라 올렸는데 어데를 더 자르고 할 데가 있겠시꺄, 봉 선생님 내 말이 맞지 않소?

참이와 동실은 가만히 듣고 있는데 만룡이는 입이 간지러운지 참지 못하고 입을 놀렸다. 정숙은 만룡의 말을 듣고 정말 애들 머리를 살펴보았는데 셋이 하나같이 김정은의 머리 스타일을 하고 있었다. 정숙은 만룡의 말이 결코 틀린 말은 아니라는 생각이 들었다.

– 조선공화국 인민의 눈으로 스타일이라는 거를 바라보면 아니 된다 이런 말이야. 너들은 지금 모양을 보기 좋게 하는 게 목적이 아니고 중국 놈들한테 내도 중국 놈이다 이렇게 감쪽같이 속이는 게 목적이란 말이지~

– 게그래도 그렇지 중국 놈들 스타일은 싫다 말이야요, 봉 선생님.

– 거 키대 작은 녀석이 어른 말하는데 어이 자꾸 모던없는철없는 놀가지노루마냥 삐치고참견 지랄을 떠나 어이? 어른들 말씀을 가마이가만히 듣고 있음 좀 좋겠지비~

연락책이 버럭 목소리를 높이며 만룡을 향해 화를 냈다. 연락책의 말투에서 진한 함경도 사투리가 느껴지고 있었다. 연락책이 한바탕 목소리를 세우자 애들의 기가 바로 꺾이는 모양으로 만룡이도 잠자코 듣고 있었다.

― 거 말투 듣고 보니 함경도 분이신 모양이야요?

정숙은 애들이 느끼는 무료함을 깨트리려고 연락책에게 물었다. 연락책이 승합차의 속력을 조금 줄이더니 앞좌석의 창유리를 활짝 열어젖혔다. 찬바람이 쿨렁쿨렁 재채기를 하듯 승합차 안으로 들이닥쳤다. 정숙의 머리카락이 어지럽게 출렁거렸다. 정숙이 이마를 쓸어 올리자 후시창으로 뒤를 살피던 연락책이 앞쪽 창유리를 한 뼘 정도만 남겨놓고 천천히 달았다.

― 저 쪼그만 놈이 자꾸 껍진거리는들러붙는 바람에 화를 내서 미안하오. 내 어지간 하든 함경도 사투릴 쓰지 않는 사람인데 그만 잠깐 화가 나서~ 내 담배 하나 태울 테니 리해 하오. 에이 쯧~

연락책은 담배를 뽑아 불을 붙이더니 다시 앞쪽 창유리를 활짝 열었다. 바람이 세게 창문을 통해 들이닥치자 연락책은 승합차의 속력을 절반으로 떨어뜨렸다. 차도 가녘으로 도열하고 있는 앙상한 방울나무들이 차가운 바람에 몸을 떨고 있는 것처럼 보였다. 정숙은 은근히 겸연쩍은 탓에 흩날리던 담배 연기에도 이마를 쓸어 올리지 않았다. 그때, 만룡이가 다시 한 번 연락책의 화를 돋우고 말았다.

― 봉 선생, 담배 하나 다오.

― 이런 불악귀못된 놈 같은 놈을 보았나~ 보란 듯이 맞담배질을 하려 들어 어이? 담배질이야 그렇다 치겠는데 머? 봉 선생? 아하 나~

연락책은 피우던 담배를 훅 불어 창문 너머로 날려버리고는 창문을 올린 뒤에 쏜살같이 차를 몰기 시작했다. 연락책이 만룡의 무례한 행동에 대해 순간적으로 화를 잠재우지 못하고 화풀이를 한다는 생각이 들었다. 반대차선 도로 위에서 차가 지나갈 때마다 승합차의 속력이 빠른 탓인지 쌔~앵~쌔~앵~하며 교차하는 소리가 들렸다.

－봉 선생님, 리해 하시라요. 그저 띵한 애라 여겨주오.

정숙이 만룡의 어깨를 덮두들기면서 연락책을 진정시키고 있었다. 연락책은 여전히 화가 풀리지 않아 달떠오르는 얼굴을 하고 있었다. 만룡이 낯바닥에 잔뜩 웃음기를 머금으며 연락책을 향해 말했다.

－백두대감이 담밸 태우고 싶어 그런 거니 용서해 줍쇼.

－머 백두대감?

참이와 동실은 소리 나지 않게 히죽히죽 웃었다.

－예, 내 몸속에 백두대감이 들어 있어서 말입죠.

－에라이 엉뚱하게 띵한 학생동무이가 맞구나이~ 아니 그런 몸으로 아랫동네 내려가서리 제대로 살아갈 수나 있겠나? 아랫동네도 사는 게 만만치는 않다는데 응 쯧 쯧~

연락책은 이제 혼잣소리처럼 대방_{상대방}을 신경 쓰지 않고 말했다. 연락책의 화가 풀리는 것처럼 승합차의 속력이 떨어지기 시작했다. 정숙의 긴장된 몸도 서서히 풀리는 것 같았다. 정숙의 겨드랑이에 흥건히 흘린 땀이 식어가며 서늘한 기운이 느껴지고 있었다.

승합차는 반 시간쯤 달린 끝에 살림집들이 도열해 있는 골목의 중간 지점에서 멈추었다. 연락책은 손전화기로 어디론가 전화를 넣더니 고개를 끄덕이며 전화를 끊었다.

－아주머니는 여게서 기다리오. 네들은 모두 내리라.

－예~

애들이 정중히 대답하며 승합차에서 내렸다. 정숙은 연락책을 따라 골목의 뒤쪽 방향으로 걸어가는 애들의 뒷모습을 바라보고 있었다. 승합차에 혼자 남은 정숙은 참이 애들의 앞날을 걱정하며 초조해하면서 봄이 생각과 아고의 생각까지 불현 듯 떠올랐다. 봄이야 그렇다 치고 아고는 끼니라도 때웠는지 괜히 불안감이 엄습했다.

애들을 이렇게 남쪽으로 내려보내는 일이 어미로서 잘하는 일인지 정숙은 승합차에 혼자 앉아 묻고 또 물었다. 탈 없이 남쪽에 당도할 수만 있다면 공화국의 어떤 어미들이 희망 없는 공화국에 애들을 붙들어두겠는가~ 어떤 어미라도 이런 경우라면 애들의 탈북을 허락할 것이라고 자위自慰하고 있었다.

문득 덕순 동무의 얼굴이 떠올랐다. 가슴이 미어지도록 그립고 정다운 얼굴이다. 덕순 동무가 살아있다면 지금의 이런 처지는 아닐지도 모른다는 생각이 들었다. 덕순이라면 남쪽이 아무리 천국이라 한들 하나밖에 없는 아들애를 남쪽으로 내려보낼 수 있을까? 아들애에 대한 정숙의 사랑이 상대적으로 작은 것은 아닐 것이다. 공화국에서 봄이나 참이나 정숙에게는 똑같이 특별한 사랑받이였다.

덕순 동무를 생각한 탓인지 정숙의 눈가에는 눈물이 흘러내렸다. 덕순의 장례 때는 거의 상주 노릇을 하느라 경황이 없던 탓에 제대로 작별인사를 하지 못했다. 아니 덕순 동무와는 쉽사리 잊을 수 없는 추억의 공간이 너무 크게 자리 잡고 있다는 생각이 들었다. 크고 작은 일을 허물없이 론의하던 동무의 죽음이 정숙에게 남긴 상처는 적지 않았다.

덕순의 장례가 무르익던 순간이 머릿속에 떠올랐다. 기백이 동무 벗들의 말싸움 끝에 회장군들도 거의 돌아가고 멍석장에 몇 남은 회장군들이 졸리는 탁배기를 기울이고 있는데 난데없이 공터 앞에 나타난 자동차에서 내린 사람은 태산이 동무의 아낙네였던 홍용희 동무였다. 장례에 어울리지 않게 캄캄한 밤에 색안경까지 걸치고 나타난 홍용희 동무는 차림새부터 잔뜩 정숙을 압박하고 있었다. 정숙은 홍용희 동무의 차림새를 보는 순간부터 재빨리 자리를 옮겨 병풍 뒤에 누워있는 덕순 동무의 곁으로 되돌아 왔었다.

정숙이 충성분자가 되어 선전원 직분을 수행하는데 발목을 걸어온 사람이 홍용희 동무였다. 학창시절부터 정숙의 인생길에 발목을 얽어매더니 여태까지 나쁜 연인인연이 되어 죽은 동무의 장례장까지 들이닥쳤었다. 덕순 동무의 부의賻儀에 홍용희가 례식禮式을 다하려고 방문한 걸음이라는 생각은 들지 않았다. 정숙이 이런 생각을 하게 된 까닭은 세상을 떠나보내기 전에 덕순 동무가 은밀히 들려주었던 비밀스런 얘기 때문이었다.

정숙은 덕순 동무의 말을 듣고 머리가 어지러웠다. 명호 동무가 보위부 감옥에 갇힌 몸이 아니었더라면 그나마 그토록 커다란 충격에 빠져들지는 않았을 것이다. 홍용희 동무의 은밀한 야심 가운데 하나가 정숙 동무를 남쪽으로 내려 보내는 것이라고 했다. 정숙의 가정을 허뜨리다 못해 공화국에서 목숨 줄을 끊어내려는 수작을 꾸미고 있다는 것을 알게 되었을 때 정숙은 소름이 돋았다. 홍용희란 녀자의 성정을 감안해 보면 공화국에서 장차 참이의 앞길에 큰 걸림돌이 되리라는 우려가 현실이 되어 불쑥 닥칠 것이란 것을 예감했다.

정숙이 아들애 참이를 주저하지 않고 남쪽으로 내려가도록 하는 까닭이기도 했다. 동실이와 만룡이를 말리지 않은 것은 떡판 같은 정숙의 욕심 때문인지 몰랐다. 하지만 공화국을 떠나 혈혈단신 남쪽에 내려가는 일이란 류배流配를 가는 일보다 사나운 일이었다. 피붙이는 아니지만 어릴 적부터 당형제친형제처럼 지내던 동무들이란 것을 알기 때문에 동실과 만룡을 웃음으로 따라나서게 할 수 있음이었다.

정숙은 홍용희 동무의 내속속내을 모르지 않았다. 태산이 동무와 정숙의 연결 끈을 잘라버리려는 것이 용희 동무의 속셈이었다. 어떤 경우에도 태산과 정숙이 접촉하지 못하게 하는 것이 첫 번째요 둘째는 절대로 명호 동무와 정숙이 갈라서지 못하도록 하는 것이었다. 그래서 혹여 태산과 정숙이 재혼하는 일이 없도록 막아서고 있는 것이었다. 상철이란 아들애한테 후오마니계모가 들어오는 것을 아주 예민한 태도로 경계하고 있음이었다. 더구나 그 상대가 정숙이라면 가당찮은 일이었다.

태산이 동무와 정숙 사이에 재혼하는 상상을 하면 우걱부걱 증오심이 불타오르는 모양이다. 따라서 명호 동무가 남쪽으로 은밀히 탈북을 하게 되리라는 사실을 홍용희가 알게 된다면 구경만 하지 않을 것임이 자명한 일이다. 홍용희 입장에서는 명호 동무가 아니라 정숙이 탈북을 하도록 하는 것이 자신의 내일날을 위한 최선책일 것이기 때문이었다.

명호 동무나 정숙이나 운명치고는 사나운 운명이다. 언제든 먹잇감이 되어야 하는 위기의 순간에 직면해 있다는 생각이 들었다. 이제 더는 어떤 힘을 가지고 버티어낼 수 있는 처지가 아니라 그저 운명 앞에 처분을 기다리는 도리밖에 없는 셈이다. 악연치고는 사납게 얽힌 악연이어서 악연의 끈을 잘라버리기란 쉽지 않을 일이다. 더군다나 빠닥새당 간부의 딸애인 홍용희 동무의 힘을 무슨 수로 이겨낸다는 말인가. 정숙은 이제 어떤 경우에도 닥쳐오는 시련을 죽음을 무릅쓰고 견디낼 수밖에 없다는 각오를 다지고 있을 뿐이었다.

4

정숙은 승합차의 창유리를 두드리는 소리에 번쩍 정신이 들었다. 눈을 감으며 빠져든 잡다한 생각에서 벗어날 때 이마에 땀이 흥건히 젖어 있었다. 연락책이 애들을 앞세우고 승합차로 돌아온 때는 어둠이 몹시 깊어 있었다. 정숙은 문득문득 가늠하기 힘든 세상 속으로 생각의 끈이 빨려 들어가면 빠져나오는 데 애를 먹었다. 이런 날은 비몽사몽 잠자리에서도 어김없이 악몽을 꾸고는 했다.

– 무슨 꿈을 꾸었소? 어찌 그래 남을 보듯 놀라십니까?

– 피로해서 눈을 붙였던 게~ 아니 애들 머리 꼴이라는 게~

정숙은 애들의 머리 모양새를 보고 입이 다물어지지 않았다. 연락책의 말처럼 정숙은 분명 놀라고 있었던 것이다. 그럴 것이, 애들의 머리가 마치 옛날 오랑캐와 다름없는 변발辮髮: 만주, 몽골의 풍습의 모습이었기 때문이었다. 참이와 동실이는 맵시를 내느라 그랬는지는 몰라도 여지없이 바가지 하나를 엎어놓은 모습이었다. 만룡의 머리 모습은 옆머리나 뒷머리를 완전히 삭발하고 앞쪽에 작은 깻잎 하나 얹어놓은 모습이었다.

– 너무 속상해 하지 마오.

– 아이 에그나~ 이게 영락없는 오랑캐 머리지 아니 이 무슨 쯧 쯧~

정숙은 애들의 뜻밖의 모습에 순간 화가 돌았다.

– 중국 땅에서 공안에 붙들리지 않으려면 어쩔 수 없는 일이지요.

– 되놈중국인의 비어 땅에 당도하기도 전에 여 공화국 땅에서 붙들리게 생겼소. 아무리 그렇다고 애들 머리를 어찌 저 모양으로 망가뜨렸

단 말이오? 에휴~

정숙은 참의 머리를 손바닥으로 어루만지며 연신 한숨을 토해냈는데 생각할수록 기가 막힐 노릇이었다. 그런데도 연락책은 표정 하나 바꾸지 않으면서 당당한 태도를 보여주고 있었다.

— 너무 속상해하지 마오. 중국 인민들한테는 저런 변발이 지금 복고풍이라 해서 세련된 축에 들어가는 머리라오.

— 아이 에구나~ 이렇게 보기 흉한 머리를 보고 어찌 세련된 머리라 하오? 실속 하나 없는 그저 멋따기_{겉멋} 만도 못한 머릴 가지고서니~

정숙의 말이 무색하게 연락책이 쐐기를 박듯 말했다.

— 이제부터 학생 동무들은 승합차 안에만 있어야 한다. 깜깜한 정밤에야 위생실 정돈 들락거릴 수 있겠지만 주민들 눈에 띄면 곤란하게 될 테니까는~ 알아듣겠는가, 학생 동무들 어이?

애들은 대답 대신 고개를 묵묵히 끄덕이고 있었다. 애들도 표정을 보면 몹시 불만스러운 기색이 역력했지만 궁색한 처지에 저항할 입장이 되지 못했다. 정숙은 연락책을 향해 더는 애들의 머리 모양새를 두고 왈가왈부하지 않았다. 국경을 넘어 남쪽으로 내려가는 일이란 목숨을 담보해야 하는 일이다. 머리 스타일을 두고 티격태격하다니 생각할수록 철없는 느낌에 낯바닥이 달아올랐다.

장마당의 용광로 근처로 돌아가는 길에 정숙이 연락책을 향해 말했다.

— 봉 선생님, 집을 긴 시간 비워두어서 그러는데 마전동 집에 한 번 들렀다 가면 아니 되겠소? 애들 때식_{끼니}도 떼워야_{때워야} 하고~

— 아니 되오. 이런 꼴로 다니다 주민들 눈에 띄게 되면 곤란한 일이 닥칠지도 모르는 일이 아니오. 그러니 정히 들르고 싶으면 근방 가까이 가드릴 테니 혼자 다녀오오.

– 아니 애들 배에서 꼬르륵 소리가 노랠 부르는 데도~

– 먹는 거야 장마당 상점에 들러 입노릇이나 하면 되는 게 아니오? 때가 위급한지라 입이 풍년을 만난대도 음식이 넘어가지 않을 거잖소.

승합차는 방향을 틀어 마전동 집 쪽으로 달렸다. 골목 입구 한쪽에 승합차를 세우고 정숙은 혼자 내려 집을 향해 걸었다. 집에 도착하자 찬바람이 쓰렁쓰렁 담벼락을 넘어올 뿐 불은 꺼져 있고 사람의 기척도 들리지 않았다. 봄이야 늦도록 싸돌아다닐 수도 있다고 생각했지만 아고阿姑의 모습까지 보이지 않았다. 정신도 온전치 못한 사람이 어디에 갔을까? 아고의 행방을 누구에게 물어볼 수나 있다는 말인가. 참으로 고독한 처지라는 생각에 울컥 목이 메었다. 정숙은 싸늘하게 녹아있는 어둠을 불알을 밝혀 환하게 피어나도록 했다.

뒤란은 물론 집안의 어디에도 아고의 모습은 보이지 않았다. 정숙은 마음이 급한 탓에 대문 밖으로 나와 인민반장의 집 앞 담벼락 앞에 서서 한참을 살펴보고 있었다. 인민반장의 집은 여느 때처럼 특별한 모습이 아니었다. 주위에서 어떤 낌새를 알아차렸다면 인민반장의 움직임이 분주할 터이었다. 이제 하루만 조용히 넘어가 주기를 정숙은 인민반장의 집 앞을 빠져나오면서 속으로 간절히 빌었다.

어둑한 마음의 골짜기에서 희망의 등대를 잃지 않고 싶은 마음으로 승합자를 향해 뛰기 시작했다. 대체, 아고는 어디로 갔을까? 봄이는 어디서 어두운 밤이 되도록 동무들과 어울리고 다니는 것일까. 어수선한 집안 사정으로 딸애가 혼자 방황하고 다니는 것은 아닌지 정숙의 가슴에 답답한 기운이 가득 차오르는 듯했다. 시간에 쫓기지 않는다면 당장 삼이웃에 들러 아고의 행방을 묻고 저편 수세미 방죽에도 살펴보는 것이 순서겠지만 지금은 그런 여유를 부릴 때가 아니었다.

정숙이 승합차에 오르자 연락책은 아무 것도 묻지 않고 바로 출발했다.

– 어머니, 집에 무슨 일은 없습니까?

– 무슨 일이 있겠나~ 봄이 간나 그저 잠군잠꾸러기 아니랄까 봐 코 베어가는 줄도 모르더마~

– 클마니도 아무렇지 않지요?

동실이 부러 봄이 생각에서 멀어지려는 듯이 딴전을 피웠다. 정숙은 봄이와 동실의 은밀한 관계를 짐작하고 있는 유일한 사람이다. 세상에서 마지막 추억이 될지도 모르는 일이었는데 정숙은 애들의 비밀을 소중히 간직해주고 싶은 마음이었다.

– 할머닌 담벼락에 기대어 먼산바라기를 하고 계시더누나~

– 날씨가 이렇게 추운데~

참이가 훌쩍거리며 혼잣소리처럼 말했다. 정숙은 더는 애들한테 들려줄 말이 없어 한동안 입을 열지 않았다. 공화국을 영원히 떠나려는 애들에게 걱정을 끼쳐주기 싫었다. 집안일도 걱정이었지만 애들과 함께 있을 시간도 이제 얼마 남지 않았다. 헤어지는 마지막 순간까지는 애들과 함께 있어야 한다는 생각뿐이었다.

– 봉 선생님, 지금 어데로 가는 겁네까?

– 근처 상업중심쇼핑센터에 들러 애들 먹을 거라도 챙겨 놔야지요.

– 장마당에서 고기떡어묵이나 언 감자찜을 사서 먹이면 될 거를~ 공화국 떠나는 마당에 겨울철 별미라도 실컷 먹어봐야 할 텐데~

– 장마당 보다 상업중심 물품이 훨씬 값도 눅고 맛도 좋다는 걸 모르오?

승합차는 방향을 꺾더니 줄곧 속력을 내어 달리기 시작했다. 상업중심 차마당에 승합차를 두고 연락책과 정숙이 차에서 내려 상업중심 매대에 들렀다. 장마당 상점보다 싼 값에 상품을 파는 탓인지 늦은 시간인데도 사람들로 붐볐다. 정숙은 빵과 탄산음료, 김치 맛 즉석국수컵라면, 고기통조림, 족발 등을 사서 승합차로 돌아왔다. 애초 승합차 안에서 밤을 패려고 했던 장마당 인근 아궁이를 향해 돌아오는데 연락책이 말했다.

ㅡ 학생 동무들, 오늘 밤이 공화국의 마지막 밤이 될 텐데 네들 차안에서 무료할 테니 통금 전까지 시내 드라이브나 한번 하자우.

연락책의 말에도 애들의 반응은 없었다. 공화국을 떠나는 마당에 드라이브는 해서 뭘 한다는 말인가? 애들의 반응이 시큰둥한 탓에 연락책은 겸연쩍게 족발 한 조각을 물어뜯고 나서 다시 입을 열었다.

ㅡ 너들 마음이야 아프겠지만서두 내래 맘도 편치 않아 그러는 거이니 학생 동무들 그저 추억이라 생각하고 리해하라~

승합차는 신의주 중심을 향해 서서히 움직이기 시작했다. 만룡이는 머리 모양이 마음에 들지 않은 탓인지 연신 손바닥으로 깻잎 엎어놓은 듯한 머리를 어루만지며 인상을 찌푸리고 있었다. 애들의 기분이 물을 머금은 듯 잔뜩 가라앉은 까닭이 머리 모양 때문만은 아닐 거라고 정숙은 생각했다. 가족과 영원히 헤어지는 것, 죽음을 무릅써야 하는 처지, 내다볼 수 없는 불안한 장래, 이런 복합적인 생각들이 한데 어우러져 애들의 기를 꺾어놓았을 것이라고 생각했다.

정숙은 발전한 신의주의 밤의 풍경을 보고 적이 놀라고 있었다. 지난 김정일 시대에 맞이한 고난의 행군 시기 이후 공화국 중심 발전지역으로 떠올랐던 신의주가 경제 제재에다 금융위기까지 겪으면서 한때 몰락의 과정을 밟고 있다고 했었다. 하늘로 쭉, 쭉 뻗어 올라가던 마천루들은 공사가 중단되었고, 신의주 시내는 마치 퇴락의 길을 걷고 있

다는 것이었다. 하지만 이제 다시 시내를 돌아보니 활발하게 다시 꿈
틀대고 있는 모습에 입이 벌어지지 않을 수가 없었다.

　- 저 건물이 무역센터 빌딩이지요.

　- 아니 저렇게 높은 건물이 있었나요?

　정숙은 자신이 마치 우물 안에 한뉘^{평생} 갇혀 살았던 사람 같다는 생
각이 들었다. 저렇게 높은 건물이 하루 이틀 새에 하늘을 향해 뻗어 오
르지는 않았을 것이다.

　- 쯧, 쯧, 신의주에 살면서 무역센터 한번 구경하지 못했다 말입니
까? 이 거야 원~ 저게 언제 적 빌딩인데 아마 내가 태어나기 전에 당당
히 올라갔던 빌딩일 거야요. 아시아 가장 높은 빌딩이란 소문까지 있었
지요. 머 남쪽에 63이 올라가고서니 타이틀 빼앗겼다 하지요, 아마~

　하루라도 게으름을 피웠던 날이 있었다면 지금까지 살아낼 수도 없
었을 것이다. 정치사상의 소용돌이 속에서 부모와 헤어지는 아픔을 겪
었고, 반쪽의 피를 물려받은 나그네를 만나 숨을 크게 쉴 새도 없는 일
이었다. 당의 지시에 따라 열혈 충성분자의 대열에 뛰어들어 메달을 받
기까지 정작 자신의 생활은 하나도 누려보지 못한 삶이었다.

　- 애들한테 문화의 거리나 한번 보여주오.

　- 예, 그러지요.

　정숙은 살면서 젊었을 적부터 이런 문화를 누리고 살아오지 못했다.
신의주에서 젊음의 거리로 통하는 압록 문화의 거리에는 볼거리 먹을
거리가 넘쳐났다. 놀이시설에 활동 영화에 없는 것이 없었지만 정숙에
게는 그림의 떡이었다. 일반 인민들의 생활과는 전혀 다른 이런 풍요
로운 문화도 권력 있고 돈이 있는 사람들의 몫이라는 생각이 들었다.

　거리가 화려해지고 하늘을 찌르는 빌딩들이 빽빽하게 들어선다 해

도 억압받는 사람들에게는 눈요기도 되지 못했다. 간부들이나 간부의 자제들이 누릴 수 있는 곳이었고, 평범한 주민들에게는 숨부터 막히게 하는 요새 같은 것이었다. 정숙은 괜히 애들에게 미안한 마음이 들어 화끈거리는 낯바닥을 혼자 쓰다듬었다. 연락책은 시내 중심을 천천히 돌면서 애들의 심정은 안중에도 두지 않고 혼자 떠들어대며 공화국의 발전상에 탄성마저 질렀다.

－ 저길 보오. 관내 주민들이 가장 많이 산대는 지역이지요. 저거 쭉 쭉 뻗은 고층살림집아파트들 보시라요. 그저 장관 아닌가~

승합차가 한참 시내를 살피듯 더듬어나갈 때 정숙이 혼잣소리처럼 말했다.

－ 그저 우리 같은 사람들은 이런 세상이 있는지도 모르고 살았는데 ~ 아니 저쪽은 어데라나 어이? 그저 일부러 외면을 하려는 데도 눈에 들어오는 데야 뭐~

－ 저게 보이는 데가 천부구 아닙네까? 힘 좀 있다 돈 좀 벌었다는 사람들이 모여 사는 데라오. 신의주 심장이야 그저 여게 빼면 클 날 일 이지요.

－ 심장이면 뭘 한단 말입니까? 저 고가도로 밑 한복판에 교차로 와 철도건널목이 있지 않소? 저게 공화국 인민들을 잡아먹는 사자 입 이란 말이오. 인민들 피로 세운 저따위 건물들 말이요 그저 흐물흐물 무너질 날도 멀지 않았소.

만룡이가 여태 침묵을 지키다가 불쑥 말을 흘렸다. 만룡의 말에 참 이와 동실이 감았던 눈을 떴다.

－ 버릇없는 학생 동무가 어찌 말을 함부로 지껄이는가? 벽에도 듣 는 귀가 있다는 거를 듣지 못했나 어이?

– 깟 거 들으라면 들으라지요. 공화국 떠나는 마당에 두려울 게 뭐가 있나~

– 만룡이 동무, 그만 하라.

동실이가 만룡에게 말했다. 신의주의 밤풍경을 바라보면서 동실은 마음속으로 꺽, 꺽 울고 있었다. 뜻밖에 화려한 밤거리를 마주하게 되니 봄이와 평양 대동강 유보도 네 번째 팔각등 밑의 돌의자에서 만나기로 했던 약속이 생각났다. 공화국에서 살게 된다면 봄이와 혼인도 하고 가정을 꾸려 세대주를 하면서 복하게 살아갈 수 있을지도 모른다는 기대감도 있었지만 동실은 자신의 결정을 후회하지는 않았다.

장마당 인근 아궁이 근처 한적한 골목에 승합차를 세우고 사 온 음식으로 묵묵히 배를 채웠다. 오랜 세월 궁춘한굶주린 생활을 했던 때문만은 아니라 이제 공화국에서 마지막 접하는 음식이 될 줄도 모른다는 안타까움 때문일 것이다. 침묵 속에 오직 음식을 꾹, 꾹 눌러 담듯 뱃속으로 밀어 넣었다. 정숙은 애들이 배고픔 때문이 아니란 거를 모르지 않았다. 마지막 밤의 고비를 넘기면 공화국을 떠나야 하는 운명 앞에 어떤 말로도 위로받지 못할 것이다.

밤이 깊어 길가 가로등이 꺼지면서 승합차 안의 조명이 환하게 밝혀졌다. 주위의 어둠이 깊어질수록 승합차 안은 상대적으로 밝아보였다. 지나가는 주민들이 승합차에 사람들이 모여 있는 모습을 보고 이상하게 생각했던지 몇 번씩 시선을 주었다. 지나가는 사람들의 시선이 부담스러운 탓인지 연락책이 승합차 안의 불을 껐다. 불이 꺼지자 순간적으로 적막감이 밀려들었다. 연락책의 지시에 따라 모두 의자를 뒤로 젖히고 상체를 뒤로 눕혔다.

– 밤을 여게서 보낸 다음 일정은 어찌 되는 겁니까?

정숙이 상체를 약간 일으켜 세우면서 연락책을 향해 물었다.

– 내일 낮때 여 장마당에서 두 사람과 접선을 하게 될 게요.

연락책이 뒤로 몸을 눕힌 상태에서 말했다. 참이 등은 눈을 감은 채로 연락책의 말을 듣고 있었다. 정숙이 연락책에게 목소리를 낮춰 되물었다.

– 에구나 내일 낮때까지 하냥 여게 죽치고 있어야 한단 말입니까?

– 여기만큼 안전한 데는 없어요. 추운 날씨에 국경 바짝 올라가서 기다릴 수도 없구~ 어데 숨어 있다가 검열이나 받게 된다면 영락 보안서행이 뻔하잖소. 집에는 언제 검열단이 들이닥칠지 모르는 일 아니오. 게다가 무슨 사건 때문에 쫓기는 신세라 하지 않았소?

정숙은 연락책의 퉁명스런 대구에 바로 응대하지 못했다. 연락책의 말이 모두 맞는 말이기 때문이었다. 이따금씩 검열단들이 밤에 들이닥쳐 가족의 머릿수를 헤아렸다. 잠을 자고 있는 사람을 흔들어 깨워 공민증까지 제시하게 했다. 집에 다른 지역 사는 어떤 친척이 머물고 있다면 그 친척은 반드시 여행증까지 제시해야 했다.

– 어떤 사람들하고 접선을 하게 된다는 말이오?

정숙이 한참 뒤에 호흡을 가다듬으면서 연락책에게 물었다.

– 우리가 압록강을 건널 때 도와줄 동무들 입니다.

– 믿을만한 동무들 맞습니까?

– 응당 믿을만한 동무들이니 거래를 하는 게 아닙네까?

하며 연락책은 다시 조명을 켜서 뭔가 서류를 훑어보고 있었다.

– 무슨 거래라는 말이에요?

정숙은 연락책의 말에 저도 모르게 깜짝 놀란 투로 물었다. 정숙의 날선 말투에 만룡이가 깻잎 얹어놓은 듯한 머리를 쓱 밀어 올리며 크게 하품을 했다. 연락책이 퉁명스럽게 대답했다.

－ 공것 바라다가 미늘에 걸린다는 말 들어 보았지요? 아니 목숨을 담보로 하는 일인데 그저 압록강을 공짜로 건널 수가 있겠습네까?

－ 그야 머~ 하필 장마당에서 도움 받을 사람을 만난다는 게 믿어지지 않아서 말이지요.

－ 내 이 동무들한테 몇 년 동안 공을 많이 들였다오. 여태 한번 압록강 건너는 데 실패한 적도 없고 말입죠.

－ 예, 듣고 보니 안심이 되누만요.

이때, 저쪽 어둠 속에서 손전등플래시을 흔들며 보안서 순찰대들이 승합차 있는 쪽으로 걸어오고 있었다. 연락책은 몸을 일으키더니 승합차의 조명을 끄고 시동까지 껐다. 시동을 끄고 나니 당장 추위가 몰려들었다. 만룡이는 추위에 어울리지 않게 상체를 일으켜 세우며 다시 하품을 했다. 만룡은 백두대감이 공수를 내리기 전에 크게 하품을 하는 경우가 있음을 알기에 제풀에 긴장을 하고 있었다. 동실이 이런 만룡의 모습을 보고 농을 걸듯 말했다.

－ 하품 하는 거를 보니 만룡이 동무 그저 쫀득쫀득 졸고 있었대나?

만룡이 심심풀이 삼아 말을 하듯 대답했다.

－ 동실이 동무가 졸았음 졸았지 오마니 혼자 두고 여기 온 내가 어이 잠이 오겠나, 응? 백두대감이 자꾸 튀어나오려고 몸을 간질이니 그러는 게지~

정숙은 만룡의 말을 듣고 가슴이 울컥 올라오면서도 피식 웃음이 터져 나왔다. 의젓하면서도 하는 행동과 말투가 마치 희극을 노는 배우의 연기습작 같은 느낌이 들었기 때문이었다. 보안서 순찰대들이 승합차를 향해 다가오는 듯 하더니 그냥 지나쳐 갔다.

－ 봉 선생님, 이러고 있으니 여간 불안한 게 아냐요.

－ 저기 아궁이에 왁작대는 소리 멈췄으니 이제 염려 놔도 될 거우다.

순찰대들이 멀어지자 연락책은 다시 시동을 켜고 조명을 켰다. 국경일을 앞두고는 대개 조선공화국에서는 인민들의 이동을 단속하기 위해 밤에 다니는 사람들을 세우고 검열하는 경우가 많았다. 불과 몇 년 전만 하더라도 평양에서는 장성택 처형 이후에 인민들 사이에 공포분위기가 조성되었다. 주민들의 불만이 거세지면서 공화국 당국에서는 이런 비사회주의 요소를 뿌리 뽑겠다며 부쩍 야간통행을 단속했다.

－ 언 시간이 이렇게 깊었는데 여적 선동질이라나? 그저 개굴～ 개굴～ 공화국 어데나 아궁이는 뜨겁지～

－ 오죽하면 사람들이 용광로라 지껄이겠소. 한데 거 만룡이라 했더나? 머 백두대감이 튀어나온다는 말은 무슨 말이나 응?

－ 내 몸속에 터를 잡고 사는 위대한 대감이지요. 흐흐흐～

－ 몸속에 위대한 대감이 터를 잡고 살아? 허허～ 재미난 학생동무일세～

이때, 조금 전에 지나갔던 보안서 순찰대들이 다시 저만치에서 차량 쪽으로 천천히 다가오고 있었다. 연락책은 다시 조명을 끄고 시동을 껐다. 바깥 날씨가 어찌나 춥던지 얼마 지나지 않아 추위가 다시 엄습했다. 추위 탓에 손발이 가드라들어 오그라짐 참이와 동실은 발을 동동 굴었다.

－ 너들 아니 되겠다. 진작에 벙어리두건 방한모자 부터 꺼내 쓸 거를～

정숙이 추위에 달라붙어 덜덜 입술을 떨면서 말했다.

－ 봉 선생, 시동이나 켜주오.

만룡이가 의젓한 목소리로 연락책에게 말했다. 만룡의 목소리는 결코 학생의 목소리처럼 들리지 않았다.

― 아니 저 놈이 정말~

― 랭기가 발끝에서 치곧아 오르잖소. 한랭사凍死하지 않음 다행이지
~ 봉 선생, 어서 시동을 켜오.

만룡은 숫제 학생을 훈계하는 교원처럼 야단을 치듯 말했다.

― 아니 저 쪼그만 놈이 글쎄 나 참 어이가 없습네~

연락책 역시 빠르게 덤벼드는 추위에 몸이 얼어붙었는지 투덜거리면
서도 시동을 컸다. 보안서 순찰대들이 느릿하게 잡담들을 하면서 걸어
올라오고 있었다. 국경절이 코밑에 닥친 까닭에 외곽의 행인들까지 집
중적으로 단속하는 공화국이었다. 먹고 살기 힘든 주민들이 당국을 향
해 사상공세를 펴는 바람에 당국에서는 고삐를 바짝 조여 통제하고 있
었다.

만룡이의 되바라진 말투에 대한 연락책의 심기가 날카로워졌다. 하
지만 연락책이 나이 어린 학생동무들에게 화풀이를 하고 있을 때가 아
니었다.

똑, 똑, 똑~

바깥에서 승합차 창문을 두드리는 소리가 들렸다. 연락책이 목소리
를 낮추어 서두르듯이 말했다.

― 다들, 바닥에 몸을 낮추고 절대 움직이지 마라. 내 무슨 일이 있음
해결할 테니 나오란다고 나가서도 아니 된다는 말이야 응. 보안서 끌
려가게 되믄 그저 우린 끝장이니까니~

승합차의 일행들은 모두 숨을 죽였다. 조명은 꺼놓은 상태였고, 창
문을 두드리는 소리가 들리기 전에 연락책은 재빠르게 시동까지 꺼버
린 상태였다. 보안서 순찰대들이 분명했다.   똑, 똑, 똑~

다시 문을 두드릴 때까지 일행은 숨소리조차 내지 못하고 얼어붙은

채로 움직이지 않았다. 순찰대들이 손전등을 켜서 승합차 안쪽을 비추었다. 막다른 골목의 끝에 다다른 듯 연락책이 어쩔 수 없이 승합차의 운전석 창유리를 내렸다.

－ 국경절 특별행사 있다는 거 모르오?

연락책은 국경절 특별행사가 있다는 것을 모르지 않았다. 따라서 야간통행 금지가 있다는 것도 주민 공개를 통해 알고 있었다. 특별행사나 1호 행사 등이 있을 때는 인민보안성에서 지시가 내려왔다. 심야深夜에는 공장이나 기업소의 차량통행은 물론 주민들의 통행까지 금지했다. 시나 군급의 비서 혹은 1급 기업소의 지배인이나 특별한 사람이 아니면 통행금지 시간에 이동은 사실상 불가능한 것이었다.

－ 어찌하여 동무는 차를 여기 끌고 나왔소?

－ 내 급한 일을 보다 통금시간 중에 갇힌 사람이우다.

연락책은 준비된 말로 대답했다.

－ 말투 들어보니 동무 저 위쪽 지방사람 같은데 려행증이나 좀 봅시다.

－ 려행증은 무슨~ 내 이사 온 지 오래되지 않아서~ 통금 풀리면 떠날 거니 어서 가던 길이나 가오.

－ 아니 동무가 어이 순찰대에 가라 마라 하오? 어데 삽네까?

순찰대원이 쉽게 보내주지 않겠다는 표정으로 물었다.

－ 네 저 마전동 사는 김대식이라 하오.

－ 그럼, 공민증이나 꺼내 보오. 보자니까 안에 다른 사람들도 있는 모냥인데~

－ 예~ 실은 마누라하구 자식들입죠. 마누라 두고 외간 녀자 넘보다 들통이 난 바람에 한바탕 대거리를 했지 뭐요.

연락책이 천연덕스럽게 준비된 말을 했다.

– 그러니까 암소한테 물렸다 머 이런 말이오?

– 예 그렇지요. 이거 죄송하게 되었수다.

연락책이 머리를 긁적거렸다.

– 아무리 그래도 공화국 법을 어겼으니 보안서로 갑시다. 날씨가 혹독한데 여 있다 얼어 죽겠소. 차 안에 함께 있는 인간식구이 또 몇이오?

– 셋이외다. 어지간하면 한번 봐주오. 내 동트면 바로 떠나리다.

연락책은 순찰대원에게 여전히 꼬리를 내리고 있었다. 하지만 순찰대원은 나름대로 자부심을 내세우며 빳빳하게 나왔다.

– 아니 이 동무가 공화국 보안원을 뭐로 보는가? 동무는 위법자란 말이야~

연락책은 이제 더는 물러설 곳이 없다고 생각했다. 이렇게 난처한 순간에 대비하려고 꿍돈을 지니고 있지만 한 푼이라도 아끼려다 더는 물러설 데가 없어진 것이었다. 연락책은 승합차 문을 열고 밖으로 나갔다. 품속에서 미리 준비해둔 꿍돈을 꺼내 보안원에게 건넸다. 하지만 보안원의 태도는 다른 때와 달랐다.

– 공화국 보안원을 뭐로 보는가? 나는 꿍돈 들이밀면 만사형통하는 그런 썩어빠진 보안원이 아니란 말이오. 저 분주소派出所로 가서 조서를 받을 테니 앞장서오.

– 아니 너무 하시누만요. 야간통금에 발이 묶인 인간식구들을 조사할 게 뭐가 있다고 이러오? 벌금이라 생각해서 드리는 거니 착실히 받아나 주오.

연락책은 싫다는 보안원의 손에 꿍돈을 애써 쥐어주었다. 그러나 여느 때와 달리 보안원의 태도는 확고했다. 보안원이 연락책의 손을 덥석 잡아끄는 듯하더니 랭정冷情하게 뿌리쳤다.

– 그깟 푼돈으로 내 바지를 벗길 생각이오? 보자보자 하니 이 동무가 아주 코쟁이 사상이 잔뜩 배었음~

보안원의 태도에 연락책은 순간적으로 혼란스러웠다. 꿍돈을 내밀며 뻗대다가는 자칫 난처한 그물에 옭아매질지도 모른다는 생각이 들었다.

– 머 묵돈많은 돈이 아니라서 그러오? 이거 녀편네가 보고 있는 자리라서 손이 부끄러울 밖에 없으니 원~

연락책은 보안원의 귓가에 대고 아주 작은 소리로 속삭이듯 말했다. 그런데도 보안원은 돈이라는 존재 앞에서 흔들리지 않았다.

– 흥~ 내 그런 사람 아니오. 동무 눈에는 내 눈이 머 기생 눈처럼 우묵하게 보이오? 사람 잘못 보았소.

– 아이쿠 예 예~ 그러문입죠. 선생님 같이 훌륭한 분이 있으니 공화국이 이래 버티고 있는 거지요. 그저 당의 공타공개타도동무들이 이런 줏대를 배워야 하는 건데~

– 거 괜한 헛소리 하지 말고 분주소로 갑시다. 국경절 틈타서 국경지역에 탈북자가 늘어나고 있다 하니~ 언젠가 무산에서 그저 두 달 새에 한 마을사람 절반이 행방불명이 되지 않았소? 신의주도 국경지역이다 보니 감시를 게을리해서는 안 된다는 말이오.

– 알고 말굽죠. 남산 노동자구에서 벌어진 일이 아니오? 거게야 엎어지면 코 닿을 듯 중국 땅에 가까운 두만강 줄기가 아니오? 여기 신의주에 틈타 도강할만한 데가 어데 있소? 게다가 국경수비대가 밤새 시퍼렇게 감시하고 있는 데가 아니오.

– 내 동무하고 잔말 나눌 시간 없소. 동무, 저길 보오. 저기 트럭 하나 올라오고 있는 게 보이지요?

난데없이 보안원이 손으로 뒤쪽을 가리키면서 말했다. 다른 보안원이 공간을 열어주며 몸을 돌렸다. 보안원이 가리킨 쪽을 바라보니 트럭이 올라오고 있었다.

－ 예, 한데 트럭이 어떻다는 게지요?

－ 아 나 답답한 동무~ 저 트럭은 음파탐지기를 실은 보안서 트럭이란 말이오. 보안서나 보위부가 하나가 되어 주민들 전화교신까지 집중 감시하는 판에 꾹돈이 말이 되는 소린가 말이오. 아 나 답답한 동무같으니~ 자 얼른 분주소로 갑시다.

이때, 정숙은 꾹돈이 보안원에게 아무 소용이 없다는 것을 깨달았다. 정숙은 순간 중대한 결심을 했다. 이제 자신이 나서지 않으면 돌이킬 수 없는 수렁창진창으로 빠져버릴지도 모른다는 생각이 들었다.

－ 참아, 여기가 어미와 마지막이 될지도 모르겠구나. 네들, 불피코 아랫동네 내려가서 서로 의지하고 잘 살아야 한다.

－ 어머니, 어찌 하시려고 그러십니까?

참은 어머니의 얼굴을 뚫어지게 바라보았다.

－ 남쪽에서 네 아버지 꼭 만나야지~ 네들도 력사 생코 모시고 그저 복하게 살아야 하느니~

정숙은 목이 메어 말을 잇지 못했다.

－ 어머니~

참은 이제야말로 어머니와 작별을 해야 하는 순간임을 직감했다. 참의 목소리는 흐느낌 때문에 물을 잔뜩 머금은 듯 가라앉아 있었다.

－ 아주미, 오래오래 사세요.

－ 오냐, 너들 그저~

정숙은 아들애와 헤어지는 순간 오열을 해도 부족할 것이지만 억지로 마음을 억누르며 떨리는 손으로 승합차의 문을 열고 밖으로 나왔다. 이것만이 현재의 위기를 극복할 유일한 방법일 것만 같았던 것이다. 연락책은 갑작스런 정숙의 행동에 놀라는 눈치였다.

－ 보안서에 날 데리고 가오.

－ 그럼, 녀성 동무가 우리와 함께 분주소로 가서 조서를 받읍시다. 순찰차를 이리 부르겠소.

－ 예, 그리 하오.

정숙이 예의를 갖추어 머리를 숙였다. 보안원이 연락책을 향해 명령하듯 말했다.

－ 동무는 승합차를 가지고 다른 인간식구들을 저 분주소로 데리고 오오. 밤새 여기서 얼어 죽을 수도 있질 않소, 쯧~

보안원의 말끝에 연락책이 정숙을 향해 말했다.

－ 그럼, 혹시 모르니 이거라도 몸에 지니고 가야지~ 벌금이라도 떨어지면 임자가 먼저 내어야 하지 않겠나 에이 참~

연락책이 눈치 빠르게 나그네남편 행세를 하면서 보안원에게 찔러주려 했던 봉투를 정숙에게 건네주었다. 정숙은 말없이 연락책의 봉투를 받아들면서 보안원이 알아채지 않도록 손짓으로 넌지시 말했다. 분주소 조서를 책임질 테니 애들의 안전을 책임져 달라고 말이다. 이제 여기서 작별하는 거라고~

순찰차가 곧 도착했고, 정숙은 보안원과 함께 순찰차에 올랐다. 순찰차에 오르면서 정숙은 교화소에 붙잡혀 갈지도 모른다는 생각이 들었다. 분주소에서 공민증을 제시하고 조서를 받게 되면 당장 승합차에서의 일이 거짓이었음이 밝혀지리라. 야간통행 금지가 해제되는 새벽 다섯 시까지 연락책은 승합차를 은밀히 숨겨야 할 것이다. 정숙을 태운 순찰차는 곧 분주소에 도착했고 분주소에는 통금을 어긴 주민들이 한둘이 아니었다.

　- 공민증부터 꺼내오.

　- 공민증을 가지고 오지 않았습네다.

　- 공화국 주민이면 누구나 지니고 다녀야 하는 공민증을 휴대하지 않다니~ 흐응, 사는 데는 어디오?

　정숙은 떨리는 마음으로 적당히 둘러대고 있었다. 신분이 노출될 때 노출 되더라도 되도록 시간을 벌어야 했기 때문이다.

　- 마전동 로동자구 5반이라~ 이름은?

　- 예, 저 김 덕순이라고~

　정숙은 순간적인 기지를 발휘해 일단 이름을 밝히지 않았다. 이름을 조회하여 명호 동무의 신분이 확인되고 정치범수용소에 있다는 것이 밝혀지면 당장 수상히 여겨 승합차를 추적할 것이라는 생각이 들었다. 보안원은 컴퓨터 앞에 앉아 안에 연동되어 있는 기록들을 면밀히 살피는 것이었다. 보안원은 정숙을 한번 쳐다보고 컴퓨터를 한번 쳐다보며 고개를 연신 갸우뚱거리고 있었다. 이내 보안원이 이마에 주름을 만들며 정숙을 향해 소리쳤다.

　- 이런 에미나 보라. 보안원을 뭐로 보고~ 거짓말을 지껄이나 응?

　- 예에?

　- 에이 못된 에미나~ 이보 강 동지, 아까 그 승합차 어서 추적해 보라. 아 나 이런~

　- 보안원 선생님, 어찌 그러십니까?

　정숙은 시치미를 떼며 보안원을 향해 되물었다. 어떻든지 여기에서 시간을 끌어야 한다. 교화소에 끌려간다고 하더라도 어쩔 수 없는 절박한 순간이었다. 정숙의 말에 보안원이 어이없고 **뻔뻔**하다는 듯 한숨을 흘려내고 있었다.

 – 머? 어찌 그러십니까?

정숙은 날카롭게 **뻗쳐**오른 보안원의 말에 조금도 기죽지 않고 **뻔뻔**한 표정으로 올려다보았다. 그녀의 날카로운 시선이 어이가 없다는 듯 보안원의 시선 역시 송곳처럼 날카롭게 꽂히고 있었다.

 – 아니 버릇없는 에미나가 어데 눈을 치켜올리고 그러나? 지금 뭐 믿는 구석이라도 있대는 거야 뭐야 쌍~

보안원의 말에 정숙은 제정신이 아니었다. 제정신이 아니었기 때문에 보란 듯이 거짓말을 하고 눈까지 **뻔뻔**히 치켜세우고 있는 게 아닌가. 이제 자신에게 닥쳐오는 난관을 어떻게든 이겨내야 한다며 정숙은 신경을 곤두세우고 있었다.

다음 권에 계속